U0512423

文学与传媒·系列丛书

孙强 郭国昌 主编
徐兆寿 李生滨 杨天豪 李晓禺 副主编

The Evolution and Experience of
Contemporary Literature

当代文学的
演进与经验

上海人民出版社

目　录

漫长的 90 年代与汉语文学的晚期风格 *

陈晓明（北京大学）

我把"漫长的 90 年代"与"晚期风格"结合在一起探讨，是基于最近思考的一个问题和多年前我的一个提法。"最近思考的问题"是 2022 年 7 月我在中国现代文学馆召开的主题为"两个世纪中的 90 年代"的研讨会上谈到的，"90 年代的本己性和本体论"的问题；"多年前的提法"是十多年前我曾提出过的中国当代文学在 20 世纪终结时期的"晚郁风格"。当时我用了一个词："晚郁"。那也是在十多年前的中国当代文学研究年会上，地点好像是海南师范大学。可能我这个福建人讲的普通话不太清楚，发言时间限得比较短，也来不及放 PPT，当时有些同仁对这个"晚郁风格"可能理解得不太清楚。后来我写有一篇文章：《新世纪汉语文学的"晚郁时期"》，发表在《文艺争鸣》2012 年第 2 期上，文章有 23000 字，算是讨论得比较充分。十年过去了，当年我谈论的作家从五六十岁进入六七十岁，新文学革命也过了百年。因此，我说"晚郁"可能又更为合适了些。"晚郁"一词是"晚期"的晚、"沉郁"的郁，它意味着在时间的、历史的积淀当中，所达到的一个晚期风格，是个人的，也是一种文学的

---

* 本文根据 2022 年 11 月 12 日在中国当代文学研究会年会上做的发言录音整理增补而成。

传统性。这是对中国 20 世纪新文学革命的百年历史和中国几代作家中终于有了一批"老年作家"而言。因为现代作家都是"青春写作"，那是"少年中国"啊！"少年"当然有其可贵、可爱、可敬之处，但 90 年代就自觉进入了"中年写作"的中国作家，在 21 世纪初的时期何以不会觉得"老之将至"呢？为什么不能"庾信文章老更成"呢？为什么不能有一种"文起八代之衰"的愈老弥坚呢？

　　20 世纪 90 年代初，欧阳江河写有一篇关于 90 年代初的国内诗歌状况的文章，副题就是"本土气质、中年特征与知识分子身份"，欧阳江河此说受到肖开愚 80 年代末《抑制、减速、开阔的中年》一文的影响。肖文受罗兰·巴特关于诗人作家进入中年，具有写作的秋天特色之启发。20 世纪八九十年代之交，那代中国诗人（或称第三代诗人）也就 30 多岁。张曙光在写下《岁月的遗照》时也就 37 岁，却开始怀旧，带着过来人的态度回望青春。程光炜编有以此诗为题的诗集《岁月的遗照》，就收录有一批诗人回望青春往事的诗，传颂一时。诗人们觉得青春固然可爱，却不得不面对中年降临时的沉稳与沧桑。当然，中年写作也更为内敛、开阔和成熟。90 年代中国诗人、作家、知识分子都有一种迅速成熟老到的自我感觉，其实是未老先衰。几乎立即就进入"烈士暮年，壮心不已"的状态，颇有"盈缩之期，不但在天"之感。历经八九十年代的中国诗人和作家都曾自以为是"早熟的人"；多年之后，到了晚年他们方才明白自己是"晚熟的人"。作为同代人，我当能同情理解此种心理和心情。90 年代末，"50 后"那批诗人、作家大都过了不惑之年，有些已然接近知天命的年龄。到了新世纪，他们再也"新"不起来了，满脸都是皱纹、沧桑和岁月的痕迹。

"漫长的90年代"其实是我最近思考的一个概念，亦即关于"漫长的20世纪"的经验。原来我们认为"20世纪"已经终结，就像90年代初福山《历史的终结》提出的说法。一批学者提出了"短20世纪"的概念，例如，艾瑞克·霍布斯鲍姆在1994年出版的《极端的年代：1914—1991》里，阿兰·巴迪欧在《世纪》里，都提到了"短20世纪"的说法。他们都以第一次世界大战到冷战结束到柏林墙打开——这75年作为20世纪的终结。中国学者汪晖也提出了"短20世纪"的说法，他在《世纪的诞生》这部新著中，把1911年辛亥革命到1989年这78年称为"短20世纪"。即革命的世纪，随后则是"后革命世纪"。但是，意大利学者乔万尼·阿里吉（Giovanni Arrighi, 1937—2009），提出了相反的论调。他在1995年出版《漫长的20世纪——金钱、权力与我们时代的起源》一书，影响甚大。阿里吉受布罗代尔关于"漫长的十六世纪"以及关于历史"长时段"和"短时段"的历史观念的影响提出了"漫长的二十世纪"。

　　我对这个问题的思考是完全基于中国自身的经验。在90年代末，我们认为20世纪就结束了。在社会史标记的自然时间的意义上20世纪确实是结束了，但是我们会发现，21世纪初的很多作品，是在90年代形成的、准备的和郁积的，或者说是在延续和展开90年代的经验。那种文学情怀、文学理念、文学方法，都是90年代所产生的结果。而且在21世纪初，各方面都需要不断返场到20世纪中去寻求历史依据；在文学上，同样如此——从20世纪的各种经验中才能够找到解释21世纪初很多作品的方法和观念。而对于某种悄然消逝的文学经验而言，若要挽留和绵延，就需要依靠90年代给予的能量和狂怪之力对90年代经验重新发掘。21世纪初中国汉语文学有一个高度迸发的时期，出现了很多厚重的长篇小说，有一批作家走向成熟。比如莫言在2012年获得诺贝尔文学奖，王蒙依然老来笔健自然不用多说。在21世纪初，贾平凹、阎连科、铁凝、张炜、余华、刘震云、阿来、麦家、王安忆、苏童、徐小斌、林白等人的作品，各自走向圆融大气。21世纪初的这些文学经验，只有放置到20世纪的语境中去才能理解。而且这些作品在很大程度上表现的是20世纪中国历史的一种存在，表现中国人、中华民族在20世纪的命运，本质上大都是对20世纪中国历史的一种反思。比如陈忠实的《白鹿原》，虽然说是90年代初的作品，不但一直到21世纪还在产生影响，甚至在21世纪初，我们才能更深地理解到《白鹿原》所包含的一种意义。《平凡的世界》也是这样，它写于20世纪80年代末（作者有言完成于1988年5月25日），陆续出版则是在1989年以后。在20世纪90年代至21世纪初，《平凡的世界》依然非常强烈地反映出当下性的一种精神，获得了非常多读者的强烈精神共鸣，它反映出来自乡土中国的、青年人生存的一种事实，他们的记忆、精神和愿望。

为什么说90年代并未终结，它是一个"漫长的时代"呢？很多人曾经带着一种非常灰暗、低沉的调子评价90年代。在90年代，人们表达最多的，是商品大潮来临、知识分子崩溃、知识的贬值、人文精神丧失、文人下海……那是这样一个众生喧哗、异类丛生的时代。我们看到一批一批作家以非常个性化、张狂甚至怪诞的面貌出现。先锋派作家们令人惊异地获得了市场和社会的认可——苏童、余华、格非、孙甘露、北村等先锋小说家是在90年代才获得更为广泛的影响的。莫言、贾平凹、阎连科、张炜、王安忆、铁凝、阿来、徐小斌等人，则在90年代走向成熟，他们构成了90年代散乱文学格局中的一股湍急的河流——流向更为宽广的大地。我们既见到一批彼时更为平和的"晚生代"：何顿、东西、李洱、述平、鬼子、李冯；也见到更为张狂的朱文那一批人——他们从诗坛闯入小说，我们读到过朱文的《傍晚光线下的一百二十个人物》《我爱美元》等这些另类的作品，我们也读到过韩东的《双拐记》那些锐利的作品。我们见识到卫慧的《像卫慧那样疯狂》《蝴蝶的尖叫》；我们也读到林白的《一个人的战争》、陈染的《私人生活》等。所以90年代的文学，我们把它称为一种多元的格局，其实是一种委婉的说法，在很大程度上它一直是深受质疑的。

在21世纪初，大概是2009年左右，谈到60年的中国当代文学，我曾经下了一个断语，"当代中国文学达到了前所未有的高度"，引起了很多人的反对，他们认为我对当代文学的评价完全颠倒，在他们看来，"当代文学是垃圾"！这显然是对90年代以来文学的否定，是对顾彬那个无知论断的应声起哄。事实上，顾彬只是根据对卫慧几个人的有限阅读来作出的判断。当然他对中国现代文学、中国新诗研究也是非常有贡献、有研究的，这是值得敬佩的。他对当代中国新诗的评价非常高，这也很奇怪，诗歌达到了世界高度——按顾彬和我的一次对话的说法，那小说怎么就那么不堪呢？要知道长篇小说才是中国当代文学的王者。他曾经和我做过多次对话，我发现他那时并没有认真读过任何一部有分量的中国长篇小说。我当时说：顾彬先生，您应该读一读中国长篇小说。他说：它们是垃圾，我为什么读？我说：您还没有读，怎么能判断是垃圾？

据说，相似的对话也曾发生在李洱和顾彬之间。所以我对顾彬先生说，无论如何都应该读读中国重要作家的长篇小说再下结论。他后来读了王安忆的长篇小说，立即对王安忆的评价就非常高，说王安忆应该得诺贝尔文学奖。我认为只有中国人才可能真正理解汉语文学的精神所在。汉语文学也是极难翻译的，翻译到国外就变了很多味了。全世界好的翻译家可能不会超过50个，各种语种加起来也不会超过这个数字。那么要让这些翻译家来把如此浩瀚的中国当代文学推向世界，让世界理解和了解是一个困难的过程。首先，文学是不可译的，翻译家的可贵在于尽可能把"不可能之事做得完美"——据一位著名翻译家的说法，此说我甚为同意。中国是14亿人的大国，中国当代文学有这么多从业者，现代文学、古代文学很多人也非常关注当代文学，所以我想当代文学的研究者们本身应该对如此大量的中国当代文学有一个深刻的体悟，有一个全面的、完整的理解，有一个客观的、实事求是的理解和评价。一方面我们应该赞赏那些有特点的作品——我赞成特里林的说法："我只谈论最优秀的作品"；但是另一方面我也认为，当代文学尤其处在中国文化传统和世界优秀文学的双重影响之下，我们更要兼容并包，因为中国文学是如此丰富和复杂，如此多样和富有个人性。我们要有理解多种多样的文学的胸怀和理解力，给每一个作家和作品给予足够的尊敬，让每一部作品都能够存在。

2018年，我邀请过美国杜克大学的罗鹏教授（Carlos Rojas）作报告，他讲《废都》以及贾平凹其他作品中的"臭虫"问题。题目让我非常惊讶，但是他谈得非常奇妙，由此把贾平凹的作品趣味和叙述以及历史背景作了深刻的揭示。这让我非常惊叹于美国学者文学研究的细读以及探索的能力。我提了两个问题：一个是"你总得给我们大家一个你对这部作品价值的判断"；第二个就是"臭虫"在这些作品中的表现是起了好的作用还是不好的作用。他说：我不讨论这种价值问题，我只讨论一部作品它存在的特点，任何一部作品都有它相异性的存在的特点，都有它本身的存在。他的这一说法让我重新去反思。我们其实还坚持价值论——我也一直是这样做的。他们的研究则更关注一个作品中的独特现象甚至一个意象、一个细节，那么对于他们来说，研究作者、作家以何种方式去叙述故事，去讲述这么一些人，去讲述他自己的内心，他可能成功，也可能不成功。但是它是一种存在，它是这个世界的一种存在，它是这个生活的一种存在。所以某种意义上来说也应承了纳博科夫的那句话，"文学除了光彩照人的生活，它什么都不是"。所以我们不要认为，《平凡的世界》写的那种苦难兮兮的生活不是生活，还有很多的作家写的那么多个人的生活不是生活，那都是文学书写出来的人的生活，都是让我们感动的生活。因此，它都是光彩照人的生活！

事实上，触动我谈论这个话题，意即重提"晚郁时期"或"晚期风格"问题，是基于我近来对余华作品的重读。尤其是最近读了他的《文城》，让我沉思许久。我当年那么投入甚至痴迷于余华早年的那些作品，《一九八六年》《四月三日事件》《世事如烟》《难逃劫数》《现实一种》，等等。那种汉语独有的语言临界叙述，在语言的细微捕捉中，人的行为动作的失控（往往是暴力），让我惊异不已。他能把语言和对象事物的细微距离拉开，而后突然切入。按海德格尔的说法，"语言是存在的最高事件"，我想年轻时的余华就已经抵达了这个最高事件。后来余华的转向，他的《在细雨中呼喊》，我依然觉得语言与故事的叙述结合得非常得体。《活着》后来就放弃了语言，他讲述故事。这当然是随着历史的变化作家也不得不选择的变化，我当然能理解其必然性和真实性，但我只能乐观其成，此后我对余华发言甚少。直到多年后，余华的《兄弟》（2005）

出版，上海方面评价颇高，我觉得很恰当准确，不过北京评论界似乎反应冷淡。彼时余华45岁，正值英年，用欧阳江河的话说，属于"中年写作"。8年后，才又有《第七天》（2013）出版，媒体略有热点，但评论界似乎反响平平。53岁的余华，依然可说正当盛年，笔调却浸透了世事炎凉之意。但还是可以看到余华的力道，笔法还是那么锋利，他叙述的直接性虽然夹杂了太多时下的新闻传闻，但瑕不掩瑜，余华的叙述依然能够凌空而起，这是我所惊喜的。

　　2021年，余华出版《文城》，已然过了花甲之年，在一次关于《文城》的访谈中，余华谈起关于《文城》的写作状况时说："是一个错误的契机，大概1998年的时候，二十世纪快要过去了，我想写《活着》以前的故事，因为《活着》是从四十年代开始写的。我们这代作家有种挥之不去的抱负，总是想写够一百年的故事，哪怕不是在一部作品里写完，也要分成几部作品写完。这种情况下我开始写作，写了20多万字以后感觉到往下写越来越困难，就马上停下来。《兄弟》出版以后又重新写，《第七天》出版以后又重新写，一直到去年疫情，才最后写完。"①——这又是应合了我说的"漫长的20世纪"的中国执念。余华是一个坦诚直率的人。这部小说给人的印象似乎是余华多年写不下去，最后勉强成文。多有同行朋友疑心这部作品是余华"写不下去"的作品，其实这是步入老年的作家的"新常态"。还早在写《蛙》的时候，彼时莫言不过55岁，他就曾把已经几近完成的十七八万字的手稿焚毁。②而贾平凹在写《带灯》时，写

---

①　参见澎湃新闻2021年4月23日关于《文城》对话的报道。
②　这是2009年我邀请莫言在北京大学英杰国际交流中心做的一次演讲时他说的故事。那天莫言收到《收获》杂志刊载《蛙》的两本样刊，他带到北大送我一本。

了又改，改了又烧掉，还多次伏在桌子上哭泣。他写《老生》还要到祖坟上点灯祭拜才得以完成。这些作家的种种行为，并非江郎才尽，而是进入老年写作的一种状态——对写作的苛求，对自己过往经验的克服和超越。到了一定的年岁，总要迈过几道艰难的门槛，但无疑有着另一种勇气和对人生的理解感悟。余华在写《兄弟》时也遇到同样的情况，虽然彼时余华尚属英年，他写了又改，改了又写，依然不满意，全部放弃。据说在与国外记者一个对谈中，某个问题触及他，他才知道自己应该如何叙述这个故事。从《活着》之后，他要写出人经历千辛万苦之后，依然保持一种精神和心灵。当然，不同的作品有不同的着力点和具体的精神品格的含义。但余华的作品绝对不是刻意在塑造某种理想化的概念化的人物形象，他的厉害和苛刻在于，他沿着生活和人物的独特性格，寻条钢丝去走到命运的尽头，在那里，他笔下的人物独享自己的孤独，在绝对虚空的存在之荒凉中，人的高尚精神与生命一起幸存。

余华在谈到《文城》中的主要人物林祥福时解释说："我一直想写一个善良到极致的人，有的人可能认为找不着了，但我相信还有这样的人。我感动于人的那种纯洁的力量。"[1] 余华这本书打动我的正是这个地方，也许也是"年岁"的缘故，这种到了一定的"年岁"才会有的偏执和感悟，同时也意味着放弃了许多东西。很显然，要理解这些"放弃"也要归于那"年岁"，或者称之为"晚期风格"。

萨义德在去世前一直在写一本薄薄的小书，但实际上并未完成。一本关于"晚期风格"的薄薄的小册子，是他在哥伦比亚大学八年课程的

---

[1]　参见澎湃新闻 2021 年 4 月 23 日关于《文城》对话的报道。

讲稿汇集而成。最终是他去世后由他的夫人和学生共同编辑而成。哈罗德·布鲁姆在《西方正典》里把托尔斯泰晚年写的未完成定稿的《哈吉穆拉特》奉为托尔斯泰最好的作品，这件托翁生前未完成的作品是按托翁的叮嘱放进他的棺材里的六件东西之一，可说是枕棺之作了。托翁对这部作品是写了又改，改了又写，始终处于无法完成的状态。当然，萨义德一生著作等身，我没有能力判断这本未完成的小册子是否是其最优秀的著作。但这本小册子确实非常精彩精辟，发人深省。至少对于我来说极富有启发意义，它打开了我重新理解百年中国文学和"老之将至"的那些中国作家的思路，以及评价他们的立场和角度。

萨义德早年出版《开端：意图与方法》，他自己解释说，他旨在探讨人（尤其是作家和诗人）在某些时候发现有必要回顾性地把心灵起源的问题本身，定位于事物在诞生的最初时刻。在历史和文化研究那样的领域里，记忆与回想把我们引向了各种重要事情的肇始。到他晚年，他专注于"把焦点集中在一些伟大的艺术家身上，集中在他们的生命临近终结之时，他们的作品和思想怎样获得了一种新的风格，即我将要称为的一种晚期风格"[1]。萨义德提问："艺术家们在其事业的晚期阶段会获得作为年龄之结果的独特的感知特质和形式吗？我们在某些晚期作品里会遇到某种被公认的年龄概念和智慧，那些晚期作品反映了一种特殊的成熟性，反映了一种经常按照对日常现实的奇迹般的转换而表达出来的新的和解精神与安宁。"[2]萨义德对"晚期风格"的解释比较复杂，甚至可以说

---

① ［美］爱德华·W.萨义德：《论晚期风格——反本质的音乐与文学》，阎嘉译，生活·读书·新知三联书店 2009 年版，第 4 页。

② 同上。

　　　　　　　　当代文学的演进与经验

有自相矛盾之处，这只能理解为"晚期风格"最显著的特点正是能够容纳内在的矛盾性。一方面，萨义德说晚期风格有"和解与安宁"，另一方面，他又认为"晚期风格"并不只是有一种聪明的顺从精神，它同时还有"一种复苏了的、几乎是年轻人的活力，它证明了一种对艺术创造和力量的尊崇"。它包含了一种不和谐的、不安宁的张力，最重要的是，"它包含了一种蓄意的、非创造性的、反对性的创造性"①。

　　萨义德关于"晚期风格"的论述，主要是受到阿多诺（T.W. Adorno）的影响，据萨义德的研究，早在 1937 年，时年 34 岁的阿多诺在《晚年的贝多芬》一文中，就使用了"晚期风格"这个词语。27 年之后，即在 1964 年，61 岁的阿多诺在出版的一部音乐论文集《音乐瞬间》里又使用这个概念，对于只活了 66 岁的阿多诺来说，61 岁算是他的"晚年"了。他身后（1993 年）还有一部论述贝多芬的著作出版，该书的《论音乐》章节里再次使用了这一概念。

　　阿多诺堪称现代理论家中最为晦涩、深奥而玄妙的"神人"。海德格尔难懂，只是因为他太博大精深，一般人难以触及他的边界；德里达难解，是因为一般人难以进入他的思路；但他们都有可以理清楚的基本路数。阿多诺的理论来自作品文本（尤其是音乐作品）的探讨，极富有历史感和现实性，然而，他所抵达的哲学和美学的极致处，他所揭示的玄奥纯粹和奇妙，无人可及，似可意会，又不可言传，只能叹为观止。故而萨义德如此高人也对阿多诺顶礼膜拜。青年阿多诺就才智过人，1924 年仅 21 岁就以一篇关于现象学的论文获得哲学博士学位，令人称奇。萨义

---

① ［美］爱德华·W.萨义德：《论晚期风格——反本质的音乐与文学》，阎嘉译，生活·读书·新知三联书店 2009 年版，第 5 页。

德认为，阿多诺最为非凡的论文之一乃是那篇《庄严弥撒》，就被收录在与论述晚期风格片段的同一部文集之中。这篇论文由于它的艰深、古奥以及奇怪的对于"大众"的主观性再评价，被萨义德称为一部异化的杰作："这是近乎纯粹的阿多诺。其中有一种英雄主义，但也是不妥协。"[1]萨义德如此说法，目的在于表明"晚期风格"概念在阿多诺思想中的重要性，以及包含了论述"庄严弥撒"所体现出的英雄主义和不妥协精神。他解释阿多诺的思想时说：

> 在晚期贝多芬的本质中，没有任何东西可以被简化为作为一种文献的艺术的概念——那就是说，被简化为一种对音乐的理解，它强调了历史形式中"突破性的现实"，或那位作曲家对自己濒临死亡的感受。阿多诺认为，因为"在这个方面"，倘若人们强调那些作品仅仅是对贝多芬个性的一种表现的话，那么"晚期作品就被归入了艺术的外部范围，成了文献的近邻。其实，对真正的晚期贝多芬的研究，极少没有涉及生平和命运。在面临人类死亡的尊严时，仿佛是艺术理论要剥夺它自身的权利，要为了现实而放弃"。[2]

贝多芬的晚期作品《D大调庄严弥撒》大型交响曲，被贝多芬自己明确称为"最伟大作品"，阿多诺对此极为重视。萨义德受阿多诺的启发，抓住"晚期风格"的要点：这就是说，并非任何在艺术家或作家晚期写出

---

① ［美］爱德华·W.萨义德:《论晚期风格——反本质的音乐与文学》,阎嘉译,生活·读书·新知三联书店2009年版,第5页。

② 同上,第7页。

　　　　　　　　当代文学的演进与经验

的作品都称得上具有"晚期风格","只有在艺术没有为了现实而放弃自身权利的情况下出现的东西,才属于晚期风格"①。

"晚期风格"坚持了自我权利,但并非是对自己过往个性的维护,而是面对一生的命运和生命消逝要捍卫的尊严,这是一种生命的权利,因而它意味着要放弃很多东西,甚至表现出某种"未完成的印象"。萨义德分析说:"贝多芬的晚期作品仍然没有取得一致性,不是由一种更高的综合所派生的:它们不适合任何系统规划,不可能被协调或被分解,因为它们的不可分解性和非综合性的碎片性,是根本的,既不是某种装饰性的东西,也不是某种象征性的东西。贝多芬的晚期作品实际上与'失落的总体性'有关,因而是灾难性的。"②

事实上,据我所知,余华对欧洲古典音乐颇为痴迷,这来自格非对他的影响,格非是古典音乐迷,也是硬件发烧友,所以才能写出《隐身衣》那样的作品,那是行内人才能知晓的故事。余华固然段位没有格非那么高,但他热爱过贝多芬的音乐,这是我知道的事实。至于是否对《庄严弥撒》尤其钟爱,未听他言及,不好断言。后来古典音乐发烧段位更高的人——诗人欧阳江河出现在余华交往的朋友中,当时也有发烧硬件的影响。对音乐的理解和领悟,欧阳江河的野路子并不输于学院派,一度对中国音乐界还能任性发言。这几位作家、诗人在欧洲古典音乐上的精深造诣,对他们的小说或诗歌都有直接或间接的影响。余华创作的转变并未提及古典音乐,而是在90年代初提到听了一首美国黑人民歌,

---

① [美]爱德华·W.萨义德:《论晚期风格——反本质的音乐与文学》,阎嘉译,生活·读书·新知三联书店2009年版,第7页。
② 同上,第11页。

关于"黑奴"的《老黑奴》。在标记为 1993 年 7 月 27 日写的《活着》再版序言里，余华写道："一位真正的作家永远只为内心写作，只有内心才会真实地告诉他，他的自私、他的高尚是多么突出。内心让他真实地了解自己，一旦了解了自己也就了解了世界。"彼时 33 岁的余华意识到，长期以来，他的作品"都是源于和现实的那一层紧张关系"。这让他痛苦不堪，创作也难以为继。随着时间的推移，余华说，他内心的愤怒渐渐平息，他开始意识到一位真正的作家所寻找的是真理，是一种排斥道德判断的真理。"作家的使命不是发泄，不是控诉或者揭露，他应该向人们展示高尚。这里所说的高尚不是那种单纯的美好，而是对一切事物理解之后的超然，对善和恶一视同仁，用同情的目光看待世界。"余华说，在这样的心态下，他听到了一首美国民歌《老黑奴》，歌中那位老黑奴经历了一生的苦难，家人都先他而去，而他依然友好地对待这个世界，没有一句抱怨的话。"这首歌深深地打动了我，我决定写下一篇这样的小说，就是这篇《活着》，写人对苦难的承受能力，对世界的乐观态度。写作过程让我明白，人是为活着本身而活着的，而不是为了活着之外的任何事物所活着。我感到自己写下了高尚的作品。"①

　　我曾经有幸现场聆听过余华讲这篇序言里的故事。90 年代初在一次由《花城》杂志田瑛和文能组织的一个小型的关于先锋文学的座谈会上（会议地点在张自忠路上的一家某单位的招待所），我听到余华讲了他写作《活着》的缘由和过程，其大意与这篇序言无异。我无法核对准确日期，那次研讨会是 1993 年 7 月之前还是之后，也就是说余华是先在那

---

① 以上《活着·序言》引文参见余华：《活着》，上海文艺出版社 2004 年版，第 1—3 页。

次座谈会上即兴发言,还是已经写了那篇序言。彼时我对先锋派的转向持颇为谨慎和怀疑的态度,与余华还发生了一点争论。那是 90 年代,用余华后来的话说,那真是一个谈文学的好时代,朋友们直言不讳,现场发生争论是经常的事情,但都是冲着文学 / 文学史去的。我承认那时对余华的转向颇不以为然,这也是为什么对《活着》以后的余华,我只是静观其变,未多做发言。即使后来的《兄弟》我甚为赞赏,也未有文字表达。《许三观卖血记》我并未像余华自己那么欣赏,这也招致余华强烈不满(这是另一次我们私下颇为激烈的争论——当然无损于我们彼此始终不渝的信任)。《许三观卖血记》当然是很优秀的作品,但无疑不是余华最好的作品。《活着》后来获得巨大成功,促使我多次重读,它确实是一次又一次说服我,就像我多次重读《废都》一样。直到今年读到《文城》,我又一次重读《活着》,我这才完全理解了彼时 32 岁的余华写下这部作品的非凡才智。他对生活、生命、命运和 90 年代文学的理解,都有独到之处,他早早领悟到了 90 年代文学不得不变的"真理性"。这点他是聪慧的,有先见之明。而我还抱残守缺,长时间执迷于那个在语言边界制造和现实世界发生紧张关系的余华。90 年代先锋文学是死亡了,这是历史迫使作家们改弦易辙的强大角力所致。作为文学研究者,不能强求作家与历史同归于尽。80 年代已然终结,它留给 90 年代的遗产非常之少,90 年代要重新开启,一切的一切都要重新开启。余华早早地领悟到了,他是先行者。谢有顺说,"先锋是一种精神",这也是一种智慧,他给先锋文学留下一个体面,留下文学史回旋的余地。事实是,余华又一次走在历史的前面,他保持了一种先锋精神。

只有理解了余华在《活着》的转向中表达的那种与命运和解的态

度，那种放弃以及人生所要有的高尚精神，才能理解《兄弟》的独到意义。有评论家私底下议论说，《兄弟》是半部作品，上半部精彩，下半部就塌陷了。我虽未作回应，但此说让我思考许久。若从通常的艺术判断来看，前半部确实写得硬实，余华用力用心，每一个场景、细节都揪得很紧，时刻洋溢着余华特有的黑色幽默。宋凡平作为一个理想化的人物，在那个时代如同一轮太阳升起在绝望的李兰的生活中。在痛苦与屈辱的生活中，宋凡平的高尚和善良令人感动不已，这样的人才是真正的中国人。尽管不太可能，但我们从内心希望在无望的岁月里，能有良善的人与我们在一起。这就是文学应该做的事情——它让人们对生活、对人保持不灭的希望。当然，余华善于"螺蛳壳里做道场"，他的螺蛳壳就是苦难，他只要捏紧苦难，就能力透纸背，妙笔生花，肆意妄为。故事写到"文化大革命"到来，宋凡平被抓走关在仓库，为了迎接李兰看病回来，他跑出去到车站等候，但被几个造反派抓住。乱棍暴打宋凡平的场面，堪称文学暴力书写的登峰造极之笔。先来了六个人暴打宋凡平，这些与宋凡平无冤无仇的人，对宋凡平的仇恨从哪里来的让人难以理解，仅仅因为宋凡平是"地主儿子"——就此而言，在那个时代这是无比真实的，阶级仇恨一旦被鼓动起来，所有人都为了证明自己对阶级敌人的仇恨，证明自己的立场坚定，对阶级敌人决不手软，下手又狠又准。无数的"阶级敌人"就死在这种被鼓动起来的阶级仇恨的棍棒下。六个人暴打显然还不足以表现历史之铭心刻骨，又跑来了五个人加入，十一个人对一个中学老师棍棒重击，最后一击竟然是用如同刀刃一样的木片扎入宋凡平的身体，终于把宋凡平当场打死，这帮人才"得胜回朝"。善良、高尚、平凡、伟大的宋凡平就这样被暴打而死，这个暴力场面书写重现了余华《一九八六年》的场景，只不过后者是自戕，前者是借助一群恶人之手的强大的历史暴力。但余华用笔如此之狠，是为历史抉心自食。

　　固然，上半部有描写相当感人的那些故事情节，宋凡平死后，两个小小少年，却要从此分别。宋钢回去老家村子里与贫病交加的爷爷相依为命，李光头与病弱的母亲艰难度日。直到宋钢爷爷去世，宋钢只好又回李兰家。日子过得更苦，李光头与宋钢兄弟俩看着母亲李兰无助地死去，他们拉车把母亲送到乡下与宋凡平合葬在一起，这兄弟俩拉车送母亲去埋葬的场景写得无比悲哀却又幽默丛生，含泪的无奈，这使人想起麦克尤恩的《水泥花园》，姐弟俩把母亲埋在地下室的场景——我略为大胆推测一下，《兄弟》多少受到麦克尤恩《水泥花园》的影响。从此异姓兄弟相依为命。总之，上半部余华的才华确实是发挥得淋漓尽致，他能往死里写，能写到骨子里去，在苦难里始终有生活的生机勃勃，苦难、人性、爱、同情、相濡以沫，写得回肠荡气。下半部的故事却大异其趣，在诙谐、夸张、铺排中去表现错位、误解、兄弟反目、好人宋钢落难自作自受；李光头风光无限、穷奢极欲、滑稽胡闹，无所不用其极。下半部的故事并非余华力不从心，也不是余华并不熟悉生活，却是余华试图表现90年代市场经济兴起时，中国社会出现的种种"乱象"。在某种意义上，它们具有不可表现性，它们太丰富、太复杂、太自相矛盾——这才是现实。余华要进行现实化的书写，他的虚构贴着现实来写，尽可能写出现实的"活灵活现"——这是不可表现的现实，无法言说的现实。但余华也作出了努力，它另有一种"诙谐曲"的意趣。如果说上半部是"悲怆奏鸣曲"的话，那么下半部就是"诙谐曲"，有如贝多芬《C小调第五交响曲》的第三乐章。熟悉古典音乐的余华，当是多少受到这类乐曲的影响。正值盛年啊，余华气力充沛，痛苦落泪之后，还能嬉笑人生，睥睨 90 年代的现实。下半部不能说很好，但也不能说不好。整体上《兄弟》依然是一部非凡之作。

《文城》擦干净 20 世纪的泪目，余华写得洁净、单纯，仿佛一根细绳牵引进入一个历史的方寸之地。《文城》里也有土匪暴力，杀戮也很残酷，苦难也很深重，但它们只是背景，呈现在现场的是人与人之间的关系，是爱、离开与寻找的故事，就这么单纯，连小美对林祥福的背叛都显得那么单纯，那就是背叛本身，它甚至无关乎邪恶、阴谋与算计。《文城》是《活着》的前史，是《兄弟》的前史的前史，它是余华的晚期风格的过早显现。作为一部"不完整的"作品，《文城》以"补"作为后半部分，这"补"竟然在这部 348 页的小说中占据了 110 页之多，也就是接近三分之一的篇幅。小说的结尾是田家五兄弟拉着板车把东家林祥福拉回老家，板车上拉着装殓林祥福的棺材（后来又放进去了一个死去的田家兄弟），这一路行走竟然如此漫长，板车坏了又修，修了又艰难地上路。板车行走到纪小美和阿强的墓地边还停了好长一会儿，他们没有就地埋葬林祥福，当然，他们也不知道纪小美和阿强的墓地，他们见到七个墓碑，小路在这里中断了。"他们停下棺材板车，停在小美和阿强的墓碑旁边。纪小美的名字在墓碑右侧，林祥福躺在棺材左侧，两人左右相隔，咫尺之间。"[①] 田家兄弟喝了点水，吃点干粮继续赶路。拉着装林祥福棺材的板车在漫长的 20 世纪的泥土路上缓缓行走——这与李光头、宋钢拉着李兰的棺材去到宋凡平的家乡又是什么样的回应啊！田家兄弟的忠诚和林

---

① 余华:《文城》，北京十月文艺出版社 2021 年版，第 347 页。

祥福的死亡在这由南往北的漫长的 20 世纪的道路上步步前行，穿过纪小美和阿强的墓地。这并非仅只是传统中国伦理的异想天开的复活，也不是中国民族信奉的天意、天道的显灵；它是一部感人至深的 20 世纪的"友爱政治学"。

萨义德说道："晚期风格是内在的，却奇怪地远离了现存。唯有某些极为关注自己职业的艺术家和思想家才相信，它过于老迈，必须带着衰退的感受和记忆来面对死亡。正如阿多诺就贝多芬所说的那样，晚期风格并不承认死亡的最终步调；相反，死亡以一种折射的方式显现出来，像是反讽。但是，这种反讽以《庄严弥撒》那类作品的那种丰富的、断裂的和以某种不协调的庄重，或者以阿多诺自己文章中的那种庄重，过于经常地成了作为主题和作为风格的晚期，不断地使我们想起死亡。"[①]

但是，余华显然有他自己的"晚期风格"，他要让这死亡显现出美丽，棺材板车向着茅屋行去，他们要去打听如何走出西山。小说结尾描写道：

> 此时天朗气清，阳光和煦，西山沉浸在安逸里，茂盛的树木覆盖了起伏的山峰，沿着山坡下来时错落有致，丛丛竹林置身其间，在树木绵延的绿色里伸出了它们的翠绿色。青草生长在田埂与水沟之间，聆听清澈溪水的流淌。鸟儿立在枝上的鸣叫和飞来飞去的鸣叫，是在讲述这里的清闲。

---

① [美]爱德华·W.萨义德：《论晚期风格——反本质的音乐与文学》，阎嘉译，生活·读书·新知三联书店 2009 年版，第 22 页。

车轮的声响远去时，田氏兄弟说话的声音也在远去，他们计算着日子，要在正月初一前把大哥和少爷送回家中。①

很少描写风景的余华，更少用"优美"笔调描写风景的余华，这次以如此"优美"的笔调描写一场无法终结的死亡的路边风景，堪称奇观。以"死亡"作结——无法完成的终结——让这死亡藏在棺材里，漫长地行走在20世纪开端的乡土中国的泥土路上。令人不可思议，又让人不得不信服，余华的文字之力在这死亡之间几乎是平静而轻轻穿过——若无90年代，何来这样的平静？这是"晚期风格"才有的令人信服的力量！因之，我对《文城》的评价甚高，它让我感动不已。它写出在20世纪动乱的最初年月，人依然保存的那种良善、爱和美德，尤其是一种高尚的精神。余华有虚构能力，中国当代作家已经不崇尚"虚构"，中国文学失去了"虚构"能力不是一种好现象，而这点恰恰是对90年代文学精神的一种遗忘和背叛。所以，我的这篇短文也算是向余华的《文城》致敬的简单文字（它同样不完整，也似乎未完成）——他的《文城》出版后，我和他并未有机会见面（疫情期间嘛），甚至未通过电话（我们都属于不喜欢接听电话的人），我也未写过文章谈论这部作品。这里用我数月前给某项评奖写的评语给《文城》做一个简要的评价：

《文城》显示了余华后期讲故事的超常能力。他用刀片一样的笔法，在20世纪早期的历史中切割下一个断面，去呈现动乱年月里

---

① 余华：《文城》，北京十月文艺出版社2021年版，第348页。

中国人生活的艰辛困苦与坚定。兵匪之乱、暴力杀戮、狂怪凶险，却掩映不住主导的爱情和友情编织的高尚故事，更有忠诚与执着贯穿小说全部。小说的结构体式或许并不完美，但未尝不可能理解为老到的余华已经无须经营小说结构，他更专注于人物的性格和行为本身，关注故事的发展变化的那种单纯性。确实，在中国的小说家中，乃至在当今世界的小说家中，能像余华这样做到叙述的单纯性和简洁性而能保持韧性的力道的作家并不多见。他在20世纪的乱世中能写出一种人的高尚精神，实属不易，也令人肃然起敬。英语世界有麦克尤恩，而中国有余华，这就是当今文学之幸。

我知道很多评论家都不看好这部作品（他们多位都是很有见地的也是我敬重的同行朋友），《文城》固然有很多不完美之处，就其本身来说，也是一部多年"写不下去"的作品。但薄薄的《文城》真正是一部杰作，是这个时代需要的一部书，一部入心入情——虽然远离时代，但它在"漫长的20世纪"中，是余华在90年代的未竟之作，它属于"漫长的90年代"，它证明了"漫长的90年代"的文学力量所在——在中国作家的晚年、百年中国文学的晚期，所体现出来的"晚郁风格"。

（原载《南方文坛》2023年第2期）

文学史的"事件"与"本体"*

孟繁华（沈阳师范大学）

中国当代文学史的研究和写作实践，在当代文学学科内部一直受到本学科的重视。1999 年，洪子诚的《中国当代文学史》出版以前，我们曾经经历了一个中国当代文学史出版的"繁荣期"，各种中国当代文学史的出版蔚为大观。但是，这些文学史相似的太多，因此，对推动当代文学史的发展作用不大。1999 年洪子诚的文学史出版之后，当代文学史写作和出版的步伐逐渐慢了下来。洪子诚的文学史终结了当代文学史规模出版的现象——20 多年过去，仍然没有新的、影响更大的中国当代文学史出版。这个现象从一个方面表明，面对洪子诚的《中国当代文学史》，中国当代文学史的研究至今并没有突破性的成果。我们还没有找到在洪老师文学史基础上书写中国当代文学史的更好方法，这可能不只是材料问题，应该说，通过这些年的努力，很多人在材料方面做了很多工作，甚至有史料的"大系"出版。但文学史的写作是一个综合性的研究，除了材料，思想方法、时代环境等都不同程度地起作用。另一方面，当代文学史的写作也给当代文学界带来了一个巨大的困惑："中国当代文学"的

---

* 本文根据中国当代文学研究会第 22 届年会大会主旨发言录音整理。

下限在哪里？这个学科是否是一个没有边界的学科？中国现代文学只有三十年的历史，而当代文学已经有了七十年的历史，而且还要无休止地延续下去。这显然是一个问题。我想，我们经常讨论文学史的问题本身，已经表明了我们在这方面存在着焦虑。

现在的问题是，"中国当代文学史"的下限问题如何解决？我曾经请教过谢冕先生：中国当代文学史没有理由成为一个"超级学科"，它也应该有时间的限制。谢先生说，要解决这个问题，应该着眼于整个中国文学史，总体上可以划分为"古代"和"现代"，现代部分可以按年代来划分，这样问题就可以解决。谢先生不愧为学科的领袖，他的看法给我以极大的启发。只要我们看看已有的文学史就会发现，以年代命名的文学史比比皆是，甚至不乏经典著作。比如勃兰兑斯的《十九世纪文学主流》，以及《南北战争时期的美国文学》《五六十年代的苏联文学》《二十世纪俄罗斯文学史》等。国内以时间命名的《二十世纪中国文学史》《百年中国文学》《中国现代文学三十年》等，都是如此。近年来，"改革开放四十年的文学""新世纪二十年文学"等，更是频频出现。重要的是谢先生站在整个文学发展历史的高度，通过"古代""现代"两个概念，把两个有本质差异的文学发展史进行断代，应该说是一大发现。包括"中国当代文学史"在内的"现代文学史"，为了便于把握和讲述的准确，内部如何用年代划分，可以通过不同的文学史写作实践，通过各种对话关系逐渐实现通约，应该是可以得到合理处理的。这是重新构造中国当代文学史的一条可行的方法和道路。

当代文学史，虽然有了一百多部，也有了代表性的文学史著作，但是，"中国当代文学史"一直作为一个"问题"存在。无论过去不间断地出版了一百余部，还是近二十年的止步不前，都从不同的方面反映了这个问题的真实存在。过去出版的一百余部，大多重复，抄来抄去，构不成文学史的对话关系；近二十年的止步不前，表明我们的文学史研究遇到了真问题，或者说，关于当代文学史，我们还没有找到更好的讲述方式。一直从事文学史研究和写作实践的洪子诚先生，代表了当下文学史研究的最高水平，他也一直没有终止当代文学史的研究。如在史料发掘方面，几乎独树一帜。特别是《当代文学中的世界文学》的出版，这些史料的发掘，让我们有机会看到当代文学史的另一种景观，也就是国际语境与中国当代文学发展的关系。2021年2期的《当代文坛》发表了《作为"当代事件"的文学史书写》的对话。这篇对话与洪老师2020年先后完成的两篇文章《红、黄、蓝：色彩的政治学——1958年北京大学1955级〈中国文学史的编写〉》和《一则材料的注释——1967年杨晦等人关于文学史的谈话》有关。贺桂梅、姚丹、王秀涛参加了对话。无论洪老师还是几位参加对话的青年学者，都对这些"文化事件"的发掘给予了很高的评价。我们知道，1956年前后，自编教材成为一种风潮，不仅北大编了《中国文学史》，包括北师大等很多学校也编了包括文学史、文艺学在内的教材，延边大学甚至还自编了《朝鲜文学史》。这在当代文学发展的历史上，都可以称为"事件"。

洪老师对一些文学史"事件"的发掘，大多是亲历的，这体现了一个文学史家的敏感。亲历这些事件的人很多，但只有洪老师发现了这些"事件"的价值。"事件的文学史"这样的"方法与问题"，好处是会使我们进一步了解不同时代的文化背景，国内和国际的，特别是国际背景。过去我们有一种认识，认为50年代，除了苏联和社会主义国家之外，西方世界对我们的文学几乎是没有产生影响的。但事实并非如此。比如关于《士兵之歌》，洪老师当时看得涕泪横流。如果是一个普通观众，权当别论，但对一个文学史家产生了如此巨大的影响，那就不是一般问题了。它会潜移默化地影响到他治中国当代文学的一些情感和写作实践。

但这种方法论也有问题：当代文学史的写作或编纂，会进一步强化其"史学化"。不能想象一部文学史完全是一部"事件"的历史。即便是历史学，除了王朝更迭，也有人物、文化乃至风俗风情。法国文学史家朗松的《方法、批评及文学史——朗松文论选》说：文学史，可以写成语言发展史、民族风俗史、精神变迁史等，但他也批判了泰纳的文学三因素，认为泰纳对文学与时代的关系过分依赖。如果强调"事件"，并将"事件"作为"文本"，夸大其作用，是舍本求末。"事件"的真相非常复杂，特别是当代的"文学事件"，我们可能只了解它的某些方面而难以周延。更重要的是，很多作家和作品的创作，并没有在那些"事件"的影响之下。因此"事件"——仅仅是文学生产的背景，不是本体。

"文学事件"与"文学史事件"，这两种"事件"都与文学有关，但并不完全相同。"文学事件"，是指与当代文学有关的"事件"，比如新中国成立初期对萧也牧的批判，文艺报的"三大批判运动"，批"丁陈反党集团"等，它们都写进了文学史，但在当时都属于"文学事件"；所谓文学史"事件"，是指与文学史有关的"事件"。比如1952年8月30日下午《文艺报》组织的《中国新文学史稿（上册）》座谈会，北大1958年的文学史编写，1985年唐弢先生的"当代文学不宜写史"，1986年黄子平、陈平原、钱理群的"论20世纪中国文学"，1987年陈思和、王晓明的"重写文学史"等。这些"事件"直接与文学史观念和编写有关。它们并不完全是一回事。"文学事件"，本质上都是"政治事件"，不单纯是文学或文化事件，背后都有鲜明的政治性；"史学化"的强化，削弱了文学史的"本体性"。文学史的"本体"应该是什么？朗松强调，文学史认识的主要客体，应该是文学作品。因此，对文学作品的讲述——其谱系、传承关系，创造性，新的审美经验以及文本分析，是文学史的"本体"。另一个可以佐证的现象是，文学史的编纂，都一定要配套"作品选"。近年出版的鲍鹏山的《中国文学史——中国人的心灵》，从《诗经》讲到《红楼梦》，共有 52 个作家、作品、流派群体，基本是以作品为主，并断言这是"中国人的心灵史"。他的一些断语是否正确，是否被古代文学史界接受，是另外的问题，但他讲了文学史的"本体"，这个方法是正确的。从这部文学史，我们也可以看到，鲍鹏山没有更多地讲述"历史"，也没有文学"事件"。在建构他的文学史时，选择的基本都是文学经典作家和作品，通过这些作品表达了他对古代中国心灵的理解。这种方法，古代文学可以做到。因为古代文学已经经过了历史化和经典化，有公认的经典作家和作品，但当代文学史要困难许多。当代文学这个历史化和经典化还没有完成，因此，有"文学经典"和"文学史经典"的差别。另外，最近我们也看到王德威主编的《哈佛新编中国现代文学史》，它是以世界的眼光看"'世界中'的中国文学"，他采用了编年模式，"回归时间／事件的朴素流动"；然后，"选定的时间、议题，以小观大，做出散点、辐射性陈述"。他不强求一家之言的定论，在意的是对话过程。值得注意的是，王德威的体例中也有文学的"事件"，比如，"1952 年文学史的异端""重写文学史""摇滚天安门"等。或者说，文学史著作对当代"文学事件"已经注意。另一方面，比如朱寨先生主编的《中国当代文学思潮》，基本都是

"文学史事件"。"事件的文学史"和"当代文学思潮史"的区别在哪里？

我之所以提出这个问题，是近年来关于文学史的话题和会议越来越少，或者说，对文学史的研究和重视淡薄了。这是对的，将注意力转移到更多的文学具体问题，对今后写出更好的当代文学史是有益处的。我寄希望于更年轻的学者实现这一期许。

知识性写作的兴起和利弊 *

贺绍俊（沈阳师范大学）

不记得是在什么场合下，我看到既是作家又是编辑的徐则臣在谈到他做编辑时读到一篇小说时的感受，他说，这样的小说一读就感觉作者读的书太少。他的这一感受引起我极大的兴趣。因为我发现这一感受的背后其实传达出当下的文学写作的一个极其重要的变化。过去，我们读小说，小说写得好不好会从作者的生活阅历上去找答案。写得不好，会认为这是作者的生活阅历不够，缺少切身体验，等等。但现在读小说，会从作者读的书多不多来作判断。这种变化说明，在当下，知识性写作占有越来越大的分量。可以说，我们现在是一个知识性写作兴起并日益强势的文学时代。

知识性写作是相对于经验性写作而言的，二者有着不一样的文学观作为基石。经验性写作是把文学看成对生活的反映，知识性写作是将文学视为一个连绵不断的知识系统。前者建构起现实主义文学传统，后者则建构起现代主义文学传统。

一个人的文学创作起步首先与他的文学环境和文学教育有密切关

---

* 本文根据中国当代文学研究会第 22 届年会大会主旨发言录音整理。

　　　　　　　　　　当代文学的演进与经验

系。文学教育是建立在文学经典的基础之上的，我们这一代人的文学教育是以古典文学经典和红色文学经典为基础的，其中包括俄苏文学经典。但古典经典在今天的文学教育以及文学流行时尚里，逐渐减少了分量，更多的则是代表了西方现代主义思潮的新经典。徐则臣曾经这样描述他的写作感受："为什么许多作家说自己是喝'狼奶'长大的，强调写作传统是外来的？我写作时也面临这样的问题，即一直很想从中国传统叙事资源里面拿出有用的东西，但最后我发现得心应手、比较有效的工具和方法，必须从西方当代和现代以来的一些作家和作品里获得。一方面很想续上自己的传统，一方面又觉得用别人的东西特别顺手。"徐则臣的这一番话概括了中国的文学教育和文学时尚演变的路径。

当然，抛开理论和主义，单纯从文学写作的角度看，一个作家的写作既包含着知识性写作，也包含着经验性写作，只是有一个谁占主流以及谁处在思维的领导位置的问题。成功的作品一定是将知识性写作与经验性写作结合得十分完美的结果。在第十届茅盾文学奖上，徐则臣的《北上》和李洱的《应物兄》就是两部非常成功的知识性写作作品，只不过二者表现形态不一样，徐则臣是一种"闷声发财"式的知识性写作，李洱则是一种"大喊大叫"的知识性写作。

今天的时代在文学教育上比过去更为完善和健全，年轻一代的作家明显都有着良好的文学教育背景，他们在审美选择上、在文学思维上更偏向于现代主义文学，因此多半也是采取知识性写作，而且一出手就不凡。但年轻作家的共同弱点被知识性写作所掩盖了：他们缺乏生活的积累和对生活的体验，以及对生活的认识。或者说，有的作家对于生活的体验和认识是比较狭窄的，局限于自我的生活圈子以及主观的认知。这也就是为什么年轻一代作家的小说都爱采用第一人称叙述的原因。知识性写作让年轻作家有了一个强大的文学知识体系作为后盾，他们精通现代小说的范式和路径，但他们对生活本身并不太感兴趣，或者说他们只对与现代小说发生关系的生活感兴趣，他们写出的小说显得很娴熟，但当我们读多了发表在文学刊物上的小说时，就会发现他们的小说同质化现象非常明显。简单地说，经验性写作是建立在生活的基础之上的，知识性写作是建立在主观的基础之上的。两者的基础不同，也就决定了作家写作方式的不同。古典的现实主义作家依赖于对生活的独特发现，尽管他们的故事模式可能是一样的，母题是一样的，但各人的生活不一样，因此他们会写出不一样的小说。在他们的创作中，同质化的问题并不突出，顶多是题材、主题雷同的问题。比方说，20世纪五六十年代，革命战争题材和革命历史题材小说是最红火的，《林海雪原》《红日》《铁道游击队》《保卫延安》《苦菜花》等，它们在主题上几乎没有什么差别，但因为作者都是从各自不同的生活经历出发来写的，每一部都有不同的面孔。今天的年轻作家更依赖于主观性，问题是这种主观性并不见得是他对世界有着独特发现的主观性，也许是一种书面学习的结果，是对现代小说的领悟和认同。这也是当下知识性写作所暴露出的最突出的问题。

我这样说可能会显得简单化和极端化了，我要说的是，现代主义文学更偏向于知识性写作，现实主义文学更偏向于经验性写作。现代主义文学偏重于走人的精神和内心，现实主义文学偏重于走社会和人生。

这就说明一个问题，知识性写作固然能够提高作品的艺术品位，但完全依赖知识性写作，放弃对生活体验的积累，就有可能使自己的写作变得空洞化和干瘪化，也难以真正形成属于自己的独特性。因此，我们应该加强现实主义文学与现代主义文学之间的对话，使知识性写作与经验性写作在作家创作中相得益彰。

后"红色经典"的新建构：革命历史的当下书写[*]

　　革命历史的文学写作研究，可能有很多的分支，我要强调的是英雄人物塑造的新创造。我试图从徐怀中的《牵风记》、麦家的《人生海海》、张炜先生的《巨变：1949》、徐贵祥的《英雄山》、孙甘露的《千里江山图》、朱秀海的《远去的白马》和《兵临碛口》等作品中做一描述和概括。

　　这个时代的英雄人物的书写，跟"十七年"的红色经典写"革命英雄"，跟80年代莫言写的《红高粱家族》，或是2000年前后出现的《亮剑》《历史的天空》这样一类作品相比有着新的变化。我觉得当下又回到了正面写作的新阶段，就像黑格尔所讲的正、反、合的第三个阶段。

　　人物塑造有三个特点。一个是阶级的英雄、文化的英雄和个人的英雄品质。"十七年"的英雄都是阶级的英雄，是无产阶级的，是追求共产主义理想的，敢于献身，勇于牺牲的英雄。到八九十年代，似乎从个人品质方面尤其血性的方面书写得比较多。当下的英雄塑造，我们看到，一方面阶级的英雄又重返舞台，比如张炜先生的《巨变：1949》，以张炜先生当年的革命斗争经历为一个轮廓，来写福州城市与乡村在中国共产

---

* 本文根据中国当代文学研究会第 22 届年会大会主旨发言录音整理。

032　　　　　　　　　　　　　　　　　　当代文学的演进与经验

党领导下的地下斗争，我读起来觉得非常动人，非常感人。也有作品强调个人的品质，比如像《人生海海》。主人公经历非常独特，非常传奇，他像一棵伤痕累累但砍不倒的大树。从抗日战争到抗美援朝战争，一个有功之人，一直没有好的处境，还不断受到伤害。作品引用罗曼·罗兰的名言，世界上只有一种英雄主义，就是在认清了生活真相后，依然热爱生活。作品中主人公的英雄主义，我觉得和《巨变：1949》这样的作品有不同。另外一种就是文化的英雄，比如说朱秀海的《兵临碛口》。碛口是山西和陕西接壤，以黄河为界隔河而望的一个明清时代很繁荣的商业小镇。这个作品讲的是在抗日战争期间小镇上的一个商界领袖，为了继续维护小镇的商业繁荣，他做出很多经济上的付出，甚至牺牲；面对日军入侵，他又挺身而出，带领当地的人们和日军作殊死的斗争。他有一种儒商的风范，是当地的精神领袖。

另外，我觉得还有一类的作品写了人生的回退和人生的悲凉。《牵风记》发表之后大家好评如潮，对作品主人公的人生阐释有各种走向，我觉得很多人没有解读出女主人公汪可逾的一种精神指向，即我说的人生回退。作品里边有很多这样的相关描写和提示，但是不太被人注意到，更多的人围绕着老先生徐怀中说过的另一句话"一匹马三个人"来做文章。其实很明显，《牵风记》的主角不是三个人，是一个人，小说讲的是汪可逾怎么样重返婴儿状态，摆脱世间各种各样的负累，摆脱红尘当中各种各样复杂的人际关系。作品里有一个很能说明问题的例子，汪可逾一直对任何人都保持一种微笑状态，见面就跟人问好，但是后来就有人问她：得到过什么回应吗？并没有。周围的人都没有这样一种对她友善亲和的姿态，这和人生的回退相关联，是一种人生的悲凉，如果我们是汪可逾，对每个人都保持一种友善，见面都问好，有一种发自内心的微笑状态而得不到回应，一次两次是可以承受的，但是不可能长期保持下去。但是汪可逾的这种状态一直所保持到她的生命终结。

我们现在写的很多英雄都没有分享新中国的成立带来的胜利的光荣。像《远去的白马》《人生海海》，主人公都是时代的英雄，但是因为各种各样的原因，即使是进入了共和国时代，他们仍然生活在一种非常非常严酷的状态当中，仍然受到各种各样的排斥鄙视，这也是我们在百年历史当中，出现的一种新的状态。

再有，我们现在的英雄塑造，有一部分可以归结为技术派和传奇侠，我把徐贵祥的《英雄山》称为战争年代的技术派，对于军事的战术，战争里各种各样技术性的关节的描写非常突出。我觉得这也是写作的一个新的特征。而像《巨变：1949》《千里江山图》《人生海海》这样的作品都有侠客式的一种描写。

破除文学史周期率的新时代文学使命 *

吴　俊（上海交通大学）

　　为什么说是文学史周期率呢？我先是从王国维的一句话中想到的，所谓"一代有一代之文学"。后来上溯至焦循的"一代有一代之所胜"的文学史观，进一步理解古人对于文学流变与时代的关系思考，其中有着一种周期性的以文体文类为核心的文学史周期率观念。

　　但要把这句话放到现代、当代，放在我们的新世纪新时代，恐怕就要有点儿理解上的变化了。王国维的这段话是被引述最多的，他说："楚之骚，汉之赋，六代之骈语，唐之诗，宋之词，元之曲，皆所谓一代之文学，而后世莫能继焉者也。"王氏最简单的目标是要强调宋元戏曲研究的独特性、必要性、正当性，认为这是一代文学的高峰特征，而且，从历史角度观察，每代都各有其文学的高峰及特征。其次，在这样一种研究的独特性、必要性、正当性的后面，应该重视的是它的学术方法、学术路径，是用文体、文类来辨识和标示的。就是说每一个时代，它都有一个标志性的独特文学文体或文类。最关键的还有最后一句话："后世莫能继焉者也"。前代文体文类在后代是没有人能够继承发扬光大的，所以

---

　　* 本文根据中国当代文学研究会第 22 届年会大会主旨发言录音整理。

我才概括认为"一代有一代之文学"其实含有一个文学史周期率的潜台词。同时，也含有一个从文体文类上来区分文学史断代的学术指向，这是我看问题的由来。

如果从新时代乃至新时期以来的文体文类表征来看，应该说王国维包括焦循的这样一个学术思路和文学史的周期率，其实已经在无形中被打破了。为什么呢？我举两个显著现象来说明，一是新时期以来，跨域破界的新文体创制已经成为文学流变大势，回看最早的朦胧诗、实验戏剧，还有最常见的中篇小说，它的高峰就出现在新时期文学里，又有后来的非虚构、创意写作等，都是同代并存发达的文体。一代文学文体独领风骚的唯一性现象消失了。第二，网络写作天生就是新文体特别是新文类的世界，传统纸媒的文体文类概念和方法完全不能应对网络写作的生态，"一代有一代之文学"（文体文类）之说，恐怕更要彻底重新考量概观了。由此我就想到，在中国传统学术的文学研究里，文体文类问题其实是一种关乎本体的问题，不仅只是文学的形态和生态特点，所以文体文类研究非常发达。

因此，鉴于文学史传统，如果说单一的、主流的文体文类周期率已经被打破，这是最近40年文学能证明的，那么，跨文体跨媒介的新文体新文类的问题，应该成为我们文学研究当中的时代之问。当代文学批评和研究应该重视这个问题——学术上既是延续了我们的文学研究传统，也具有对于新时代的宏观认知和价值判断的深广内涵。

丝路学视域中的当代陆丝文学研究 *

言及丝路，颇为纠结纷乱，迄今争议仍然较多，丝路文学／文化的研究亦然。我仅谈两个方面。

一、一带一路与陆丝文学方面的问题

古丝路是世界遗产。2000多年前，亚欧大陆上的人民克服重重困难，开启了一条走向未知世界的探索之路。由此，丝路国家和人民在跨国贸易和人文交流方面才出现了"自觉"状态。如今古丝路升级为新丝路亦即一带一路。丝路文学、陆丝文学有广义、中义、狭义之分，有道路、作者、题材之别，写丝绸之路及其周边的文学是丝路文学，作者生活在丝路及其周边并写出相对作品，还有来自非丝路区域的海内外作家关注丝路、书写丝路，也会有感人至深的丝路文学。茅盾、王蒙及余秋雨等都不是西北陆丝之人，都来自中国东部或南方，却有书写丝绸之路的佳作。余秋雨在《中国文脉与丝绸之路》一文中说："世界文明借由丝绸

---

* 本文根据中国当代文学研究会第22届年会大会主旨发言录音整理。

之路紧紧地组合在一起了，我找不到这个地球上有另外一条路像丝绸之路这样，把人类文明呈现得如此灿烂。我们在歌颂公元 7 世纪到 9 世纪的唐朝的时候，甘肃的骄傲是无与伦比的，我们是动脉所在。""我们生活在一个非常精彩，非常了不起的、充满生命的文化之中。文化主脉当中有非常重要的一脉就是丝绸之路。"

作为古代世界人文交流史上辉煌的篇章，丝绸之路的从无到有及其持续拓展，无论对于起始国还是沿线国（地区）甚至整个人类世界，其意义都是非常重大的。丝路凿通、丝路交错也有"化成天下"的功能，尤其是当今的"一带一路"，作为古代丝路的升级版更是具有"化成天下"的巨大威力。尽管丝路依然曲折，各种"病毒"频发，但前途依然光明可期，"一带一路"定然会成为世界性的"多带多路"，一定会有越来越多的国家人民通过丝路交通、交流、交心而对人类命运共同体形成共识。我经常说的"古今中外化成现代"及"文化磨合"也正是这种思路的体现，意在强调在广泛的借鉴、沟通、互助与磨合中"化成天下"。由此可以说，在当今开创"一带一路"伟业及丝路文化语境中言说"丝路学""丝路文学"以及相关的"创业文学""陆丝文学"等话题可谓恰逢其时。很显然，"一带一路"倡议借用古丝绸之路的历史符号，融入了新的时代内涵，是人类开放包容的合作平台，是各方共同打造的全球公共产品和文化场域，亦是高效的平台／大道。正所谓"大道不孤，天下一家；和而不同，美美与共"，由此，人类通过积极的文化磨合之道，破解二元对立、你死我活的人类难题，建构适配的合作或竞合关系，才能实现我们期待已久的共享主义——古丝路的开创之道其实也是在探索共享之道，并为我们追求和期待的建基于命运共同体的"共享主义"提供了历史经验和有益启示。这个"共享主义"无疑是一个大命题，可以好好讨论。这是跟我们当代中国文学息息相关的一个重要命题。

二、陆丝文学及其研究方面的问题

谈这个问题主要意在强调研究丝路文学的重要性，也是一种倡导吧，特别希望有更多的年轻学者、学人多关注和研究丝路文学。我这里主要强调三点：

第一，丝路文学是丝路文化的重要组成部分。丝路文学主要包括陆丝文学和海丝文学。学术界有人还在彰显草丝、茶丝、沙丝等丝路及其文化／文学，其实这些都可以纳入总体的陆丝文学／文化范畴。近些年来，人们津津乐道丝路文化、丝路风情或新丝路及丝路景观，却很少有人深究丝路文学。其实丝路故事多，丝路文学亦多，丝路文学景观难以胜数。在丝路故事和文学中，不仅有古人的风骚浪漫，也有古人的风险考验，挑战丝路险阻经常是古人要面对的严酷现实。尤其难能可贵的是，古今的丝路故事和文学，都相应地体现了这种在"丝路"穿梭中形成的交流交通、开拓探索、艰苦创业的丝路精神。

第二，中国大现代丝路文学继承了大古代丝路文学的传统，丝路及周边作家作品很多，也很值得研究。古今丝路文学创作，总体看也蔚为大观，文学视野也堪称"辽阔"。比如，今人编辑的《历代西域诗钞》《咏西安诗词曲赋集成》等就显示了广阔的文化视野。又如作为丝路文学的一部总集，《敦煌文学丛书》在进一步彰显了历史特定时期的"敦煌文学"的同时，也显示了今人重新编辑和研究的广阔的文化视野。可以纳入"丝路文学"范畴的现当代作家作品很多，诗文小说戏剧报告都多，这里略提一些吧。如于右任、范长江、茅盾、李季、闻捷、碧野、路遥、张承志、文兰、艾克拜尔·米吉提、高建群、红柯，等等，很多作家写出的作品都有丝路文学的特征，都重现了西部丝路的自然景观和文化景观，也各有侧重地书写了创业的艰难、创业的乐观以及创业兴家与人性情感的种种纠结、冲突。而敦煌文学可谓是陆丝文学亮点中的亮点。此外还有长安／西安文学、西行／西游文学等也都是亮点，像阿莹长篇小说《长安》、许维中篇小说集《敦煌传奇》、徐兆寿文化散文《西行悟道》、冯玉雷敦煌系列长篇作品等，都是值得关注和研究的好作品。

第三，从学术史或从丝路学的角度梳理丝路文学的古今状况和研究，以及相关文献的整理，都很有必要。目前看来，丝路文学研究整体看还相当薄弱，丝路文学研究确实需要进一步加强和拓展。除了传统的敦煌学中的艺术研究比较充分之外，其他方面的研究都很不充分，特别是当代丝路文学研究，还处于初期建构阶段，对研究对象及范畴、概念等，都还处于较为模糊的阶段。在这样一个阶段努力彰显丝路文学的切实存在是非常切要的研究工作，从古今最基本的相关文献资料的搜集整理和研究入手，便不失为一个必要的研究方向。近期，我跟几个年轻人合著了一本书，叫《文化视域中的现代丝路文学》，算是第一次比较系统地探讨了"大现代"丝路文学的一些基本情况。在"一带一路"的文化语境和时代背景下，从文化视域（尤其是丝路文化论域）对中国现代丝路文学（指近现代以来的"大现代"丝路文学）进行了整体考察和个案分析。该书着力从丝路文化及相关地域文化等视角对丝路文学进行多方面的探讨，既注重丝路文学研究体系的建构，又通过文本分析深入其内部多元共生的文学形态，揭示其丰富的文化意涵。同时通过界定"丝路文学"的概念，努力厘清现代中国"丝路文学"的研究范畴，梳理了丝路文学的书写历史，建构"丝路文学"现当代书写的谱系，为深化和拓展中国现当代文学研究做出新的尝试，为中国文学研究者提供了有价值的研究思路，对建构当代"丝路学"也有积极的意义。

而作为交叉学科的"丝路学"，更是个重要的、开放的话题，丝路文学包括陆丝文学都是其中的分支，也是言说不尽的，年轻学人正可以在这里大展身手。

当代文学多元研究模式的对垒与互补 *

郜元宝（复旦大学）

经过过去数十年的努力，当代文学在研究和批评的方法上日趋多元化，研究方法走向成熟和自觉，也是我们的文学研究和批评取得实际成绩的一个方法论的保障。其实应该说各种方法模式不应该是对垒的，本质上应该多元互补，因为你不管采取什么方法，它的目的只有一个，就是阐明文学研究对象的实际。但问题是方法并非一种完全中性的工具，它背后必然是带着不同的文学史和文学本身的观念，因为方法是在历史中形成的，它有历史的痕迹。那么后者，就显然是在一定的价值立场之间，有彼此增殖、商榷，甚至是对垒的地方。在不同的立场之间，各种方法是不是仍然有互补的可能呢？这是值得我们思考的。

我举个例子，当代文学研究中一个比较热门的话题就是"十七年文学"，这本身是一个中性的命名，是一个历史客观存在的事实。但是有些学者基于他自己方法的研究，对此否定的多一点，有些又给予高度的肯定。前者可以用八十年代中后期的"重写文学史"方法论，对赵树理、柳青他们某些方面进行否定，实际上也有肯定，但是因为以前没有这样否

---

* 本文根据中国当代文学研究会第 22 届年会大会主旨发言录音整理。

当代文学的演进与经验

定过，所以就显得很触目。那么后者，就是近年来对柳青、周立波现象的再一次高度肯定，这都是完全正常的，但是要看如何肯定和否定，现在这方面的交锋还不是太多，所以我也举不出什么例子来。只是说，从个人的观感来看，确实还是需要具体问题具体分析。一个最突出的例子就是如何在各种方法的交锋和互补中，显出文学史研究的一个核心的指向，即指向客观历史的变动对于文学提出的各种要求，我们的作家如何去回应这些要求，这是主客观两方面的合力，这也应该是文学史研究最有兴奋点的地方。但是我看某些强调文学本身的方法和观念，可能过多考虑到的是作家这一面：作家受到委屈和限制，在委屈和限制中他仍然有所创造，这个讲得比较多。另外一方面，是作家对于某些既定的国策以及最基本的历史必然性的认同。这两者之间有交叉，但是确实也存在着很多的分歧，我最近听有一些资深的学者，他们私下里说，也没有写成文章，甚至对"十七年文学"这样的命名，都是有看法的，是不是合理还可以提出来讨论，因为它纯粹是一个客观的缺乏分析的一个自然年龄的命名。

我再讲另外一个例子，就是最近讲的"新山乡巨变"，实际上跟前面讲的"十七年文学"是有一定联系的。因为以前我们做现当代文学研究的人都知道，好像写都市比较困难，写农村和乡土比较容易。因为这是我们百年来中国文学积累的一个经验，研究也是这样。在40年代钱锺书先生有一篇英文的文章影响很大，叫"A Proposal of the Shanghai Man"，就是《且说说上海人吧》，他说上海人你无法去理解他，因为他是一个无底洞，都市就是这样一个现代性的流动。所以尽管我们的都市文学研究在不断成熟，从90年代以来到今天，我们的研究成果也跟上去了，似乎都市研究已经成型了，出现了各种的批评模式。但是反过来，对于乡土或者是农村题材的研究，这两种方法现在是叠加在一起的，好像反而变成了难题。因为我们以前的一个想法是，写农民是一写一个准的，各显神通，有太多的作家在农民的书写上成功了。这就引出我的另外一个想法，就是文学研究也好，文学创作也好，它确实要尊重文学史本身发展的脉络，这个脉络中所积累的经验，比如说要研究乡土文学或者农村题材小说，它有一个核心的问题无法回避，就是中国作家在百年来，是怎样聚焦于某一个适当的时空和人群，或某一个话题，以至于在不同的地域不同的时空中还能够引起大家共同的兴趣。比如说从鲁迅开始，我们的乡土文学总是喜欢写一些小镇，后来路遥把它命名成"城乡交叉地带"；或者总是将诸如辛亥革命等大的历史变动作为一个背景来写；或者如柳青的《创业史》，是在某一个基本国策的驱动下来看农民的变动；再到后来我们很多作家不约而同地去写农民工，写农村的空巢现象。这也是一个历史经验的积累必然导致的结果。那如果要研究这方面的文学史的问题，确实具有一个社会学的文化批评的空间可以腾挪的，在文学史上也有经验可以参考。所以我们的方法对垒只是表面的现象，深度的对话和合作应该是必然的。

中国文学的又一次革命

徐兆寿（西北师范大学）

司马迁在《史记·天官书》中从天文和地理（宇宙）演变的角度讲了天道运行的规律，继而从已知的历史大事件又"印证"了天道对人道和历史的影响，总结出"天人之际"的规律，他说："夫天运，三十岁一小变，百年中变，五百载大变；三大变一纪，三纪而大备：此其大数也。为国者必贵三五。上下各千岁，然后天人之际续备。"这在今人看来大有唯心主义倾向，但实则是唯物主义观念，讲的天人演变之规律。

以此来观近代以来中国及世界之变化，则一目了然。三十年一小变，正是中国古人讲的"三十年河东，三十年河西"之说。从文学的角度来看，五四以来至新中国成立为三十年，新中国成立至改革开放是我们所讲的"前三十年"，改革开放以来是"后三十年"，而新时代则是另一个三十年之变，我们正处于其中。百年一中变，也正是"百年未有之大变局"的来历。五四新文化运动接引西方文化来救国，也引来了马克思主义，中国为之一新。百年以来，中国用马克思主义和西方引进的科学、人文发展了国家，也使中国从站起来到富起来，还未强起来。但百年一变，正是中华文明复兴之际，是中国传统文化进行创造性转化和创新性发展之际。这便是中国文学乃至文化之变的大背景。

再从世界局势来看，用美国历史学家斯塔夫里阿诺斯《全球通史》中的观点来看，公元 1500 年之前是陆地文明的历史，所以丝绸之路是人类文明交流的伟大通道，而公元 1500 年以来则是海洋文明的发展史，航海大发现、地理大发现、资本主义、美国的崛起等都是这五百年的事情。最为重要的是，世界史也是在此五百年内由欧洲人书写，亚洲人是被殖民的对象，未有参与。如今，五百年的大变局已然来临，整个世界由此也将进入一个新的历史阶段，即与东方世界重新发生冲突、融合与重建的新阶段。而东方世界早已被西方世界强行殖民或半殖民化过，同时也自觉学习过西方文化，中西方的融合在东方世界已经成为一种大趋势。过去的东西方冲突主要表现为基督教世界与伊斯兰世界的冲突、美国与苏俄之间的冲突，新冠疫情和俄乌冲突以来，西方世界对中国也产生了前所未有的警惕与遏制。这说明东方世界在强力崛起，西方世界在竭力维持一种欧洲中心主义观和世界一元论思想。

但是，这种冲突、融合与变革、新生将不仅仅发生在大国之间，也将发生在各种国家与团体之间，甚至也会发生在单位或家庭内部，从文学和哲学的方法来看也将发生在每个人的心里。世界变革的车轮在滚滚而过，我们每一个人都在这辆列车上，不可能视而不见，每个人都将在这列列车上寻找安稳的位置，并不断地变换姿势。文学必将要描写并幻想未来，这也就意味着中国文学乃至世界文学都将或宏观、或微观地讲述时代巨变中的人类生存境遇。

中国文学，过去百年几乎是在西方文学的观照下进行的创造，即使是社会主义文学也带有从欧洲引进的马克思主义的强烈印痕。进入新时代以来，马克思主义的中国化是与中国传统文化相结合而走向深入，时代的文化与文学艺术又何尝不是。但过去十年显然只是一个开始阶段，中华文明的伟大复兴必然是伴随着中国传统文化的强力创新和吸纳世界文明的合和胸怀而展开的，绝不是复古。如此，我们便会想到唐代韩愈引领的一场声势浩大的古文运动。在那场运动的背后，是另一个西来的文化——佛教的强力展开，如果我们有时间看看唐代人编的《广弘明集》，就可以从其序言中看出一端，对佛教的尊崇，对儒家和道家的极力贬斥可谓开宗明义，显而易见。这便是唐时为什么会有韩愈重新提倡儒家学说，在文学上则表现为古文运动。

如今，来自整个世界的文化资源——西方文化、伊斯兰文化、印度文化、美洲文化甚至非洲文化——都在这一百年内被我们一一认识并应用，显然，中国的问题并没有得到解决，此时我们会想到还有一种文化一直被我们有意识地忘却或抑制，这便是中国传统文化。中国传统文化是一种文史哲不分的文化，是一种感性与理性共通的文化，是一种社会科学与自然科学融为一体的文化。我们对它的认识大多停留在五四时期，也只是认识到它的缺点、不足、僵化的一面，这是中国传统文化发展到末端的表现，并未认识到它的诸多优势，更未认识到它的精髓。中国古代文学在进入现代以来也被西方文学格式化，在分科以后就与历史、哲学乃至科学分道扬镳了，文学只剩下修辞，没有思想，没有世界观和方法论，所以也没有多少文艺理论的资源供批评家使用。评论文学的尺子都交给了近现代以来的西方文艺理论。这是我们近百年以来的文学状况。

但是，随着中国传统文化的强力抬头，随着我们对中国文化世界观、方法论、伦理观、家庭观以及生活观的进一步理解、认同，百年来引进的西方文化与文学将会融入这场洪流，那么，中国人将迎来一场伟大的文化融合运动，文学将在这样的运动中继续担任先锋官的伟大使命。此时，我们也许会想到欧洲文艺复兴。那也是欧洲被外来的基督教文明掌灯一千多年之后，欧洲人重新发现了古老的罗马文化，看到拉丁文学，最重要的是看到了古希腊文化，于是，一场向着复古之路而进行文艺复兴就此开始了。

显然，当我们论述到此时此刻，已经不能简单说我们在用中国史学的方法理解世界，中西方的历史进展惊人地向我们显示了它的共通性，显示了司马迁讲述的天人之际的规律性。一场文学、历史、哲学乃至各个学科的新的叙事将从此展开。文学，将凝聚中国人乃至全人类的情感、理想，将用古老而簇新的修辞重新去发现世界、重建世界。

（原载《文艺报》2023 年 8 月 11 日）

谈谈非虚构写作的多重性 *

　　非虚构写作是近年来极为热闹、也极为重要的创作现象。我们对一些非虚构类的文学创作,一直称为"非虚构写作",很少叫"非虚构文学",因为它极大地拓展了传统文学的审美空间,也突破了文学自律性意义的体裁规范。对此,我想从三个方面谈谈中国当下的非虚构写作。

　　第一是非虚构作家身份的多重性。我最早接触梁鸿的《中国在梁庄》时,就很明确地感受到梁鸿不仅仅是在行使一个作家的身份,其实也在行使一个社会学家的角色。因为她在观察农村城市化进程中的一些独特东西,特别是她的早期作品中,主要记录的都是梁庄农民在全国各地的生存现状。同时,她又在行使一个新闻记者的角色,不断通过田野调查式的采访实录,以点带面,试图呈现中国现代农民独特的生活追求。后来读多了这类作品,感受更明显,这些作家的写作,确实不再是一种单纯的审美表达,或者一种情感的抒写,而是体现了他们的多重身份。比如说,像黄灯《大地上的亲人》,她也是写农村,但她笔下的农村跟梁

---

　　* 本文根据中国当代文学研究会第 22 届年会大会主旨发言录音整理。

谈谈非虚构写作的多重性　　　　　　　　　　　　　　　　049

庄就很不一样。她既是作家,同时又是作品所写家族中的一员,还是穿梭于城乡之间的一个观察者。在《我的二本学生》中,黄灯不仅是一个大学教育工作者,同时也是一个社会观察家兼作家。

又如万方的《你和我》,表面上看,作者写的是父母,兼及祖父母。但细细地看,她既是在梳理文坛几十年的某些观念变迁,又是在梳理她的父母两边家族的变迁,同时还围绕父母梳理了那一代知识分子的变迁。也就是说,她的角色同样也是多重的。陈福民的《北纬40度》中,既有非常艺术化的语言,也有非常幽默灵活的语调,很多时候它还带着强烈的历史修正意识,包括征引的史料,都很明确,都是一些正史,野史偶尔也引一点,体现了某种程度上的史学家角色。同时,他还充当了人类学家的职责,因为在北纬40度一带的不同族群的交往,展示了中原农耕文明和北方游牧文明的不断冲撞和交融,具有非常重大的人类文化学意义,对我们今天强调的一带一路或者人类命运共同体来说,也具有非常重要的借鉴意义。也就是说,作者在作品里渗透的,不是简单的历史复述,或者说历史重写,它蕴含了社会的、历史的、人类学的各种视野。

第二是非虚构作品内涵的多重性。最近两年我读了比较多的非虚构作品,印象比较深的,有伊险峰、杨樱的《张医生与王医生》。我感觉,作者肯定不是简单地要写一部文学作品,作品中大量对中国社会阶层的分析,都体现了他们非常明确的社会观察者身份和思考。也就是说,它是一部文学作品,但内涵丰富复杂,既有宏观的社会阶层思考,又有个体成长记忆的反思,还有社会伦理变迁的探讨。杨潇的《重走》也是如此。作者重点写了当时西南联大搬到长沙时的临时大学,以及后来西

　　　　　　　　　　当代文学的演进与经验

迁昆明的过程。但从作家身份来说，他已经呈现出多种角色的融汇。当然，在这种融汇过程当中，作家的意识还是占主导地位的，同时他还扮演了社会学家、历史学家、人类学家、新闻记者等角色，这构成了当代作家对自我认识的一个巨大拓展。也正是因为作家身份多重性的驱动，非虚构写作在主题上注定是多样的、多重的，很多非虚构作品不仅仅是一个审美的存在，同时也是一个社会史料、历史史料的承载。我们曾经和《探索与争鸣》杂志一起在清华大学开过一个会议，社会学的很多专家都认为，非虚构写作给他们提供了很多社会学的观察方式和思维，也提供了很多新的社会信息。后来我们又在杭州召开了一个和历史学家关于口述史的对话会议，历史学家也认为，文学和历史之间也存在着多重的相交属性。所以如果我们认真地看一看陈福民的《北纬40度》或者阿来的《瞻对》等，会发现很多历史的事实在通过作家情感的统摄之后，变得特别有意思，而且跟历史学是不一样的。所以我觉得，这是它在主题上多重属性的特点。这种多重属性，在文学层面上更多的是追求共鸣与共识。它不同于社会学和历史学。历史学和社会学更多地求真理、求科学，而非虚构作品既求共识，又有共鸣。

第三是叙事的多样性或者叫多重性。关于这一点，我写过几篇文章，但考虑得还不是很成熟，只能简单地谈一下。首先，非虚构作品的文本形态是碎片化的；其次它在文体上是反自律的。所谓反自律性，就是说文学的体裁有其自身的自律性特征，当然这个自律性特征也是启蒙之后人们逐渐建构出来的，所以我们始终认为非虚构是一种写作，它不是一种文体。如果将它们纳入文体范畴，那就要有文体的规范性。实际上非虚构的碎片化写作，就突破了文体的规范性。我也曾经在一篇文章里认为它是一个反自律性写作，当然反自律性写作也没有什么不好，先锋文学等其实都是通过反自律性，把文学推向了一个新的发展高度。而且，碎片化在某种意义上就是反自律性写作，但是它的碎片不是一个简单的场景和细节的补充，而是运用了多种文体的一个糅合。

以史料开掘拓展和深化当代文学史研究 *

黄发有（山东大学）

这些年在电子检索和数据挖掘方法逐渐普及之后，当代文学史研究领域的学者，可以非常便捷地获得各种信息和已经电子化的资料。值得注意的是，被海量的信息包围的研究者也容易被过度膨胀的信息所干扰，甚至被信息所淹没，直奔主题的信息检索也很容易遗漏一些重要的信息。过分倚重电子化手段，使得那些没有转换成电子数据的史料，很难进入学术视野。电子检索尤其是全文检索的盲点，也会遮蔽一些有价值的信息。研究主体面对史料的碎片化收集，也必然导致研究的碎片化的状态。最近几年的年轻学人，为了应对高校苛刻的考核制度并及时出成果，往往会选择一个比较小的研究领域精耕细作，这样的好处是研究比较集中、专门，局限是研究的视野会受到限制，个别研究成果也会呈现出碎片化的状态。因此，深入的史料开掘有利于拓展和深化当代文学史研究。

第一点，当代文学的历史化，必须以史料的整理研究作为坚实的基础。第二点，在当代文学学科发展的进程当中，文学评论发挥了重要的

---

* 本文根据中国当代文学研究会第 22 届年会大会主旨发言录音整理。

作用。文学评论家第一时间对作家作品、文学现象、文学潮流进行跟踪研究，对作家作品的思想艺术得失做出评判。文学评论成果是文学史研究的草稿。文学史家必须对文学评论进行辨析、综合与提炼。在此过程当中，史料方面的补课也是必要的环节。只有这样文学史研究才能在整体事业当中，梳理整个文学发展的历史脉络。第三点，"十七年"时期当代文学史的写法，受到苏联文学史编撰体例的影响，在以论代史的框架中选择性地使用材料，以作家作品研究为主线，以点带面，在梳理政治思潮与文学思潮时，兼顾文学环境。但这一类研究，有太多对时代形势先入为主的判断，有时候难免牵强附会，对作家作品不易作出全面准确的评价。加强对史料的收集整理，能够矫正一些问题。第四点，在当代文学研究中，诸如手抄本、审稿意见、书信简报、档案、稿费单据等的史料形式，一直没有得到足够的重视。对这些材料的挖掘研究，不仅有利于建立更为丰富而完整的史料库，也可能找到当代文学史研究中曾经缺损的拼图，拓展当代文学研究的广度和深度。中国当代文学史料的开掘工作亟待推进，这对于中国当代文学学术与学科的发展都有重要意义。第一点就是抢救史料。因为这几年无纸化的潮流使得大量的材料被销毁，尤其是比如说五六十年代到 80 年代的一些油印材料、手写材料，如果现在不及时挖掘，等过一段时间，即使研究者有这个想法，这些材料可能都已经湮没了。第二点就是还原历史。第三点，在找到一些新史料的基础上推陈出新。

我重点谈一下在发掘史料和解释史料时应当注意几个方面的问题。第一点，就是借助新旧史料的融合与互证，推动学术创新。因为应用新材料是学术研究出新的重要途径。用好新材料和稀缺材料，容易出奇制

　　　　　　　　当代文学的演进与经验

胜。发现一些被忽略或者被遮蔽的重要问题。但前提是必须对这些材料进行必要的辨析，去伪存真，因为有的新材料其实是假的材料。这样才能让史料复活，揭示那些常被遮蔽的历史的侧面，逐渐接近事实的本来面目，使新的疑问和线索浮出水面。第二点，在同时代性的视野当中去寻找历史断裂的裂环。研究者作为研究对象的同时代人。在厘清史料的时空关系、来龙去脉方面，都占有独特的优势。因为有些工作我们不去做的话，后代的学者就是有心要搞清楚，可能也力不从心了。文学的方方面面，比如作家、评论家、编辑和读者，文学创作、文学研究、文学评论、文学翻译、文学编辑、文学阅读等不同的文体文类，都在共时空中相互依存。某一方面的史料，都可以从相互关联的其他方面得到印证。尤其是这些研究者作为在场的主体，可以通过知人论事的直感以及其他文学人群的对话，使得史料的发掘与研究，都包含一种唤醒生命记忆的精神诉求。第三点是保持距离的同时代人的反思，提供了一种内在的意志的声音。

第三个大的方面可以以碎利通。因为我们可能找到的很多材料都是碎片化的，但可以以管窥豹。因为通常情况来讲，新出的史料大多比较零碎。我们必须尊重这种历史的本来面貌，不能靠脑补来想象或者猜测历史。大多数稀见史料难以被简单归纳和概括。作为例外的证据，这些碎片化史料提醒研究者，应当重视反证法，排除一些过于草率和粗俗的论证，摆脱先入为主的理论框架；以小见小，注意研究对象的独特性。这样才能呈现文学的丰富性、气味性与复杂性。不能因为史料的碎片化，企图用整体的一个视野来激活它，就故意地进行一些自己认为对的补充。这样就可能扭曲历史的本来面貌。在细节得到重视的前提下，文学史才不会变成一种简单的拼盘式研究。一口一口地挖井，随着这些分布在当代文学历史版图上不同点位的"深井"逐渐增多，局部的收获势必会影响整体性的历史评价，当代文学学科的整体学术质量也将得到提升。

文学研究中的个体与整体 *

谢有顺（中山大学）

中国当代文学的成就，主要集中在新时期以来的这四十多年。这四十多年累积下来的写作者很多，各种风格、各种水准的作品都数量庞大，说中国当代文学成就大的人，可以找出很多有实力的作家和作品例证，说中国当代文学不值一提的人，也能找到不少名不副实的作品例证，而且双方所举证的，很多还是相同的作家作品。这也可从一个侧面见出评价中国当代文学之难。

但凡没有经过较长时间淘洗、过滤的文化现象，共识总是很难形成，争议乃至价值分裂都是必然的。中国自古以来有"文德敬恕"的写作传统，不喜欢满口柴胡气、一开口就见到喉咙的刻薄文风，觉得那样少了敦厚温和之气，但这样的传统五四以后就被打破了。五四以来的许多文艺论争，都是用词极端、充满意气的，夹杂着人身攻击的论战也不在少数。很多人抱怨现在的批评文风要么过于温吞、要么戾气很大，各种不满意，其实让不同的人选择不同的说话方式，是再正常不过的文艺生态；试图让每一个人都怒目圆睁、见佛杀佛，或者让每一个人都细细思想、

---

* 本文根据中国当代文学研究会第 22 届年会大会主旨发言录音整理增补。

慢慢道来，都不现实。学会接受在文学现场发生的各种意气、火气、情绪、片面、缺漏、不吐不快、攻其一点不及其余，是身在当代的人必须面对的现实，这些也是当代文学不可分割的一部分。要在如此混杂、喧闹的中国当代文学现场里作出清晰的判断，并不容易。

　　以四十几年前新时期文学的发轫为一个新的起点，应该说，中国当代文学的这个新起点，艺术水准是不高的。刘心武的《班主任》固然重要，但以今天的眼光看，艺术上还嫌粗糙；那时，因为写作被批判的也大有人在。我听舒婷说过，她当年写诗，面临着怎样的巨大压力；我也听汪政讲过，赵本夫当年写《卖驴》，差点被拘押。可见，无论艺术上还是思想自由度上，四十多年前的这个起点都是很低的。但经过这几十年的努力，不可否认，中国当代文学取得了很大的进展，至少在诗歌、中篇小说、长篇小说、文学批评等方面的成就已不亚于现代文学甚至超过了现代文学，这应该是不难判断的事实。我们今天对现代文学作家有崇高的评价，一方面和他们的写作成就相关，另一方面也与他们参与了现代汉语的建构有关。现代汉语的基本面貌主要是以现代文学的文本为参照的，如果一个作家参与了一种语言的建构，尤其是见证了一种语言从出生到成熟的过程，他的重要性就不言而喻。相对来讲，当代文学在语言比较成熟的状态下，要想有所创新，并建立起一种全新的语言风格，难度就要大得多。但这并不能成为我们漠视中国当代文学成就的借口，以中篇小说为例，像20世纪八九十年代发表的《棋王》《透明的红萝卜》《罂粟之家》《一九八六年》《傻瓜的诗篇》《没有语言的生活》《玛卓的爱情》等一大批作品，今天重读仍然是令人赞叹的；有些作品，即便放在同一时期世界文学的尺度里（从现有的中文译作来看），也是可以平等对话的，比如苏童的一些短篇小说，艺术水准并不见得逊色于那些已翻译过来、与他同龄的西方作家。

因此，承认中国当代文学这四十几年所取得的成就，同样需要胆识和勇气。

文学研究界总是存在一个怪现象，好像研究对象时间越久远就越显得你有学问，所以，在中国文学这个学科里，研究先秦的多半看不上研究唐宋的，研究唐宋的又可能看不上研究元明清的，研究元明清的看不上研究近现代的，而研究近现代的不少又看不上研究当代文学的。这种对时间的迷信其实是肤浅的。孟子说："观水有术，必观其澜。"观史何尝不是如此？如果不留意历史流程的每一个细小的转折处，尤其是它在当下所引起的波澜，史论研究很可能是空洞的。已故历史学家章开沅曾说，历史研究者的眼界不可太过局促，史学的真正危机在于大家把题目越做越小。文学界就更是如此了，从业者众，每年生产的学位论文更是堆积如山，但研究的视野和话题的丰富性，都窄小而有限。所以章开沅主张"参与史学"，强调史家必须有适度的现实关怀，回顾过去的同时，还要立足现实，并面对当前人类面临的一些重大问题。这种当代意识是任何一个研究者都应具有的。以此来看，当代文学并不是仅限于与一部分写作者和研究者相关的学科，而应是所有文学人所共享的精神场域。但凡有所担当的写作和研究，无论它从哪个角度切入世界，最后通向的肯定是"现在"——你对"现在"的态度，会决定你取何种立场思考；意识到了"现在"的绵延之于一个人的重要意义，人类才得以更好地理解在历史的某个特定时刻自己是什么。

不久前读俄罗斯作家贝科夫写的《帕斯捷尔纳克传》，里面这样描述帕斯捷尔纳克:"他的胜利不在于完美无缺,而在于完整、贴切地表达了他所经历的一切,也在于他不惧怕承担这一切。"这种"经历"和"承担",昭示出作家是活在当下的,他没有逃避现在,而是在对当下的体验中,通过语言重建一个他所守护的真实世界。许多时候,正在经历和发生的一切是最难辨认也最难判断的,一个文学研究者如果想要表达一种所谓的学术勇气,最简单的办法就是否定当下正在发生的文学,否定同时代的作家,因为没有经过时间淘洗、检验的文学经验,往往是最不值钱的,一切的过度判断都可以得到原谅,甚至还会有人把这种横扫一切的做法视为学术良心。但这又产生了一个新的问题,那就是,假若五十年后或者一百年后来回顾、研究这一阶段的中国文学,不可能认为这几十年的文学写作都是过渡性的、没价值的吧? 如果我们承认这个时间也诞生过好作家、好作品,那这些人是谁? 这些作品是哪些? 好作家、好作品不可能都等百年之后再来确认,今天在现场中的人就要有辨认和肯定的眼光,就要有第一时间大胆判断的勇气。

盲目肯定固然不可取,但一味地否定也不是正途,还是要理性、客观地从研究对象身上多加学习,才能对文学的发展现状提出更具价值的意见。这令我想起台湾学者徐复观的一段回忆。当年他到勉仁书院拜见熊十力,向他请教应该读什么书,其中有一段描写非常精彩:"他(老先生)教我读王船山的《读通鉴论》,我说那早年已经读过了。他以不高兴的神气说:你并没有读懂,应当再读。过了些时候再去见他,说《读通鉴论》已经读完了。他问:有点什么心得? 于是我接二连三地说出我的许多不同意的地方。他(老先生)未听完便怒声斥骂说:你这个东西,怎么会读得进书! 任何书的内容,都是有好的地方,也有坏的地方。你为什么不先看出他的好的地方，却专门去挑坏的；这样读书，就是读了百部千部，你会受到书的什么益处？读书是要先看出他的好处，再批评他的坏处，这才像吃东西一样，经过消化而摄取了营养。譬如《读通鉴论》，某一段该是多么有意义；又如某一段，理解是如何深刻；你记得吗？你懂得吗？你这样读书，真太没有出息！"——这事徐复观多年以后忆及，仍觉"这对于我是起死回生的一骂"。

那这四十多年不长的历程，中国当代文学最为重要的成就是什么呢？我觉得，在于它在某种意义上再造了中国文学的语言制度。

中国文学一直有比较成熟的、规范的语言制度，很早的时候，语言制度就对应一种文明制度确立下来。语言的制度化对文学的发展有利有弊。一方面，它使得文学语言变得规范、成熟，另一方面，也成为一种约束、镣铐。比如，格律诗作为中国语言制度的典范，成就很高，但过度规范也是对语言的窒息。孔子删《诗经》的时候，就是为了建立起文学的语言制度，这一制度的核心是"思无邪"，要通过语言整肃，"去郑声"，使诗成为雅音、雅言，此正声的目的是让诗言志，走大道。不仅郑声，同一时期的宋音、卫音、齐音，这些在野的声音、语词都是"溺志""淫志"，让人沉溺而心志混乱的，这些不合乎规范的声音都要被去除，"齐之以礼"。当语言高度格律化、制度化之后，诗也就容易走到刘半农他们所说的"假诗世界"，不改不行了。五四的功绩之一就是对这种成熟到近乎腐朽的语言制度的颠覆。从格律诗到自由的、彻底的长短句，这是对固有的语言制度的反叛，对一种自由的、个人的声音的重新召唤。

20世纪70年代末发生的中国文学，也是对之前"十七年文学"这一僵化的语言制度的反抗，让各种个人的声音有了重新发声的机会。朦胧诗也好，伤痕文学也好，先锋文学也好，再到女性文学、网络文学，等等，一路下来，都是越来越强调自我、个人的声音。这是一种文学语言制度的再造，文学又有了自由表达的空间，也获得了语言意义上的新生。今天的中国文学，主旋律的，弘扬传统文化的，先锋的，现实主义的，网络的，市场化的，汇聚于一炉，每个人都可以找到自己发力、施展的空间，这种驳杂与丰富，其实就是语言的胜利。而且每一种类型的写作，都开始形成自己的小传统及自己的代表性作家。我们不可能再回到旧有的腔调中说话和写作了，更不可能用一种统一的语言来覆盖所有写作了。而新的语言必然承载新的价值、新的观念，这种巨大的思想转变，和中国当代文学的一次次变革密切相关。

　　当然，肯定中国当代文学成就的同时，也需看到，中国当代文学也面临着巨大的困难，尤其在精神格局上的局限性尤为明显。

　　随着文学语境的变化，写作不再是单纯的个人面对自我、内心和世界的勘探，各种热闹、喧嚣都在影响作家，也在重新塑造作家们的文学观念。而国内文学活动繁多，国际交流也越来越频密，以致各种层面的交流被视为评价作品的重要参考。但我感觉，这些年作家们过度强调文学交流、文学翻译之后，有所忽略文学的另一种本质——写作的非交流性。事实上，许多伟大的文学作品，都不是交流的产物，恰恰相反，它们是在作家个体的沉思、冥想中产生的。曹雪芹写作《红楼梦》时，能和谁交流？日本《源氏物语》的诞生是交流的产物吗？很显然，这些作品的出现，并未受益于所谓的国际交流或多民族文化融合。它们表达的更多是作家个体的发现。正因为文学有不可交流的封闭性的一面，文学才有秘密，才迷人，才有内在的一面，这就是本雅明所说的，小说诞生于"孤独的个人"。"孤独的个人"是伟大作品的基础。现在一些中国作家的写作问题，不是交流不够，恰恰是因为缺乏"孤独的个人"，缺少有深度的内面。有些作家一年有好几个月在国外从事各种文学交流，作品却越写越不好，原因正是作品中不再有那个强大的"孤独的个人"。所以，好作家应该警惕过度交流，甚至要有意关闭一些交流的通道，转而向内开掘，深入自己的内心，更多地发现个体的真理，在作品中锻造出那个强大的"孤独的个人"，唯有这种文学，才会因为有内在的维度而深具力量。

中国当代文学还有一个重要的缺失，就是正在失去对重大问题的兴趣和发言能力，少了对自身及人类命运的深沉思索。不少作家满足于一己之经验，沉醉于小情小爱，缺少写作的野心，思想贫乏，趣味单一。比起一些西方作家，和鲁迅、曹禺等中国作家，一些当代作家的精神显得太轻浅了。私人经验的泛滥，使小说叙事日益小事化、琐碎化；消费文化的崛起，使小说热衷于讲述身体和欲望的故事。那些浩大、强悍的生存真实、心灵苦难，已经很难引起作家的注意。文学正在从更重要的精神领域退场，正在丧失面向心灵世界发声的自觉。从过去那种概念化的文学，过渡到今天这种私人化的文学，尽管面貌各异，但从精神的底子上看，其实都像是一种无声的文学，这种文学，如索尔仁尼琴所说："绝口不谈主要的真实，而这种真实，即使没有文学，人们也早已洞若观火。"什么是"主要的真实"？我想就是在现实中急需作家用心灵来回答的重大问题，关于活着的意义，关于生命的自由，关于人性的真相，关于生之喜悦与死之悲哀，关于人类的命运与出路，等等。在当下中国作家的笔下，很少看到有关这些问题的深度追索。许多人的写作，只是满足于对生活现象的表层抚摩，普遍缺乏和现实、存在深入辩论的能力。

这可能是中国当代文学急需面对的精神危机。而我们读翻译过来的帕慕克、伊恩·麦克尤恩等人的小说，还是能感觉到他们一直在描绘和探询深层的人性问题、信仰问题，就是好莱坞那些商业化的电影，都会蕴藏深刻的精神之问，比如《星际穿越》，作为科幻电影，它思考人类往何处去，人类的爱能否让人类获得拯救这样的问题；《血战钢锯岭》探讨信念的力量、精神的力量有没有可能改变一个人、改变一群人；甚至很多更商业化的好莱坞电影，也会去张扬和肯定那些有意义的、值得为之殉难的价值。就连迪士尼公司拍给小孩看的电影《寻梦环游记》，都令我感动和震撼，它告诉我们，人其实活在记忆里的，亡灵也是活在活人的记忆里的。你可以摧毁我的生活，唯独不能摧毁我的记忆，只要这个记忆还存在，就意味着这个人还活在我们中间，记忆消失了，这个人就灰飞烟灭了。这个主题是非常深刻的。相比，中国当代的文学、电影和其他艺术门类，可能过分满足于趣味、讲故事、制造各种商业元素了，不少作家、艺术家都渐渐失去了高远的追求，不太去思考人之为人的尊严在哪里，人究竟应该如何活着，有什么事物值得我为之牺牲这样一些有重量的话题。

文学本是灵魂的事业，应该执着于对人性复杂性、精神可能性的探讨，如果不在这些方面努力和跋涉，写作就很难说是真正意义上的精神事务。今日的中国文学，读者、销量、改编、翻译的话语权越来越大了，尤其需要强调这种精神意义上的写作雄心。

创造"历史"以进入历史 *

刘大先（中国社会科学院）

　　我的发言题目是"创造'历史'以进入历史"。如果给它一个副标题，就是"文学中的历史与历史中的文学"，也就是说想讨论一下历史记忆和文学表述之间的关系。对于历史的热情，其实根植于人类对自身存在的自我证明。因为记忆被视为一个人实有的条件。一个毫无记忆力的人，毫无疑问，他是个空心人，他只具备了人的外壳，而没有知识和内涵。但是历史和记忆之间并不构成等值关系。前者是植根于后者的芜杂而丰富的基础而将自己打造出的客观实在。

　　历史常常被我们滥用。从语义上进行周严一些的分析的话，历史就是过去的实存。由于时间的不可回溯，它实际上永远是无法再现真相的。常常被我们指称的历史，其实只是关于历史的记录，书写、铭刻和承载。除了书写文化诞生以后的文字之外，历史广泛地存留在口头传统、图像碑刻，民俗事象、宗教仪轨，遗物建筑、考古实物之中。我们所有关于过去的认识，只是来自这个第二维度的打着引号的历史。从这个意义上来说，文学中的历史其实是引子的引子。

---

* 本文根据中国当代文学研究会第22届年会大会主旨发言录音整理。

但这并不意味着文学一定比历史低级。两者在某种意义上都不过是对历史的叙述。只是打着引号的历史，往往倾向于总结出一定的规律，总是摆脱不了某个特定思维框架下的史观的影响，缺乏文学细节所提供的情感性、精神性和心灵的内容。而这正是小说想象性，或者说文学想象性的特长。虽然文学也存在着同样受主导性思想支配的问题，但它却可以在自己所创造的世界中最大限度地保留开放性和多样性，是比历史更真实的，其意义就在于此。因而，在虚构性作品当中，书写历史是作家们乐此不疲之事。

这当然与文学的起源有着莫大的关联。它与神话传奇、史诗吟唱、史书叙事等有着千丝万缕的联系。但文学必须以超越于历史的包容性和真理性，参与历史实践当中。这样才能使自己不再游离于时间之外，或者说移情潜信的那种雕虫小技。像这个斯科特的《艾凡赫》、雨果的《九三年》这样直接书写历史的小说，无论在观念和技法上都曾经给中国的现代小说以示范和教义。事实上，通过小说来书写历史，一度成为中国现代文学早期重要的一面。它们往往带有一种古为今用的灵活性，试图去复活《资治通鉴》式的史家古训。

郁达夫、郭沫若等从事过历史小说实践的作家，都力图将历史作为对象以烛照当下的现实，充满着明确的主体意识和政治关系，这种古为今用或者以今述古，意在通过小说的写作进入改变历史的进程。这跟早先的历史通俗化形成了一定的区别。比如说像冯梦龙、蔡元放的《东周列国志》或者蔡东藩撰写的卷帙浩繁的《中国历朝通俗演义》，他们往往秉承着史书常见的春秋笔法，并不注重人物个性素质，而突出事件的来龙去脉和各种人际、社会关系的曲折离奇。并贯穿符合大众趣味的、朴素的那种道德教化。这种大众娱乐和教育产品并不具备史官的自觉，而现代历史小说则要明确得多。最典型的例子是姚雪垠的《李自成》。文学所原来有一个董老师，他对此有比较多的研究。他说，把农民起义和农民战争作为推动中国社会发展的动力，是用马克思主义唯物史观阐述中国历史得出的重要结论。对历史本质的这种判断和解释，使新中国成立以来的文艺运动始终把塑造工农兵形象、塑造阶级斗争中叱咤风云的无产阶级革命英雄的典型形象，作为当代文艺工作的首要任务。姚雪垠是赞成这种主张的，并且以《李自成》这个作品参与了这一意识形态的文化建构。就像他所说的，小说只有深入历史和跳出历史，才能完成历史使命，才能完成艺术使命。因此，无论在整体布局还是具体描写当中，都能发现《李自成》实际比意识形态规定的范围要丰富、复杂得多。在观念和小说之间的缝隙当中，文学生成了。它自身成为一个标志性的文本，滋养了后来历史小说的历史形态。

当然，新时期以来，随历史观念的多元化，历史小说的面目也变得更复杂。既有像徐兴业的《金瓯缺》、刘思芬的《白门柳》，也有讲究名目考证、注重还原历史史实的那种作品。还有高阳的历史人物小说，二月河讲帝王心术"王朝"系列三部曲那样传奇化的作品。在新历史主义理论的熏陶之下，历史和文学之间的界限变得越来越模糊，像《曾国藩》《张之洞》，还有《张居正》《大秦帝国》这样的历史小说之外，先锋文学当中常见的那种私人化、碎片化或者欲望化的叙事，实际上是将历史和人物作为符号结构到这个结构网络当中，成为一种修辞。对当代历史的热情也促生了大量的作品，他们延续了新历史主义小说普遍存在的这个特征，尤其在革命历史的叙述当中，以个人化、风格化对抗革命历史主义的宏大意识形态，这个结果往往带来的是历史本身的缭乱。关于像王安忆的《长恨歌》、金宇澄的《繁花》、严歌苓的《陆犯焉识》、贾平凹的《古炉》、阎连科的《四书》、莫言的《檀香刑》等作品的评论很多，我就不展开叙述了。

我想绕开这些主流文学叙事当中的作品，谈两部非主流的历史小说。一个是历史学家李敖的《北京法源寺》。另一个是编剧宋方金的《清明上河图》。之所以谈这两个作品，是因为他们都是反文学的小说。基于对既有历史小说叙事理论的不满，一个采用的是政论式的叙述，一个是电影化的手法叙述，意在生发出讲述历史的一种新的可能性。文学的意义就在于它是"历史"之外的东西，它通过叙事加入历史现实的实践。历史总是被当下所讲述，而这个当下讲述本身也构成了历史实践的组成部分。

历史记录和文学之间的这个平行关系，它们共存于这个时空当中。历史似乎已经远去了，但"历史"和"文学"却可以改变对于历史的认知。文学中的历史或历史中的文学在这个意义上，需要寻找到自己的独特的一个叙述维度，创造出新的"历史"。

当代文学的演进与经验

新时代文学对中国当代文学的挑战 *

李遇春（武汉大学）

　　这些年来，当代文学的研究具有显著的史料化和历史化的趋势。历史化和史料化是联系在一起的。其实我们在做史料的过程中也会有一种介入的态度，比如我在做现当代旧体诗词编年史时也会问：为什么要做这些史料？我们肯定是带着一定的现实问题意识来做的。事实上，历史化的研究，或曰当代文学研究的历史化趋势，它和我们从事当代文学研究一定要介入现实、介入现场这两者之间并不矛盾。

　　因为长期在高校从事当代文学的教学和研究，必然会接触到各种各样的作家、作品和文学现象。在教学和研究过程中就会发现，我们当代文学走过的 70 多年，有关它的历史叙述，实际上慢慢地进入一种固化的状态。但当代文学的历史叙述，它作为一种叙事的框架，不可能是永远固定不变的，因为当代文学和其他很多的文学史分支学科相比，它有一个非常重要的特点，就是不断有新的元素生发出来，如新的作家、作品，新的文学现象。

　　一旦新的因素或元素进来了之后，整个当代文学秩序就会发生改

---

　　* 本文根据中国当代文学研究会第 22 届年会大会主旨发言录音整理。

变。例如，关于50年代以来的"十年来的新中国文学"，当时中国社科院文学所就编了一本以此命名的文学史性质的小册子。还有武汉、济南等地的学者也编写了有关"新中国文学"的最早的文学史教科书。在改革开放之后，又形成了"新时期文学"的文学史分期概念，包括最近又重点提倡的"新时代文学"的概念，它们既是政治性的概念，同时也兼具文学性和学术性。

我们现在提倡的"新时代文学"的概念，和以前提的"新中国文学"，还有"新时期文学"相比而言，一些学者认为"新时代文学"的概念更多是一种政治性的划分，这就忽视了这个概念的文学史属性。那么这个概念和我们真正的文学创作之间，究竟是一种什么样的关系呢？这种理论的倡导和文学实践本身之间是否存在一些隔膜或者脱节的问题呢？这些问题都值得我们探讨。

目前，在影视领域，特别是在影视作品评论中，更多地探讨了"新时代文学"的话题。相反，在我们自认为是"纯文学"的领域，关于"新时代文学"的讨论声音并不多见。从整体上来说，我认为"新中国文学"，或者说狭义上的"新中国文学"，特指50至70年代文学，它实际上是为当代文学确立了一个最早的写作范式，即社会主义"人民文学"这种范式，它是以大时代、大历史为主的宏大叙事，以人民性立场来写作，包括对于古典文学传统的复归、民族文艺形式的征用等。这一方面其实已经确立了当代文学传统。例如以红色经典作品为主的文学写作方式，让这种范式达到了一定的极致。但事物往往是物极必反，正如勃兰兑斯在《十九世纪文学主流》里面所说的，当人类的文学思考达到一个顶峰时，就必然会把它的优点全部发挥出来，同时也使它的弱点暴露无遗，这个时候就需要"反拨"。勃兰兑斯使用了"反拨"这一概念，它也指思想和艺术上的纠偏。于是在我国就有了后面的"新时期文学"。

从20世纪八九十年代以来，很多作家都以"新时期文学"的名义开启了一种新的写作方式，这也形成了一种文学创作机制，有其优点，甚至可以说成就了一大批作家和作品，包括莫言、贾平凹、王安忆、余华等。很多作家在改革开放的背景下，其创作已经形成一种写作定式。每一个时期都会有特定的写作范式，当它达到一种极致时，它的优点被放大的同时，也会暴露出其弊端。这种弊端，可以借用黑格尔所说的"正—反—合"那种模式来理解。例如当代文学的第一个时期，从50至70年代，实际上是"正写"的方式。80年代以来的文学作品，特别是1985年以后的一些作品，就由50到70年代的那种人民性写作，转到一种存在论的写作，作家们深受现象学、存在主义的影响，其中所谓的存在论，关心的是现代人、当代人的生命存在困境这种话语和主题，是关于"存在"的话语，当然也是一种介入性的存在主义意义上的人道主义话语。

整个"新时期文学"，主要是改革开放以来"前30年"的"新时期文学"，我始终感觉这里面实际上有一个写作的参照系，那就是50至70年代文学的正写模式。红色经典是一种正典模式的写作。到了新时期，文学更多地带有一种"反写"的味道，我们看到的很多文学作品，包括《古船》《白鹿原》等，无论是写农村的，还是写城市的，都有意识地与50至70年代红色文学那种正典写作，即正写的模式区别开来。它们以50至70年代那种正典范式作为一种文学史参照。说他们是改写并不为过，说是改编也可以。其实广义上的"反写"也是另一种正写。

从理论层面、逻辑层面，从文学史的发生发展逻辑进程来讲，任何一个时期的文学，它发展到了极致，必然会发生一种变化，这种变化是否转向一种融合阶段，所谓正反合，由正写、反写达到融合的合写呢？如果可能，我认为应该要把前面两个时期的文学书写范式极致进行纠偏，然后做一种文学内部的调整和融合。比方说，第一个时期特别强调宏大叙事，而第二个时期，特别强调日常叙事，第二个时期的作品，即使有宏大叙事，我们也会发现它往往在写作中用日常叙事去解构宏大叙事。作品内部是一种对抗的关系，而不是一种融合的关系。那么实际上在第一个时期的文学经典作品里面，我觉得像《创业史》《山乡巨变》这样的作品，之所以在同时代里能够脱颖而出，就是因为它们不仅仅写出了宏大叙事的方面，而且也有日常叙事的元素。如果大家仔细、认真地去阅读那些作品就会发现，在同时代、同类题材的写作中，它们没有写成《金光大道》，而是成了那个时代文学标配的一种作品。其中的重要原因，是作家把日常叙事加进宏大叙事里去了。

第二个时期当代文学的一些经典作品，我认为往往是把过于具有结构性和颠覆性的东西放在了主导地位，作家们往往有一种强烈的反拨和反抗的冲动，想用日常叙事去彻底颠覆宏大叙事，那么能否在宏大叙事与日常叙事间把它们融合起来呢？梁晓声的《人世间》、孙甘露的《千里江山图》给我们提出了一些新的创作思路，因此，我认为这种融合是有可能的。再如关于人民和人民性以及存在论方面的一些话题，包括现代性与传统如何转化等这方面的问题，我认为都有很多可突破的空间。

总体来说，"新时代文学"不光要从概念上进行研究，还得从实践的经验方面进行总结和提炼。但这种总结和提炼应该建立在对当代文学第一个时期和第二个时期的经典写作范式的基础之上，再来寻求当代文学史的新的叙述方式，创造当代文学第三个时期的经典之作。因为当代文学应该永远是开放的，如果不断有新的元素融合进来，那么我们的当代文学史的叙述秩序、学术话语，我们的研究问题与方法等方面，就都要及时调整。

阐释学与批评的实践问题

　　关于阐释与批评二者之间的关系这个问题，目前困扰着阐释学理论研究者。200 年前的德国哲学家施莱尔马赫在他的《阐释学与批评及其他著作》中提到了这两个词的关联性，他认为阐释学和批评二者都属于语言学学科，两种理论是相辅相成的，因为一种理论的实践必须以另一种理论为前提。"前者是正确理解他人的书面话语的一般艺术，后者是根据充分的证据和数据正确判断文本和部分文本的真实性的艺术。因为批评只能认识到，在适当正确地理解文本或部分文本之后，证据与文本的关系中所应附加的分量，批评的实践以阐释学为先决条件。另一方面，因为阐释学只有在文本或部分文本的真实性为前提的情况下才能确定其意义的建立，因此阐释学的实践以批评为前提。"① 如果文本或部分文本的真实性被预先假定，那么解释学的实践就会被批评预先假定而假定。所以对于二者来说，批评是先决条件，理解是根本性问题。施莱尔马赫还强调："阐释学放在第一位是正确的，就算批评还没有发生时，这也

---

① Schleiermacher, *Hermeneutics and Criticismand Other Writings*, Cambridge University Press, Translated by Andrew Bowie, The Edinburgh Building, Cambridge CB2 2RU, UK, 1998, pp.4–5.

是必要的。本质上是因为一旦文本的真实性被建立起来，批评就应该结束，而阐释学不应该结束。"[1] 也就是说，阐释学还应该继续对批评进行研究。阐释学如果缺少了批评，则是空洞之物。显然，阐释学并不等于批评，两者不可置换。在文学研究范畴，广义的文学批评是把文学研究与文学鉴赏活动都包含在内，可以笼统地指文学理论、文学史、文学批评，对文学生产、传播，以及对文学发生史和发展史进行整体研究，其实践环节着力于介入和推动，并试图通过总结、评价、适度干预来影响文学创作的未来发展。狭义的文学批评包括以文本为对象的文学鉴赏活动和以作家作品、文学现象、思潮、流派为对象的理论探讨，尤其是对作品的思想性和艺术性进行价值判断和审美判断，同时也涉及事实判断，总体来说属于文艺学范畴。而文学阐释以文学批评作为实践基础，并从批评实践中提炼规律性的东西，形成文学阐释理论，知识形态化后的阐释学理论便是文学阐释学。文学阐释学既是理解文学文本的学问，也是理解文学批评（包括文学理论、文学史）的学问。同时批评还可以反过来对阐释学予以分析、鉴赏、评价。

一、阐释学学科独立对批评的意义

"真实"是一个被无限褒奖的词，而"虚妄"多数情况下是用于贬损。然而，这一对词语真切地存在于文学阐释之中。我们可以把这个问题看

---

[1] Schleiermacher, *Hermeneutics and Criticismand Other Writings*, Cambridge University Press, Translated by Andrew Bowie, The Edinburgh Building, Cambridge CB2 2RU, UK, 1998, p.5.

作文学阐释学研究的认识论前提，研究者有必要认清这个问题，然后认真对待，并接受这样的实事。对于真实，人们容易理解，而虚妄并不是因为文学作品中有"虚构"这个行为，也不是指文学要素中存在着不着边际的幻想。这个虚妄是指在接受和理解环节，读者游离于文本原意之外，做一些天马行空的想象，这种不遵守文本真实在文学接受行为上是被允许甚至被鼓励的，读者（包括鉴赏者、批评者）依据文本的某一点情节时不时地冒出无法确定、不可捉摸的想法。汉斯·罗伯特·姚斯的"接受美学"认为，读者接受行为同文本真实存在一样应该置于核心地位，而传统文学理论片面强调读者对作品客观真实性的认识为唯一的合法性。"虚妄"作为一种阐释心态有一定的合理性，其积极的意义是激发创造力和想象力，但需要把握一定的度，这是阐释学应该反思的。

文学阐释的目标大致可以分两个层次，第一个层次是"确定性"，阐释是要抓住一个对象，确定其意义和价值，文学批评很大程度上并不需要一个确定的意义，它的目标是多元的，有些鉴赏者（鉴赏也是一种批评）只需要纯粹的审美感受，文本自我保持的实现方式在于不停地被阅读，它是从一个不确定性过渡到另一个不确定性，这种过渡并不需要理由。鉴赏者与文本发生联系的过程是唯一可以确定的，这一行为可以看作主体认知过程的确定性。而阐释作为一个意识的科学，它是有目的性的，但它从不追求唯一的结果（或答案）。文学阐释为了防止这种规定性堕入机械论，其确定性也是可弯曲、可变通的。文学史中可以看到有些作品几百年后被挖掘出来，那些价值重现、遮蔽、隐退、消失的情况属于可弯曲、可变通的确定性。文学阐释的开放性表明其有不确定性，而文本意义的有限性又趋向于确定性。关于阐释的确定性，张江认为它们可

　　　　　　　当代文学的演进与经验

以用 π 和正态分布加以说明，他认为："无论何种文本，只能生产有限意义，而对文本的无限阐释则约束于文本的有限之中。区别于'诠'与'阐'的不同目标及方法，π 清晰地呈现了'诠'的有限与无限的关系，标准正态分布清晰地呈现了'阐'的有限与无限的关系。"① 他认为这种无限性是"有限的无限性"。第二个层次是"真理性"，如何理解文学阐释中的"真理性"，文学批评实践中有一种批评方法是感受性批评，批评者或者鉴赏者用感性的方式与文本对话。批评者为了打开文学中的情感要素和美学要素，通过沉浸式的阅读体验，用非逻辑语言，注入强烈的个人感受，这在中国传统批评中应用非常广泛。这种非理性判断并不以追求真理性为目的。理性和科学判断能够最大限度地接近真理性，但这一方法不能完全实施于文学批评中。以文本为客观对象、以理解作者意图为目标的批评更接近真理性。这一方法与感性批评并不相悖，文学研究中的训诂、注疏、释义等方法就是与印象式批评平行交叉的方法。文学的真理性是存在的，但这个真理如何验证，不可能像自然科学方法那样可重复验证，事实上，接近自然科学方法的西方结构主义研究方法就已经陷入尴尬境地。获得规律性的东西并限定确定性是与精神科学的旨意相违背的。完全不考虑确定性和真理性，又陷入了相对主义和虚无主义。文学中的"价值真理"被视为重要目标，价值的发现和提炼同样需要科学方法：是一种区别于自然科学的精神科学。

这里有必要解释精神科学的来历。精神学科（Geis-teswissenschaften）从自然学科（Naturwissenschaft）中分离出来，即表明人文科学存在着

---

① 张江：《论阐释的有限与无限——从 π 到正态分布的说明》，《探索与争鸣》2019 年第 10 期。

"可验证的实"与"不可验证的虚"的双重属性。人文科学中的社会和历史经验无法用自然科学的归纳程序而提升为科学。"精神科学"这个词首先是约翰·斯图亚特·穆勒(John Stuart Mill)在《演绎和归纳逻辑》中提出的,一开始叫道德科学(moral sciences),席尔(Schiel)的译本(1863年第2版,第6卷)《论精神科学或道德科学的逻辑》正式译为"精神科学"。狄尔泰受穆勒的影响,一直努力使精神科学从自然科学逻辑中摆脱出来,但伽达默尔认为狄尔泰为精神科学的辩护仍然深受自然科学模式的影响。他批评狄尔泰在精神科学方法的独立性说明中仍然援引培根派的自然法则,"虽然他的历史学识使他超过了他同时代的新康德主义——在其逻辑方法的努力中也并没有从根本上远远超出赫尔姆霍茨所做出的素朴论辩"。[①]在海德格尔之前,无论是神学阐释学还是法学阐释学,都还只属于方法论和认识论范畴,海德格尔把阐释学这一概念进行了本体论性质的转变,他通过对"此在"的时间性分析,将理解作为"此在"的存在方式来把握,使阐释学由"精神科学"的方法论提升为一般哲学。伽达默尔在海德格尔"事实性阐释学"以及任何理解活动都基于"前理解"的基础上,把阐释进一步发展为哲学阐释。伽达默尔认为阐释绝不是一种方法论,而是人的世界经验的组成部分。他找到阐释的根本性问题,即"真理和方法"。关于"真理和方法"的问题,伽达默尔解释二者是一种"对峙"关系,科学和方法不可能达到理解的真理。"我们的整个研究表明,由运用科学方法所提供的确实性并不足以保证真理性,这一点特别适用于精神科学,但这并不意味着精神科学的科学性降

---

① [德]汉斯-格奥尔格·伽达默尔:《诠释学Ⅰ:真理与方法》(修订译本),洪汉鼎译,商务印书馆2010年版,第16、17页。

　　　　　　　　　当代文学的演进与经验

低，而是相反地证明了对特定的人类意义之要求的合法性，这种要求正是精神科学自古以来就提出的，在精神科学的认识中，认识者的自我存在也一起在起作用，虽然这确实标志了'方法'的局限，但并不表明科学的局限。凡以方法工具所不能达到的，必然并且能够通过提问研究的学科来达到，而这种学科可以确保获得真理。"[1] 伽达默尔通过对"真理和方法"的问题研究，试图使精神科学取得更为彻底的独立。他把阐释学划为精神科学的用意很明显，同黑格尔的"精神现象学"一样，阐释学也属于"意识的经验科学"。但经验到的对象——伽达默尔在《真理与方法》的理论也是"及物"的，他所引用的例子、设想的对象都是文学艺术。他讨论的是本体论意义的哲学阐释学，某种意义上是以文学艺术为研究对象的阐释学。艺术的经验超出方法论的知识范围，阐释学就是挑战科学意识——要求科学意识承认自己的局限性，因为文学艺术被理解的部分才能被经验到，即通过"怎样彼此经验的方式，怎样经历历史传承物的方式"使艺术作品得以持存。

阐释既包含对文本本身的理解，也有对批评的解读和阐发。批评是对文本的理解，对自我感受的理解。伽达默尔称："在对传承物的理解中，不仅文本被理解了，而且见解也被获得了，真理也被认识了。"[2] 阐释是通过体验和理解后赋予某件事物意义的活动，是人与接触物的积极互动的过程。由于这种理解行为和所得到的答案并不是唯一的，不能简单地用"发现"意义来表示活动的完结。阐释是在人的大脑具体理性的属

---

① ［德］汉斯-格奥尔格·伽达默尔：《诠释学 I：真理与方法》，洪汉鼎译，商务印书馆2016年版，第688—689页。

② 同上书，第3页。

性，始终处于积极、有序的状态，是一种创造性地搜寻尽可能合目的的意义的行为。费里德里希·施莱尔马赫、汉斯-格奥尔格·伽达默尔、保罗·利科等哲学家都曾试图总结出阐释规律，采用科学有效的办法来分析文本，使批评有规律可循，轻松地找到作者真正的意图，并使作品的价值和意义真正地呈现，那么，阐释的"确定性"和"真理性"就会一并得到解决。因此，有西方学者（如威廉姆·迪塞尔）把阐释学视为所有人文科学和社会科学的金钥匙，认为人类认识世界和把握世界是通过主观阐释获得的。

阐释学学科独立对批评的意义也就显现出来了。鉴赏和批评环节中的不着边际、不可捉摸的想法，其实就是精神科学的本质属性。批评中的真实与虚妄并非字面上的意思。它可能延伸出来几层意义：第一层意义，真实社会人生的艺术性投射；第二层意义，精神领域的想象空间；第三层意义，心灵的寄居地和精神避难所。

二、阐释学通过批评对现实性与精神性的双重把握

阐释学是研究人的一切理解活动得以可能的基本条件。在理解现象的基本条件中找出人的世界经验，人类与有限的历史性存在方式中一定包含着人与世界的根本关系，阐释学旨在找出这种关系。阐释学的实践环节主要是通过文学艺术确立人与人、人与宇宙的关系，有很明确的对象性和目标性。根据所属的范畴和概念推断，文学阐释学既要探究理解本身，还要探究理解如何可能。其中包括对对象的理解和对这种理解的理解。李清良认为中国阐释学的原初观念主要体现在三个方面："其一，

理解是可能的。其二，只有在某一具体的语境中，意义才会呈现。其三，理解之所以能够发生，即理解的根据是理解者与被理解者拥有一致的语境。"[①] 这一原则同样适用于文学阐释学。阐释者面对阐释对象，面临两大困难，一是被阐释对象的复杂性和多义性；二是阐释者自身存在理解之"蔽"，即海德格尔所说的"前见"或者"前判断"(Vorurteil, prejudice)。如果把前见或前判断进行细分，还可以分为知识层面的前见和感情层面的前见。海德格尔所说的前见主要是指前者，文学阐释学更倾向于后者。长期以来，文学阐释学没有形成独立的概念，在认识论和方法论上缺乏对文学理论和文学批评的总结和提炼，文学阐释有时候还与诗学理论之间的界限模糊。这就是为什么人们说到阐释和批评时分不清彼此的异同。需要进一步说明的是，阐释不仅包括批评，甚至与叙事理论有交叉，近几十年来，许多学者潜心研究叙事理论，这一理论越来越成熟，发展成为文学理论的重要学科：叙事学。如果延伸到叙事艺术的内部，会发现阐释学与叙事学的有些部分是重叠的。其中文学史中的叙事文体和史诗，作者在下笔之前必然先有对写作对象的理解。"二度创作"[②] 中的图像叙事，存在着理解——叙述的顺序。尤其是文学批评要借助于叙事学方法打开文本的内部关系，通过结构分析、语言确认、艺术感知、人物构成评价来寻找作者的意图，确定文本的意义，并作出价值判断。其中语言确认在对古代文本的阐释中还有一道"语言还原"的程序，汉学考据曾被胡适比喻为"剥皮主义"，他说："剥皮的意思，就是拿一个观念，

---

① 李清良：《中国阐释学》，湖南师范大学出版社 2001 年版，第 47 页。
② 在原文本基础上进行的改编如戏剧、木刻、连环画、影视剧等，都有"二度创作"的属性。

一层一层地剥去后世随时渲染上去的颜色，如剥香蕉一样。越剥进，越到中心。"① 这里有"诠"和"阐"的区别，张江在《"阐""诠"辨——阐释的公共性讨论之一》一文中认为："从'阐'与'诠'的考辨看，阐释总是由某个确定主体生成和发出的。阐释乃主体之阐释，更为主体间之互阐互释。"② "诠"古文字有双手捧鼎的结构形态，其主体性也很明确。但"诠"更讲实事求是，"'诠'之实、'诠'之细、'诠'之全与证，其面向事物本身，坚守由训而义与意"。③ 阐释学是包括"阐""诠"的全部学问。在批评实践中，通过"诠"的求是过程把握现实性，对文本信息背后的流派、思潮、历史观、文化传统等进行求证，确定该文本的现实价值和文学史位置，同样，承载文本的各要素，如文体、叙事、语言、结构、人物、风格也是文本的现实性。批评的职责是像挖矿一样尽可能多地挖掘出真正的矿藏——文本的意义和价值。在不同类型的批评中，承载着某种一致的精神性。这一实践过程，阐释学以批评的实践为前提。文学批评可以对自己的行为进行批判和反思，文学批评的实践层面有大量的实例，有浩瀚的文学批评史为存在依据，但一直无法成为总体性的"批评学"，一个重要的原因是对于批评本身缺乏本体论层面的探讨，没有进行理论形态化和知识体系化。人无法抓住自己的头发把自己提起来，批评也一样，需要"他者"视角或者需要一个"上位词"。在这里"阐释"是上位词。在实践操作层面它们有时候有重叠，有时候互相包含。在理论化概念化方面，阐释学可以囊括各种批评，把它提升到更高层次进行规律性

---

① 胡适：《戴东原的哲学》，安徽教育出版社 2006 年版，第 125—126 页。
② 张江：《"阐""诠"辨——阐释的公共性讨论之一》，《哲学研究》2017 年第 12 期。
③ 同上。

探讨。

　　阐释学真正的魅力是作者意图与读者理解之间产生的张力，二者之间不存在无缝对接或百分之百的转换。意图论的未知领域给阐释的确当性和真理性带来障碍。作者的意图一方面是隐藏在文本之内的看不见的形态，一方面是必须暴露在光天化日之下的看得见的实践行为。行为（作品）比内心更现实。作家的创作常常出现一种情况，最初的意图与显现出来的客观效果并不一定完全一致，有时候甚至相反。作者的意图被现实性遮蔽，作品的现实性意图是它的可见的外在性，作家内心的意图是精神自己的外在性，而语言有一种可见的不可见性。哪一个才是它真正的本质？阐释或许可以抵达现实世界的边界，却无法抵达不可见的世界的边界。文学阐释所呈现的是外在的内在性，精神自己也就是作家真正的意图被隐藏了。文学经典在这方面表现尤为突出。文学经典似乎永远在和不可穷尽的阐释进行斗争。一方面，没有哪一种阐释能够穷尽经典作品所有的意义。这样文本和阐释双方都表现出广延性特征，即：无限可阐释性与取之不尽的文本（经典）意义。对于文本意义的提取来说，当你抓住了它的情感表达时，却又漏掉了思想深度；当你认为抓住了它所有的思想性和艺术性时，它可能还有一种不可名状的情绪和看不见的未来指向淹没在时间深处。经典的文学文本有其深刻性，任何一种阐释都不能完全把它抓住，否则，它就不能成为经典。那些中途死去的"准经典"，意义被榨干，被现实和历史同时抛弃。另一方面，对于可阐释性来说，没有哪一个经典能够预测阐释的无限多样性和可能性。文学文本都具有开放性特征，它甚至乐意接受批评者施加给它的额外的意义，被适度地升华和拔高。它也无法控制恶意批判和诋毁，甚至对"强制阐释"

也不反感。有些意义是在阐释与经典化过程中互相生成的，这种生长的意义最后自动变成了文本本来的意义。阐释与文本的互动行为使二者保持"活着"的状态。要对作者意图、文本自身意义、读者建构意义三重构成进行整体把握。"中国阐释学的本体论有其意义的源头和构成：由'言意之辩''名实之辩'引发的主客体关系探索，以及被意识支配的话语建构的行为和动机，发展出多种传统阐释模式：一是重辨析、考证、注疏和版本清理研究的'实证式阐释'；二是以尚意、尚味、尚趣和尚情为旨归的'体悟式阐释'；三是以感知、心解和'不立文字'为理解方法的'心证式阐释'。"①三种阐释方法（实证、悟证、心证）的实质：实证无限接近真实，悟证是真实与虚妄的交叉，心证放飞梦想，拥有无限的想象空间。三种方法的综合产生精神提升。前提是理解作者意图与文本原意。

李清良在《中国阐释学》导论中所说的"双重还原法"，其中"本质还原法——向事物之原初状态还原"类似于西方阐释学的"作者意图论"。而"存在还原法——向领会之原初还原"更接近批评。再进一步区分它们的属性，"实证式阐释"采用中国史学和经学研究方法，尽可能实现"本质还原"，使文本的现实性得以呈现，通过逻辑、事实，对应原意，实现阐释学的真理性目的。"体悟式阐释"与"心证式阐释"是实现认知的确定性的有效途径，即使无法实现"对应原意"，也能保证阐释这一行为的合法意义。这一对范畴与现实性和精神性是对应。文学批评实践的基本程序是理解和领悟的结合。"领悟"对应"用心验证"，既有作者意图也有读者建构，诗论的"悟证"和禅学的"心证"，使阐释主体实现体验

---

① 卓今：《中国阐释学理论资源整理及现代性转换问题》，《社会科学辑刊》2020 年第 2 期。

式的"存在还原"。中国传统批评以"切己体认"为基本理解模式,强调体验的重要性,在文体上多采用感悟式批评、"诗话""词话"式批评。现代学术改变了这种传统,受西方文论的影响和学术体制的推动,理论框架、逻辑性很强的"大论文"批评模式成为主流。学院派批评受到诟病,感悟式批评再次兴起。有创新的"散文式"批评实际上已经巧妙地加入了逻辑"骨架",逻辑的、实证的方法是寻找真理性与确定性的可靠方法,体悟与心证保证对文本理解的精神性得到自由发挥,文学批评的现实性与精神性得到双重把握。

三、批评作为阐释学的实践样本的诸现象

在阐释实践中,真实性是指什么?真实存在的文本?真实存在的阐释对象?还是真实存在但遥不可及的真理?找不准这个"真实",会导致阐释陷入虚幻、不真实的境地。把阐释行为放在"交往理性"中考量,正当性也有疑问,因为很难找出"不正当性",只要发生阐释行为,无论阐释者出于何种目的,即使某种阐释可能离题万里,阐释者出于阐释的需要,都应当是被允许的,如果正当性指的是方法的正当性、目的的正当性,那么,一旦强调正当性,似乎又有绝对性、强制性、总体性之嫌。尤其是在文学阐释实践中,无法强调方法的正当性和目的的正当性,这样的正当性原则可能违背文学的变动不居、多元复杂、开放包容的特性。

在文学阐释实践活动中,非理性精神行为、精神性体验、情感意志表达并不服从理性的逻辑要求,所有科学包括精神科学所要求的逻辑基础在文学阐释中似乎失效。事情果真如此吗?张江的"公共阐释论"留

下两个问题线索，一是如何辨别理性和非理性。即哪些是理性阐释，哪些是非理性阐释。二是由谁说了算。在假定有标准的前提下，当非理性阐释进入公共阐释后，筛选的工作由谁来承担，如果由阐释者自己承担，那么公共阐释必须是经过反复斟酌，"经由理性逻辑的选择、提纯、建构、表达而进入阐释"。[①] 这在口头阐释中难以做到，文字阐释还可以字斟句酌，实际上这对阐释者提出很高的要求，而且即便经过反复斟酌后这种公共理性依然不好验证。对此问题如何进行逻辑自恰？"公共阐释论"为了避免掉进这个陷阱，制定了一个基本原则，即："以普遍的历史前提为基点"，"以文本为意义对象"，并一再强调"作者的意图"。也就是说，理论最终还是要落地，阐释需要以对象（或文本）为基础。

批评的真相是什么？人们常常把好的文学作品比喻为精神食粮，批评家对待批评对象如同营养师对待食品，只不过在定量和定性分析中营养师依靠仪器更容易找到具体的答案，通过微量元素表呈现其营养成分。批评打开文本的方法不是靠工具，而是依据批评者的个人感受、知识修养、价值观、文化传统等要素，还有对文本重视的程度，另外还加一条：批评者进入文本内部的意愿。批评的姿态丰富多样，有的批评者撇开阐释学"以文本为意义对象"的要求。既有"宗经""征圣"等澄明性阐释方法，也有镜花水月、得意忘言、见月忘指等超越性阐释方法，"六经注我"也是被允许的阐释方法。

最常见的批评模式，是使用有效语言，批评者与文本交换真实的信息。修辞立其诚，最大限度地呈现出文本的价值和意义。不带诚意的批

---

① 张江:《公共阐释论纲》,《学术研究》2017 年第 6 期。

评结果可能是虚假和错误的。施莱尔马赫得出一个结论，阐释学和修辞学的共同属性在于，每一个理解行为都是言语行为（speech-act）的颠倒，在这一过程中作为言语基础的思想必须有意识。而且，阐释学和修辞学都依赖于辩证法，这是因为所有知识的发展都依赖言语和阐释。因此，"一般阐释学既与批评相联系，也与语法相联系"。[①]言语（说话）的修辞效果在阐释和批评中起到关键性作用。如某个以消遣为主要目的的娱乐项目，被批评家用典雅的修辞附加严肃而崇高的意义，结果会出人意料地反转，其外在形象得到提升，尽管内在价值可能是不变的。批评的动机影响到阐释效果。批评者的动机与阐释学中所说的前见、前理解不同，阐释中的前见和前理解受制于阐释者综合素养等相对客观的因素，批评动机既有内在冲动（表现欲望和生存欲望），也有外在环境的影响。通常有这样几种情况，一种是批评者面对一个文本，内心完全明白了这个真相，但他通过语言传达给听众的信息却是与这个真相相违背的东西。批评者为什么要这么做？他隐瞒真相的意图可能出于一系列复杂的考虑。商业动机、政治因素、流派纷争，还有与文本毫不相关的人情因素。这种情况下，不管是恶毒的挑刺还是善意的吹捧，批评已经被预先假定，它远离了阐释的要义。语言与思维的双重关系展现出来：理解语言产生的话语是思考者经过再三掂量、反复推敲后，试图接近真相的一种修辞。

除了追求真相、诚心对话的"真批评"，还存在一些批评现象，可以

---

① Schleiermacher, *Hermeneutics and Criticismand Other Writings*, Cambridge University Press, Translated by Andrew Bowie, The Edinburgh Building, Cambridge CB2 2RU, UK, 1998, p.7.

把它归为行为艺术式批评。

例子1：颠倒真相的批评。批评主体实现这种颠倒首先需要较高水准的专业鉴赏能力，熟悉专业领域里的经典作品，有大纵深时间和大广度空间的比较视野，能够辨别出什么是好的作品，什么是不好的作品。有较高的修辞能力和语言技巧，能够逻辑自洽。可以将那些与事实不相符的信息表达得非常圆满。而批评者自己清晰的意图被修辞和某种假象掩盖。

例子2：游戏文字的批评。批评家储备了足够多的华丽空洞的词汇，因为大多数情况下，批评并不需要解决实质性的问题，批评者对文本内容的真假也毫不在意，纯粹为了展示某种修辞能力，展示个人的知识储备库。批评实践中是允许甚至鼓励这种"虚妄"的存在的，因为文学的真相到底是什么，谁也说不准。那么，问题来了，作者常常认为自己表达了某种真相，而批评者却对此"漠不关心"。作者意图与阐释者前见都在这里消失，两种诉求擦肩而过。批评者认为文学阐释中的某种精神性存在不需要依附于文本，在真实与虚妄这一对范畴中，当批评与真相或者真实疏离后，批评被诟病，但它同时似乎也获得了某种自由。但批评要想成为独立存在，不依赖文本而自说自话，又完全做不到。

例子3：正确的废话的批评。包括平庸的、无重点的、无用的批评，脱离文本的放诸四海皆准的套话。批评者能够熟练地运用各种批评模式和话术，某种类型的文本套上去大致不会走样。表面看上似乎都有道理，但都是正确的废话。这种与文本的真相彻底脱节的批评有着潜在的危害，模糊了批评对象的价值和精神指向，批评者的感性确定性和自我认知并没得到释放，主体和对象的自我意识双重退化。这一类批评是精神科学不好把握的地方。按照阐释本体论追溯到前见和前理解，从这一类批评实践中寻找思维源头也是困难的。

例子4：操纵受众的批评。批评者有强烈的表现欲，用哗众取宠的话术试图操纵听众，成为众人敬仰的人。强迫别人接受自己的观点，把注意力集中在问题的表面。瓦尔特·本雅明在《机械复制时代的艺术作品》中评价电影刚问世时人们的反应："杜哈梅尔的发言最为激进，他指责电影，其主要原因是电影在人群中唤起了参与感，他称电影为奴隶的消遣，是没文化的人的消遣，这些可怜的、过度劳作的生物被他们的忧虑所吞噬，这种景象不需要任何集中，也不需要任何思考能力。"[①] 杜哈梅尔发言的目的不得而知，也许仅仅是出于对新事物的担心，就像古希腊智者也有"新技术恐慌症"，害怕书写损害人的记忆。杜哈梅尔显然不是从电影这种新生事物的内部形式探讨艺术。批评似乎总是动态的，批评也乐意让自己处于风口浪尖。

这些批评类型的外在性已经超出了批评本身，涉及社会学和心理学，即保罗·利科所说的对现象学困境的承认："意识的谎言问题、作为谎言的意识问题。"[②] 利科的反思阐释学注重对行动的反思，同时也涉及对历史认识的批判。上述这些现象作为批评似乎是不合格的，它却是阐释学的真相。通过批评纠正批评，张江的"公共阐释"理论中的理性阐释、公度性阐释和反思性阐释，表明在批评实践中公共理性的介入和大

---

① Walter Benjamin, *The Work of Art in the Age of Mechanical Reproduction*, Translated by J.A. Underwood, Penguin Books Ltd, 80 Strand, London WC2R ORL England, p.33.

② ［法］保罗·利科：《解释的冲突：解释学文集》，莫伟民译，商务印书馆 2017 年版，第121 页。

众判断具有一种纠错功能。同时反思性阐释和超越性阐释在反馈信息时，还会慎重对待创新性批评方法。批评方法同创作方法一样也需要一个实验过程，世界上不存在一成不变的批评方法。

四、批评内部演变与阐释的公共理性

当不加管制的批评既伤害文学艺术的成长，也伤害到批评事业本身的时候，公共理性自然加以"管制"。当然人们可以寄希望于一种无形的社会监督，还有批评伦理本身的规约。批评伦理也强调批评者对批评对象（文本）接触、理解后再作出恰当的判断。反对如"捧杀""棒杀"，以及语言暴力滥用等批评权力的行为。吹捧和打压在特殊的语境里又是符合批评伦理的，对新人采取温和批评和适当鼓励，对文化毒素采取无情棒喝。嬉笑怒骂，依对象而定。马克思、恩格斯以对抗性阐释策略对待观点相反的文本，这一风格贯穿于他们的批评实践，在《德意志意识形态》之"圣麦克斯"篇章，对麦克斯·施蒂纳讽刺挖苦，给他取10多个外号，如"柏林小市民""乡下佬雅各"等，用尖锐的言辞批判施蒂纳的"利己主义"理论，并在此基础上建构自己的理论体系。放在大的历史构架中看待这个问题，"语言暴力"在这个语境上被称赞为一种美德。鲁迅的《论"费厄泼赖"应该缓行》就是主张以针锋相对的观点对待批评对象。"'疾恶太严'，'操之过急'，汉的清流和明的东林，却正以这一点倾败，论者也常常这样责备他们。殊不知那一面，何尝不'疾善如仇'呢？人们却不说一句话。假使此后光明和黑暗还不能作彻底的战斗，老实人误将纵恶当作宽容，一味姑息下去，则现在似的混沌状态，是可以无穷无尽的。"① 这一观点与马克思、恩格斯的阐释策略有异曲同工之妙。对于当时的文坛情形,鲁迅的批评就是一种理性的公共阐释。

被鲁迅批评的"汉的清流"和"明的东林"这种现象不断地出现历史循环。中国历史上晋代和元代是颓废思想最为流行的时代。从阐释学的角度考察这个问题,晋人的玄理清谈虽然不接地气,但其高雅文明的精神向度,却在美学上取得开拓性的成就。元代的颓废要从南宋衰亡说起,宋代学人积累起来的知识理性与宋政权一并坍毁,元代文人、知识分子由于绝望而转向纯粹的颓废。在文学批评方面,元代学人却开一代风气,随意的评点取代了严肃的笺注,艺术鉴赏取代了语词的训解。到了明代,由于有"陆王心学"和"禅学"的哲学背景,文学批评承接元代的自由点评之风,并发扬光大,发明了"才子书"这种批评者与"作者"心灵对话的批评方法。如果说"才子书"总体上属于不脱离文本原意的一种及物式的点评,那么"镜花水月"式的批评特点就更为自由,其批评重点讨论的是意象,这种自由的阐释理念使诗论得到进一步发展,开掘出不同于前代的诗歌本体论。但同时,这一理论也把诗论引向另一个极端:反"诗史"、反"意图论"、反"实求"论。中国的文学阐释来自解经传统,文学阐释与经学阐释在早期是不可分的,中国解经传统有稳定的结构、诚恳的态度,还强调血统的正统性。刘勰也强调"宗经""征圣"。以心学、禅学、言意观为学理基础的明代学风,空疏浅薄,自逞私意,遭到清代学人的轻视。清代学术重新回到解经传统,钱大昕主张"圣人之言,因其言以求其义,则必自训诂始"。② 宋学"师心自用"的学理基础

---

① 鲁迅:《鲁迅全集》(第1卷),人民文学出版社2005年版,第292页。
② (清)钱大昕:《潜研堂集》,上海古籍出版社2009年版,第391页。

导致文本阐释的不可验证性，要重拾汉学的"实事求是"精神，清代文人在考虑阐释的确当性问题时首先是从文本本身入手，如何使文本（经学文本和文学文本）的阐释正确合理并可确认验证，那么返经汲古、通诂明道、史诗互证、实事求是等才是正确的方法。

阐释学要反思的是"真理标准"还是"自由标准"？从阐释本体论看待这个问题，每一种阐释都有其正当性。在阐释行为模式上以文本为对象的实事求是阐释，以及以阐释者自我表现为目的的行为艺术式阐释，二者都有其合理性。批评生产机制进入制度化以后，批评者和批评对象构成了某种共谋关系，读者也并不在乎批评内容，而是以娱乐的心态看待这种批评行为。那么"行为艺术式批评"是否对学术构成危害，以及对于文学发展也构成危害？并不能立刻给出答案。"行为艺术式批评"有可能剥离了语言和真相之间的联系，当学术界充斥着这种表演和虚假的评论时，公共理性会对这一阐释现象予以批评。在这里，"真理标准"和"自由标准"，需要说明的是二者之间不是非黑即白的关系，仅仅是由批评家的不同兴趣造成的。正因为精神科学法无定法，价值判断与事实判断都应当建立在对文本的理解上，那么"自由标准"就存在某种边界，这是阐释学需要解决的问题。

结　语

由于篇幅的原因，有些关键性的问题仅仅点到为止。本文应用较长的篇幅，从容而缓慢地展开讨论，有些道理才说得透。由于阐释与批评是一个很大的课题，施莱尔马赫曾经在这方面作过研究，但他重点探讨的是语言学问题,他认为阐释学和批评只有借助语法才能深入讨论,因为它们都依赖语法,而语法又必须通过阐释学和批评方法才能建立。施莱尔马赫的研究不可避免地陷入语言学泥潭。伽达默尔和保罗·利科都不单独讨论批评,他们把所有的批评行为都并入阐释学,况且他们重点讨论的是阐释学的本体论和方法论。阐释学学科独立对批评的意义并不在于批评就依附于阐释学,批评的独立性在于它既在阐释学之内,又可超然于阐释学之外,并反作用于阐释学。阐释学要获得现实性与精神性内在特质必须通过批评才能把握。批评作为阐释学的实践样本反映了阐释学的某些本质(不是全部),批评自身反思必然提升到阐释学层面,通过公共理性进行干预。

（原载《文艺争鸣》2021年第1期）

题材问题
——中国当代文学批评的命门

翟文铖（北京师范大学）

什么是题材？张光年曾有一个解释："生活是不可分割的整体，体现着各种社会关系、阶级关系、人与人的关系的矛盾统一。作家面向生活整体，从个别表现一般。他从生活的汪洋大海中间，选取他充分熟悉、透彻理解、他认为有价值、有意义的东西，作为自己加工提炼的对象，这就是题材。可见，题材是作家在观察、体验生活的过程中形成的，是开始进入创作过程的产物。"[①] 这个阐释带有特定时代的局限性，但对理解中国当代文学不无裨益。在当代文学的视野中，题材是一个非常敏感的问题，因为每一场文学运动、文学论争，几乎都或多或少地涉及题材问题；又由于中国当代文学深受政治影响，每次大的政治运动几乎都以文学风潮为先导，这又决定了题材领域湍流汹涌、状况复杂——具体地说，至少涉及以下论域："可不可以写小资产阶级"、批判"帝王将相、才子佳人"、新的人物、英雄人物、中间人物、文学该不该表现人民内部矛盾、社会主义有无悲剧、题材决定论、重大题材论、题材多样化、尖端题材、"写十三

[①] 张光年:《题材问题》，载严辉编选:《张光年文学研究集》，华中师范大学出版社 2017 年版，第 310 页。

年""三突出",等等。由于篇幅限制,本文只择取有限论域加以探讨。

一、小资产阶级题材问题

第一次文代会给新中国文学的走向定下一个基本的调子,影响巨大。从题材的角度看,这次会议主要干了两件事:从正面确立文学题材的选择范围、检讨小资产阶级题材存在的问题。

周扬在《新的人民的文艺》(1949 年 7 月 5 日)的报告中,对刚刚出版的《中国人民文艺丛书》的题材做了统计。综合起来,分两大类:其一是革命历史题材,包括陕北土地革命时期故事、抗日战争、人民解放战争、农村土地斗争及其他各种反封建斗争等,其二是现实的工农业生产劳动。[①]《中国人民文艺丛书》中的作品均取自老解放区,编选的目的就是为新中国的文学创作确立规范,因此它的题材范围对全国作家的创作具有导向作用。对于知识分子题材的作品,周扬这样评价:"知识分子离开人民的斗争,沉溺于自己小圈子内的生活及个人情感的世界,这样的主题就显得渺小与没有意义了,在解放区的文艺作品中,就没有了地位。"[②] 很明显,这是一种斩钉截铁的否定姿态。在那个时代,知识分子与小资产阶级几乎是同义词。会上,茅盾代表新解放区的作家做了《在反动派压迫下斗争和发展的革命文艺——十年来国统区革命文艺运动报告提纲》的报告。他认为国统区的作品存在缺陷,多数属于小资产阶级

---

① 王尧、林建法主编,郭冰茹编选:《中国当代文学批评大系 1949—2009》(第 1 卷),苏州大学出版社 2012 年版,第 11 页。
② 同上。

题材，未能在现实斗争中描写工农生活。[1] 这实际上是敦促来自新解放区的作家迅速调整方向，努力表现工农兵题材。

受第一次文代会影响，1949 年 8 月至 12 月间，以陈白尘和以群的辩论为起点，上海《文汇报》"磁力"副刊发起了一场关于"可不可以写小资产阶级"的讨论。此后，小资产阶级题材问题引起更多人的关注，批判之声也越来越高。陈涌发表了《萧也牧创作的一些倾向》（《人民日报》1951 年 6 月 10 日）一文，批评《我们夫妇之间》等作品"包含着小资产阶级思想情绪"[2]。所谓"小资产阶级思想情绪"，主要指人情和个人生活情趣。在批判胡风的运动中，《人民日报》（1952 年 6 月 8 日）转载了舒芜的检讨文章《从头学习〈在延安文艺座谈会上的讲话〉》，编者按语中把胡风及其小集团的文艺思想定性为"一种实质上属于资产阶级、小资产阶级的个人主义的文艺思想"[3]。

从萧也牧到胡风，那个时代对作家和知识分子的批判，都是由题材、思想投射到作者本人，几乎无一例外地冠以"小资产阶级"的名号。

新中国成立后，为什么文艺界会对小资产阶级倾向反复批判呢？翻阅一下《在延安文艺座谈会上的讲话》就会找到答案。毛泽东批评部分作家的小资产阶级立场，认为"他们是把自己的作品当作小资产阶级的

---

① 张炯主编：《中国新文艺大系 1949—1966·理论史料集》，中国文联出版公司 1994 年版，第 110—111 页。

② 王尧、林建法主编，郭冰茹编选：《中国当代文学批评大系 1949—2009》（第 1 卷），苏州大学出版社 2012 年版，第 80 页。

③ 转引自林默涵：《胡风的反马克思主义的文艺思想》，载江曾培主编、冯牧（卷）主编：《中国新文学大系 1949—1976 文学理论》（第 1 卷），上海文艺出版社 1997 年版，第 126 页。

自我表现来创作的"①；批评他们鼓吹人性论，指出"人性实质上不过是资产阶级的个人主义"②。讲话中"小资产阶级"一词共出现了33次，这说明毛泽东对于"小资产阶级"保持着高度警惕。他说："小资产阶级出身的人们总是经过种种方法，也经过文学艺术的方法，顽强地表现他们自己，宣传他们自己的主张，要求人们按照小资产阶级知识分子的面貌来改造党，改造世界。在这种情形下，我们的工作，就是要向他们大喝一声，说：'同志'们，你们那一套是不行的，无产阶级是不能迁就你们的，依了你们，实际上就是依了大地主大资产阶级，就有亡党亡国的危险。只能依谁呢？只能依照无产阶级先锋队的面貌改造党，改造世界。"③小资产阶级不仅坚持资产阶级的个人主义，而且与大地主、大资产阶级有着某种内在联系，处理是否得当直接关系到国家兴亡。当时中国许多作家、艺术工作者都是小资产阶级出身，创作中自然带着个人主义情调。这样的情调与集体主义话语存在相当距离，同国家建构社会主义文化的需求存在相当距离，因此对于文学题材的规范带有时代的必然性。

二、决定论与题材多样化

毛泽东在延安文艺座谈会上的讲话中强调工农兵方向，但并没有要求文学仅只表现工农兵题材或重大题材。他是这样说的："中国的革命的文学家艺术家，有出息的文学家艺术家，必须到群众中去，必须长期

---

① 毛泽东：《在延安文艺座谈会上的讲话》，《解放日报》1943 年 10 月 19 日。
② 同上。
③ 同上。

地无条件地全心全意地到工农兵群众中去，到火热的斗争中去，到唯一的最广大最丰富的源泉中去，观察、体验、研究、分析一切人，一切阶级，一切群众，一切生动的生活形式和斗争形式，一切文学和艺术的原始材料，然后才有可能进入创作过程。"①在当时的文化氛围之下，是否表现重大题材成了衡量作品价值的重要指标，题材决定论的观点逐渐形成，清规戒律也越来越多。知识分子、帝王将相、才子佳人、牛鬼蛇神、日常生活、私人心理等都成为禁忌。

题材决定论愈演愈烈，最早做出深刻反省的是胡风。胡风于1954年上半年写出了30万字的《关于解放以来的文艺实践情况的报告》，总结了当时文学理论的"五道刀光"，第五道就是"题材决定论"：

题材有重要与否之分，题材能决定作品底价值，"忠于艺术"就是否定"忠于现实"，这就使得作家变成了"唯物论"的被动机器，完全依靠题材，劳碌奔波地去找题材，找"典型"，因而，任何"重要题材"也不能成为题材，任何摆在地面上的典型也不成其为"典型"了。而所谓"重要题材"，又一定得是光明的东西，革命胜利了不能有新旧斗争，更不能死人，即使是胜利以前死的人和新旧斗争，革命胜利了不能有落后和黑暗，即使是经过斗争被克服了的落后和黑暗，等等。这就使得作家什么也不敢写，写了的当然是通体"光明"的，也就是通体虚伪的东西，取消了尚待克服的落后和"黑暗"也就是取消了正在前进的光明，使作家完全脱离政治脱离人民

---

① 毛泽东：《在延安文艺座谈会上的讲话》，《解放日报》1943年10月19日。

为止……①

　　胡风的这一观点自然遭到围剿，他的罪状之一就是反对文学表现重大题材。但是，在"百花"时代和60年代初文艺政策调整时期，各界人士纷纷重拾胡风的这个话题，批判题材决定论。秦兆阳在《现实主义——广阔的道路》（《人民文学》1956年第9期）中批判了"不应该写过去的题材""不应该写知识分子""不应以资本家或地主富农为作品中的主要人物"等种种禁忌。②在《题材问题》（《文艺报》1961年第3期）中，张光年言辞激烈，批判"似乎无产阶级的文艺只能表现当前的重大题材；似乎重大题材只能是今天群众运动中的新人新事；而群众运动只能是当时当地的中心工作；新人新事只能是现成的模范人物、模范事例"。③

　　当时有识之士纷纷以焦躁和急切的心情呼唤题材的多样化——当然，几乎所有的文章都是在肯定重大题材重要性的前提下提出这个问题的。1956年5月26日，陆定一在中南海怀仁堂作了《百花齐放，百家争鸣》的报告：

　　　　题材问题，党从未加以限制。只许写工农兵题材，只许写新社会，只许写新人物等等，这种限制是不对的。文艺既然要为工农兵

服务，当然要歌颂新社会和正面人物，同时也要批评旧社会和反面人物，要歌颂进步，同时要批评落后，所以，文艺题材应该非常宽广。在文艺作品里出现的，不但可以有世界上存在着的和历史上存在过的东西，也可以有天上的仙人、会说话的禽兽等等世界上所没有的东西。文艺作品可以写正面人物和新社会，也可以写反面人物和旧社会，而且，没有旧社会就难以衬托出新社会，没有反面人物也难以衬托出正面人物。因此，关于题材问题的清规戒律，只会把文艺工作窒息，使公式主义和低级趣味发展起来，是有害无益的。①

此后，茅盾的《创作问题漫谈》、林默涵的《关于题材》等文章，都提倡题材的多样化。张光年的《题材问题》对题材多样化的必然性做了深刻的论证：除了重大题材，社会生活的某些侧面也可以表现时代精神；作家的艺术风格的形成，离不开特定的题材；特定的文艺体裁，对题材有相应的要求；群众精神生活有多样化需求，也需要多种题材。最后的结论是："作家艺术家完全可以按照自己的不同情况，自由地选择与处理他所擅长、他所喜爱的任何题材。"②

受"左"的观念影响，在社会主义现实主义的推广过程中，人们对"现实"的理解越来越狭隘，"现实"逐渐与"历史"对立，似乎只有写工农兵的现实生活，才算是社会主义现实主义。这种认识逐渐僵化，题材

---

① 北京师范大学中文系文艺理论教研室编：《文学理论学习参考资料》（下），春风文艺出版社1982年版，第1354—1355页。

② 王尧、林建法主编，季进编选：《中国当代文学批评大系1949—2009》（第2卷），苏州大学出版社2012年版，第62页。

进一步等级化，出现了"尖端题材"的说法。"所谓'尖端'题材（现代的）大概指解放以来的大运动、大事件，那么，除此以外的题材，便是'非尖端'的了。"①1959 年 2 月 18 日，中国作协召开文学创作工作座谈会，茅盾做了《创作问题漫谈》（《文艺报》1959 年第 5 期）的发言，批评了这种说法："过去半年中，流行了所谓尖端题材的说法。有人把尖端题材和历史题材对称。我以为这样对称不大恰当，历史题材应该和现代题材对称，而现代题材或历史题材则都有尖端的与非尖端的。现代题材应该写，历史题材也应该写，如果历史题材超过了现代题材的比例，也要看这些历史题材的作品质量如何。如果质量好，那也是值得欢迎的。"②张光年在《题材问题》中也曾明确反对："所谓'尖端题材'、'非尖端题材'的说法，是不妥当的；所谓'只要题材抓对了，作品就成功了一半'的说法，是没有根据的。"③

从写工农兵，到写重大题材，到写尖端题材，再到"写十三年"，题材的范围越收越小，最后完全被纳入阶级斗争的轨道。这样做的后果是全国人民都看八块"样板戏"，文学艺术的审美价值丧失殆尽，文坛一片荒芜。

三、如何对待"人民内部矛盾"

毛泽东在延安文艺座谈会上的讲话中谈到"歌颂"和"暴露"问题：

---

① 茅盾：《创作问题漫谈》，载《茅盾评论文集》（上），人民文学出版社 1978 年版，第 300 页。

② 同上书，第 299 页。

③ 王尧、林建法主编，季进编选：《中国当代文学批评大系 1949—2009》（第 2 卷），苏州大学出版社 2012 年版，第 64 页。

题材问题

"对人民群众，对人民的劳动和斗争，对人民的军队，人民的政党，我们当然应该赞扬。"①为了避免偏颇，毛泽东同时提出要对人民的缺陷加以教育和改造。但是，新中国成立初期的创作对人民内部一般采取只"歌颂"不"暴露"的态度，于是出现了所谓的"无冲突论"。其实，"无冲突论"原非中国特产。20世纪30年代，苏共对苏联的社会状况作出基本判断，认为生产关系已经完全适应生产力的发展，社会矛盾全然消失，这就是所谓的"无冲突论"。毫无疑问，要求文学不写人民内部矛盾，在题材上坚持"无冲突论"，是违背生活真实性的。因此，这个观念一经出现，就受到有识之士的质疑。

老舍在《人民日报》（1957年3月18日）上发表了《论悲剧》一文，认为社会主义社会依然存在冲突，存在"悲剧现实"，但文学作品中却少有展示。"我们反对过无冲突论。可是，我们仍然不敢去写足以容纳最大的冲突的作品，悲剧。是不是我们反对无冲突论不够彻底，因而在创作上采取了适可而止与报喜不报忧的态度呢？"②后来，王西彦在《文汇报》（1961年1月31日）上发表了《关于悲剧》一文，他认为"在我们现在这个已经消灭了人剥削人、人压迫人的不合理制度的社会主义社会里，会不会产生丑的战胜美的、邪恶战胜正义的现象呢？有没有悲剧存在呢？我想，这个问题是并不难回答的。在我们的社会里，从总的情况看，个人的利益和集体的利益是完全一致的，人民已经成为命运的主宰，美的总是战胜丑的，正义总是战胜邪恶"。③既然社会矛盾已然消除，自然也

---

① 毛泽东：《在延安文艺座谈会上的讲话》，《解放日报》1943年10月19日。
② 老舍：《老舍作品集·我怎样写小说》，译林出版社2012年版，第405页。
③ 王西彦：《王西彦近作》，四川人民出版社1979年版，第220页。

就不存在悲剧，他骨子里坚持的还是"无冲突论"。

1962年8月2日至16日，中国作协在大连召开农村题材短篇小说创作座谈会。邵荃麟把会议的主要议题确定为"农村题材最重要的是如何反映人民内部矛盾"[①]。紧接着，邵荃麟讨论了处理人民内部矛盾的态度问题："从右的修正主义来强调内部矛盾，就会把它夸大而致否定社会主义，认为无产阶级专政没有优越性等。从'左'的方面来看则是否认这个矛盾，粉饰现实，回避矛盾，走向无冲突论。"[②]邵荃麟说得明白，从"左"的观点看，就是用"无冲突论"遮掩客观存在的人民内部矛盾。

从五六十年代之交文化界对海默的话剧《洞箫横吹》的评论中，我们可以看出当时对于表现"人民内部矛盾"作品的态度。《洞箫横吹》于1956年11月在《剧本》上发表，同名电影由海燕电影制片厂于1957年摄制完成。《电影艺术》（1958年第8期）以"讨论影片《洞箫横吹》的真实性问题"为话题，发表李海根、郑暮楠、姚朱张等的一组讨论文章。姚朱张的文章《两条道路的斗争为什么没有展开》已经分析出作品存在两条矛盾线索："表面上是安书记的官僚主义保守思想和刘杰的先进思想的矛盾，而背后（也是更主要的）还反映了村长的资本主义道路和刘杰的社会主义道路的斗争。"[③]村长破坏统购统销，破坏农村合作社，他与刘杰的矛盾是敌我矛盾，比较容易定性，没有什么争议。关键是县委书记安振邦与刘杰之间的矛盾，是保守与先进的矛盾，在性质上属于

---

① 邵荃麟：《在大连"农村题材短篇小说创作座谈会"上的讲话》，载白烨编：《中华人民共和国成立70周年优秀文学作品精选·文学评论卷》，北京十月文艺出版社2019年版，第93页。

② 同上书，第94—95页。

③ 姚朱张：《两条道路的斗争为什么没有展开》，《电影艺术》1958年第8期。

人民内部矛盾，如何把握的问题就比较有争议了。此后的评论文章，有的从政治需要出发，批评作者把县委书记安振邦刻画得如此官僚主义，有损党的形象；有的判定安振邦这一形象"是不现实的，这是虚构的夸张"①，以所谓的"真实"来掩饰人民内部矛盾的存在——这样的批评者骨子里认同的是"无冲突论"，闭着眼睛不肯承认现实生活中存在于人民内部的任何矛盾。人民内部矛盾一旦涉及党群关系、干群关系问题，就更为敏感了。在大连会议上，邵荃麟就指出写领导已经成为一个忌讳："一九五七年写得多，后来反过来怕写领导，又不敢碰。"②他进一步提出了一个假设："比如农村有些干部，蜕化成敌我矛盾，像恶霸似的，能不能写？划条线也很难，编辑也很难，可以讨论一下。"③实际上，《洞箫横吹》中的安振邦就是这样一名蜕化变质的干部。海默的例子告诫人们，写"人民内部矛盾"存在一条看不见的红线，逾越与否是极难把握的。

四、"新的人物"、英雄人物与中间人物

《在延安文艺座谈会上的讲话》中已经提到"新的人物"一词，毛泽东是这样说的："'大后方'的读者，不需要从革命根据地的作家听那些

---

① 大方：《从"洞箫横吹"谈起——试论影片中处理人民内部矛盾问题》，《电影艺术》1958年第10期。
② 邵荃麟：《在大连"农村题材短篇小说创作座谈会"上的讲话》，载白烨编：《中华人民共和国成立70周年优秀文学作品精选·文学评论卷》，北京十月文艺出版社2019年版，第94页。
③ 同上书，第95页。

早已听厌了的老故事，他们希望革命根据地的作家告诉他们新的人物，新的世界。所以愈是为革命根据地的群众而写的作品，才愈有全国意义。"① 他为作家的创作指明了方向，认为"为革命根据地的群众而写的作品"就应该表现"新的人物"。第一次文代会（1949年7月2日—19日）上，周扬的报告《新的人民的文艺》已经宣称，"新的主题、新的人物象潮水一般地涌进了各种各样的文艺创作中"②。全国文学艺术工作者第二次代表大会（1953年9月23日—10月6日）上，茅盾在《新的现实和新的任务》的报告中不无骄傲地说："我们作家从祖国丰富的、沸腾的人民生活和斗争中，吸取了各种各样的新的题材和新的主题，创造出各色各样新的人物的形象，通过他们反映了我们国家方面新的面貌和其远景。"③1956年2月27日周扬在中国作协第二次理事会（扩大）上的《建设社会主义文学的任务》的报告中，乐观豪迈地宣布中国人民已经脱胎换骨，"他们从封建的、资本主义的和小生产者的种种旧思想和旧习惯的束缚中逐步地摆脱出来"。"人们对待劳动、公共财产、友谊、爱情有了完全不同的新的态度。"④呼唤文学表现"新的人物"。

但是，历史却以一种"悖论式"的方式被演绎：一方面对塑造"新的人物"的呼声越来越急切；另一方面是"新的人物"通常形象都比较干瘪，并且不断被拔高，被概念化，直至出现高大全形象。《人民日报》

---

① 毛泽东：《在延安文艺座谈会上的讲话》，《解放日报》1943年10月19日。
② 王尧、林建法主编，郭冰茹编选：《中国当代文学批评大系1949—2009》（第1卷），苏州大学出版社2012年版，第11页。
③ 张炯主编：《中国新文艺大系1949—1966·理论史料集》，中国文联出版公司1994年版，第163页。
④ 同上书，第179页。

（1953年1月11日）转载了周扬的《社会主义现实主义——中国文学前进的道路》①，该文敏锐地指出"新不如旧"的现象："我们的作家，一般地还不善于描写新的人物，对于描写旧的人物和事件倒是比较更为娴熟的。"②"新的人物"往往缺少个性，心灵贫乏，有公式主义倾向。由于对"新的人物"过分强调，以至于作家在创作中不塑造"新的人物"就构成"原罪"。张光年在《题材问题》中指出当时的创作症结："似乎无产阶级的文艺只能表现当前的重大题材，似乎重大题材只能是今天群众运动中的新人新事，而群众运动只能是当时当地的中心工作，新人新事只能是现成的模范人物、模范事例。"③

关于英雄形象塑造问题，王福湘曾做过考证："创造新英雄人物的问题，新中国成立前夕在东北解放区就已提出，新中国成立以后则先从军内发出号召，当时中南军区文化部长陈荒煤发表《为创造新的英雄典型而努力》等一组文章，川北军区政治委员胡耀邦明确提出'表现新英雄人物是我们的创作方向'。接着，《文艺报》于1952年5月至12月开辟'关于创造新英雄人物问题的讨论'专栏……"④周扬在全国文学艺术工作者第二次代表大会上的《为创造更多的优秀的文学艺术作品而奋斗》的报告中，用了1500余字的篇幅专门论述英雄形象问题。他总结了

---

① 原载苏联文学杂志《旗帜》1952年12月号。

② 王尧、林建法主编，郭冰茹编选：《中国当代文学批评大系 1949—2009》（第1卷），苏州大学出版社2012年版，第129页。

③ 王尧、林建法主编，季进编选：《中国当代文学批评大系 1949—2009》（第2卷），苏州大学出版社2012年版，第62页。

④ 王福湘：《悲壮的历程：中国革命现实主义文学思潮史》，广东人民出版社2002年版，第289页。

塑造英雄的原则：要在"现实社会中新旧的矛盾和斗争"①中塑造英雄形象；英雄可以有缺点，但可以有意识地忽略不重要的缺点，使他在作品中成为群众所向往的理想人物。冯雪峰的《英雄和群众及其它》(《文艺报》1953年第24期)反对把先进英雄人物从群众中孤立开来，因为英雄是从群众中典型化而来的。②在《评路翎的三篇小说》(《文艺报》1954年第12期)中，侯金镜在对路翎的作品进行批判的同时，明确指出爱国主义是英雄的精神动力。③

　　1955年，毛泽东亲自倡导作家塑造英雄人物，他在《合作化的带头人陈学孟》的按语中写道："这里又有一个陈学孟。在中国，这类英雄人物何止成千上万，可惜文学家们还没有去找他们，下乡去从事指导合作化工作的人们也是看得多写得少。"④中国古代就有旌表制度，为各类模范树碑立传，让民众效法。在作品中树立英雄形象，来教育人民，激励人民，完全合乎民族传统。

　　谈及中间人物，不能不提及冯雪峰。在《英雄和群众及其它》中，冯雪峰说过这样一段话："在实际生活中，所谓不好不坏的、看起来好像既不能加以肯定也不应该加以否定的、没有什么斗争性和创造性的所谓庸庸碌碌的人们，是大量地存在着的，并且形成一种很大的社会势力。然

---

① 张炯主编：《中国新文艺大系1949—1966·理论史料集》，中国文联出版公司1994年版，第127页。

② 江曾培主编，冯牧（卷）主编：《中国新文学大系1949—1976·文学理论》（第2卷），上海文艺出版社1997年版，第76—77页。

③ 王尧、林建法主编，郭冰茹编选：《中国当代文学批评大系1949—2009》（第1卷），苏州大学出版社2012年版，第180页。

④ 周申明主编：《毛泽东文艺思想研究概览》，河北人民出版社1992年版，第93页。

而这样的人们，仍然不是站在矛盾斗争之外，而是站在斗争中；他们无疑是生活前进的一种雄厚的阻碍势力，可是又恰正在斗争中被教育、被改造，时刻在变化着的，因此，他们无疑又是时刻在变化成为生活前进的雄厚的革命势力。"①他所描述"庸庸碌碌的人们"，实际上就是所谓的中间人物。

中间人物，是邵荃麟在大连农村题材短篇小说创作座谈会上提出来的。他认为，就当时的创作而言，作品中英雄和坏人比较多，而"反映中间状态的人物比较少"，然而，"广大的各阶层是中间的，描写他们是很重要的"。②从塑造文学形象的角度看，中间人物身上有旧东西，也有进步的东西，是矛盾的集中点，容易写得丰满、深刻。就审美本身而言，这一观点无疑是很有道理的，但是，"中间人物论"很快成了政治斗争的靶子。如文艺报编辑部撰写《"写中间人物"是资产阶级的文学主张》(《文艺报》1964年第8、9期合刊)，批判"中间人物论"不歌颂英雄人物，专门歌颂消极的小人物，具有"反马克思主义的实质"③。

倡导写"新的人物"、写英雄人物都与建立社会主义文化有关，但是一旦人物形象过于提纯，过于理想化，变成道德和政治的符码，就丧失了生命力。中间人物后端联结着落后人物，前端联结着新的人物，本是

---

① 江曾培主编，冯牧(卷)主编：《中国新文学大系1949—1976·文学理论》第2卷，上海文艺出版社1997年版，第79页。

② 邵荃麟：《在大连"农村题材短篇小说创作座谈会"上的讲话》，载白烨编：《中华人民共和国成立70周年优秀文学作品精选·文学评论卷》，北京十月文艺出版社2019年版，第95页。

③ 王尧、林建法主编，季进编选：《中国当代文学批评大系1949—2009》第2卷，苏州大学出版社2012年版，第297页。

一个值得开掘的富矿,可惜被历史断然拒绝了。个人的欲望被清除,灵魂的深度被削平,文化的复杂性被漠视,文学形象的审美价值自然大打折扣。

对于 20 世纪中国文学而言,题材是一个至为关键的问题。没有题材的拓展,文学获得现代性几乎是不可能的事情。王德威认为,晚清时期狎邪、公案狭义、谴责、科幻四种文类,"已预告了二十世纪中国'正宗'现代文学的四个方向:对欲望、正义、价值、知识范畴的批判性思考,以及对如何叙述欲望、正义、价值、知识的形式性琢磨"。① 之所以有这四种文类,当然首先因为题材的拓展。题材至关重要,缺乏特定的题材,就不能容纳特定的思想。歌德曾说:"还有什么比题材更重要呢?离开题材还有什么艺术学呢?如果题材不适合,一切才能都会浪费掉。正是因为近代艺术家们缺乏有价值的题材,近代艺术全都走上了邪路。"② 一部现代文学史就是一部题材演化史,一方面是某些题材被倡导,另一方面是某些题材被排斥,一切恰如火山的形成,喷涌的岩浆不断遮盖熔岩凝固而成的岩石。五四时期,以鲁迅为代表的启蒙主义作家开掘出知识分子题材和农民题材,同时以鸳鸯蝴蝶派为代表的传统文人题材和娱乐题材受到了讨伐。"革命文学"雷霆乍起,五四时期以个性主义和人道主义为核心的创作受到指责,工农的觉醒与暴动、知识分子的革命加恋爱,遂成了新的题材。抗战时期"文章入伍",抗战题材走向核心,其他题材

---

① 王德威:《想象中国的方法 历史·小说·叙事》,百花文艺出版社 2016 年版,第 15 页。

② [德]爱克曼:《歌德谈话录》,朱光潜译,长江文艺出版社 2020 年版,第 10—11 页。

无暇顾及，遂有了对梁实秋"与抗战无关论"的批判。新时期以来，阶级斗争为纲的各类题材被抛弃，各种新的题材应运而生，"文革"的伤痕、极左政治、社会改革、知青世界、传统文化、意识流、荒诞感、日常生活、女性经验，等等，琳琅满目，贯穿了历史、社会、文化、身体等各个层面，"人"由此获得了立体化表现。文学史经验告诉我们，"百花齐放"关系到文学生死。题材如花儿，作家如蜜蜂，文学如蜂蜜。花儿的种类多了，蜂蜜的种类才多；花儿的数量大了，蜂蜜的产量才大，质地才淳厚。也正因为如此，题材才成为中国当代文学批评的一个关键词。

（原载《文艺争鸣》2022 年第 2 期）

锻造文艺批评的时代利器 *

——延安《讲话》对于文艺批评共同体的精神构筑与启示

苏喜庆（河南科技学院）

毛泽东《在延安文艺座谈会上的讲话》在中国当代文艺理论批评史上具有里程碑意义，堪称中国文艺批评话语建构的经典范本。它将马克思主义美学理论与中国文艺的生动实践相结合，形成了毛泽东文艺批评观的基本体系和创新特色。毛泽东在对于文艺的恢宏擘画中，表现出对于文艺批评共同体构筑的强烈召唤意识和坚定的道路信念，在这个共同体中，源自人民的身份认同与审美经验达到了高度统一①，从而凝聚起了具有牢固根基、拥有革命激情与创造活力的革命文艺力量，为文艺批评共同体的构筑注入了强大精神内能和坚定的组织意志，由此，也为中国当代文艺批评的发展带来了诸多经验和启示。

文学艺术天然具有召唤共同体产生的意志，诚如希利斯·米勒所

---

* 本文系 2018 年度国家社会科学基金重大项目 "中国当代文艺审美共同体研究"（项目编号：18ZDA277）阶段性成果。

① 鲍曼指出："身份认同看起来与美（beauty）共享着共同体的存在的地位：像美一样，除了广泛的协定和一致（明确的或默示的，通过判断的共识性的同意，或通过一致的行动表达出来）以外，它没有其他基础可以依据。" 参见［英］齐格蒙特·鲍曼：《共同体》，欧阳景根译，江苏人民出版社 2007 年版，第 74 页。

言："在这样的时代结成的共同体中，文学对其模仿、反映和再现，巧妙地模拟和构造出共同体的缩微式样。"①正是由于文学具有表达共同体意志和集体意识等凝聚合力的功能，也就成了在革命年代里革命文艺与反革命文艺展开争夺和巩固的重要阵地。延安时期的革命文艺批评共同体正是在时代文艺内部锻造和指引文艺发展方向的重要组织，它需要解除文艺战线上战友间的思想围蔽，形成与革命发展紧密结合、密切协同，并朝向总体性发展目标的高效共同体。

一、坚定的艺术向心力

《讲话》呈现出了心系人民的坚定艺术向心力，由此也确立了文艺批评共同体的人民本位意识。

关于文学批评共同体的人民属性问题，法国哲学家让-吕克·南希在阐述其"文学共产主义"时指出，在共同体中"没有独体不外展于共同之中，没有共同体不为独体提供界限"。②也就是在文学因时代命题——革命、抗日、推翻"三座大山"——而结成的广泛的共同体中，通过在共同体规定的政治使命的界限下，完成自洽性的适应和积极的跟进。"文学共产主义"至少表明："共同体不断抵抗让它趋向完成的一切，这个抵

---

① ［美］J. 希利斯·米勒：《共同体的焚毁：奥斯维辛前后的小说》，陈旭译，南京大学出版社 2019 年版，第 17 页。

② 南希将人看做"独体"（singularities），而不是个体（individualities），也就是将每一个人视出在根本上不同于其他所有人的能动者（agents）。参见 Jean-Luc Nancy, *The Inoperative Community*, trans. Peter Connor, Lisa Garbus, Michael Holland and Simo-na Sawney, Minneapolis: University of Minnesota Press, 1991, p.190.

抗过程有一种无法抑制的政治紧迫性，而这种紧迫性又反过来要求某种'文学'来标示我们的无限抵抗。"①《讲话》应势而发，因时而动，"1940年到1942年春天，在延安形成了一股带有强烈启蒙意识、民族自我批判精神和干预现实生活的文学新潮。尤其是1942年春，延安文人将这股批判现实的文学新潮推向了高潮"。② 可以说这是一次站在时代文艺发展宏图上破解紧迫性民族命运命题的行动实践和话语实践。南希指出：这种紧迫感的抵抗"源自共同体的深处"，"政治如果不去探究这一点，就会沦为神话或经济，而文学如果不去言说这一点，则会陷入消遣或谎言"。③ 这表明了文学艺术与共同体中"共"的紧密关系。《讲话》正是要揭示出这个时代"共处"的"共"的内涵，并通过制定文艺批评的导向型规则来指导延安文艺中每个独体外展的社会效果。推究在20世纪40年代大量社会精英和文艺青年突破国民党的封锁，辗转来到延安，可以看出，当时每个独体都具有一定的道路信仰和坚定的文艺自信，而要结成"有效的共同体"，不仅需要"依靠忠于自身的决心而起效，此决心也不断自我生成，自我推动"④，还需要有非常权威的、明确的制度基础和艺术标准来做保障。

《讲话》确立了社会主义的文艺批评必须以人民为本位的思想，只有这样才能保证艺术的坚定向心力。"什么是我们的问题的中心呢？我们

———————————

① Jean-Luc Nancy, *The Inoperative Community*, pp.197–198.

② 黄科安：《延安文学研究——建构新的意识形态与话语体系》，文化艺术出版社2009年版，第14页。

③ Jean-Luc Nancy, *La communaute desoeuuree*, Paris: Christian Bourgois, 2004, pp.80—81.

④ [美]J. 希利斯·米勒：《共同体的焚毁：奥斯维辛前后的小说》，陈旭译，南京大学出版社2019年版，第19页。

的问题基本是一个为群众的问题和一个如何为群众的问题。不解决这两个问题，或者这两个问题解决得还不适当，就会使得我们的文艺工作者和自己的环境、任务不协调，就使得我们的文艺工作者从外部从内部碰到一连串的问题。"[①] 破解这些问题，首要的是要围绕党的伟大事业，做到心系人民，为了人民，服务人民，这是工作的中心。毛泽东同志充分认识到团结人民尤其是工农兵是文艺工作核心任务，也是文艺服务面向的根本对象，由此确立了文艺批评的强大向心力——文艺要为人民大众服务，这是一个工作根本的问题，原则的问题。广大文艺批评要围绕着这个核心任务开展工作和进行改革，才会有依靠的坚实力量，才会减少分歧，增进团结；文艺批评者才会成长为全心奉献革命事业的文艺批评家，找到工作的重心，找到文学艺术的源泉，实现对人民大众最广泛的启蒙。

这个"人民中心"的理论阐述，实质是对文艺批评共同体本质意志的一次政策明确和制度强化。斐迪南·滕尼斯在《共同体与社会》一书中指出："本质意志同它自身与之相关的活动的关系，犹如一种力量同它自身进行的工作的关系一样。"[②] 也就是说，这个具有向心力的本质意志决定了共同体内所有成员工作的凝聚力和行动执行力。毛泽东同志以其雄辩的论证和强大个人魅力将文艺批评的责任、标准和实践方针与工作路线图聚合到这个中心上来。他强烈召唤"同志"们，"我们希望文艺界的同志们认识这一场大论战的严重性，积极起来参加这个斗争，使每个

---

① 出自《在延安文艺座谈会上的讲话》，以下凡出自《讲话》中的引文不再单独注释。

② ［德］斐迪南·滕尼斯：《共同体与社会：纯粹社会学的基本概念》，林荣远译，北京大学出版社 2010 年版，第 118 页。

同志健全起来，使我们的整个队伍在思想上和组织上真正统一起来，巩固起来"。这如同一声响亮的集结号，指引着文艺批评集体力量的发挥，呼吁构筑文艺批评界共同体。

《讲话》是在联合抗战的特殊历史时期提出来的谋求革命文艺共同发展的路线，在这一时期，毛泽东关于文艺的一系列讲话文献都带有明显的建构情感共同体的创造性革命意旨，这些文献"始终围绕着联合、结合、团结大多数人民群众，与人民群众同感共谋形成一条心，组成一个'民族命运共同体——统一战线'，共同努力奋斗，改变民族命运，重建民族未来"。①打造和巩固文艺界的共同体，离不开团结与改造，而且团结是改造的前提和基础，"统一战线的原则有两个：第一个是团结，第二个是批评、教育和改造。……我们的任务是联合一切可用的旧知识分子、旧艺人、旧医生，而帮助、感化和改造他们。为了改造，先要团结"。这也是共产党人探索出来的当时唯一正确的向心式道路。

随后，在1944年10月13日，毛泽东在"陕甘宁边区文教工作者会议"上发表了《文化工作中的统一战线》的讲演，点明群众的需要是文艺工作者的出发点："我们的文化是人民的文化，文化工作者必须有为人民服务的高度的热忱，必须联系群众，而不要脱离群众。要联系群众，就要按照群众的需要和自愿。一切为群众的工作都要从群众的需要出发，而不是从任何良好的个人愿望出发。有许多时候，群众在客观上虽然有了某种改革的需要，但在他们的主观上还没有这种觉悟，群众还没有决心，还不愿实行改革，我们就要耐心地等待；直到经过我们的工作，群众

---

① 段建军：《毛泽东延安文艺观中的审美共同体思想》，《甘肃社会科学》2022年第2期。

的多数有了觉悟，有了决心，自愿实行改革，才去实行这种改革，否则就会脱离群众。凡是需要群众参加的工作，如果没有群众的自觉和自愿，就会流于徒有形式而失败。'欲速则不达'，这不是说不要速，而是说不要犯盲动主义，盲动主义是必然要失败的。在一切工作中都是如此；在改造群众思想的文化教育工作中尤其是如此。这里是两条原则：一条是群众的实际上的需要，而不是我们脑子里头幻想出来的需要；一条是群众的自愿，由群众自己下决心，而不是由我们代替群众下决心。"[1] 这其中，对于"群众需要"作了全面的解释，"需要"来自人民群众，工作中不仅要避免盲动主义和一厢情愿的脱离群众做法，还要积极发动群众自愿参与，群众答应不答应、愿不愿意、满不满意是文艺工作的基本遵循。

纵观延安时期，作为"独体"存在的文艺工作者都有自己的创作立场和文艺表现形式的坚守[2]，当其作为满足社会需要的，能够服务并奉献于社会的独体时，独体就需要延展各自的艺术触角，正视和扬弃自身的弱点，朝着正向指引的方向，缔造一个能够与社会共契的广泛的民族文艺共同体。《讲话》正是以"文本"的形式沟通了各个文艺独体之间的情感认同，让文艺创作逻辑与革命历史发展思维形成紧密协同，拆解那些不合时宜的文艺独体，铸就一个具有强大凝聚力的革命文艺共同体。

---

[1] 毛泽东：《文化工作中的统一战线》，载中共中央文献研究室编：《毛泽东文艺论集》，中央文献出版社 2002 年版，第 111—112 页。

[2] 参见［美］J. 希利斯·米勒：《共同体的焚毁：奥斯维辛前后的小说》，陈旭译，南京大学出版社 2019 年版，第 19 页。

二、超强的批判战斗力

文艺批评需要激活超强的战斗力。毛泽东早在 30 年代就萌生了创建文艺批评共同体的意识，他在中国文艺协会成立大会上说："过去我们是有很多同志爱好文艺，但我们没有组织起来，没有专门计划的研究，进行工农大众的文艺创作。"[①] 1942 年 5 月，他又在《讲话》里明确提出："我们要战胜敌人，首先要依靠手里拿枪的军队，但是仅仅有这种军队是不够的，我们还要有文化的军队，这是团结自己，战胜敌人必不可少的一支军队。"文化的军队同样也需要有超强的战斗力。

文艺批评是针对文艺作品进行的客观公正的评价，只要有评价必然会用到价值判断，这是审美判断力的具体运用和呈现。"艺术上不同的形式和风格可以自由发展，科学上不同的学派可以自由争论。"[②] 毛泽东所极力树立的文艺批评界和创作界的学习标杆鲁迅先生，就是颇具自由论辩能力和超强战斗力的作家表率，"他站在无产阶级与民族解放的立场，为真理与自由而斗争。鲁迅先生的第一个特点，是他的政治的远见。他用望远镜和显微镜观察社会，所以看得远，看得真。他在一九三六年就大胆地指出托派匪徒的危险倾向，现在的事实完全证明了他的见解是那样的准确，那样的清楚"。[③] 批评家一定要有深邃犀利的眼光，要具有宏

---

① 毛泽东:《在中国文艺协会成立大会上的讲话（1936 年 11 月 22 日）》,《红色中华报·红中副刊》第 1 期, 1936 年 11 月 30 日。

② 毛泽东:《毛泽东著作选读》(下册), 人民出版社 1986 年版, 第 783—784 页。

③ 毛泽东:《论鲁迅（一九三七年十月十九日）》, 载中共中央文献研究室编:《毛泽东文艺论集》, 中央文献出版社 2002 年版, 第 9—10 页。

深的思想见地和经得起历史检验的价值判断。鲁迅善于用"剜烂苹果"的坚决意志和更为长远的团结民众、抵制腐朽、砥砺民族觉醒的意识，传递和弘扬了五四以来新文化批判精神和文艺正能量。诚然，我们身处的已经不是革命战争年代，与80年前的中国大环境和文艺生态已迥然有别，但是文艺批评的基本原则和批评的战斗力使命始终未变。

文艺批评的战斗力便是将批评应用于实践的迫力，其中褒贬爱憎、明辨是非的精神始终不能减退，习近平总书记指出："实现伟大梦想、必须进行伟大斗争。"这关系到民族文化复兴和文艺繁荣发展的千秋大业，战斗力正是这种"斗争精神"的新时代体现。斗争，显然不是过去的阶级对立，也不是主张好斗与对抗，而是坚守文艺批评者的神圣使命，直面文艺发展中的存在问题和矛盾，敢于动真碰硬，担当作为，在批评实践中，注重批评的思维和智慧，敢于直指文艺体制机制中的不足，敢于建言献策。"好好先生""不切实际""博人眼球""讽刺挖苦"的流量批评都不能真正助力文艺的健康发展。只有打磨好批评的利器，才可能在艺术场域中深耕细作。广大文艺工作者也要有虚心接受批评的胸襟、度量和勇气。习近平总书记在文艺工作座谈会上的讲话中强调，我们要"运用历史的、人民的、艺术的、美学的观点评判和鉴赏作品"。"要以马克思主义文艺理论为指导，继承创新中国古代文艺批评理论优秀遗产，批判借鉴现代西方文艺理论，打磨好批评这把'利器'。"不少学者也开诚布公地指出："一些创作者不喜欢评论家，不与批评家交朋友，一门心思搞创作，与闭门造车没有多大区别。文艺评论形不成战斗力、说服力和影响力，文艺作品怎么可能有精神高度、文化内涵和艺术价值呢？"① 文艺创作和批评不应该是两张皮，各自为阵，自说自话。文艺繁荣发展的健康生态需要有相互批评的砥砺、磨合和锻造，评论与创作这两驾马车绝不是南辕北辙，而是要相互借力、彼此砥砺，相互融合、共同成长。

作为旗帜鲜明的社会主义的文艺批评家，必须本着初心，源于文心，基于公心，更要立足人民中心，落脚问题核心，服务社会良心。现代的文艺批评可谓琳琅满目，百花齐放，学院批评、新媒体批评、跨界批评、水军批评，等等，不一而足，然而，由于批评者的理论修养有高低、境界水平有差异、判断感知有深浅，批评界尽管呈现出异彩纷呈的局面，也存在"不接地气""沾染铜臭气""追求浮华气"等问题，文艺批评话语喜欢用臃肿的理论演绎代替针锋相对的批评，用大而化之和不及物的过度阐释掩饰对批评对象的无知，批评多见"成果"却难见"效果"；内容空洞、感知模糊、嫁接拼凑、跟风应景、捧场作秀的评论亦不鲜见。在文艺批评的理论建树中，流之于"散"而失之以"聚"，缺乏真思想、匮乏真勇气、缺少真诚度，没有坦诚相见、直面艺术问题、聚合艺术见的、促进协同成长的共同体意识，而这些正是有真正战斗力的文艺批评发挥效力的地方。

三、严密的逻辑说服力

《讲话》努力开创马列主义文艺思想中国化的新境界，以普遍真理

---

① 张魁兴：《繁荣文艺创作，须磨好文艺评论这把"利器"》，东方网 2021 年 8 月 11 日，https://comment.yunnan.cn/system/2021/08/11/031606478.shtml。

和实践真知为依据，展示出真理的雄辩力量与理性逻辑的强大说服力，在这个共同体文本话语中厚植了思想，蓄积了力量。布尔迪厄指出，"文化生产者共有的东西就是一个共同参照、共同标记的体系"①，《讲话》正是为共同体中这种"共有的文本"提供了具有逻辑说服力的基本遵循。

说服力是取得理性认同和情感感通的基础。毛泽东在《讲话》中对于文艺批评共同体建设的论述具有非常严密的逻辑思路，他从辩证唯物主义的角度，斩钉截铁地指出："文艺界的主要斗争方法之一，是文艺批评。"随后他提出了文艺批评的两个标准，一个是政治标准，一个是艺术标准，这两个标准在具体批评实践中要紧密结合，落脚于一个共同的意志追求，那就是"鼓励群众同心同德"投身文艺批评实践。批评一种文艺现象或文艺作品既要看其艺术实践的动机，又要看其"被大众欢迎"的效果。这就指明了文艺批评的方向必须是遵从社会正确的实践意志，对作品的"政治性"和"艺术性"作出全面科学的评价和衡量，激浊扬清，让真正优秀的作品脱颖而出。对待作品的评价要得到人民广泛接受的历史检验，在价值立场上得到人民的积极响应，在审美价值上得到广泛认同，在艺术思想性上得到普遍认可。虽然毛泽东在座谈会上没有直接论述批评家的责任，但是在"结论"部分，举例延安文艺的乱象暗含着对文艺批评家主体责任建构的引导。他指出党内许多同志有忽视艺术的倾向的问题，这是构筑文艺批评共同体的存在价值思考的起点。事实

---

① ［法］皮埃尔·布尔迪厄：《实践理性：关于行为理论》，谭立德译，生活·读书·新知三联书店2007年版，第45页。

上，在艺术作品"这个意识形态角斗的战场中"（巴赫金语）①，"任何阶级社会中的任何阶级；总是政治标准放在第一位，以艺术标准放在第二位的"。这是两个标准，而不是一个标准，需要用唯物辩证法来看待这两个标准，既不能简化为政治唯一，也不能因革命而取消艺术性。在消灭了剥削阶级的社会主义社会中，同样需要首先确立批评家立场和倾向上的正确性，表现在批评上就是要有坚定的文艺评价政治方向，尊重文艺作品的艺术性，注重挖掘作品的思想性，并将评判艺术作品的社会效益和文化效益作为艺术评价的内在动力。

毛泽东的文艺批评观念里有一个非常关键的逻辑起点，那就是如何辩证地把握文艺批评的尺度问题，例如在如何评价作品中的光明与黑暗、歌颂与暴露、雅与俗、内容与形式、讽刺与批判等创作尺度问题时，植入了一个核心的"选择意志"，那就是把代表着工农兵群众和革命干部的时代需求作为具体文艺实践中选择意志的来源，这就相当于在文艺创作和批评观念中设置了一个"优势代码"。杰姆逊指出，"任何阐释、批评理论都是预设了一个处于优势地位的代码，对文化对象进行转义和重述"。② 讲话成功将那些真正代表人民需要并适应新民主主义革命文化战线组建的意识形态和优势代码合法化和规约化，转化为文艺批评的审美标准。

在当时的横向时空中，相较于国统区文艺，解放区文艺具有鲜明的

---

① 巴赫金指出："任何艺术符号都充斥着倾向性，都是意识形态角斗的战场。"参见巴赫金：《文艺学中的形式主义方法》，载［俄］巴赫金：《巴赫金全集》第二卷，河北大学教育出版社 1998 年版，第 127—128 页。

② ［美］弗雷德里克·詹姆逊：《政治无意识：作为社会象征行为的叙事》，王逢振、陈永国译，中国社会科学出版社 1999 年版，第 26 页。

政治优越性、制度优越性和时代进步性。毛泽东在《讲话》中指出，我们是站在占全人口 90% 以上的人民中间，我们的文艺批评立足于世界先进的马列主义文艺思想，归根结底，我们开展的无产阶级文艺，这完全区别于为着"剥削者压迫者"的地主阶级文艺和资产阶级文艺，我们既弘扬新文化新艺术，也继承"中国和外国过去时代所遗留下来的丰富的文学艺术遗产和优良的文学艺术传统"。无产阶级知识分子可以自觉摒弃小资产阶级意识，在深入工农兵群众、深入实际斗争的过程中，在学习马克思主义和学习社会的过程中，把立足点真正移位到工农兵这个崭新的共同体中来，结成最广泛的无产阶级文艺共同体。

毛泽东善于与文艺界的知名人士通过书信、笔谈等形式，展开深度交流，运用马克思主义文艺批评观点展开推心置腹的谈心，增进文艺批评的共识，如给萧三的信中勉励道："大作看了，感觉在战斗，现在需要战斗的作品，现在的生活也全部是战斗，盼望你更多作些。"[1] 给周扬的信中写道："文章看了，写得很好，必有大影响。某些小的地方，我认为不大妥当的，已率直批在纸上。……把现代中国的旧因素与新因素混同之嫌；值得再加考虑一番。……在当前，新中国恰恰只剩下了农村。是否有当，还请斟酌。"[2] 在给萧军的信中写道："我因过去同你少接触，缺乏了解，有些意见想同你说，又怕交浅言深，无益于你，反引起隔阂，故没有即说。延安有无数的坏现象，你对我说的，都值得注意，都应改正。但我劝你同时注意自己方面的某些毛病，不要绝对地看问题，要有耐心，要注意调理人我关系，要故意地强制地省察自己的弱点，方有出

---

① 毛泽东：《致萧三（1939 年 6 月 17 日）》，载《毛泽东文艺论集》，第 257 页。
② 毛泽东：《致周扬（1939 年 11 月 7 日）》，载《毛泽东文艺论集》，第 259—260 页。

路，方能'安心立命'。"① 在给欧阳山的信中也坦诚愿意广泛听取不同意见，信中写道："关于文艺方针诸问题，拟请代我搜集反面的意见，如有所得，祈随时赐示为盼。"② 在给罗峰关于其新发表的高尔基创作研究的信中说："我觉得关于高尔基的一篇是好的，这篇使我读后得到很大的益处。但其余的文章，和这一篇的观点不大调和，我虽只看一遍，但觉有些是不明朗化，有些则论点似乎有毛病。我希望你用马克思主义的观点将自己的作品检查一番，对于你的前进是有益的。未知当否，请加考虑为盼！"③ 这些开诚布公的文艺争鸣与商榷，表现出伟人的文艺情怀和远见卓识的文艺主张，他通过书信和专题报告会等形式拉近了文艺工作者与革命前线人员的距离，大大增进了结成革命文艺共同体的共识。

在座谈会交流审议期间，也表现出了严密的论辩逻辑。毛泽东率先提出了文艺批评的几个靶向问题：一是我们的文艺为了什么人的问题；二是如何去服务人民的问题；三是组成文艺界统一战线的问题；四是文艺批评的一个基本的批评标准问题；五是针对文艺界的作风不正、教条主义、脱离群众等缺点，如何严肃开展文艺界的整风运动的问题。在经过了与会代表的充分酝酿后，在大会"结论"中不仅一一回应，而且采用连环举例的方式，将当时延安文艺中最亟须解决的评价标准问题、基本批评方法问题和文艺批评的效果与功用问题进行了突出并态度鲜明的强调。对于文艺界关于"人民性"和"爱"等这些关涉到文艺倾向问题的核

① 毛泽东：《致萧军（1941 年 8 月 2 日）》，载《毛泽东文艺论集》，第 265 页。
② 毛泽东：《致欧阳山、草明（1942 年 4 月 13 日）》，载《毛泽东文艺论集》，第 270—271 页。
③ 毛泽东：《致罗峰（1942 年 6 月 12 日）》，载《毛泽东文艺论集》，第 273 页。

心概念模糊性认识进行了澄清。《讲话》中提到文艺战线的地方仅有两处，但是全文从开场白到会议结束都在围绕着文艺战线的现状、存在问题和建设路径来展开。这条战线是当时革命中与军事战线同等重要的"共同体"，它与其一道在纠偏、拨正和凝心聚力赢取新民主主义胜利方面具有奠基作用。

四、高效的政策执行力

《讲话》作为一篇经典的文艺批评文本，它的政策执行力也是非凡的。高质量的执行力来源于上下一心协同并进的扎实实践。

《讲话》对于文艺批评共同体的构筑进行了一系列行之有效的战略布局。通过共同体在意志上的统一，思想上的认同，问题上的认清，理论上的辨明，行动上的落实，来有序引导文艺批评向正确的目标转向。"社会实践及其效果是检验主观愿望和动机的标准"，文艺批评立场和标准需要在实践中具体运用。要认识到"文艺家几乎没有不以为自己的作品是美的，我们的批评，也应该容许各种各色艺术作品的自由竞争；但是按艺术科学的标准给以正确的判断，使较低级的艺术逐渐提高成较高级的艺术，使不适合广大群众斗争要求的艺术改变到适合广大群众斗争要求的艺术，也是完全必要的"。文艺批评共同体不仅要依据"两个标准"做出正确的判断和对文艺精品力作的检选，而且还担负着"充实""提高"的重任。在统一认识之后，如何落实，如何有效的落实，考验着党对文艺领导权的执行力。

首先，便是开展文艺大讨论。《讲话》中明确指出：文艺界中还严重存在着作风不正的东西，同志们中间还有很多的唯心论、教条主义、空想、空谈、轻视实践、脱离群众的缺点，需要有一个切实的严肃的整风运动。然后，延安文艺整风运动坚持"惩前毖后，治病救人"的方针，通过认真开展批评和自我批评，迅速统一了文艺界的思想共识，迸发出了非常强有力的执行力，运动"有力地促进了延安及各抗日根据地文艺工作者的马克思主义理论学习，加快了文艺工作者同工农兵相结合，转变思想感情的步伐，推动了革命文艺的发展繁荣，培育了一代的革命的文艺工作者"①。而后，为未来的数十年规划出了一张完整的文艺发展路线图。

其次，是深入生活实践。《讲话》之后，深入工农兵生活成为文艺工作者坚决执行党的文艺路线的自觉行动，"到群众中去""到火热的斗争中去"成为共识。1943年2月，延安文艺界通过"欢迎边区劳动英雄大型座谈会"学习活动，引导文艺家们与劳动模范面对面。1943年3月，延安文化界劳军团和鲁军秧歌队（由萧三和艾青带队80余人）前往金盆湾、南泥湾等地慰劳八路军屯垦驻军。"文抗"作家随之踊跃下基层，1943年12月—1944年4月间，鲁艺工作团一行42人，走遍绥德、米脂、葭县、吴堡、子洲等城镇乡村，演出68场次，创作各类剧本16个，歌曲7首。其间，"边区文协下乡工作队"深入陇东专区开展下乡文艺演出，"联防军政治部宣传队"到三边地区（定边、靖边、安边）、陇东等地，到部队、农村演出文艺节目106场。广大革命文艺工作者在方向上共同着力创作工农兵文艺，在题材上共同聚焦生产劳动模范，在艺术形式上有话报剧、街头诗、报告文学、杂文、小说、秧歌剧等，展现出多视角、多

---

① 朱鸿召：《延安文艺繁华录》，陕西人民出版社2017年版，第251页。

形式、丰富多彩的工农兵生活。新秧歌剧在守正创新方面达成共识，推陈出新，受到广大军民普遍欢迎，传统戏剧也在进行着思想内容革命化、艺术手段现代化改造，话剧演出内容也更加贴近生活、贴近人民、贴近革命实际需要，出现了《把眼光放远一点》《同志，你走错了路》，现代歌剧《白毛女》更是开创了中国现代文艺史上戏剧舞蹈民族化的新方向，标志着延安革命文艺共同体发展的新高度。许多民间艺术资源，如民歌、民谣、说唱、剪纸、年画、杂技等，也得以挖掘整理和再创造，延安文艺界呈现出了一派大繁荣的景象。经过延安文艺座谈会后，"手中拿笔的文化队伍与手中拿枪的武装队伍密切配合，形成了步调一致的团队执行力和革命战斗力"[1]，为中国人民取得抗日战争和反法西斯战争胜利，为中国人民解放战争胜利，提供了坚实的思想基础、舆论支持和文化正能量。

最后，是重心下移。《讲话》强大的政策执行力源于正确方针的引领，主要得益于毛泽东同志将马克思主义文艺思想与中国文艺实际紧密结合，同时在实践方略上紧密联系群众、依靠群众，善于发动群众，会议引领、组织领导、重心下移，通过广泛的政策宣传和典型示范，以及报纸、广播、乡村文化宣传墙、街头流动大舞台等媒体向群众传播喜闻乐见的文艺作品，达到文艺创作者创作革新与广大人民群众期待视野的无缝对接与良性互动。从共同体的建构角度来看，共同体的执行力关键在于"情感上的认同"，《讲话》之后，文艺界经过整风运动和下乡、下部队与下工厂，与工农兵建立起了深厚的感情。思想教育、政治教

---

① 朱鸿召：《延安文艺繁华录》，陕西人民出版社2017年版，第1—2页。

育、劳动教育与情感教育紧密协同，层层传导讲话精神和压力，自觉改造学风、党风、文风。尤其是在 1943 年 10 月 19 日在《解放日报》正式发表后，《讲话》成为整风必读的文件，在干部和党员中进行了深刻的学习和研究，成为必修的一课，并尽量印成小册子，发送到广大学生群众和文艺界、知识界的党外人士中去。亲历者张因凡回忆道："文艺活动的方式力求接近群众，把艺术送到群众中间去。例如，延安文化沟口上建立了'街头艺术'台，……各个文工团深入部队、乡村演出，成为普遍现象。"①时任中共中央宣传部长的凯丰同志要求文艺工作者必须做到两点："一是打破做客的观念，二是放下文化人的资格"，时任中央组织部长陈云批评了一部分党的文艺工作者存在两个主要缺点："特殊和自大"。这些"刀刃向里"式深刻剖析都为文艺共同体内部开展自我批评提供了靶向，下乡的文艺工作者自觉改进思想和作风，把与人民相结合的共同体本质意志转化为意志行为，并灵活运用到创作实践中去，迅速呈现为群众中流行的、鲜活的文艺作品。

《讲话》是一个具体生动并可执行的历史文本，它的领导和指引性的文艺效力是显而易见的，有学者指出，"《讲话》的'革命文艺'基本特征决定了它实际上只是一个历史阶段的文艺政策文本，它更多地适用于被压迫民族独立与民族解放的革命实践中"。②这是对其中一些批评标准的运行时限的基本限定和清醒认知，同时我们也能看出，对于文艺批评认知的一些共性问题的探讨和其中隐含的对于建构中国特色社会主义的文艺批评共同体的期许。

---

① 张因凡：《在延安文艺座谈会上的讲话发表前后》，《解放军文艺》1957 年第 5 期。
② 丁国旗：《怎样看待延安〈讲话〉的理论遗产》，《湖北大学学报》2012 年第 4 期。

结　语

《讲话》虽然历经了 80 年的风云变幻，我们依然能够感受到其中的话语声势和实践效力。锻造革命时代文艺批评共同体是其话语中的一个重要指向，并且由话语形态到文本形态，又从文本形态化约为具体的时代语境，这个过程中给我们许多启示。《讲话》也表达着共同体内部成员独体的自觉意识、自律观念和自信意志，并将当时的延安文艺界筑造成了具有先进文化属性、鲜明政治根基，具有牢固群众基础和文艺创作强大效力的文艺共同体。

当代文学的演进与经验

名家接受视域下的铁凝小说

李　骞（云南民族大学）

在当代，铁凝的小说有着深远的影响力，不但深受读者的喜欢、评论家的热爱、学者的力荐，更是引起了当代名家的关注。可以说，她的小说从早期的短篇《夜路》《哦，香雪》，之后的中篇小说《没有纽扣的红衬衫》《永远有多远》《麦秸垛》，以及长篇小说《玫瑰门》《大浴女》《笨花》，再到最近的短篇小说集《飞行酿酒师》，都得到了文学界和学术界的高度肯定。本文从名人接受的视角，探析作家和文艺评论家、文学史家对铁凝小说的审美评述，切实还原作为受众的名家对铁凝小说的态度。

"接受"是读者的审美经验对文本的再创造过程，即读者对文本的阅读，以及阅读后的审美反应，包含对作品的鉴赏、评价等。接受理论强调作者、读者、解释者的交流和互动。西方学者认为，接受的具体化是指"本文所包含的意义的真正的和潜在的成分向读者提供了对作品的反应和解释的既多种多样，又非无边无际的可能。所有读者的积极加工都在作品的结构所提供的意义框架内进行"。[①] 这就是说，文学的接受反应

---

① ［荷兰］D.W. 福克马、E. 库内–伊布施：《文学的接受》，邓鹏译，载刘晓枫选编：《接受美学译文集》，生活・读书・新知三联书店 1989 年版，第 241 页。

虽然多种多样，但是阅读者的再创造必须在文本所彰显的"意义框架内进行"。铁凝的小说受众面非常广阔，而名家的接受性解读，对于她小说审美意义的再发现，必然有着倾向性的内在文学价值。

一

　　著名作家是接受群体中的精英，由于他们的小说本身就是文坛的航标，因此他们对文本的接受诠释，往往有着定论性的意义，并影响读者、评论家、文学史家的阅读感受。铁凝的小说创作从一开始就得到了孙犁、茹志鹃、汪曾祺、王蒙等文学大家的高度认同，这在当代小说界是极其少见的。特别是孙犁，他不仅认真读了铁凝的作品，而且对她的小说进行了透彻的评价，他在给铁凝的信中，对其早期作品《丧事》《夜路》《排戏》《不用装扮的朋友》都给予切实中肯的评述。孙犁认为，"《丧事》最见功夫"，对生活的描写"在浓重之中，能作淡远之想"。[①] 对《夜路》则肯定了作品中人物的性格，但又认为对人物性格成长的环境的描绘还不够扎实。《排戏》一篇，好象是一篇散文，但我喜欢它的单纯情调。"[②] 对成长小说《不用装扮的朋友》，孙犁的观点是"我简直挑不出什么毛病"，"它很完整，感情一直激荡，能与读者交融，结尾也很好"。[③] 这种娓娓道来的通信体接受方式，不仅真实可信，而且用交心的语气完成，谈到每一篇作品的时候，甚至具体到某一个词句。这是一个创作经验丰

---

① 孙犁:《给铁凝的两封信》,《夜路·代序》,百花文艺出版社1980年版,第1页。
② 同上书,第2页。
③ 同上。

硕的老作家，对一个刚刚开始小说创作的年轻作家作品的审美界定，所产生的审美效应不可估量。对铁凝而言，这或许比那些长篇大论的评论更宜于她的创作。当铁凝的成名作《哦，香雪》发表后，孙犁更是带着喜悦的心情写道："这篇小说，从头到尾都是诗，它是一泻千里的，始终一致的。这是一首纯净的诗，即是清泉。它所经过的地方，也都是纯净的境界。"① 这样的阅读体验，挖掘出了小说内在的审美元素，"从头到尾都是诗"，而且是纯净，如清泉的诗。这个评价不仅凸显了老作家慧眼识珠，而且其论断一言九鼎，为《哦，香雪》在当代文学史上的地位定下了不容推翻的基调。阅读接受始终是一个审美的过程，接受者对文本的诠释，一旦被更广大的读者、评论家、文学史家认可，他的论点就会成为解析作品的金钥匙。孙犁对铁凝早期小说的解说，已经成为读者阅读接受的一个重要标识。

茹志鹃很少写作家作品的评论，但是她读了铁凝发表在《上海文艺》的《夜路》后，因为很喜欢，又找了铁凝的《火春儿》《蕊子的队伍》《会飞的镰刀》来读，读完之后又重读了一遍《夜路》，于是，写了长篇评论《读铁凝的〈夜路〉以后》。这篇文章从对话、细节与主题、人物描写的规格、创作与生活四个层面，对铁凝早期的四篇小说进行详细解读，既肯定作品的美学内涵，也指出小说中的不足之处。文章总结道：

> 铁凝的四篇作品，不都是完美的，思想深度上更不是达到了一个什么高峰。她还年轻，在创作上还处于开始迈步阶段。不过从她

---

① 孙犁：《谈铁凝新作〈哦，香雪〉》，《青年文学》1983 年第 2 期。

的作品里，可以看出她对生活的态度是热情的、认真的。这从她选择的细节，描写这些细节的感情，可以给人感到，作者好像始终睁大着新奇的眼光，在农村里看来看去，农村生活在她眼里，五彩缤纷，甚至可以嗅到泥土的馨香，水的阴凉甘甜。[1]

《夜路》是一篇较早描述知青生活的小说，主要叙写"我"到甜村插队落户后，与农村青年巧荣和二升对生产劳动和意识形态的不同看法。"我"是来自城市的"他者"，对甜村的生产生活一无所知，在爽朗、实心眼的巧荣的帮助下，"我"终于学会了走"夜路"，巧荣成为"我"在农村生活的"领路人"。正如茹志鹃所评价，这篇小说的细节描写很成功，可以感受到甜村泥土的味道，看见月光在土地里奔跑。美国接受美学家霍拉勃认为，文学接收过程的具体化就是"在阅读过程中，我们以不同方式与文学作品相互影响"。[2]《夜路》对茹志鹃而言，是因为"很喜欢"，就把铁凝的其他小说找来阅读，"喜欢"就证明《夜路》得到了认可，并主动接受。而且受其影响，又读了另外三篇小说，这才有了如此经典的解读。1978年的茹志鹃，已经是名满天下的大作家，而铁凝却是名不见经传的初学写作者，两人从未谋面，这样的接受过程，堪称中国当代文学史上的佳话。

《孕妇和牛》是一篇精致而内涵丰厚的短篇小说，评论家仁者说仁，智者说智，在学术界也是好评如潮，但评论家和学者似乎都将其归到文

---

① 茹志鹃：《读铁凝的〈夜路〉以后》，《河北文艺》1978年第10期。

② ［德］H.R.姚斯、［美］R.C.霍拉勃：《接受美学与接受理论》，周宁、金元浦译，辽宁人民出版社1987年版，第303页。

学寻根的范畴。汪曾祺的文章《推荐〈孕妇和牛〉》，却独辟蹊径，以"为什么要写一个孕妇"的潜在读者的身份，提出了这篇小说的主旨意义。"写的是向往。或者像小说里明写出的，'希冀'。或者像你们有学问的人所说的，'憧憬'。或者直截了当地说，写的是幸福。"① 文学接受有被动接受，有积极理解，汪曾祺与《孕妇和牛》之间的接受关系，当然是以积极理解的方式完成，所以才得出这篇小说审美蕴涵的多义性，即向往、希冀、憧憬、幸福。一部作品被名家接受后，其影响力会被放大，特别是在别人接受的基础上进行充实和丰富，其审美价值就会得到夯实。《孕妇和牛》之所以被学者广泛研究，与汪曾祺的审美接受有着重要的关系。

王蒙是学者型作家，这种存在条件之一就是，他对年轻一代的作家都有中肯的评论。对铁凝而言，王蒙的文章有《漫话几个作者和他们的作品》《香雪的善良的眼睛——读铁凝的小说》《读〈大浴女〉》。在这些文章中，王蒙对铁凝的创作都作了认真细致的分析，在《漫话几个作者和他们的作品》中，把铁凝的小说与同时代的王安忆、张承志、张辛欣放在一个平台上比较，认为在众多作家中，铁凝是"一个充满诗情的年轻女作者"。这个评价与孙犁如出一辙。"我虽只看了一篇她的新作《哦，香雪》，但我不能不佩服她的取材，她的构思，她的细致入微的艺术感觉和她的语言的天籁感。"② 从取材、构思、艺术感受、语言的诗意性来论述《哦，香雪》，王蒙是第一个，而且是在"佩服她"的接受状态下完成的审美剖析，这对《哦，香雪》成为文学史上的一个重要事件，起到引导的作用。《香雪的善良的眼睛——读铁凝的小说》综合论析了铁凝早年的全部

---

① 汪曾祺:《推荐〈孕妇和牛〉》,《文学自由谈》1993年第2期。
② 王蒙:《漫话几个作者和他们的作品》,《文艺研究》1983年第3期。

小说，从受众的视角，对每一篇作品都做到了好处说好，缺陷也不隐瞒，肯定她为文坛塑造了香雪、安然等成功的人物形象，对她创作中的弱项也进行了审美透视，比如批评了铁凝的《远城不陌生》和《不动声色》，以单纯的善良无法驾驭复杂的生活和宏大叙事，以及情节的编造嫌疑，并以长者的宽厚告诫铁凝："真正的高标准的美是正视生活和人的一切复杂性、艰巨性的美。"[①] 这既是对铁凝的鞭策，又何尝不是对当时一代年轻作家的忠告。由于受众类型的不同，不同的读者对同一部小说，常常有不同的声音。在铁凝的作品中，《大浴女》是颇受争议的长篇小说，作品从出版之时到当下，赞扬和批评并存。褒扬者认为是一部人性解放的优秀作品，反对者则定性为"给做爱进行堂皇的文学加冕"[②]。王蒙在《读〈大浴女〉》一文中给出的审美判断是"一本相当纯粹的小说"，因为"铁凝是一个把自己放在书里的作家，你从书里处处可以感到作者的脉搏、眼泪、微笑、祝祷和滴自心头的血"。[③] 王蒙的解读来自对作者创作理念的洞察，知晓铁凝在创作时"把自己放在书里"，即作家的审美理想贯穿小说始终。无论是情节建构，人物的定位，还是故事的讲述，都倾尽了作者"心头的血"。文章对小说中的主要人物都作了深切的评析，也对小说里的一些细节进行了思辨和质询。作为当代文学史上标杆式的作家，王蒙对《大浴女》的接受和评析，既代表主流的声音，也是对不同观点的修正。

---

① 王蒙：《香雪的善良的眼睛——读铁凝的小说》，《文艺报》1985 年第 6 期。

② 李万武：《文学对做爱的堂皇加冕——也读〈大浴女〉》，《文艺理论与批评》2001 年第 3 期。

③ 王蒙：《读〈大浴女〉》，《读书》2000 年第 9 期。

二

　　当一个作家的作品被广泛阅读接受时，由于接受者不同的审美观和人生观，其文本可能会衍生出多种甚至相反的意涵，从接受美学的理论上讲，这也是作家创作的多元性的体现。就算是思想尖锐的评论家，在面对铁凝的小说时，也会得出不同的结论，这正如英国马克思主义文学批评家伊格尔顿所说："批评的历史处于争议之中。"① 这种"争议"有利被接受文本的传播，为文学史的撰写提供理论基础，这是因为，每一个评论家都试图从文本的艺术表达中，发掘作品审美的特殊性意义。

　　作品有影响，就证明作品本身的艺术魅力，当然，作品的生命力首先是来自文本内部所蕴含的价值，但是，最先发现这种价值的往往是评论家。法国文学批评家托多洛夫认为："批评家的责任在于从文学作品的特殊性及偶然性中发掘出一种永恒的普遍适用的模式。"② 这里的"特殊性"是指作家的创作与同时代的作品相比，具有不同的主题旨意，"普遍性"指是文学作品共有的艺术形式。评论家的敏锐就在于作家的作品刚刚发表或出版，他们在第一时间进行阅读接受，并提出自己独立的见解。在当代文学评论界，雷达的观点具有超前性，他的《敞开了青少年

---

① ［英］伊格尔顿：《批评与意识形态》，段吉方、穆宝清译，北京出版社 2021 年版，第 37 页。
② ［法］托多洛夫：《批评的批评》，王东亮、王晨阳译，生活·读书·新知三联书店 1988 年版，第 128 页。

的心扉——读铁凝的〈没有纽扣的红衬衫〉》《她向生活的潜境挖掘——说〈麦秸垛〉及其他》《长篇小说笔记之四——铁凝的〈大浴女〉》三篇文章，都几乎是在第一时间对铁凝的小说作出与众不同的评述。《没有纽扣的红衬衫》刚一发表，雷达就指出，在同时代的小说中，"像铁凝把一个中学生的心理的真实性写得这么充分的作品还不多见"。[①] 在这篇文章中，雷达还将《没有纽扣的红衬衫》与铁凝之前的几篇小说进行比较分析，初步认定铁凝在当代文坛不可替代的地位。对中篇名作《麦秸垛》，雷达非常肯定地说："我甚至认为《麦秸垛》是铁凝创作以来的第一部真正意义上的悲剧作品。"[②] 这是他把《老井》《井》《红高粱》与《麦秸垛》放在一个平台上比较后得出的结论，其接受过程具有较强的时代色彩。对《大浴女》，雷达的阐释是："在我看来，这部聚焦在一群当代女性身上的小说，旨在像裸体一般无遮饰地展现出她们身与心、灵与肉的复杂矛盾和精神诉求。"[③] 阅读性评论，就是评论者对文本意义的再开掘，雷达从身体与内心、灵魂与肉体的层面，诠注《大浴女》女性精神的抗争与诉求，是对这部有争议的长篇小说意义的再发现。

　　谈到铁凝及其创作时，评论家陈超是这样论述的："在我众多的诗人、作家朋友中，铁凝是真正让我佩服的少数人之一。"[④] 这是典型的"知人论世"的接收，因为是朋友，更是特别钦佩的"少数人之一"，当然深

---

① 雷达：《敞开了青少年的心扉——读铁凝〈没有纽扣的红衬衫〉》，《十月》1983 年第 4 期。

② 雷达：《她向生活的潜境挖掘——说〈麦秸垛〉及其他》，《当代作家评论》1987 年第 3 期。

③ 雷达：《长篇小说笔记之四——铁凝的〈大浴女〉》，《小说评论》2000 年第 3 期。

④ 陈超：《写作者的魅力——我认识的铁凝》，《时代文学》1997 年第 4 期。

知作家创作时的辛酸苦甜，其评述就显得特别有意味。在陈超的印象里，"写作是铁凝日常生活的一部分，也是个人秘密幸福的一部分，她不想让这一切带有一丝强迫性的表演"。① 在陈超看来，坚持快乐写作的原则，把写作等同于"日常生活"，而且上升到创作主体的"秘密幸福"的人生观，就是铁凝为文坛贡献了很多有影响力的名篇的主要原因。而坚持个人写作，"不赶潮"，则是铁凝清醒而自信的写作原则。陈超的论述很少涉及具体的作品，也不对铁凝的小说在当代文学史上的贡献作过多评定，他努力告诉读者铁凝是一个什么样的人，她是如何进行小说创作的，她的喜悦和厌恶，她的能力和智慧。"我想，从根本上说，铁凝是这样的人，她深深体验到生存的阴晦险恶，但仍然相信真善美的可能"。② 从作家—作品—读者这三个层次理解，文学接受有时候是一种人与人的交流活动，因为人的存在是一种社会群体的共生共存。身为河北省的评论家，陈超向文坛叙述的铁凝有两个"魅力"：快乐的小说家、好人。认可她的为人，接受她的作品对自己的影响，欣赏她的处世良方，这是陈超对铁凝及其文学创作的认同。

谢有顺和王春林都是学者型的评论家，都有着广阔的审美视野，两人对铁凝的小说都有着独树一帜的理解。谢有顺的《发现人类生活中残存的善——关于铁凝小说的话语伦理》《铁凝小说的叙事伦理》，主要从人类伦理情感的叙事角度，追溯铁凝小说中善的价值。他以铁凝的中短篇小说为例，讨论了作品中善的力量，"我作了粗略的统计，发现铁凝的中短篇小说，大都以善良的好人（请注意：但不是完人）作为她的主人公

---

① 陈超：《写作者的魅力——我认识的铁凝》，《时代文学》1997年第4期。
② 同上。

的"。①从文学主题学的视角来说，作品中人物形象的品德决定了小说的内在旨意。关于铁凝小说中善的观念，虽然也有人提出，但像谢有顺作为一个问题集中论述的并不多。在他看来，铁凝小说的善是一种温暖而坚定的力量，即使小说中偶尔闪现一点悲伤，也会被作品中善的内在蕴涵所化解。文学的认知价值有时来自读者的审美效应，这也是不同的人面对同一个文本时得出不同结论的缘故。从伦理视角研判铁凝的文章有十多篇，但相比较而言，谢有顺的审美接受更为深刻，"叙事既是经验的，也是伦理的，被叙事所处理的现实，应该具有经验与伦理的双重品格，这才是小说中最高的现实。我感觉铁凝的小说是很注重经营这种双重性的"。②"最高现实"这不是一个简单的概念，而是通过对小说艺术的内在意涵的分析得出的审美结论，当然也是接受者的美学视界对文本的扩展性创造。作为知识渊博的阅读者，谢有顺对铁凝小说的思考，确实具有远见卓识的高度。《大浴女》是铁凝的小说中受众面最广泛的长篇小说，无论是普通读者还是研究型接受，都在阅读后发自己的声音，评论家王春林的《荡涤那复杂而幽深的灵魂——评铁凝长篇小说〈大浴女〉》，将《大浴女》与《玫瑰门》比较后，认为两者一脉相承，都是从女性生存与世俗抗争的立场，剖析女性精神体验的艰辛，只不过《大浴女》中这种生存的灵魂领悟与抗拒，更具有普遍的人类意义。"但我想，铁凝之创作本意应该绝不仅仅只是要停留或终结于对女性之生存经验的揭露与剖示上，我更愿意把《大浴女》中铁凝对女性生命所进行的那么一番

---

① 谢有顺：《发现人类生活中残存的善——关于铁凝小说的话语伦理》，《南方文坛》2002年第6期。

② 谢有顺：《铁凝小说的叙事伦理》，《当代作家评论》2003年第6期。

透辟彻底的'荡涤''剖析'与'澄清'理解为是针对整个人类的。"①王春林的这个评价，是一种新的阅读审美理念，深化了文本的美学意义，改变和刷新了学界对这部小说的认识。《笨花》是铁凝四部长篇小说中最优秀的，但是评论文章并不是很多，在有限的接受认知中，王春林的《凡俗生活展示中的历史镜像——评铁凝长篇小说〈笨花〉》，不仅及时而且有着明显的导向性。相较铁凝之前的三部长篇小说，王春林认为"《笨花》确实发生了一种堪称脱胎换骨式的变化"。变化的标准是作家的创作重心发生了本质的改变，"将自己的艺术重心转移到了对于整个社会与历史的关注与表现上"。②也就是说，作家创作的主题所关注的，是更丰富、更复杂、更宽阔的社会历史生活，把历史的宏大叙事作为艺术表达的主要目的，从而形成《笨花》深刻而高远的艺术内蕴。

从文学接受的读者群划分的标准判断，评论家、学者都属于"文化圈"的范围，共同的文化心理诉求和较高的审美情趣，把他们连接成一个接受团体，但是面对同一个接受主体，他们常常发出不同的声音。这正是文本的客观性与接受的主观理解差异的审美效应，这种效应证明了被接受文本的多元性和丰硕性。

三

文学史的接受，也是文学研究的一个重要领域。如果说作家、评论

---

① 王春林:《荡涤那复杂而幽深的灵魂——评铁凝长篇小说〈大浴女〉》,《小说评论》2000年第5期。
② 王春林:《凡俗生活展示中的历史镜像——评铁凝长篇小说〈笨花〉》,《小说评论》2006年第2期。

家对文本的接受是建立在价值论的层面，那么文学史专家的认同，则是一种史识的体现。德国接受美学家姚斯认为："文学的历史性并不在于一种事后建立的'文学事实'的编组，而在于读者对于作品的先在经验。"[①] 意思是说，文学史的撰写不是"文学事件"之后的编码，而是建立在文学史家对作品审美经验的认知。铁凝的小说作为文学史的一种当代存在，对她的解读，是文学史家无法回避的课题。

洪子诚教授的《中国当代文学史》（修订版）把铁凝及其小说放在"女作家的小说"中，涉及的作品有中短篇小说《哦，香雪》《没有纽扣的红衬衫》《麦秸垛》《孕妇与牛》《河之女》，以及长篇小说《玫瑰门》。之所以把铁凝纳入"女作家"的范畴来研究，除了性别自身的原因，主要还是她的作品"对文明的质询和对女性处境的思考相互关联"，作品"展示女性生存命运"，而《玫瑰门》"被誉为展现女性历史命运的厚重之作"。[②] 文学史特别是个人独立完成的史学著作，代表了作者对文学历史的审美接受。洪子诚的《中国当代文学史》，是将铁凝与同时代的女性作家比较，对铁凝在20世纪八九十年代的史学定位也十分清晰，对其小说的描述性解释也很到位。但是，由于这部文学史的时间下限是1999年，因此对于世纪之交及21世纪铁凝有影响力的作品如中篇小说《永远有多远》、长篇小说《大浴女》《笨花》未曾论及，这不能不说是这部影响深远的当代文学史的一个缺憾。

陈晓明的《中国当代文学主潮》，是一部厚重而见识深刻的文学史著

---

① ［德］H.R.姚斯、［美］R.C.霍拉勃：《接受美学与接受理论》，周宁、金元浦译，辽宁人民出版社1987年版，第26页。

② 洪子诚：《中国当代文学史》（修订版），北京大学出版社1999年版，第311页。

作，尤其是关于铁凝在文学史上的评价更是卓有建树。纵观中国当代文学史，很少把铁凝放在"知青文学"这个主潮中来评析，但铁凝不但是知青，而且有许多知青叙事的小说。陈晓明首先肯定铁凝的知青身份，并以《夜路》等作品证明她对"知青主潮"的贡献。此外，对她的《渐渐归去》《那不是眉豆花》《哦，香雪》《没有纽扣的红衬衫》、长篇小说《玫瑰门》也作出了独出心裁的论析。"铁凝的小说叙事中一直隐藏着一个持续的主题，那就是生活于乡镇的普通人如何试图摆脱狭隘封闭的生活圈子，走向外部更加开放的文明生活。"[①] 这是 2000 年之前文学史对铁凝的定论，从史学的立场看，这是一种创见性的接受理解，符合这一时段铁凝小说创作的总体特征。当然，陈晓明还是把铁凝归置为女性主义创作，主要原因是："在铁凝的作品中，女性形象确实是占据着重要的地位，而且她对女性的书写总是透视着时代心声和文学的魅力。"[②] 这就说明了铁凝的创作之所以被归入女性写作，不完全是性别的原因，而是她的小说创作总是站在时代大潮之上，通过对女性形象的叙述，在历史和文化之中来表现女性的生存状况，在生活深处揭示女性在男权社会之下的自我醒悟和自主意识。这样的史学决定论，是建立在对作品准确阅读的基础之上，体现了作者对接受主体的全面了解和史学学科的严谨。

孟繁华、程光炜的《中国当代文学发展史》，既着眼于中国当代文学内部制度、外部资源的综论，也有对作家的作品认真而客观的审美分析。这部文学史关于铁凝的接受论述，除了对她 20 世纪八九十年代的小说作

① 陈晓明：《中国当代文学主潮》，北京大学出版社 2009 年版，第 299 页。
② 同上书，第 407 页。

了简明扼要的论证外，重点是《笨花》的审美论述，认为《笨花》"是一部书写乡村历史的小说"。①因为这部长篇以笨花村的社会历史、乡村风俗、村规民约、民间趣味为叙事内容，在日常生活中体现民族精神和民族气派。由于作品中的人物都参与了笨花村的历史书写，在现实生活中，所有人物形象都是乡村传统文明的守护者，因而人物的行为刷新了文学史上的抽象概念，成为家国情怀的实践者。"这是一部国族历史背景下的民间传奇，是一部在宏大叙事的框架内镶嵌的民间故事。可以肯定的是，铁凝这一探索的有效性，为中国乡村的历史叙事带来了新的经验。"②《中国当代文学发展史》关于《笨花》的史学接受，揭示了作品隐藏于乡村内部的宏大主题，规范了读者的阅读视野，肯定了这部长篇给中国当代文坛带来的审美经验，其解读具有一种"效果史学"的诠释，奠定了《笨花》在当代文学史上被接受的史学走向。

从文学的历时性视角看，优秀的文学作品，之所以被一代又一代的读者反复阅读，长存于普通读者的惯性思维之中，这是文学史的中介性作用的结果。文学史之于作家的传播，既是他们的作品被继续阅读的起点，在一定程度上也具有盖棺论定的史学意义。

文学接受是指作品的审美功能和娱乐功能在阅读中实现，而实现的过程往往是获得重新认知的可能。在接受过程中，无论是社会接受还是个人接受，受众的阅读都是主动行为，他们不仅参与作品的再创造，而且影响了文本的再传播。铁凝是当代文坛最优秀的作家之一，她小说的

---

① 孟繁华、程光炜:《中国当代文学发展史》，北京大学出版社2011年版，第378页。
② 同上书，第379页。

接受层面非常之广,接受的范围也很宽阔,而本文的研讨,不过是她的小说审美接受的冰山一角。

（原载《当代文坛》2023 年第 5 期）

内心深处的黑暗与爱

——虹影小说"女儿三部曲"论

杨光祖、谢蕊冰（西北师范大学）

虹影是当代文坛颇具个人风格的女性作家。她以《英国情人》为世人所知，多年游走英国、意大利，深受欧洲文化的影响，逐渐形成了自己独特的文风，坦率、真诚，敢于撕破假面，直击人性的幽暗之处。尤其对女性的关注，对中国女性命运的忧思，从倾诉，到忏悔、宽容，走了一条很特殊的路。我们这里主要讨论她的"女儿三部曲"：《饥饿的女儿》《好儿女花》《小小姑娘》，尤其以《饥饿的女儿》为主，可以说，这是她的代表作。

一般来说，童年的经历会影响一个作家一生的创作，甚至很多作家一生都在书写自己的童年。苦难、不幸的童年，往往是作家创作的源泉。读虹影的小说，有一种黑暗袭来，但又能从中感到一种与周遭和解的力量。她的小说是典型的女性书写，也是身体救赎的实践者。通过对女性，尤其女性身体的描写，揭示了人性的黑暗和女性的挣扎。

虹影在《饥饿的女儿》中融合了自己童年的血泪创伤，可以说是一部典型且深刻的自传体小说。"饥饿"不仅是肉体上的难以果腹，也是情感乃至精神上的饥饿。小说以家族女性的经历为主体，将女性难以告人

　　　　　　　　当代文学的演进与经验

的创伤白描出来。虹影以笔为刀，但刀不锋利，且带着一丝钝感。她决绝地剖开已经愈合的伤口，血淋淋的文字直击内心，令人不忍卒读。女性身体是一个不见底的容器，那些已愈合的伤口、不堪的往昔、致命的绝望都在其中。"女儿三部曲"的主人公是"私生女"，这是一个让人很难堪的身份。通过虹影近乎剖白的文字，我们得以窥见她童年创伤的印记。如她所言："我长大了，在一次又一次缝起那些痛苦和别离的伤疤中，勇敢地转过脸，让你们看。"[①]

一、"我是谁"：女性身份认同危机

《饥饿的女儿》开篇就围绕六六发出的疑问"我是谁"展开。六六是家中的幺女，出生于 1960 年大饥荒时期。但从娘胎里便感知到的饥饿，将永远伴随着她的成长。如文中所言："饥饿与我隔了母亲的一层肚皮。"[②]六六的母亲生了六个孩子，八口之家在贫困和饥饿中挣扎。她们一家住在 20 平方米的小房里，她和哥姐挤在一张床上。

"饥饿"贯穿在"女儿三部曲"中。虹影以六六之口，坦诚地诉说了在特定年代下的女性生存现状。作者在书中将时代背景放置在 1960 年的中国大饥荒时期，特定时代的经历到底对虹影意味着什么，我们从作品中可以窥知一二。在虹影的小说中，她将自己的创伤融合在民族创伤的叙事中，将那些苦痛从尘封中挖掘出来，让它鲜活地在此呈现。

"我感觉到我在母亲心中很特殊，不是因为我最小。她的态度我没

---

① 虹影：《53 种离别·序》，江苏文艺出版社 2013 年版，第 1 页。
② 虹影：《饥饿的女儿》，四川文艺出版社 2020 年版，第 36 页。

办法说清，从不宠爱，绝不纵容，管束极紧，关照却特别周到，好像我是别人家的孩子来串门，出了差错不好交代。"① "对哥姐们，母亲一味迁就纵容，父亲一味发威。对我，父亲却不动怒，也不指责。""父亲看着我时忧心忡忡，母亲则是凶狠狠地盯着我。"② 年少的六六并不明白为什么家人、邻里、同学要用审视的目光看她，直到在18岁时母亲道出她的出身，她才终于知晓自己苦难的根源。虹影在采访中说："因为一切的悲剧因缘都在于我，在于我私生女的身份，在于我隐藏在血脉深处的原罪。"③

先天的生理构造"赋予"了女性成为母亲的可能，女性的子宫被看作孕育后代的温床，是女性身体空间中的第二空间。"怀孕尤其是女人身上自己和自己演出的一出戏剧，她感到它既像一种丰富，又像一种伤害；胎儿是她身体的一部分，又是利用她的一种寄生物；她拥有它又被它所拥有，它概括了整个未来，怀有它，她感到自己像世界一样广阔，但这种丰富本身在摧毁她，她感到自己什么也不是。"④ 母亲出轨的身体，是"原罪"的根源，其"负罪的子宫"则是孕育罪孽的温床。六六的到来从开始就不为人欢迎。母亲在遭受世俗伦理批判的同时，也让这个本就困难饥饿的家庭多了一份负担。虽然养父与生父阻止了母亲想要打胎的决定，让她出生，但自小她就被送人，像个足球一样被踢来踢去。这样的经历，从幼儿时期就给六六留下了被抛弃的阴影。如果说这只是她创伤的开

---

① 虹影：《饥饿的女儿》，四川文艺出版社2020年版，第9页。

② 同上。

③ 虹影：《今天，我要把自己送上审判台》，新浪微博，http://blog.sina.com.cn/s/blog_46e98efa0100flqu.html。

④ ［法］西蒙娜·波伏娃：《第二性》Ⅱ，郑克鲁译，上海译文出版社2011年版，第320页。

始，那么家人对她的疏离才是更深的打击。

相较于对食物的渴求，六六更深的是对父亲的渴求。在饥荒中出生的她，代表着两个父亲角色的颠倒。生父总会精准计算好六六放学的时间，尾随在她的身后，此时六六将生父看作想要"强奸她的人"。而养父于六六而言，像一个人形立牌，存在又不存在。虽然是养父阻止了母亲想要打胎的决定，让六六出生，但他给的只是养育。六六的身份众人心知肚明，她的存在是对母亲过错的提醒，同时六六也一直生活在"父亲"的凝视中，于是寻找"父亲"便成了她的目标。六六所求的，不是饱食，不是爱情，而是一个被众人所接受的身份。她渴望父亲给予她认同，给她一个正常的生存环境。18岁时生父骤然出现，身份之谜揭晓，这迟来的父爱显得苍白。"每天夜里我总是从一个梦挣扎到另一个梦，尖叫着，大汗淋漓醒来，跟得了重病一样。我在梦里总饿得找不到饭碗，却闻到饭香，我悄悄地，害怕被人知道地哭，恨不得跟每个手里有碗的人下跪。为了一个碗，为了尽早地够着香喷喷的红烧肉，我就肯朝那些欺侮过我的人跪着作揖。"[1] 表面看这只是一段对饥饿的描写，是"强烈的身体需求"，但我们却从中品到一丝异常。这难道不是一个孩子对于亲情最真切的呼唤吗？如果下跪可以得到一个被认同的身份，六六一定会这样做，可她知道，这终究只是梦。如此经历造就了六六的敏感，她深知自己无人保护，永远"无家"。

虽说六六有一个真实存在的家，但作为非婚生子，她不属于任何空间。于母亲而言，看到她就会想起自己不忠的事实。于父亲而言，她也

---

① 虹影:《饥饿的女儿》，四川文艺出版社2020年版，第42页。

没有一个确定的归属，缺失一个名正言顺的身份。生而为人，首先得在家庭这一单位中存在，"中国文化，全部都是从家庭观念上筑起的"。[①]对于一个孩子来说，父母之爱是孩子对世界最初的认知，而家人也没有给她一次亲昵的爱抚。情感上的疏离隔阂于六六来说无疑是灭顶之灾。看似有家，可何以为家？

费勇说："虹影小说里对于女性欲望的表达，读者几乎感觉不到任何色情的挑逗，在于虹影的欲望，不是一种简单的身心悸动，而是她作为一个现实中的私生女，对一直萦绕不去的身份迷失的焦虑。"[②]生父给予她生命，却让她因此蒙羞；养父养育她长大，却从未亲近过她；历史老师和她相爱，但最后自杀了。这三个父亲都离她而去。父亲这一形象于六六来说，是模糊的，是失去的。因为缺乏，所以寻找。"如果我们没有父亲，我们会渴望拥有他。"[③]小说对她和历史老师的性爱，写得很详细，把一个女孩不顾一切的爱，写得那么深切和绝望。历史老师自杀了，却给了她一个孩子，小说写堕胎的过程，真是残酷。"我的双腿刚一动，一件冰冷的利器刺入我的阴道，我的身体尖声叫了起来。器械捣入我的身体，钻动着我的子宫，痛，胀，发麻，仿佛心肝肚肠被挖出来慢慢地理，用刀随便地切碎，又随便地往你身体里扔，号叫也无法缓解这种肉与肉的撕裂。知道这点，我的号叫就停止了。我的牙齿都咬得不是我自己的了，也未再叫第二声。"[④]拥有这个孩子的过程本就是一次创伤，失去他

---

① 钱穆：《中国文化史导论》，上海三联书店1998年版，第42页。
② 费勇：《序》，载虹影：《饥饿的女儿》，四川文艺出版社2016年版，第14页。
③ ［美］朱迪斯·维奥斯特：《必要的丧失》，吕家铭、韩淑珍译，上海三联书店2007年版，第50页。
④ 虹影：《饥饿的女儿》，四川文艺出版社2020年版，第280—281页。

的过程更是惶恐不安,恐惧无助的。六六的身体承受着他人的嫌弃与流产的双重痛苦,生育和流产的本质是相同的,都是从特定的空间中、打开身体最私密的地方,毫无尊严。先天的生理构造,让女性无法拒绝,只能承受。这个"剥离"的孩子,对于六六来说,是"他者",如同曾经的自己。她用这样暴力的形式将自己与过往生生剥离开来,这不仅是对自己的惩罚,也是对历史老师离她而去的惩罚。而在这背后,她真正想要剥离的,是这个世界对她的漠视与压抑。打掉这个孩子,是她对自我命运的宣战,她终于放弃了在男性身上寻找自我存在的意义。

二、欲望只是一个表面的东西

单纯从繁衍角度来说,性是作为血脉延续的工具,是男人和女人无法摆脱的作为生物的标志。但放在社会层面,若是女性将欲望坦率直白展现出来,就会被冠以不遵妇道,甚至不贞洁的罪名。福柯说:"现代人羞于说性,相互之间传递的唯一禁忌游戏就是:通过一直保持缄默,来强迫人们闭口不谈性。"[①] 即使到现在,性被谈及时也带有一定风险。似乎性,尤其是性与女性挂钩时,这种差异和危险更加严重。

一般来说,这种疯狂的关于性爱的写作方式,在男性作家中居多,因为他们企图通过写作的方式来获得另一重意义上的高潮。郁达夫的《沉沦》,就是在文本中代入了自己的性苦闷;贾平凹的《废都》,便继承了明清艳情小说的传统,将情爱书写变成了男性的特权,将女性视作玩

---

① [法]米歇尔·福柯:《性经验史》,佘碧平译,上海人民出版社 2005 年版,第 11 页。

弄的对象。虹影曾说："哦，欲望确实是我作品中的主题。但我所写的欲望是以女性为主体的。首先，我一直以为性的欲望是可以粉碎世界的。"[①] 作为一名女性，能有此举，也不失为豪杰。虹影在小说中侧重将女性的情感放置在比重大的一端，甚至超过世俗的界限。女性那些被压制的欲望，在她的书中被坦然地呈现。这部小说的迷人之处便在于，彰显了肉体的欲望，尤其是女性身体的正常欲望，以及那种天然的吸引力。

作为女性，六六母亲对于感情的态度一开始就是大胆的。生活的重担只是对她的身体外部形态造成了改变，那颗直视欲望的心从未变过。尼采曾说："肉体是一个大的理性，是具有一个意义的多元，一个战争和一个和平，一群家畜和一个牧人。"[②] 从书中可以看出，母亲与养父的生活算得上相敬如宾，但虹影没有用一丝笔墨来描写两人之间的情爱。母亲与养父之间是有爱的，不然当初她怎会义无反顾地嫁给他？可能婚姻就是这样，初见时乍然心动，久处之后就成了磨合后的和谐。或许在那个年代，婚姻的作用就是传宗接代，生活的重担吞噬了夫妻间亲密的欲望。但讽刺的是，虹影却用了大幅的篇章来写母亲与生父之间的情爱，这是否也隐晦地说明，母亲身体里欲望的火苗从未熄灭，只是在等一个人来点燃？"让我们记住这点，色情是从婚姻之外的、不道德的性开始发展起来的。"[③]

母亲是一个苦命人。养父曾是水手，后来因为眼睛看不清东西，只

---

① 虹影：《康乃馨俱乐部》，江苏文艺出版社2005年版，第299页。

② ［德］弗里德里希·威廉·尼采：《生命的意志》，朱泱等译，长江文艺出版社2012年版，第16页。

③ 张生：《通向巴塔耶》，南京大学出版社2020年版，第144页。

好赋闲在家。母亲只能做苦力活,用自己瘦弱的肩膀咬牙支撑家庭。"母亲一直在外面做临时工,靠着一根扁担两根绳子,干体力活挣钱养活这个家。"[1] 因为怕失去工作,她都是不要命地在干,"和男人一样吼着号子,迈着一样的步子,抬筑地基的条石,修船的大钢板。她又一次落到江里,差点连命都搭上了,人工呼吸急救,倒出一肚子脏臭的江水"。[2]男性养家能力的丧失,导致其作为家庭主人身份的消解。虽然母亲替养父担起了养家的责任,但她女性的本质无法改变。母亲与养父之间的爱,在日复一日的劳作中泯灭,变成了怜悯。母亲出轨的行为,恰恰是对这具"去势者"身体的"歧视"。生父小孙的出现,恰是弥补了丈夫的失能,也是母亲刻板生活的一剂调味品。其实,虹影的很多小说,都是反传统的写作,颠覆传统男尊女卑的写作。比如,《英国情人》中,中国女子、大学教授的妻子闵,和英国来的外教朱利安的性爱活动中,闵一直处于主导地位,而朱利安等于是一个被俯视的角色。《上海王》也是,妓女出身的筱月桂,把上海滩前后三个洪帮头子,玩弄于股掌之间,不仅在性爱之中,而且在斗智斗勇中,他们也都不是对手。第二个洪帮头子黄佩玉,甚至被她设计炸死。而洪帮的第三个头子,也是被她扶持起来的余其扬,几乎就是她的影子。所以,某种意义上说,虹影是典型的女性写作者。

在《饥饿的女儿》中,虹影对母亲的描写,感觉不是很真实,有点臆想的味道。尤其对她的性爱描写,"他们听不到,他们被彼此的身体牢牢吸住,被彼此的呼吸吞没,赤裸的身体上全是汗粒。在他们从床上翻滚

---

① 虹影:《饥饿的女儿》,四川文艺出版社 2020 年版,第 10 页。
② 同上书,第 11 页。

到地板上时，身体还紧密地连在一起"。① 母亲与生父这段故事，只有激情的身体，而对女性内心真实的心理，描写并不成功。读者看到了"身体"，但看不到"灵魂"。其实，在《英国情人》《上海王》等小说中，对女主人公的描写，也是如此。可能也是虹影内心创伤的扭曲呈现。某种意义上，也使她的部分小说，颇有通俗小说的味道，格调略微有点低。我们能感觉到，虹影有强大的倾吐欲望，而这种巨大的倾吐欲望，和内心的创伤，使得她的创作，就无法"现实"起来，总是被一股力量裹挟着，按虹影自己的臆想在前进。虹影太强势了，让她的小说，臣服于她。而这股力量，主要就是她的"欲望"。

赵毅衡认为，"虹影的性爱是苦涩的，在两个方向上，必然是悲剧性的：面对社会的拒阻时，'不受批准'的爱情只能陷入无可奈何的痛楚；在努力升华肉欲时，永远会有达不到完美结合的苦恼"。② 母亲的身体是禁欲与欲望的矛盾体。母亲正视了自己的欲望，这并不能说明她没有道德。实则在母亲与养父的婚姻中，养父也不是一个纯粹的"受害者"。养父走船受伤被送到医院救治后，认识了医院的一个护士；在护士家，母亲看到了养父的衣物。从表面看，母亲似乎把自己置于一个不忠的位置上，但细细读来发现，母亲其实是反叛者。她努力干活是消费自己的身体，与生父发生关系也有消费自己身体的意思。她是在用此种方式向这个世界发出反抗，这也是她的"反凝视"。

血缘的神奇在于，它会让后代在遗传长相的同时，那些上一代骨子里的精神也跟着被继承了下来。常人都说孩子是爱情的结晶，对于母亲

---

① 虹影：《饥饿的女儿》，四川文艺出版社 2020 年版，第 235 页。
② 赵毅衡：《惟一者虹影，与她的神》，《中国图书商报》2001 年第 10 期。

与六六的生父来说，六六就是他们爱的见证。可六六毕竟是母亲婚外情的产物，她生来对情爱是带有排斥的。因为自己身世不光彩的原因，六六的身体一直被束缚着，破旧的衣物，不合脚的鞋，枯黄的头发，苍白干枯的面色嘴唇，她觉得自己虽然到了18岁，但是从小缺少食物与营养，她的身体并不像一个成年的女子，"男女之事，好像还离我太远"。①可当历史老师将她紧紧抱在怀中的时候，这个自卑、敏感的少女终于开始正视自己。历史老师送的《人体解剖学》，让原本对男性器官深觉厌恶的六六感到了神圣与洁净，这不仅是身体发育的力量，更是情爱的力量。"我忽然感觉到欲望的冲动，我心跳个不听，骨盆里的肌肉直颤抖，乳房尖挺起，硬得发痛。"②这个描写，多么残酷，这是一个深受创伤的女孩，身体里对情爱的一种有点变态的渴求。

弗洛伊德说："性的欲望既被禁止，乃采取一种迂回的道路前进，而且要打破这个阻力还得经过种种化装的方式。所谓迂回的道路乃是指症候形成而言；症候就是因性的剥夺而起的新的或代替的满足。"③在少女六六的成长过程中，她身体被压抑，内心的欲望无法宣泄，她只能通过一种离经叛道的方式减压。六六通过对自我身体的感知，爆发出了一种基于动物性的狂欢，从这一刻起，六六的身体获得了一种灵性，至少是关于情的灵性。

私生子的身份是枷锁，更是钥匙。不去打开这把锁，那六六就永远背负着私生女的名号，可打开这把锁的钥匙在她自己手中。与历史老师

---

① 虹影：《饥饿的女儿》，四川文艺出版社2020年版，第114页。

② 同上书，第196页。

③ ［奥］弗洛伊德：《精神分析引论》，高觉敷译，商务印书馆2017年版，第293页。

的情爱，是六六对众人的嘲讽，对社会的反抗，也是她自我救赎的方式。因为历史老师给了她从未感受过的肯定与亲近，他的出现，犹如一道光，照进六六灰暗的世界。历史老师对六六的情欲，是一个男人对一个女人最原始的渴望，当然，也有乱世中的自我安慰。但同时，这渴望是相互的。六六对历史老师的欲望，除去懵懂，更是一种内在的冲动。"我是心甘情愿，愿把自己当作一件礼物拱手献出，完全不顾对方是否肯接受，也不顾这件礼物是否被需要。我的心不断地对他说：'你把我拿去吧，整个儿拿去呀！'"①当一个人从未真正拥有过什么时，那么失去对她来说也就没什么可怕了，这是六六唯一能拿出手的回馈，她是把自己的身体、心全部都给了历史老师。她已无力去想她会承担什么样的后果，这是只属于她的献祭。对于六六来说，这场性爱，是独一无二的，是不可复制的。她不是在消费自己的身体，她是在燃烧自己的灵魂，因为对她来说，这是救赎。女性的身体是包容的，是接纳的，她用她的身体作为挣脱的媒介。

"阳光透过竹叶洒在我赤裸的身体上，光点斑斑驳驳，我觉得自己像一头小母兽那么畅快地跃动驰骋，光点连成一条条焰火缠着我和他。"②透过文本，我们感受到身体与欲望的博弈，感受到情欲的流动。历史老师是六六的性启蒙者，一场禁忌的爱，让六六从女孩蜕变为女人。生理快感的满足已是另一种意义上的成人宴。可以看见，六六在情爱的关系中，没有拘限于女性应有的娇羞矜持，而是表现出了一种极致的主动性。这种性爱里，可以看到内心的创伤，和创伤的复苏。当然，最后，这个复

---

① 虹影：《饥饿的女儿》，四川文艺出版社2020年版，第207页。

② 同上。

苏的创伤，随着历史老师的自杀，又一次被撕开。

通过上述文本的分析，可以发现在描写母女两人性爱的过程中，虹影将笔触集中在"我"的感受上，更加关注女性的自我感受。身体是欲望实现的载体，但结合母女两人的处境看，这种被欲望裹挟的身体是悲哀的。女性要矜持、自爱的品节在她们身上似乎太渺小了。她们只能通过这样离经叛道的方式寻求一丝慰藉，以性爱填补"饥饿"的身体。

三、光亮划过幽暗的内心

虹影在重庆市长大，中年移居英国，经常游走欧洲，这种多元文化的交流、对话，对她的小说创作影响巨大。她在"女儿三部曲"中，能很好地将中外文化融合，也得益于此。虹影用自己不羁的文笔，刻画出了女性生存的艰难及女性意识的觉醒。

"每个身体都是空间，也都有自己的空间：它在空间中塑造自身，同时也产生这一空间。"[1] 在母亲的"奸情"败露后，养父给了母亲选择的权利，但社会伦理和周围邻里的流言，令母亲陷于极其难堪的境地。母亲大可跟六六生父一走了之，但她还是没有。母亲本质上是一个传统的女性，虽然她有一定的女性反叛意识，但她始终牢记自己"妻子"和"母亲"的身份。也正是这个身份，将她始终困在牢笼中。她一怕丈夫和孩子遭受旁人的白眼，二是她知道与六六生父的这段不伦之情是游离在传统伦理话语之外的。即使她内心有自我觉醒的意识，但她也深知这是一

---

① 张金凤：《身体》，外语教学与研究出版社2019年版，第89页。

条更加艰难的道路。母亲是看透了才会说出"这个世界假模假样，不让人活也不让人哭"。[1]在《好儿女花》中，可以发现，母亲的身体其实是一直被束缚住的，她永远在自我压抑。母亲尝试过将自己的"归属感"转移至六六生父身上，但是流言始终是她的镣铐，她是属于养父的，但是这种情感的归属在养父身上又无法得到回应。在社会空间中，她出轨的身份已经给自己和家人带来了耻辱，在情欲空间中，她又无法释放，充满了自我矛盾，两种对峙状态下的身体无法达成共融。

"但是，三个父亲，都负了我。"[2]养父虽然对六六疏离，却从未责怪过母亲与她，这是多么宽广的胸襟；生父每月省吃俭用给她生活费，她也终于明白了父亲的隐忍与苦难。在世人的观念中，男性是顶天立地的，他们似乎不会累，不会哭。但是在虹影的笔下，女性的苦难也折射出了男性的弱小。生来都是肉体凡胎，没有什么坚不可摧，如果非要证明的话，那一定是因为他们为人父母。"生父与我在梦里和解了，他像一个严父那样打我，以此来处罚我对他对母亲做的所有不是。生前我从未叫过他，我恨他。可是在梦里，在我陷于绝望之中，我走向他的怀抱。"[3]这种血缘的牵连是无法斩断的，无论在此之前，六六有多么"疏离"母亲，在母亲去世的那刻，她便明白再也不会有人替她遮风挡雨。母亲之所以对年少的六六不管不顾，因为这是她保护女儿的一种方式，让女儿在家中的日子能好过一点。母亲去世，六六完成了与母亲的和解，进而理解了自己的两位父亲。这也代表着她从这段苦痛的情感过往中升华而

---

① 虹影：《饥饿的女儿》，四川文艺出版社 2020 年版，第 251 页。
② 同上书，第 275 页。
③ 虹影：《好儿女花》，四川文艺出版社 2020 年版，第 290 页。

出了，她也终于摆脱了"父亲的凝视"。

"女性必须参加写作，必须写自己，必须写妇女。就如同被驱离他们自己的身体那样，妇女一直被暴虐地驱逐于写作领域，这正是由于同样的原因，依据同样的法律，出于同样致命的目的，妇女必须把自己写进文本——就像通过自己的奋斗把自己嵌入历史一样。"[①] "女儿三部曲"从表面看是写六六的成长经历，但虹影将背景放置于动荡的历史中，呈现着女性的创伤。母亲与六六的反抗更是那个时代很多女性的写照。虹影虽然与童年、父母和解，可是她依然会对男性身上根深蒂固的男性主义表现出鄙夷。

少女的身体对一个成年男人来说，无疑有着巨大的吸引力。虽说是你情我愿的事，但在一定程度上历史老师还是一个"诱奸"者。"我从你身上要的是安慰，要的是一种能医治我的抚爱；你在我身上要的是刺激，用来减弱痛苦，你不需要爱情，起码不是我要的这么沉重的一种爱情。"[②] 在六六的人生中，快乐少得可怜。她只能以这样的方式获得一点温暖。这段性爱是苦涩的，两人都在互相修复着自己的创伤，也是渴望获得摆脱肉身束缚的试探。"当一个知识分子由于无法解决自身问题，而企图通过'性'或者准确地说是生理刺激（感官刺激）来获得救赎，那当然是缘木求鱼，舍本逐末了。"[③]

家庭伦理要求男女双方一夫一妻，忠诚不贰。《好儿女花》中，四姐

---

① 张京媛：《当代女性主义批评》，北京大学出版社1992年版，第188页。

② 虹影：《饥饿的女儿》，四川文艺出版社2020年版，第262页。

③ 杨光祖：《庄之蝶：肉体的狂欢与灵魂的救赎——重读〈废都〉》，《中州大学学报》2009年第2期。

对于六六婚姻的插足是不道德的，但爱情又是无法说清的，在这场"三角恋"中，姐妹两人同样都是受害者。在伦敦四姐遇到了六六的丈夫小唐，他们同居数年。四姐虽然插足了她的婚姻，但在书中，虹影并没有对其大加批判。张爱玲在《谈女人》一文中说："正经女人虽然痛恨荡妇，其实若有机会扮个妖妇的角色的话，她们没有一个不跃跃欲试的。"①饮食男女，食色性也，作为第三者的四姐，在道德伦理层面来说，是不值得原谅的。但换一个角度看，她满足了自身的情感需求，似乎也能理解。四姐虽然突破了伦理的约束，但虹影最后给予她一个可被谅解的结局。反观小说里的男性，隐约中还是可见她对他们的批判，是最不留情的。

母亲去世，小唐回来奔丧，姐姐在密谋着报复小唐，切掉身上的一个零件。这个零件指代什么，无需多言。可最后小唐只是被切掉了一根手指。阉割的器官正是让女性陷入耻辱的器官，手指的残缺也是代替了阴茎的阉割。虹影通过这样的细节，将女性意识从男性话语中分离出来。我们不难发现，虹影笔下的男性出场到结束是一个循序渐进的过程，从渴望—弃父—弑父，她完成自己复仇的同时，也终于明确地表达出了"无父"。男性不再是无所不能的掌权者，而是软弱不堪。恋父、弑父、阉割，虹影借六六姐妹之手完成了"自己"的复仇。这既贴合了"饥饿的女儿"主题，也颠覆了自古以来对男性"刚需"的传统。

《饥饿的女儿》结尾写道："一阵口琴声，好像很陌生，却仿佛听到过，这时从滔滔不息的江水上越过来，传到我的耳边，就像在母亲子宫

---

① 张爱玲：《张爱玲散文集》，北岳文艺出版社2017年版，第47页。

里时一样清晰。我挂满雨水的脸露出了笑容。"① 口琴是意向化的，是与生父相关的。母亲有一个"负罪的子宫"，六六选择再次回到这个空间中，也代表她真正与曾经的自己和解了。在这样的一场仪式中，她完成了自己创伤的治愈。这个饥饿的女儿，最终不再饥饿，她治愈并救赎了自己。身体是虹影小说叙事的本体，也是精魂。虹影用一支笔以小见大地诉说着女性心底最真实的声音，让读者直面自己隐秘的欲望。生而孤独，又何惧荒芜？她将从黑暗中摄取到的力量，都投注在笔下的女性身上，由此她们便拥有了一种独特的韧劲。正如《好儿女花》中所言："温柔而暴烈，是女子远行之必要。"②

（原载《中国当代文学研究》2023 年第 2 期）

---

① 虹影：《饥饿的女儿》，四川文艺出版社 2020 年版，第 301 页。
② 虹影：《好儿女花》，四川文艺出版社 2020 年版，第 1 页。

多重向度的精神追问

——徐兆寿长篇小说及其他

李生滨、张睿聪（西北师范大学）

在新时期伤痕反思文学的滥觞和朦胧诗的拓展转变中，中国诗歌开始进入"多种路向并进、多元美学探求并存"[①]的时代。1989年诗人海子自杀，让以诗人自诩的徐兆寿深入地思考诗的本真，或者说自我反省诗人何为："然而，我对海子自始至终充满了怀疑。这怀疑来自我对人的思考。""我宁可不做一个诗人，也要做一个快乐的人，一个生活在本质里的真实的人。"[②] 其实，从创作伊始，徐兆寿就有了人的主体性审视和打量，也就是精神向度的追问。历经内心和情感冲突的暴风雨，徐兆寿放缓了诗歌的创作转向小说写作。《荒原问道》通过两代知识分子的人生遭际，以实有与象征的"荒原问道"追问历史、探寻心灵。《鸠摩罗什》的叙事展开在更阔大的历史时空中，通过一位高僧大德的修行成长，探寻人的主体精神和弘道情志的本源力量。徐兆寿以《鸠摩罗什》和《荒原问道》为代表的所有文学创作贯穿着他从个体自我的内在反省到人类文明溯源

---

① 沈奇：《中国诗歌：世纪末论争与反思》，《诗探索》2000年第1期。

② 徐兆寿：《一份个人诗学档案》，载《麦穗之歌》，青海人民出版社2001年版，第175页。

的批判思考的多重向度精神追问。

一、精神嬗变的审视与存在之思

进入 20 世纪 90 年代，中国社会在加速的现代化与全球化进程中也面临着转型。转型期的阵痛发生在每一个对生命理想艰辛求索的人的身上。时代喧嚣中，人生理想的失落，意义追寻的迷惘，个体存在的虚无浮动在人们的精神世界中。正是基于对人的精神信仰的审视和对社会现实的反思，徐兆寿的长篇小说，在精神的维度探求时代中人的精神嬗变以及个体存在的意义与价值。

世俗物欲的沉沦与精神高原的追求总是相悖的。管卫中说："一个持有世俗的眼光、怀着世俗的生活目标的人，在现代社会中，自然不会感觉到什么孤独；相反，他会活得如鱼得水，得心应手，游刃有余。但一个坚守人格、永怀有自己的人格理想的人，却会时时觉出自己与外部世界格格不入，是陷在一种'铁壁合围'之中。"[①]个体生存世界的现实与精神世界的信仰追求间的冲突，是徐兆寿长篇小说主人公所面临的难以化解的矛盾。其前期小说，如"非常"系列的林风、胡子杰、张维，内心都执着于理想世界的找寻。但个体对精神世界的找寻难以在物质化的世界中实现，最终林风自杀，胡子杰出走，张维返归西北。三部长篇小说对人的精神困境的揭示往往以性的苦闷展现。较多性的描写，一方面遮蔽了徐兆寿精神追问的力度，另一方面也造成了社会舆论的"争议"。这些"非常"人物自我精神的拷问、挣扎与探寻，其背后凝聚着作者对个体精

---

① 管卫中：《西部的象征》，青海人民出版社 1992 年版，第 126 页。

神世界的审视目光。

2006 年，徐兆寿出版长篇小说《幻爱》，更为深入地探讨个体在现代文明社会的生存意义与信仰追求。通过对比西北偏北小镇的平静生活与现代社会城市生存的压力，网络虚幻、与现实生活的空间辩证，徐兆寿不仅在为现代社会中个人的身体与精神寻求救赎，同时也在探寻现代文明社会的救赎。雷达评论说，《幻爱》表达了"对文明世界的救赎不靠文明本身，也不靠宗教，而是要回到那个原初的世界，至少要在精神上回归原初"[①]这样一种理念。但西北偏北小镇的乌托邦属性，注定了原初世界的虚幻性。时代变幻中，人的存在之思在个体精神嬗变的复杂性影响下寸步难行。2013 年，经过多年积淀，徐兆寿在长篇小说《荒原问道》中，以两代知识分子夏木和陈子兴的命运遭际、文化求索，来更深刻地追问个体生命存在的价值与意义。

作为老一代知识分子，时代变幻造就了夏木的命运遭际。在荒原与城市的往返中，他不断找寻自我存在的意义。从西方文化到东方文化的精神变迁中，他最终在民间与传统中找到自我之"道"。夏木的爷爷曾预示了夏木的命运："这一生能不写文章就不要写了，你的难与文章有关系啊。"[②]但最终，夏木因《怀古杂章》这首小诗被打为"右派"，送往河西走廊双子沟改造。后因饥荒，他逃出双子沟，到柳营农场，改名夏忠，娶妻生子。"放了几年羊以后，他彻底地爱上了荒原。他觉得真正的荒原是这

---

① 雷达：《现代之梦：灵魂回归原野——序〈幻爱〉》，载《幻爱》，甘肃人民美术出版社 2006 年版，第 4 页。

② 徐兆寿：《荒原问道》，作家出版社 2014 年版，第 15 页。

世道,而戈壁荒原才是他丰盈的家园。"[1] 尽管他内心认为自己属于了荒原,但现实中巨大的隔阂依然存在于他与荒原、他与亲人之间。对他的妻子秋香,"即使这样的牺牲、服从、迎接,但她仍然发现丈夫的世界与她有着一墙之隔"。[2] 而"他与岳父永远是两个世界的人,尽管他们天天在一起吃饭,说话"。[3] 夏木的岳父与妻子代表了荒原朴素的民间价值观,作为知识分子的夏木,无法在精神的维度与他们达到和谐统一。

"文革"结束,夏木又回到了西远大学。为人清高、学识渊博、研究西哲的他很受学生欢迎。但是,当他更深地理解文学与文化后,返归传统,倾心在诸子哲学,反而被学生疏远。更因其与学院领导不和,最后似乎沦为了一个没用的人。他有远超常人的深厚学识,但这于他生活无益。他书写着明知出版不了的书稿,远离人,远离社会,直至出走。夏木的命运遭际展现了知识分子在"文革"前后的生存状态与精神变迁。杨天豪说:"夏木的'问道'更是内心'无道'的折射。"[4] 夏木深受哲学的熏陶,对中医、周易等传统文化也颇为精通,但他无法用这些,在现代化中建构其自我的存在,重构信仰的高塔。夏木因找不到自我存在意义而出走。最终在荒原,在天地的交融间,在与传统文化相融合的荒原乡土上,夏木终于寻到自身的"道",获得了精神上的平静。

作品中另一个主人公陈子兴作为新一代的知识分子,他的精神维度已不再是从西方转向东方,而是在生命历程中,逐渐将中西文化融

---

① 徐兆寿:《荒原问道》,作家出版社2014年版,第41页。

② 同上书,第43页。

③ 同上书,第47页。

④ 杨天豪:《物质的荒原,还是精神的高原——评徐兆寿长篇小说〈荒原问道〉》,载《中国文化之魂——众说〈荒原问道〉》,世界图书出版广东有限公司2015年版,第73页。

合。这一过程伴随着精神冲突与灵魂蜕变的痛苦。爱情上，陈子兴与其老师的爱恋伴随着世俗伦理的激烈冲突，然而地震使两人天人永隔。学业上，陈子兴一路从乡村出走，走向全国的中心北京。但北京给他的感觉却远不如那个满是"荒原"的乡土舒服自在。"我经常在夜灯初上的时候，站在北京某个天桥上向四周张望。广大的城市便立刻向我压来，好像非要把我这个外来的异乡人掐死。"①传统的乡土生活与现代化社会的冲突，烙印在陈子兴的心灵上。事业上，他跟随导师进行着文化的传承与传播，但依然迷茫于自身真正的"道"。某种意义上，陈子兴与进城的乡土人在精神上相契合。从乡土到城市，从西部到东部，陈子兴身上具备乡土人与西部人的双重精神烙印，"尽管他们生活在城市之中，在内心却常常无法扫除'异乡人'的自我定位"。②在异城他乡，陈子兴承受着时代变革的阵痛，他在精神上不断追逐年幼时的"荒原"体验，以消解现实的精神困顿。同时，在对传统文化的不断深入中，他也逐渐意识到一种建构的精神力量。他与爱人对耶稣的信仰，文远清对佛教的信仰相似，是对文化的信仰。

《荒原问道》以知识分子为主体，在城市与荒原之间，审视两代人的生命经历与精神求索。夏木回归民间、陈子兴远赴希腊的结局，是个体精神在传统与现代、中西文化之间的抉择。夏木返回荒原的"问道"带有道家天人合一的意味，但其对家庭的抛弃，依然构成道德伦理层面充满张力的回响。陈子兴远赴希腊，向西方文明原点"问道"，但文本在陈

---

① 徐兆寿:《荒原问道》,作家出版社 2014 年版, 第 255 页。
② 赵学勇、孟绍勇:《革命·乡土·地域: 中国当代西部小说史论》,山西教育出版社 2009 年版, 第 194 页。

子兴离开的那一刻戛然而止，其未完成性使得这条精神求索之路充满了未知。夏木与陈子兴所体现出的个体生命存在的困顿，是徐兆寿对时代中知识分子精神世界的深刻审视。

对个人精神的探寻与生命存在价值的追问，在《鸠摩罗什》中，徐兆寿以鸠摩罗什和"我"的信仰的圆满作出一种可能性的回答。鸠摩罗什身上有着俗世与佛界、历史与传说、西域文化与中原文化的冲突与交融。作为俗世的一分子，他有着内心的欲望与人性的挣扎，而作为僧人，他又有坚定的信仰。"鸠摩罗什的翻译被称为'新译'，在中国佛教译经史上开创了一个新时代。"① 在传说中，他又具有神迹，是芸芸众生的度化者。鸠摩罗什具有人神一体性。对其精神的内审，首先要理解他的人性，继而升华至佛性或者说对信仰的叩问。在此意义上，鸠摩罗什既是出走荒原的夏木，亦是前往希腊的陈子兴。出走或者前往，是为了找寻或者证明一种更伟大的意义，它成为对个体精神审视的突围，继而上升为对"人"这个集体概念的审视或救赎。

命运的谶言揭示了注定的生命之旅。权力对信仰的压迫是鸠摩罗什作为世俗人的一重劫难。性欲与酒精的刺激，造就了鸠摩罗什破戒的恶果。但破戒却是对信仰的磨砺，破戒使他更深刻体悟了人世苦难的顽固，从而也使他在与世俗价值的对抗中消解束缚，而为一种更伟大的平等和救赎而努力。身处凉州，语言的不通是一大阻碍，于是他向张左学习《论语》《史记》，向李致学习道家经典与商古论道。鸠摩罗什褪去高僧大德的光环，成为深谙儒道文化的文人。他对汉语的学习，对汉文化

---

① 方立天:《鸠摩罗什:影响中国佛教思想发展至深至广》,《中国宗教》2001年第1期。

的学习，成为他理解与融合西域文化与中原文化的契机，从而他摆脱了佛理单一的视角。在儒释道归纳融合的开阔视野里，鸠摩罗什精神世界更为复杂和纯粹。儒释道的融合与领悟，是他思想之复杂、精神之深刻的体现。但对信仰的执着坚守，又显示了他精神的纯粹。从夏木返回荒原所隐喻的小乘渡己到鸠摩罗什在文化传播的大乘渡人，对精神的审视与内心信仰的追问终由个体上升集体，展现了一条对当代社会富有启示的道路。这条道路的践行者，便是卷外卷中的"我"。

四十多年的生命旅程后，"我"再次站在罗什塔前，突然明悟了那命定之途，便是必须完成鸠摩罗什这个形象的塑造。小时候的佛缘在四十年后开出信仰之花，在鸠摩罗什离开凉州的一千六百年后，"我"带着心中的宿命感，再次踏上了鸠摩罗什曾经走过的道路。在旅程中，"我"需要不断地思考，关于精神、文化、西方、历史以及鸠摩罗什。"我"需要在万千的历史之茧中剥离出"我"所需要的那一部分。同时，"我"也需要叩问内心，就像鸠摩罗什一样，直面心中的疑惑，才能证得自我，完成对鸠摩罗什的讲述。讲述的不仅是鸠摩罗什的过去，更重要的是他所留下的，给予当下的启示："几年后，当我再次去看他时，我发现那里已经成为旅游胜地。人们在谈论他，诉说他，甚至在他面前烧香、施舍。我突然间发现自己的短浅。原来，他是以这样的化身向人们开示。"[1]

高兆明说，现代性"这种新的日常生活交往、知识体系与价值类型正以一种前所未有的方式将我们带离传统的秩序轨道"。[2]无论是林风、胡子杰、张维还是夏木、陈子兴，他们都深受传统文化与价值观的熏陶，

---

① 徐兆寿：《鸠摩罗什》，作家出版社2017年版，第436页。

② 高兆明：《信任危机的现代性解释》，《学术研究》2002年第4期。

但现代性冲击下，传统的消失造就他们精神的苦闷与存在的无措。坚守传统的他们无法在现代化的社会中找到生命存在之"道"。其中，以林风的自杀最为激进和惨烈。但在林风之后，徐兆寿笔下的人物通过各自的方式，完成对自我存在的肯定与精神世界的建构。《幻爱》构筑了三个世界，"我"到达一个叫西北偏北的小镇，在自然与原始中对抗现代异化的人性，寻求自我的救赎。《荒原问道》中，无论夏木还是陈子兴都选择了文化这条道路。通过对文化的深入辩证思考，走向各自精神的"问道"之路。夏木回到民间，回到文化传统。陈子兴则走向隐喻人类文明原点的希腊。而真正完成精神超越与信仰纯粹之路的，是鸠摩罗什与"我"，作为夏木与陈子兴精神的进一步完满，最终在自己的命定之路上证得自我存在的意义与价值。这些人物的精神嬗变，显示出徐兆寿在对个体精神审视与存在之问中，寻找到以信仰与文化为核心的更为深远的道路，可以说，这也是徐兆寿为自我找寻到的命定之途。

二、民族精神的重铸与文明的批判溯源

个体生命的理想追求与信念坚守面对社会世俗，呈现出精神之困顿。现代化的社会解构着传统价值观，也解构了其中内蕴的民族精神。由此，徐兆寿将目光投向西部大地。"可以说，远离灯红酒绿的西部虽然暂时背负了经济发展中令人难以言说的沉重，但千百年来缓慢发展的农业文明滋生了这片土地厚重、深沉的精神内涵。"[1] 西部广袤土地蕴藏的

---

① 赵学勇、孟绍勇：《革命·乡土·地域：中国当代西部小说史论》，山西教育出版社2009 年版，第 20 页。

精神内蕴成为徐兆寿笔下精神困顿者的慰藉之地。如在生活与情感的重压下胡子杰，多次看到西部天空的王者——雄鹰在自由飞翔；因现实的荒诞与性的渴望，陷入精神苦闷的林风在夕阳西下时，坐在广袤的沙漠边缘。金色的沙丘，翱翔的雄鹰抚慰着他的精神创伤，使他生出"留在这里生活也是很美的"^①的念想。

西部大地对精神困顿者的慰藉，不仅是因为外在的广袤开阔的物象，更是其内在的自由气息与厚重内蕴。因此，相较之"非常"系列呈现出现代社会对个体精神的围困，《幻爱》则以原始、纯净的西部小镇抚慰个体精神创伤。与现代城市的生存空间相比，这些偏僻小镇或许闭塞，但依然保留原始朴素的民间价值观。可以说《幻爱》是徐兆寿对民族精神思考的初步呈现，《荒原问道》则蕴涵着他对民族精神的深入反思。

有评论说：徐兆寿"书中主要人物的努力、追求，不管是夏木的独自西行、陈子兴的心向希腊，还是文远清的遁入空门、黑子的从容自杀、黄美伦的投身且殉身公益，各色人物表现不一的种种行为，也便因之有了一种极为整一的精神指向：那就是在这个欲望膨胀却缺乏精神支撑的愈来愈功利化、碎片化的时代，当代中国人要获得存在的意义，救赎自己业已迷失的心灵，那就必须从个人的、物质化的世界中走出去，将自己置身于一种更大也更远的意义寻找中，在意义的建构过程中接近或者找到意义本身"。^②更远大的意义或许就是从对个体精神世界的重建延伸

---

① 徐兆寿：《非常日记》，敦煌文艺出版社 2002 年版，第 180 页。

② 王元忠：《纷纭而出的一条远去的路——〈荒原问道〉的个人印象》，《长江丛刊》2015年第 10 期。

至民族精神的重塑。徐兆寿以《荒原问道》提出了重构民族精神的路径。一条路径是如夏木般真正靠近民间，走入那片可以栖息心灵的"荒原"，靠近本民族文化最深厚的地方，去开掘那些深藏的精神文化力量；另一条路径便是走出去，去传播民族文化，亦去学习与接纳世界文化。而这两条路径又是殊途同归的。文化首先要被个体所"信仰"，继而交流与交融中，才能具备更深广的可能性。

徐兆寿认为："我们需要一次回归传统反思传统、重构传统的大行动，在这种大行动中，我们需要去重新认识中华民族古老而伟大的传统，需要对文化之根的深切认同，这样，我们也许能找到久违了的民族情怀，能找到失去的自信和自豪。"[1]他还说："中国文化的复兴一定是以西方文化的融入为前提，否则就是复古主义，同样，我也深信，西方文化要走出今天的种种困境，仍然需要向中国文化学习。"[2]

民族精神的重铸与对民族文化的重铸息息相关。《荒原问道》之后，徐兆寿陆续出版了《问道知源》、"丝绸之路"系列等文化随笔或历史著作。沿着精神与文化的路径，徐兆寿深入历史，2017年出版了长篇小说《鸠摩罗什》。文化是民族精神之沉淀，历史则是文明溯源之组成。它们共同构成一个民族的本源。以历史为引，以现实为基，徐兆寿通过鸠摩罗什、"我"、张志高、冯大业等人，实际在探讨一个比《荒原问道》对文化"问道"更为深远的问题，即由精神文化上升至历史文明，溯源文明，展望未来。

对鸠摩罗什的历史探究与文化辩证，实际也是徐兆寿对中华文化乃

---

① 徐兆寿：《我的文学观》，内蒙古人民出版社2008年版，第128页。
② 徐兆寿：《问道知源》，上海人民出版社2018年版，第290页。

至人类文明的批判溯源。丝绸之路与凉州大地，是鸠摩罗什行走过的地方。居住凉州十七年，这片土地文明的深厚沉淀使得鸠摩罗什对文明的发展有了更深的认识。他以道家作为阐释："道家源远流长，老子之前已经有黄老之说，黄老之前还有伏羲八卦之理，老子的学说绝非独自凭空出现，而是总结前人智慧所得。"[①] 而通过鸠摩罗什，我们则看到西域的佛理是如何被中土的人们所吸纳接受，成为中华文明的一部分，同时也看到了儒道文化如何被外族人所理解和学习。这一历史的融合与文明的发展，千百年后，已成为人们的日常生活的一部分。

"我"从祖母身上看到她对佛的信仰，对大地灵性的尊敬，待人的善良，这些都是文明的沉淀。而当"我"四十岁后，再次站在罗什塔前，明悟命运，去真正认识鸠摩罗什时，文明便从祖母到"我"，又传承了一代。卷外卷中的"我"考证鸠摩罗什的过程，亦是由个体思及文化乃至文明的过程。"文化这一概念，总是与群体的活动方式联系在一起。"[②] 个人远离孕育自身的文化，也便失去了进入群体生活的可能性，无根之木的命运注定是悲剧的。

正是对中西文化的深刻体悟与深邃洞见，"我"对鸠摩罗什的探究，也更为深远开阔。"我"谈及希伯来人的迁徙与希腊文明共同构成了西方的文明形态。欧亚草原的大规模迁徙形成草原之路，后来由周穆王、汉武帝开辟的丝绸之路所代替，是另一条文明之路。祖母的善行与信仰，不正是千百年前鸠摩罗什在凉州大地播撒下的文明的种子所结出的果实

---

① 徐兆寿：《鸠摩罗什》，作家出版社 2017 年版，第 306 页。
② 周政保：《高地上的寓言》，青海人民出版社 1992 年版，第 84 页。

　　　　　　　当代文学的演进与经验

吗？祖母深受这土地古老文化的启示与滋养，精神与大地相连，内心的充盈远胜于西方文明影响而失去"根"的叶鸣、牛仁等知识分子。而深受祖母影响的"我"，亦是这片土地绵延文明的接受者与传承者。文明正是在不断传承中，壮大厚重。同时，文明也不是孤立的。周穆王会面西王母，一条玉石之路的凿通，"我们就可以确知我们的文明在那时已经广泛地接纳来自西域世界的文明。"①对文明发展的辩证思考，使得"我"逐渐脱离西方中心主义狭隘的视域，从而站在全球化的开阔视野中，求索未来之可能。

历史的探究充满艰辛，需要"使历史的事实中精神的意义透显出来"②。这正是徐兆寿在创作《鸠摩罗什》的伊始就思考的："今天写鸠摩罗什能给当世什么样的启示呢？说得再大一点，佛教甚至中国传统文化能给今天的人类什么样的启示？能解决今天人类精神生活的什么问题？如果没有什么启示，写作便毫无意义。"③近代以来，西方文明对中国的冲击，形成了一场持久的价值嬗变的大潮。鸠摩罗什身上所体现精神自足，信仰纯粹，以及文化的双向互动，都是当下人们的精神乃至对人类文明发展的启示。鸠摩罗什的一生圆满后，故事进入卷外卷，进入"我"的叙述。这亦是徐兆寿从历史中走出，回望生活，回望大地，回望"母性"。这一回望与反思，将历史文明的厚重与生活与现实、信仰与精神结合了起来。

---

① 徐兆寿：《鸠摩罗什》，作家出版社 2017 年版，第 416 页。

② 刘小枫：《拯救与逍遥》，华东师范大学出版社 2011 年版，第 11 页。

③ 徐兆寿：《一切都有缘起——〈鸠摩罗什〉自序》，载《鸠摩罗什》，作家出版社 2017 年版，第 4 页。

三、"荒原"上的精神跋涉与历史的叩问

徐兆寿是典型的诗人性情,早先也是以诗歌创作而知名的。谢冕在为徐兆寿诗集《那古老的大海浪花啊》写的序中说:"他那高亢的歌唱,使一切流行和迎合时尚的诗歌都显得渺小和鄙陋。他直逼价值主题,不回避,使一切踟蹰在'边缘'的诗人都显得卑琐。"①

进入21世纪,徐兆寿在诗歌的创作上逐渐沉寂,小说的创作大放异彩。新世纪的第一个十年,创作了"非常"系列、《幻爱》等数本长篇小说。因为这一时期的小说主要涉及青年的大学生活,受众面较为特殊,在网络、社会与评论界形成不同的热度。雷达说:"可能正是因为这种'热潮'和'畅销',使徐兆寿的小说一直在社会上和校园里流传,并没有引起文坛的广泛关注。他也被评论者定性为畅销书作家,其作品所涉及的沉重的精神信仰问题始终不被关注。"② 延续自诗歌的精神哲思,徐兆寿这一时期的小说中注入对青年的精神、信仰的思考,这使得他的小说带有问题小说的特色。"'问题小说'里提出的问题,不仅是作家自己的心理投射,更是困惑着一代青年人共同的问题;'问题小说'里传达出的迷茫、不安、困惑和愤怒,也是一代人共同经历的情绪。"③

---

① 谢冕:《我读徐兆寿的诗》,载《那古老的大海的浪花啊》,华侨出版社1998年版,第1—2页。

② 雷达:《知识分子主题的新开掘——评徐兆寿的长篇小说〈荒原问道〉》,《兰州交通大学学报》2015年第2期。

③ 刘勇、张悦:《"1919·问题小说":百年新文学的使命与焦虑》,《文艺争鸣》2019年第5期。

"非常"系列对时代变革中青年群体精神苦闷的关注,《幻爱》对"原初"世界,或者说精神的"原初"世界的建构,沿着这条精神跋涉之路,徐兆寿以《荒原问道》结束了林风等一代人无方向的跋涉而开启了走向文化的救赎之路。在这本书中,他通过两代知识分子的命运遭际,苦难与辉煌,来深究当代知识分子的精神世界和当代知识分子对中华文化的艰辛求索。夏木与陈子兴对厚重的西北大地的求索,那深厚的历史文化,多民族交融的民风习俗以及不同的宗教与共同的救赎,都在给予他们的心灵以冲击:

　　　　整整一年,我无数次地步行十里,一身热汗推开经门,不管贡保活佛在与不在,我都觉得心里充满了温暖与空明的景象。我在佛堂跪拜,然后起来,在阳光下,我翻开佛经,诵读起来。他们用梵语,我用汉语。直到此世不在,彼世来临。

　　　　然后,在阳光西下时,我在徒步十里,一身热汗推开校门。那时,已是弯月斜挂,星辰点亮。我坐在灯光下,拿起笔,写下永恒的诗行。一个永恒的世界,一个现世之外的世界,矗立于身内。有一盏灯燃于身内,有一炷香,点在心上,有一刹那,有了出世的渴念。①

　　从出世的佛堂到入世的校园,陈子兴找到了现代喧嚣社会中的一方净土与抚慰个体精神创伤的圣所。无论是夏木还是陈子兴,他们的"荒

---

　　①　徐兆寿:《荒原问道》,作家出版社 2014 年版,第 312—313 页。

原"跋涉,已经不是个体在精神世界中的埋头乱撞,而是在人间、在民间的行走中,理解人世,理解文化。因而,尽管他们依然背负着沉重的精神负担,但在对人性本真的精神坚守中,在对文化的践行理解中,在对人间这本大书的翻阅领悟中,他们完成了自我精神的完满与超越。

徐兆寿通过夏木与陈子兴等人物的"荒原"跋涉,也进行着自我精神的艰难求索。从中西文化之辩到从东部出发、向西而行的历史文化思考,显示出一位西部作家的精神探索。正如李朝东所说,《荒原问道》"试图重新进入知识分子的社会良知,坚守一种怀疑与启蒙的精神立场,以文学的方式重新关怀社会和人类的终极价值,重新强调人的尊严和尊重。小说虽然透露出某种程度的悲观情愫,但同时也涌动着一股理想主义的激情,渴望'寻找'一种更高的精神支持,跨过俗性社会的深渊,重返真理的故乡"。①

西部自然的辽阔苍茫,历史的厚重深沉成为西部作家精神积淀的土壤。当他们面对受现代化侵蚀,精神日益枯萎的现代化社会时,西北大地上朴素的民间价值与深厚文化往往成为他们的精神原乡。于是,西部作家的作品总是充满了令人神往的人文意象与精神书写,如宁夏作家石舒清笔下贫瘠而又神秘的西海固与信仰坚守,雪漠的凉州大漠与苦难书写,叶舟执着的敦煌书写与精神救赎。尽管徐兆寿的小说没有立足于西部某一个固定的地点,但他小说的背景都是西部这片大地。西部的精神熔铸在他的小说中,立足于西部大地,在历史与现实,中国与世界的大维度间,寻觅中国文化与个体精神的可能性。正如评论所言,西部作家

---

① 李朝东:《重返启蒙与真理的故乡——〈荒原问道〉的意义追寻》,《长江丛刊》2015年第10期。

"那种文字的张力、叙事的先锋性、隐藏在文本背后的思想、对生命和人生哲理的思考、追求个性的自由，是其他作家无法企及的"。①

沿着《荒原问道》的文化之问，徐兆寿抚及西部大地的历史脉络。《鸠摩罗什》是徐兆寿迈向历史传统与文化精神的再一次转型。从"非常"系列到《鸠摩罗什》，徐兆寿在不断自我超越，但他的作品中的精神旨归却始终如一。这是自他开始创作诗歌，就夯实的一个坚实、稳固的思想地基。可以看到，在《鸠摩罗什》中，他依然是多年前，那个拿着诗歌闯入北京的"堂·吉诃德"。只不过这次，他不再是以抒情的笔调，而是以历史的笔调，通过鸠摩罗什、"我"以及张志高等人物的抉择将多年以来从个人精神深入历史文化的所思所想表达出来。徐兆寿希望以历史中的文明、文化的交流来追问今天全球化时代中，人们的精神与信仰。

在《巴米扬拜师》一节中，写到鸠摩罗什听闻了有关猛虎的故事后，"他看见一只猛虎在夕阳中东张西望，目光温柔无比，早已脱去野兽的凶猛。像一位兄弟。他伸出手，想拍拍它宽阔的额头"。②猛虎与夕阳，凶猛与温柔，善与恶，这些对立的元素在佛性面前不再尖锐。现代社会是一个价值观点急速嬗变的时代，却缺少解构之后的建构，每个人都在不断解构，又不断被解构。如何在这样的时代里建构社会的价值核心，建构自我，"猛虎与夕阳"是一个回答。

《鸠摩罗什》包含了三个时空维度。鸠摩罗什代表着中国古代历史的维度，通过鸠摩罗什，徐兆寿回溯历史，叩问中国文化源远流长的历史文化脉络。张志高心脏中的支架喻指近代以来，中国知识分子向西方

---

① 徐兆寿、杨天豪：《第三代西北作家的写作主体特点》，《小说评论》2011年第6期。

② 徐兆寿：《鸠摩罗什》，作家出版社2017年版，第47页。

求法的历史维度。而"我"则代表了当下的现实维度,"站在中国看世界"①。徐兆寿以三个不同历史阶段的文化与历史之思,通过鸠摩罗什、张志高和"我"的"荒原"跋涉,求解现代人的精神之困与信仰之思。

从徐兆寿身上,可以看到当代知识分子内心的追问和精神的坚守。陈思和说:"知识分子只有认清了自己的处境和依据的知识背景,才能使自己的精神劳动成为一种自觉的劳动,共同建构起这个时代的知识分子传统。"②徐兆寿自开始文学创作,"在这片荒原上从未停止过问道求索的独行"。③他是孤独的,也是丰富的。多年来从个体精神的探求转向传统文化与历史的追问,这是徐兆寿寻找文化存在主体的写作之"道"。从林风、胡子杰、张维到夏木、陈子兴、鸠摩罗什,徐兆寿小说里这些内心执着而个性独立的不同人物形象,充分彰显了徐兆寿问道中西、大开大合的自省精神和涅槃精神。

① 徐兆寿:《西行悟道》,作家出版社 2021 年版,第 19 页。
② 陈思和:《新文学传统与当代立场》,山东教育出版社 1999 年版,第 168 页。
③ 朱凌、郑润良:《关于信仰的拷问》,《小说评论》2019 年第 2 期。

"反家庭"叙事与形上之思
——鲁敏小说新论

陈千里（南开大学）

家庭伦理叙事贯穿现代中国文学的百年历程，成为宏大话语与日常经验转换、竞争的场域。如启蒙文学构建了反家庭／反封建的经典模式，革命文学演绎"舍小家为大家"的时代题旨，新时期小说里历劫重圆的家庭成为拨乱反正的象征。20世纪80年代后期开始，以新写实小说为代表的饮食男女的细致再现，昭示着文学向日常现代性的转换，家庭描写体现出非宏大话语的个体立场。这一潮流延宕至今，家庭场景、伦理视角频现于都市题材的文艺作品。身为都市书写的佼佼者，鲁敏笔下制造出层出不穷的家庭故事，充盈其中的日常烟火气使其叙事粗看之下颇具"现实性"色彩。但是，细加考量就会发现：鲁敏的家庭书写看似以摹画世态人情、透视人伦道德为旨归，其实深层的旨趣更在于对个体精神、本体存在状态的哲理性揭示。

一、虚实之辨：从"反家庭"叙事入手

鲁敏创作的"东坝系列""暗疾系列"因风格独特而为研究界津津

乐道,成为作家极富个人特色的标识,代表了鲁敏在乡土／怀旧与都市／现实两个时空维度上的文学实践。从 2009 年至今,鲁敏几乎一直在都市题材中深耕,这使得批评界关于鲁氏后期小说的研究多聚焦其"现实"品格,认为它们"表现出强烈的现实性","以城市为背景,叙述着城市中最普通、最困窘的那一类人的生活故事"。① 另外,也有若干研究将鲁敏置于"70 后"女作家整体考察的视野中,强调这一群体体现出"日常生活美学""强烈的当下现实主义文学理念"② 等共性特征。

值得注意的是,鲁敏多次强调了自己"非现实"的创作理念与追求。比如她在一篇访谈中说:"在当下委地成泥、跟生活贴得紧紧的现实主义风潮中,我多么希望能看到先锋精神的局部回归与灵魂附体",她还诉说不愿小说"在地上爬、在地上走",希望能"缀上先锋的虚无与空灵",让小说"飞起来"。③ 对于与"现实"对应的"虚妄",鲁敏反倒表现出十足的兴趣:"我经常讲'虚妄',我就完全不认为它是个消极的词,它接近于某种本质,有这个本质作为前提,万事万物反而都是可喜和动人的了"。④ 她甚至将自己的一本散文集题为《我以虚妄为业》,直言"大虚妄正在烟火中","承认虚妄、依靠虚妄,把虚妄定作这一生的基调,我才有

---

① 王彬彬:《鲁敏小说论》,《文学评论》2009 年第 3 期。

② 张丽军、宋学清:《中国文坛异军突起的审美新力量——中国"70 后"女作家论》,《山东社会科学》2015 年第 11 期。

③ 鲁敏:《我曾无意中丢下一粒种子——与姜广平的对话》,载《路人甲或小说家》,译林出版社 2019 年版,第 108 页。

④ 鲁敏:《在别处:人性中的萎泥与飘逸的永恒矛盾——与行超的对话》,载《路人甲或小说家》,译林出版社 2019 年版,第 221 页。

力气，也感到踏实"。① 我们不难发现作家自我勾勒与评论家所言的有趣参差。概括来讲，就是研究界更多着眼于鲁敏小说中偏实的面相，诸如城市底层经验、家庭伦理叙事、日常审美等方面。即使探讨人性发掘或寓言象征的，思路也多着眼于折射生活、讽喻人间等"现实"逻辑。反之，鲁敏本人再三强调的却是非写实的文学观，更看重超越日常逻辑的意趣指向。

鉴于这种"他人感受"与"自我意图"的差异，有必要对鲁敏小说展开更为细致的辨析，考察"实"与"虚"如何在文本中交织关联，分辨"虚妄"所蕴含的精神元素及其折射出的形而上的思维特征。考虑到家庭伦理贴近生活而天然具有"现实"面向，是鲁敏涉笔最多的领域，"现实性""烟火气"的印象也多由此而来，本文就将视点主要聚焦于此，从这一贴近日常经验的叙事中辨识烟火中的"大虚妄"如何成为可能。

现代伦理学指出个体与家庭的辩证关系，认为家庭为个体提供伦理基础，而家庭中的伦理性统一又与现代社会的个体性原则相矛盾、对立。② 从鲁敏的家庭书写中我们似乎可以发现这样的悖论：一方面，她热衷于家庭题材，希冀通过将个体置于伦理关系中展现更丰富的人性；另一方面，深层的现代个体的表述意愿，又促使叙事呈现出诸多"反家庭"的面貌特征。

---

① 鲁敏：《我只负责把暗疾撕开——与何平的对话》，载《路人甲或小说家》，译林出版社2019年版，第170页。

② 孙向晨：《论家：个体与亲亲》，华东师范大学出版社2019年版，第156—168页。

二、家庭荒原与孤独意识

当代小说家里，像鲁敏对家庭描写如此情有独钟的并不多见。据她自己剖白，其笔下特别的家庭情结与自身经历有密切关联。[1]可以说，鲁敏瞩目于家庭不仅是题材层面的偏好，它更应被视为作家刻骨铭心的人生经验、情感创伤的复现与投射，其主要特征之一即在于解构家庭"爱"的关联，凸显人际隔膜与个体孤独。如《奔月》里已缔四年婚姻的贺西南蓦然发现妻子小六如同路人，在拥有秘密情人的同时还隐藏着双面性格。贺心底惊呼："真不知小六背后到底有多少扇没有打开的门，门后面是妖怪还是天使！"精神上"如隔重门"是鲁敏小说赋予婚姻的常态，枕边人形同陌路的设定将解构的悲剧意味深埋其笔下的每一个家庭。如果说，《奔月》里的丈夫因为妻子的离奇失踪，尚有心去开启"重门"，发现真相。那么诸如《取景器》《暗疾》《月下逃逸》等篇中的更多对夫妻并没有获得如此的特殊契机，他们只是在生活的静流中各自惨淡经营，完全无心去了解"门"那边的精神世界。

> 我看着妻子的侧脸，像看着一件陪伴我多年的物什，没有美丑之分，没有冷热之感——料她看我亦如是。[2]

---

[1] 参看鲁敏：《写作把我从虚妄的生活里解脱出来——与舒晋瑜的对话》，载《路人甲或小说家》，译林出版社2019年版；《以父之名》，载《时间望着我》，译林出版社2019年版。

[2] 鲁敏：《取景器》，载《伴宴》，江苏文艺出版社2011年版，第34页。

婚姻的空洞与乏味被反复渲染，还有更尖刻的嘲讽送给居家之人——"被家庭软禁的可怜虫，寒酸的天伦之乐"[①]。如此显豁的解构似乎意犹未尽，叙事还要进一步揭示家乃荒凉所在，无声而空洞形同深渊。《铁血信鸽》彰显的正是这样的题旨。妻子沉溺于保健养生，丈夫却时时感到透骨的无聊。二人的日常交谈直如十字路口——南辕北辙、各奔东西。丈夫偶然找到了模糊的精神寄托，将超脱庸常的强烈情愫投射到信鸽身上。但是妻子视而不见，兀自大谈鸽子的营养价值。至此，丈夫突然感到两人的隔膜已由十字路口恶化为悬崖峭壁，绝望之下竟然萌生出化鸽而去的冲动。

琐屑的家庭生活使得二人之间的精神世界成了荒漠。类似的情节在鲁迅的《伤逝》、老舍的《离婚》中都有过生动的表现。相比之下，鲁敏与前辈的差异，不仅是在表层的社会背景方面，更在于"化鸽"冲动的神来之笔，使得作品在那许多写实感很强的日常细节描写的泥沼中腾空而起，荒诞感也就油然而生。隔膜与孤绝迫人产生化鸽之想，这背后的潜台词指向了对家庭本质、对人际关系的追问与反思，也隐含着"他人即地狱"的萨特式的感悟。

在鲁敏的小说里，隔膜化形为家庭中无处不在的空气，从夫妻弥漫至亲子、手足之间。个体在这一本该以爱和血缘为纽带的人伦之网中，反呈现出虚悬与孤绝的状态——"家庭、男女、亲人，本就该这样吧，每个人都像一棵独立的水草，在个人的命运里摇摇晃晃"[②]。如《月下逃逸》

---

① 鲁敏：《此情无法投递》，四川文艺出版社2018年版，第157页。
② 鲁敏：《月下逃逸》，载《镜中姐妹》，太白文艺出版社2017年版，第267页。

《镜中姐妹》《墙上的父亲》《六人晚餐》等，都着力渲染了成员之间的隔膜乃家庭的悲剧底色，而拥挤、凌乱与个体孤独、生命寂寞形成叙事的张力。于是，"反家庭"的意味便自然滋生于字里行间。

爱的匮乏酿造了成长的苦酒，孤独成为每个人的宿命。鲁敏要揭示的孤独，很多情形下不仅是形单影只的偶然体验，而是一种带有本源性的、普遍意义的存在状态，被她称为"巨大的独裁式的孤独"[1]。为此，她别具匠心地将要表现的个体置于充满烟火气的家居情境中，以家庭的聚合反衬个体之游离，通过血脉疏离愈见隔膜幽深，以孤独的存在解构家庭伦理之牵系。

事实上，孤独与家园，在鲁敏笔下巧妙地形成一对虚与实彼此映衬的意象。

> 王蔷心中悲酸，眼睛避开母亲，把桌上的圆镜子略略晃开，镜子里即刻换成了摇晃着的家具与物什，狭小的空间，通过镜子的折射，忽然显得幽暗了、纵深了。[2]

> 穆先生怔怔地回看，一阵辛酸与苦涩，蓦然觉到这个房间、这个家特别空旷了，妻子站在无比远的一个地方，风呼呼的，他整个身子飘浮起来，逼真地模拟着陌生的飞翔，并沉浸于一种接近极乐的境界。[3]

---

① 鲁敏：《我所倾心的不是坠落，是摆成飞翔姿势的坠落——与走走的对话》，载《路人甲或小说家》，译林出版社 2019 年版，第 189 页。
② 鲁敏：《墙上的父亲》，载《伴宴》，江苏文艺出版社 2011 年版，第 132 页。
③ 鲁敏：《铁血信鸽》，载《伴宴》，江苏文艺出版社 2011 年版，第 210 页。

两段文字皆呈现出蒙太奇式的画面感,"家"与"孤独"自然融为一体。狭窄、封闭的家庭空间猛然变得幽深、空旷,叙事如同拉伸的镜头使厅堂发生变形,实为沉浸于孤独的心灵投射。无形、无色的孤独仿佛附着于琐屑的家什上,在"家"的场景中孤独被物化,似乎触手可感;而有形、有色的家宅则反过来成为孤独的镜像,它在意念中被"祛除"了四壁,具有了家园消解、荒原横亘的意味。

于华林中呼吸悲凉,在闹热中体味孤独,这正是《红楼梦》所开启的中国文学家庭叙事传统。生活在"烈火烹油,鲜花着锦"的贵族大家庭中,贾宝玉却是"说的话人也不懂,干的事人也不知"①,"时常没人在跟前,就自哭自笑的"②。而唯其如此,这部作品才具有了超越意味的"梦"的品性。鲁敏自述中,涉及大量的外国文学家及其作品,于本国人物反而少有提及。但《红楼梦》是个例外。在《幸或不幸的根源》一文中,她胪列了"众多的经典作家",作为名单中唯一的中国人,曹雪芹排在了第一位。③鲁敏又发自"心坎上"地表白:"我时常对经典抱有感激涕零、大恩无以为报般的感情。"所以,如果我们认为她这种富有张力的"反家庭"书写——特别是其中的伦常与个体之间的张力,可以与《红楼梦》所代表的文学传统构成某种对话关系的话,还是不无理由的。④

---

① 曹雪芹:《红楼梦》,人民文学出版社 2008 年版,第 916 页。
② 同上书,第 469 页。
③ 鲁敏:《幸或不幸的根源》,载《虚构家族》,译林出版社 2019 年版,第 122 页。
④ 《六人晚餐》中,晓白"觉得自己就是一块按'1∶50000'缩小的石头"云云,似可作为鲁敏从《红楼梦》中汲取灵感的例证。

三、"我是谁"：解构之后的追问

书写伦理困境，是鲁敏小说解构家庭的又一文本表征，特别是其中的不伦之恋，为家庭叙事涂上了灰暗复杂的色调。作为回旋反复的主题，"恋父"在鲁敏笔下有着形形色色的演绎：《白围脖》《墙上的父亲》展示了生父离弃家庭造成的内心伤痕，却又混合着对父亲浪漫脱俗的想象与迷恋；《此情无处投递》里演变为女儿与继父的一生纠缠，相互依存的情感在命运的土壤中开出了罂粟花；《取景器》《天衣有缝》《拥抱》等篇更是将恋父泛化为男老女少的模式，正如鲁敏的自述——"以各种不在场的方式写父亲，是我一个无意识的自选动作"①——这似乎也印证了《女性心理学》中关于厄勒克特拉情结的指认：她开始意识到，她青春期对父亲的强烈反对，背后包含的是潜意识里对他强烈又深刻的爱。在对父亲固恋的情况下，受试者通常表现出对年长男性的明显偏爱，因为他们似乎都代表着父亲。②

恋父情结在许多女作家笔下都有表现，典型者如陈染，批评者将之阐释为一种创伤情境："童年——少女时代家庭的破裂，父亲的匮乏，使她未曾顺利地完成一个女性的成长；不难从中找到一个典型的心理情结：厄勒克特拉情结或曰女性俄底浦斯情结——恋父。一个因创伤、匮

---

① 鲁敏：《我所倾心的不是坠落，是摆成飞翔姿势的坠落——与走走的对话》，载《路人甲或小说家》，译林出版社 2019 年版，第 191 页。

② ［德］卡伦·霍妮：《女性心理学》，武璐娜、任慧君译，台海出版社 2020 年版，第195 页。

乏而产生的某种心理固置：永远迷恋着种种父亲形象，以其成为代偿；不断地在对年长者（父亲形象）、对他人之夫（父亲位置的重视）与男性的权威者（诸如医生）的迷恋中，在寻找心理补偿的同时，下意识地强制重视被弃的创伤情境。"① 值得注意的是，这一情境的描述亦十分贴合鲁敏的写作情形。如果将"恋父"比作种子，人们会发现相似的种子在陈染与鲁敏的笔下却结出了味道迥异的果实。陈染小说被指认为蕴含了对父权抗议的女性自我书写，而鲁敏却明白地表示规避"女性主义"的意图，她坦陈："我的写作一直不是以女性主义立身或著称……我觉得以日常角度来看人，可能更有意义，如果把女性写得特别注重精神生活，可能女性意识是增强了，却掩盖了我认为的人之困境。"② 由此可见，她的创作虽然也热衷于探讨与性别相关的问题，但并非典型女性立场的表达。恰如苏珊·帕森斯所言："性别是思考人性的一种主要方式。"③ 鲁敏小说虽饱含着对于性／性别探幽的兴趣，但这只是揭示"人之困境"的一个重要角度，从根本上讲，她更倾向于在普遍的人性维度上的掘进。

人伦困境的设置，恰好便于从性／性别的角度探寻人性之谜。除恋父描写，鲁敏还打造了形形色色的不伦之恋，如《拥抱》里孤独老父与儿子几成情敌，《我是飞鸟我是箭》中留守乡村的哥哥与弟弟的大学女友激情相拥，《镜中姐妹》里孪生姊妹痴恋同一少年，《寻找李麦》的哥哥不能忘情于弟弟的恋人，《六人晚餐》描写一对异姓兄妹在重组家庭中隐秘的

---

① 戴锦华：《陈染：个人和女性的书写》，《当代作家评论》1996 年第 3 期。
② 鲁敏：《小动作的人性——与于丹的对话》，载《路人甲或小说家》，译林出版社 2019年版，第 158、159 页。
③ ［英］苏珊·弗兰克·帕森斯：《性别伦理学》，史军译，北京大学出版社 2009 年版，第18 页。

情史……鲁敏展现这些人伦困境都是以家庭为背景，凸显伦理对于本我的限制、压抑，以及后者的躁动与挣脱。从《荷尔蒙夜谈》开始，鲁敏更有意识地将这类对于"本我"的探索命名为"荷尔蒙系列"[1]，并强调了一种"生命本位"的叙事立场。她表示"对'性意识'的无条件尊重"；指认荷尔蒙"是无限自由的一个元素，丰沛奔放、压抑冲突、生生不息"[2]，而且"对具体个体的困境有着无限的垂怜之意"[3]；对笔下的出格、越轨"一点儿不打算批判，如果不说成鼓励的话"[4]。反观文本，鲁敏叙事的着眼点确非以家庭裂解、伦理悖谬进行社会意义的评判或道德角度的伸张；反之，在聚焦荷尔蒙的背后，隐含着颇具形上色彩的生命哲思——超越现实伦理道德层面，以非理性的生命为本位，观照个体内在的生命冲动，以及人之存在所永恒具有的荒谬性、不可知性。某种意义来说，鲁敏乐于呈现伦理家庭的颓败、危机，唯其如此，方能为生命的本能释放建立自由的通道，方能将"带着整个存在背景和心理阴影"[5]的个体从日常的叙事中凸显出来。

与建立生命本能的释放通道相应和，鲁敏在小说中策划了很多次"逃离"，无论是谁在逃、如何逃，毫无疑问起点皆是家庭。所以，"逃离"

① 鲁敏：《我所倾心的不是坠落，是摆成飞翔姿势的坠落——与走走的对话》，载《路人甲或小说家》，译林出版社 2019 年版，第 192 页。
② 同上书，第 205 页。
③ 鲁敏：《出格记——写在小说集〈荷尔蒙夜谈〉出版后》，载《时间望着我》，译林出版社 2019 年版，第 145 页。
④ 鲁敏：《人到中年才认识到肉身的沉重与深刻——与黄茜的对话》，载《路人甲或小说家》，译林出版社 2019 年版，第 204 页。
⑤ 鲁敏：《我想表达无可慰藉的人生迷境——与傅小平的对话》，载《路人甲或小说家》，译林出版社 2019 年版，第 272 页。

作为一个行为意象——背向家人、渐行渐远——其本身的"反家庭"意味不言自明。"逃离"被视为鲁敏写作的情结,其小说里反复出现的"缺席的父亲"正是一个彷徨的逃离者形象。"父亲啊,你是不幸之身,亦是冷酷之人。我们生下来就已失怙。我们的字典里就从来没有父亲,父亲是一辈子的生字"①,这是小说主人公王蔷的叹惋,亦是鲁敏本人的心语。父亲离家、对婚姻的背叛,以及给家庭带来的困窘,既是作家自身的遭际,也成为反复书写不在场父亲的"引擎式的阴影"②。值得玩味的现象是:小说里的父亲非但没有因背叛婚姻、抛弃儿女遭到指责,反倒在成年女儿的想象中成为逃离庸常的偶像、跳脱凡俗的勇者。《白围脖》里女儿通过父亲遗留的日记,发现父亲与小白兔的婚外恋是人间可贵的真爱。母亲的冷硬、自身婚恋的空洞使女儿对父亲为爱逃离的行为充满了同情和向往。《墙上的父亲》讲述纠缠于婚外恋的父亲,在去影院幽会情人的路上遭遇车祸,肉体和精神一起彻底逃离了人世。女儿通过怀想父亲的背叛,情感上反而成为父亲的同路人。在家庭与逃离者的天平上,叙事者将同情的砝码肯定地置于家庭的对立面——逃离者一端。

鲁敏笔下,逃离者还可能是家庭的每一个成员,他们的"逃"被放大,有时更像是一种无意识:

父亲在图纸里,母亲在面粉里,蓝妮与哥哥在信件里——这样的夜

---

① 鲁敏:《墙上的父亲》,载《伴宴》,江苏文艺出版社 2011 年版,第 142 页。
② 鲁敏:《我只负责把暗疾撕开——与何平的对话》,载《路人甲或小说家》,译林出版社 2019 年版,第 174 页。

晚，人人获得逃逸之道。这可能是他们家最为幸福的一小段时光了。①

温馨的居家场景却给予"家庭"无情的反讽，小小的空间里，相聚的幸福原是假象，彼此逃离反为真实。

"逃"还被罩上了神秘的色彩，如同血脉里的基因，在时间之流里荒诞地传承。有着家族"逃跑基因"的小六轻易摆脱了婚姻，像她的父辈一样逃得十分彻底——从自己的生活环境里彻底消失。这个貌似平凡的女青年骨子里充满叛逆，她利用一次偶然的车祸扮起了失踪，遁入陌生小城体验人生的别样可能。长篇小说《奔月》构思奇特，以洋洋洒洒的篇幅淋漓酣畅地虚构了一场关于"逃离"的白日梦。在笔者看来，《奔月》创作的意义正如小说之标题，是作者本人一次由实及虚、由地面向虚空飞升的尝试，这部小说集中表达了鲁敏的形上之思。

小六逃离原有生活轨道，隐姓埋名，妄想进入一种无名之境。她的打工方式——戴着卡通头套在火锅店门口发广告——颇具象征意味，这使小六成了一个与世界没有任何瓜葛，不需要身份甚至"连脸都不要"的无名存在，她感到自己"只管以'二熊'的面目徜徉在中心广场，随意走走停停，像哲人在思考，像流浪汉在乞讨，像王后在巡视……简直自由得都有些狂喜起来"。丈夫和情人合力寻找小六，随着电脑里的秘密被破解，小六对于他们变得模糊、陌生起来。丈夫清空小六在家中的用品后，仿佛这个人就不曾存在——原来身份不过是依赖一堆物质的标识，标识一旦消失，身份竟变得毫无意义，可个体却由此获得了空前的

---

① 鲁敏：《月下逃逸》，载《镜中姐妹》，太白文艺出版社2017年版，第280页。

自由。不但他人眼里小六成谜，小六对自己也无从索解：我是谁？——
这个永恒的形而上的问题在逃离之路上变得显豁。

> 姓甚名谁，祖宗籍贯，家庭职业，血型指纹，社交性交，梦境幻
> 觉，痴心妄想，卑鄙下流……她并不能保证，这一套要素所框定出
> 的"小六"是否就指向真正的她。[①]

　　框框和要素、各种标签如果被剥离掉，个体还剩下什么？剩下的是
否就是一个本质的"我"？本质的我能否摆脱及物的存在？小六自然找
不到答案，她的迷惘反而加深了——在新的环境里她再度陷溺红尘：工
作、恋爱、新的交际圈子、争名逐利的欲望重新浮现。小六苦恼地发现
"她不仅没把自己给弄'没'了，似乎还弄得更'在'了"。鲁敏为主人公
的逃离织入了荒诞元素与非日常逻辑，正如她曾在创作谈里强调小六的
苦苦追寻不是女性觉醒的娜拉出走[②]，似乎都是在提示读者勿以现实思
维遮蔽掉寻找"自我"的玄思冥想。
　　鲁敏小说中，"逃离"既类似行为意象，又兼具结构叙事的功能。在
文本深层，这一结构有效地将"个体"与"世界"这对哲理范畴连缀起
来，从"我是谁"的追索延伸至世界本相的观照。《奔月》描述的蝼蚁超
市体现了关于后者的思辨。作为一个逃离大城市者，小六对偶然落脚的
弹丸之地自然拥有俯视心态。县城超市喧嚣的人事纷争，在打工的小

---

① 鲁敏：《奔月》，人民文学出版社 2017 年版，第 185 页。
② 鲁敏：《野马也，尘埃也——关于〈奔月〉》，载《时间望着我》，译林出版社 2019 年版，
　第 151、152 页。

六看来不过杯中风波，显得无稽、可笑，遂生"蝼蚁"之嘲。但不久，小六发现自己已无法超然世外，反而身不由己地陷溺于蛮触之争中。小说里有一笔特别值得注意：主人公在烦乱时偶然想起曾看过半本《南柯梦》——这一情节看似随意实则颇具深意，"蝼蚁超市"与《南柯记》里的槐安国发生互文关系而具有了深层文化寓意。淳于棼①梦中置身蚁国建功立业，醒来方知一番功业全系蚁穴乾坤。《南柯记》的奇思可溯源至庄子寓言②，以及佛教"芥子纳须弥"③的思想，由此升华出丰富的哲理感悟：虚空比实有、相对比绝对或更接近世界之本相，现实名利多为虚妄，而人们认知世界的能力有着无法超越的终极局限。

《奔月》显然受到了《南柯记》的启发，同时又融入了现代人的存在之惑。小六在随意停留的小城相遇了林子、聚香、舒姨等原本毫无瓜葛的陌生人，他们纷纷进入小六的人生，碰撞出大大小小的火花，产生了或深或浅的关联，但是这一切都肇始于偶然相遇，并且随着小六的离开终归虚无。这样的情境与存在主义思想多么契合，正如萨特所指出的："客观存在的事实并无任何必然性的机制，一切都是偶然的，人和社会都处于一种偶然的关联中；人在这种惶惑的偶然性中产生孤独的生存感。"④

小说临近结尾还有一节意味深长的描写，也颇值得仔细玩味：

---

① 淳于棼为《南柯记》的主人公，出自明代剧作家汤显祖笔下。
② 鲁敏将《奔月》的"创作谈"题为《野马也，尘埃也》，语出庄子《逍遥游》，可视为《奔月》与庄子思想关联的一个佐证。
③ 《注维摩诘所说经》，上海古籍出版社1990年版，第118—119页。
④ [法]让-保罗·萨特：《萨特自由选择论集》，关群德译，天津人民出版社2007年版，第36页。

不知怎么的，小六突然感到后背上一阵灼热，好像有来自上方的、深邃而了然的凝视，那目光早已看惯这徒劳的人间小景。她举头四顾，除了零星移动的小城之光，四周黑黝黝一片。①

这里，叙事陡然间被从主人公的角度拉升起来，形成超越人间、俯瞰世界的视角，其所见之下，一切皆为徒劳的人间小景！然而，一瞬间视角又回落到主人公身上，恍然意识到自己亦是人间小景的一分子，"四周黑黝黝"暗示着无法摆脱的终极局限。此番情境正是王国维诗句"偶开天眼觑红尘，可怜身是眼中人"的现代演绎。对此，我们如果参看鲁敏的一段自述，会有更有趣的发现：

我第一个工作单位在南京偏北方向的某一个三十层的写字楼里，从办公室向外俯看，可以看见东北方向的小半个南京城，看到正下方各种各样的人，看到他们的头顶：小贩、警察、公务员、失恋者、送水工、餐馆侍者、经济学教授等，无一例外，他们全都方向坚定，匆匆忙忙，像奔流不息的水一样冲洗、腐蚀着整个城市。那是个黄昏，光线半明半暗，天空中垂挂着造型古怪的云，把视线从天空往下移动，我看着他们，看着那些跟我一样的人群，看着他们的头顶，像在大海中那样起起伏伏，强烈的焦灼突袭心头，如惊涛拍岸。②

① 鲁敏：《奔月》，人民文学出版社 2017 年版，第 328 页。
② 鲁敏：《青春期：闪电前的闷热时光》，载《时间望着我》，译林出版社 2019 年版，第 5、6 页。

鲁敏后面特意指出这一情境正是驱动自己提笔的最初动因，"一下子击中了我……我迫切地想要贴近他们的心肠，感知他们的哀戚与慈悲"①，她强调唯有小说才能助自己实现此愿：

> 它在那儿！正是它：小说！它就是一台高倍的、夸张的乃至有些变形和癫狂的望远镜与取景器，将会给我已无限刺探的自由、疯狂冒险的权利。②

鲁敏选取的意象，所谓望远镜、取景器，不正是视野延伸、视线拉长的"眼睛"吗？它们与静安诗中要觑红尘的"天眼"可谓不谋而合、异曲同工。循此线索，我们或可更分明地省察文本内外，感知存在之思如何植根于鲁敏观照世界、探索个体的眼光与思维中。

结　语

纵观家庭伦理相关的叙事历史，相当一部分书写都带有"反家庭"色彩，或是从打破"牢笼"、获取自由的角度，或是针对伦理压抑、扭曲人性的控诉。比较而言，鲁敏小说中的"反家庭"也包蕴上述元素，但是深层则隐含了一种更根本的对"家庭"的消解式的立场，它其实与现代

---

① 鲁敏：《青春期：闪电前的闷热时光》，载《时间望着我》，译林出版社2019年版，第5、6页。
② 同上。

性思想的个体原则一体两面，正如近代哲学家霍布斯就是在"个体本位"的前提下解说家庭，通过解构"家"来巩固"个体本位"①。鲁敏小说里的形上之思其实正源于带有存在色彩的个体现代性思想，因此它与消解式的家庭描写本就存在着深刻的内在关联。明乎此，所谓"大虚妄正在烟火中"便于我们有了更多的启示。

（原载《南开学报》（哲学社会科学版）2020年第6期）

---

① 孙向晨：《论家：个体与亲亲》，华东师范大学出版社2019年版，第121页。

"民族史诗—元小说"织体形态

——一种对徐则臣《北上》的社会史读法

陈　思（中国社会科学院）

一、《北上》的四重雄心

徐则臣的长篇小说《北上》是一部充满雄心的作品。

《北上》以京杭大运河为主要空间，聚焦中国的百年历史（1900—2014）。一条线为 1900—1934 年的意大利人小波罗（保罗·迪马克）和弟弟马福德（费德尔·迪马克）。小波罗（保罗·迪马克）在翻译谢平遥、邵常来、周义彦和孙过程等人陪伴下，沿着运河北上寻访，最终意外殒命（1901）；弟弟马福德（费德尔·迪马克）跟随八国联军进军京津，与中国姑娘结合（1900—1934）。另一条线索为 2012—2014 年的谢、邵、周、孙、马等家族后人。他们重聚大运河，畅想古今，重燃激情。两条线索彼此穿插错综，如中国传统榫卯结构般，在一个章节中往往留下榫头，由其他章节提供卯眼，最终拼成一个缜密的故事。

首先，这是一次百科全书式的写作。小说沿着京杭大运河一路北上，大运河成为人物活动的空间舞台，是人物念兹在兹的情感寄托。京杭大运河全长 1782 公里，是世界上开凿最早、流程最长的人工运河，始于春秋吴王夫差开凿的从江都（扬州）到末口（淮安）的邗沟，距今已2400年历史，此后历代不断修筑，到公元1293年终于完成一条由杭州到北京纵贯南北的大运河。小说以大运河为背景，沿线城市、乡镇、集市、百工、民俗全景式地展开，成为京杭大运河的"清明上河图"。

其次，这是对从古到今一以贯之的中国人主体性的形塑。"北上"的主体是人。茅盾文学奖的授奖词说："中国人的传统品质和与时俱进的现代意识围绕大运河这一民族生活的重要象征，在21世纪新的世界视野中被重新勘探和展现。"为何是"北上"而不是"南下"？越是艰难，越突出主体的巨大力量。翻译谢平遥陪伴小波罗，从南到北，从富庶的杭州、扬州经过淮安、徐州、济宁再到"义和拳乱"的京津地区，从空间上是渐行渐难。从时间看，这也是一次伟大而悲壮的逆行。大运河从明代开始衰败，又在太平天国运动中遭受重创。宣统年间，津浦铁路通车后，大运河的运输作用为铁路所代替。这是河运被铁路取代、是水被钢铁、煤炭、电力所取代的时代，也是传统生产方式被西方现代性全面超越的时代。19世纪中叶大运河的衰落，恰巧同步于古中国遭遇西方列强入侵的过程——自第二次鸦片战争开始，中国传统的"华夷／天下"观被迫让位于"世界"观，并与一系列不平等条约绑定。小说一路逆行北上追怀大运河，并非为封建王朝唱挽歌，而是重新发掘中国历史中传承下来的主体性。这是在中国近代下行历史周期中，在厄运风浪中所体现出来的逆流而上、逆势而行的韧性、魄力与决断。这一主体性，出现在翻译谢平遥、保镖孙过程身上，在运河的纤夫、疏浚河道的河工身上，出现在小说中并未正面出现的康梁维新派知识分子身上，同样出现在2012—2014年的后辈们谢望和、孙宴临、邵秉义、邵星池、周海阔、马思意、胡念之身上。

作者第三层雄心在于书写东西方文明的交融场景。"北上"是沿着运河纵向上溯。假如我们把横向的河流,视为固定单一、有自身脉络的文明。而纵向的运河,则隐喻多种文明的交融与会通。京杭大运河跨越今天北京、天津、河北、山东、江苏、浙江四省二市,沟通钱塘江、长江、淮河、黄河、海河五大水系。小说模拟运河的人工连通功能,将不同脉络、流域的文明连续起来。在沿着运河航行时,翻译谢平遥与意大利人"小波罗"保罗·迪马克朝夕相处,正是文明交融的典型场景。

在国际局势日趋复杂的现在,挖掘文明多元交融的契机与可能,更具有现实意义。由此,我们可以将小说解读为中国现代性的发生学寓言[①]。小说里的核心人物翻译谢平遥出身上海的江南制造总局下属的翻译馆,精通英语,深受维新派思想影响。江南机器制造总局是李鸿章在上海筹办的最大工厂,另附设广方言馆、翻译馆以及工艺学堂,在1868—1907年之间译书达160种,包括军事、地理、经济、政治、历史等方面的书籍,成为中国人接触西方思想的重要渠道。小说人物谢平遥在"洋务派"培养下成长,追随晚清前辈严复、王韬、郑观应、冯桂芬等"条约港知识分子"[②],思想处于从"改良派"(立宪)到"革命派"(共和)的过

---

① 参见王春林:《以运河为中心的历史和现实书写——关于徐则臣长篇小说〈北上〉》,《中国图书评论》2020 年第 8 期。

② 所谓"条约港知识分子"(intellectuals in treatyport cities),是美国学者柯文首创的概念,是指生活在最早开埠的通商口岸、近距离密切接触西方文化且对中外文化关系有所思考的中国士人。"条约港知识分子发现西方'富强'的原因在于西方社会诸制度,尤其是政治制度(特别是议会制)和教育制度(特别是学校教育制度)。……他们断言为了实现与西方同样的'富强',制度改革很有必要,包括议会制的引进。"参见[日]佐藤慎一:《近代中国的知识分子与文明》,刘岳兵译,江苏人民出版社 2011 年版,第 15 页。

渡阶段。谢平遥熟读龚自珍诗文，满腔救亡图存理念，密切关注时局，对西方文明充满好奇，与意大利人小波罗的交往经历一定程度映射中国现代性的发生过程——一个以"翻译"为中介的过程。小波罗保罗·迪马克的遗物，可视为西方现代性在中国落地之后的遗产。意大利语牛皮封面记事本、罗盘、相机象征西方先进文化与科学技术，这些遗产绵延至今；而勃朗宁手枪、毛瑟枪、哥萨克马鞭、墨西哥鹰洋、石楠烟斗等物件，则分别寓意着伴随西方现代性的血腥暴力、强权压迫、殖民统治与物质享乐，这些遗产则在中国形塑自身现代性的历史中失落。① 这样，小说最终指向了一种和平发展、合作共赢的现代化发展新模式。

第三，这部作品仍然是一部"小说"——它勾连北京和花街，具有作家个人写作史的意义。《北上》从某种意义上是《耶路撒冷》和《王城如海》在精神上的续篇，它把写淮安的"花街"系列和写远方的"京漂"系列进行辩证综合，为作家持续书写的"出走"叙事追根溯源。"出走"的个人精神根源可以是孤独、原罪、创伤、理想主义；那么"出走"的集体精神根源又在何处？ 在运河这一绵延向远方的特殊地理空间，以及围绕运河所形成的经济、文化、信息、历史等力量对个人的推动。无论是之前作品中的人物边红旗、易长安、初平阳，或者宝来、行健、米箩，还是现在的谢望和、周海阔、邵星池、孙宴临，徐则臣笔下的人物往往具备这种理想主义、青春躁动、百折不挠、豪侠仗义的精神气质，《北上》为其找到了历史土壤。

由此，作家得以划定属于自己的"文学故乡"。《北上》之后，徐则

---

① 对物品意象背后的文化意义的探讨，还可参见萧映、李冰璇：《突围与担当：论徐则臣〈北上〉的写作策略》，《长江文艺评论》2021 年第 3 期。

臣的故乡将不再是花街坐落的淮安，或假证贩子等边缘人活动的北京，而是"大运河"。作者深耕一块独特的地理空间，将这一地理空间的历史属性、人文属性、精神属性予以文学赋型，让"徐则臣"和"大运河"形成联想上的直接对应关系，让读者由此得以逆向反推前期作品，重新照亮时过境迁、意义渐趋定型的"花街"和"京漂"系列，提供新的意义生产空间。

二、"民族史诗—元小说"的织体形态

小说雄心的实现，凝聚在一种称为"民族史诗—元小说"织体的文学形式上。这一织体[1]具体描述为两种文学风格的连接和杂糅。

其一为民族史诗式的风格。卢卡奇《小说理论》描述道："小说是这样一个时代的史诗，对这个时代而言，生活的外延整体不再是显而易见的了，感性的生活内在性已经变成了难题，但这个时代仍有对总体的信念。"[2]生活的总体性消失，"史诗可从自身出发去塑造完整生活总体的形态，小说则试图以塑造的方式揭示并构建隐蔽的生活总体"。[3]为了表现

---

[1] 织体（texture）一词原本是音乐术语，指的是曲子的空间结构。一般说来，音乐在空间上的结构称"织体"，即特定时长内，我们听到的音响的层次，以及这些层次之间的关系。比如，我们可能分辨出一段音乐内单一的旋律线条，还能够同时听出其和声背景；或者分辨出同时几条旋律的交错与重叠。用"织体"来形容文本结构，就相当于将文本比拟为一份交响乐总谱，不同声部、不同乐器的旋律线尽展其上。之所以把 texture 用"织体"（而非文本）加以强调，是想用这一概念凸出徐则臣长篇小说《北上》中始终并存、交叠、配合的两重文本形态。

[2] ［匈］卢卡奇：《小说理论》，燕宏远、李怀涛译，商务印书馆 2012 年版，第 49 页。

[3] 同上书，第 53 页。

这一"总体性","史诗性"的小说还需要"揭示'历史本质'的目标,在结构上的宏阔时空跨度与规模,重大历史事实对艺术虚构的加入,以及英雄形象的创造和英雄主义的基调"。①

《北上》从时间和空间跨度来看,具备民族史诗的要素。

首先,小说从空间上描写京杭大运河沿线重要的城市、乡镇、村落、码头、江河、湖泊与水利设施,为我们展示了漕运系统后期从无锡到通州运河段的衰败状态。

衰退是从南到北逐渐加剧的。在1900—1901年的故事线,起点安排在无锡。小说第一部"1901年,北上(一)",我们看到无锡城的全景图。与孙过程发生摩擦后,小船赶路,错过镇江,抵达扬州。这一段运河仍旧繁华,有轻便小船沿途兜售丰盛餐点。19世纪中后期西洋教会出版业在通商口岸的进驻、铅活字印刷技术逐渐普及,雕版刻书局的倒闭背后是殖民现代性的入侵。前行抵达邵伯古镇和邵伯闸,重点描写邵伯闸的水利工程。小说逼真摹写了百年前众船排队过闸的喧闹拥挤和闸工推动绞盘提升水位的劳动场景。略过高邮后,抵达淮安界的清江浦(第二部"1901年,北上(二)")。清江浦虽然一直隶属于淮安府城,但明嘉靖后黄淮改道,运河截弯取直,淮安府城远离运口。清江浦一跃与扬州、苏州、杭州并称运河沿线"四大都市""东南四都"。因这里发生孙过程和义和拳余部的劫持,淮安城匆匆略过,仅以丰济仓的空置凸显号称"天下粮仓"的清江浦的衰落。进入邳州后,河道淤积严重,出现打沙船和拉纤。这一地区属现在苏北徐州,地处淮河流域,明清至今生态恶

---

① 洪子诚:《中国当代文学史》,北京大学出版社1999年版,第108页。

化严重。船只北上进入微山湖区域，抵达济宁地界。气候为之一变，冰雹、暴雨频发，治安堪忧，氛围转为阴霾，为小波罗遇害作了铺垫。从地理环境看，微山湖是北运河重要水源，南阳镇地处交通要道，环境优越，是徐州以北运河最后的繁华。南阳守备八面玲珑，食用奢华，对洋人恭敬逢迎。北上济宁，过去沿河布满粮仓，如今粮仓大都废弃。孙过程在废粮仓前为亡兄烧纸，小波罗受了重伤。此后船行西北，必须赶着雨季水势高涨，快速通过南旺分水口^①，这一河段明代以后航运条件衰败，几乎无法通航。对南旺分水口这一水利工程详细描写后，小波罗一行经过阳谷县到临清直隶州，我们看到了义和团在山东北部造成的破坏，以及慈禧下令剿灭义和团后西方殖民势力的恢复。从临清到天津，小说节奏提速。在沧州、天津寻访西医后，小波罗的生命终止于通州运河，在这些段落，西方殖民现代性在北方辐射延伸，运河景观彻底消失。

小说家具有历史学家的细心。运河衰败的当代命运，也在2012—2014 年的叙事线索中进行补充。在此前叙事中匆匆略过的淮安与济宁两城，成为后辈们重点活动的舞台。第一部的"2012 年，鸬鹚与罗盘"，描述 21 世纪济宁河段河运的衰落。"货运的指标是载重和速度，是效率。跟陆地上的货运比，我们把吃奶的力气都使出来，也只会越来越慢；河床在涨，河面在落，我们的船只能越来越小。"邵常来的后人邵星池力主弃船上岸发展。到"2014 年，大河谭"，小说将笔触落在淮海剧团、清江拖拉机厂、郎静山故居、周信芳故居、花街这些空间——安静的老街巷

---

① 京杭大运河途径鲁西南，汶上县南旺地段是一个制高点，俗称水脊，而汶上县北段的大汶河水资源丰富。为提高水位，明朝初期，工部尚书宋礼和汶上民间水利家白英修筑南旺分水口，引汶济运。

尽显落寞。

小说的"民族史诗"特征还体现在对长时段历史的把握。小说以"两头重、中间轻""两头实、中间虚"的方式，点面结合覆盖一百年来的中国历史。虚写的有民国时期的邵常来发迹史、新中国水上人家的生活变化与困境（邵秉义、邵星池）、50—60 年代乡村青年出路（谢仰止）、70 年代先锋青年的悲剧命运（孙立心）、80 年代初"先富人群"的成功路（周海阔父亲），穿插有运河沿线各地民俗、生活、风情、地景，如茶徽、淮安黄鱼面、无锡人的说话口音、漕船过闸场景、杨柳青年画、"耍中幡"、周信芳戏曲、水上婚俗，等等。小说的重点则放在晚清中国所经历的"千百年未有之大变局"上。在那些实写的地方，小说家展示了还原历史现场的不俗功力。

首先，分寸感体现在对"戊戌变法"余波的书写。谢平遥与小波罗在扬州妓院与"顽固派"嫖客发生争执——对方以龚自珍、康有为雕版看出谢平遥为"康党"。妓院闹剧后，经过邵伯闸，谢平遥的老相识又因包庇"康党"下狱。但"戊戌变法"的影响并未就此消失。甲午战后，维新、革命运动成为时代的主流。梁启超主办的《时务报》《清议报》《新民丛报》《政论》《国风报》，大量介绍民权思想，产生巨大影响。[1] 有鉴于此，作家让谢平遥手捧康有为的《人类公理》（即著名的《大同书》），而赠给小轮子周义彦的《天演论》又是 1897 年天津《国闻汇编》（维新派刊物）的版本。小说以隐曲方式暗示了维新派思想的扩散。

其次是"义和团运动"事件的前后溯源。小说借孙过程的经历映射

---

[1]　参见张玉法：《清季的立宪团体》，北京大学出版社 2011 年版，第 57 页。

了山东地区德国圣言会的极端统治情况，一定程度解释了曹州（巨野）教案中因德国势力导致的民变。这一事件引起后来德国强占胶州湾，掀起了帝国主义列强瓜分中国的狂潮。"此一瓜分局势之形成，实德意志帝国以曹州教案为借口而始作俑者。义和团就是国人对这次国难愚蠢的反应。"①

　　小说的民族史诗特征最终体现为对面对自然、历史的外在巨力时逆势而行的中国主体性。"只有通过冒生命的危险才可以获得自由；只有经过这样的考验才可以证明自我意识的本质不是一般的存在，不是像最初出现那样的直接的形式，不是沉陷在广泛的生命之中，……一个不曾把生命拿去拼了一场的个人，诚然也可以被承认为一个人，但是他没有达到他之所以被承认的真理性作为一个独立的自我意识。"② 我们把主体性视为与对象之间的生死缠斗的产物。这一主体性在小说中多次流露，而其中最高潮的段落是在南阳湖上的蜃景——"他看到了一个火热的劳动场面，无数的中国人正在挖河筑堤。男人一例短打，辫子缠在头上或者脖子上；年轻的裸着上身，裤子卷到膝盖处；有穿草鞋的，更多人打着赤脚；牵绳的，测绘的，挖土的，抬泥的，推车的，拉扯的，下桩的，打夯的，穿梭往来，不亦乐乎。……河道宽阔，堤岸高拔，新鲜的泥土敞开在他们脚下。他听不见河工现场琐碎的嘈嘈切切，却在整个场面之上发现了一曲整饬昂奋的合唱，既欢快，又劳苦，仿佛滚沸的巨型大锅里升腾

---

① 唐德刚：《从晚清到民国：晚清七十年折射中国转型困境》，中国文史出版社 2019 年版，第 219 页。

② ［德］黑格尔：《精神现象学》（上卷），贺麟、王玖兴译，商务印书馆 2011 年版，第 149 页。

起的雄浑蒸汽，但他听不懂"。一百多年后，谢家子孙谢望和孤注一掷拍摄《大河谭》、邵家子孙邵星池重返运河，这些人物身上依然闪烁着这样的主体性。

如果这么写下去，《北上》的面目可能会是另外的样子，然而正是在这一段落，小说文体的另一特征"元小说"浮出水面，而"民族史诗性"因为小说自我意识觉醒而开始解离。这种热火朝天的、对抗巨力的强大主体性，是以运河蜃景的形态出现的。文本将之揭示为一种"幻觉"——看客孙过程付之一笑，"明代以后，大概没有哪段运河疏浚的难度比南旺更大、次数比南旺更多，那么欢天喜地的劳动场面，怕也不是每次都能看到。更多的是成千上万的饥饿劳工，蚂蚁一样穿梭蠕动在宽阔漫长的河道上"。如果把"民族史诗性"作为小说成功的叙述所造成的一场大梦，那么这场梦正在醒来。

"元小说是关于小说的小说：这类小说以及短篇故事关注到自身的虚构本质与创作过程。……元小说作家聪明地承认，与其说小说真实地呈现生活的浮光掠影，毋宁说它是文字建构而成的产物，丝毫不为此烦恼；元小说的写作方式抬举恭维了读者，认为读者与作者在智力上是平等的。"① 元小说会尝试让叙事者与读者进行对话，暴露小说作为"虚构"的事实。在本文中，《北上》的"元小说"特征，在于将虚构的事实以相对含蓄、隐秘的方式提示给读者。

小说开始就在人物语言当中留下了某种戏谑、轻浮、玩世不恭的"踪迹"。

---

① ［英］戴维·洛奇：《小说的艺术》，卢丽安译，上海译文出版社 2010 年版，第 247 页。

谢平遥头几次见，还正义感爆棚，问店家为何不要饭钱。

谢平遥想，这就是他妈的区别，这句话要他说，他一定会说成个比较级："下半身的问题很重要，上半身的问题更重要。"

不仅是人物语言。居于核心位置的小波罗也有轻浮之感。尽管小说开端就有伏笔暗示小波罗此行别有目的，但是其行止未免太过轻松，一路游山玩水、寻花问柳，相比运河盛景与弟弟下落，他仿佛更在意中国美景、美食、美女与名茶。而弟弟马福德来华的动机也让人心生疑惑。"我只想做我一个人的马可波罗，运河上的马可波罗，在水上走，在河边生活；像他那样跟中国人友好相处，如果尚有可能超出他那么一点，就是我想娶一个中国姑娘做老婆。"费德尔来华，与其说因为"热爱中国""热爱运河"更像是因为天性上的"不安分"。

这些地方与其说是"破绽"，不如说是小说家有意留下的"踪迹"。最好的解释是，它们都是一次集体虚构的结果。

小说"第三部，2014年6月：一封信"各家后人聚在济宁，按图索骥将先祖们的故事拼接到了一起。小说人物孙宴临抛出了批评家会问的问题："要从一个预设的结果牵强附会地往回找，上帝就坐在我们身边这件事，也一定能够论证出来。这相当于有罪推定。"考古学家胡念之代替作者回答："'强劲的虚构可以催生出真实，'他说，'这是我考古多年的经验之一。'他还有另一条关于虚构的心得：虚构往往是进入历史最有效的路径；既然我们的历史通常源于虚构，那么只有虚构本身才能解开虚构的密码。"

小说家借考古学家之口，对"虚构"的正当性做出辩护。这明摆着就是虚构，而虚构也是进入历史的唯一方式，小说家拥有任意虚构的特权。一个正当的猜测是，前面所发生的以小波罗和马福德为核心的叙事、祖先谢平遥、邵常来、孙过程、周义彦的言行举止，都是后辈们的想象与虚构。

更直白的地方在于谢望和的心理独白："我要把所有人的故事都串起来。纪实的是这条大河，虚构的也是这条大河；为什么就不能大撒把来干他一场呢？"原来，从1900年到1934年的所有故事，都是谢望和的一次"大撒把"，甚至就是电视节目《大河谭》的主要内容。同样具有暗示意味的是，新世纪故事线的起点，是源于孙宴临的一次"艺术创作"。正是这样的"艺术创作"，将大家聚集到了一起，有了再次"创作"的契机。

至此，小说"民族史诗—元小说"的织体形态宣告完成。小说如同恢弘的交响乐，由两个主要声部彼此配合，先后占据主导地位。在阅读历程中，读者在中国百年历史的重要节点来回跳荡，在诸多历史细节的长河中一路回溯，同时又不断解谜的过程中逐渐意识到叙事虚构的本质。作者漂亮地构造二重"文学"织体，最终实现其写作的雄心。

三、与社会史对读："继续北上"

作家自己曾言，为写这部小说下了大功夫，读了六七十本运河史料，还沿运河走了一遍。同时，他又强调自己创作小说时纯粹的"文学"立场。显然，为了"文学"上的考虑，小说在"历史"方面作了适当的后撤、割舍或牺牲。请允许我们向"历史"深处上溯，打开社会史的视野，继续追问小说未曾探及的历史褶皱。

首先，是晚清士人的精神状态。谢平遥先后经历洋务派、维新派和后来的革命派，其思想是这一时期精神史的重要样本。不过，小说并未过多将重心放在这一关键人物的精神展示上，令人多少有点遗憾。

以康、梁二人的状态看这批士人。一方面，是渴求新知、涉猎甚广①；一方面，是追新逐异、趋向时髦②；还有一方面是主观演绎、泥沙俱下③。谢平遥的思想是否同样芜杂？

随着民族危机加重、清政府暴露其无能，这一时期的知识分子思想逐渐激进化。1895—1911年期间，报刊逐渐由商业和传教目的转向"时务"。随着《万国公报》和《时务报》等维新报刊的创办，知识分子逐渐关注到民族国家的存亡危机。1898年4月12日，维新派康有为等在北京成立保国会，宗旨是"保国、保种、保教"。新式报刊开始鼓动知识分子撼动清王朝的统治秩序，尤其是戊戌变法失败后流亡海外的知识分子所办的《清议报》《新民丛报》等。由此，谢平遥的思想也正在朝向革命派和民族主义悄然转变。

作为晚清传统教育背景下的士人，谢平遥的世界观必须先完成从"天下"到"世界"的转变，克服其华夏中心主义。1852年第二次鸦片战

---

① 参见梁启超：《清代学术概论》，上海古籍出版社2005年版，第75页。
② 参见郭湛波：《近五十年中国思想史》，岳麓书社2013年版，第28页。
③ 参见唐德刚：《从晚清到民国：晚清七十年折射中国转型困境》，中国文史出版社2019年版，第164页。

争后签署《中英天津条约》明确规定了"英国自主之邦与中国平等"，在官方文书中严禁以"夷狄"称呼西方人，新设相当于外交部的"总理各国事务衙门"，这标志着古中国的"华夷"/"天下"的文明观土崩瓦解，中国被迫进入"万国公法"（国际法）的体系。[①]在甲午战败的阵痛中，经由严复翻译引进的赫胥黎《天演论》，以"物竞天择""优胜劣败"的说法风靡一时。小说中谢平遥与小波罗长期相处，势必切身体悟严复译著中的"物竞天择""优胜劣败"。

1901年，谢平遥对漕运系统和清朝衙门失望，辞职南下陪同小波罗。顺着这条逻辑，我们有理由揣测：谢平遥的精神世界应当更加混杂，充满新旧知识体系的激烈冲突；更加激荡，包含从维新改革到反清革命的重大转折；再多一些当时中国人的创痛与屈辱、焦虑与自我辩白，尤其是与意大利人小波罗朝夕相处之时。

其次，东西方文明交融现场的复杂性。或许是出于文学性或技术性的考虑，谢平遥与小波罗的对谈，聚焦在"运河"与衣食住行，两人日常对谈本应事关政治，但这些思想讨论被作者完全抛弃。遮蔽细节的处理，使一个本来充满误会、冲突、困难、矛盾的东西文明交融过程显得顺畅可读，也会损失一些耐人寻味的皱褶。

"西方"并非铁板一块，每个来华"西方人"也并非一张白纸。在近代与中国打交道的西方国家中，意大利处于一个特殊位置。在对晚清中国的蚕食中，意大利由于自身实力不济，大多处于其他强国附庸的地位。在八国联军侵华事件中，意大利攻打北京和天津的军队人数几乎是最少

---

① 参见［日］佐藤慎一：《近代中国的知识分子与文明》，刘岳兵译，江苏人民出版社2011年版，第38—44页。

的。从求租三门湾被拒开始，意大利就与西方强国拉开差距。^① "这个事件好像十分荒唐地把意大利与中国拉近了，在中国知识界看来，与早已工业化并且推行着更加彻底的帝国主义政策的其他欧洲列强相比，意大利更像中国。意大利虽然在政治上弱小，经济上落后，但 19 世纪时却屡次能够从欧洲列强的桎梏下摆脱出来。因此，在那些年月里，意大利深受某些中国人的敬佩，因为他们也正在寻求中国的出路，以摆脱欧洲列强的控制和欺压。"^②一批介绍意大利的论著出版发行，涉及政治、经济、文化、民俗风情等，如梁启超的《意大利建国三杰传》(1903)、康有为的《意大利游记》(1904)、广智书局编译的《意将军加里波的传》(1903)等，此外在《申报》《东方杂志》《国闻周报》《大公报》《京津泰晤士报》等报刊上亦刊登了大量介绍意大利的文章。

这样看来，来自"西方弱小民族国家"意大利人的小波罗，占据了一个既区别于传统西方强国、又区别于传统中国的有利位置：他对中国的观察，很可能提供一种既区别于侵略者的逻辑，也区别于真正献身宗教的西方传教士逻辑的第三种视点。谢平遥对待意大利人小波罗的态度，也会与对待一般西方人有所不同——毕竟他来自中国人有所认同的意大利。谢平遥与他的碰撞，有可能激活一种西方现代性内部的反思力量，一种非殖民化的现代性路径。相信作者设计小波罗的国籍时亦有感觉。我们也期待小波罗的笔记本展现对中国的认识新视野。遗憾的是，无论

① 1899 年 2 月，意大利公使马迪讷奉外交部部长卡内瓦罗（Canevaro）之命，向清政府总理衙门递交照会，正式要求租借三门湾为其海军基地，并要求清政府承认意大利有在浙江筑路、开矿和设厂从事工艺制造等特权。对此要求，清政府予以断然拒绝。

② ［意］白佐良、马西尼：《意大利与中国》，萧晓玲、白玉崑译，商务印书馆 2002 年版，第 285 页。

是小波罗与谢平遥关涉政治的交谈，或者小波罗的笔记本都没有最终展现在读者面前；而小波罗的弟弟马福德由于缺乏谢平遥这样思想交流的对象，其思考则未超出前人窠臼。

最后，是对大运河的整体性认知。小说借小波罗临终之口，对于衰落的大运河唱响了一曲赞歌："我的呼吸跟这条河保持了相同的节奏，我感受到了这条大河的激昂蓬勃的生命。真真正正地感受到了。能跟这条河相守的人，有福了。上帝保佑你们。"我们相信这一抒情来自作者真诚体会。但我们不妨拓展视野，将明清两代维持这一运河所付出的代价纳入考量。

有学者提醒，淮北地区（淮河流域北部江苏省北部、安徽省东北部、山东省南部、河南东南部地区）的衰落与贫困，一定程度上可以看做中央王朝（尤其明清两代）重视运河而作出的"局部牺牲"。

比起海运，明清维持漕运的代价惊人。漕运系统有自己的长官"漕运总督"，衙署设在江苏淮安，下设省级漕官，监管征集漕米的体系，沿河屯田的世袭船户"旗丁"负责运输船队（后大量雇佣"水手"），漕运衙门有自己的护卫民兵、检查站以及雇佣的肩夫。在嘉庆年间，这一庞大的漕米机构人浮于事，变得腐化。雇佣的水手达到四五万人，由于层层盘剥，粮税费用水涨船高，地方承受着沿河摊派的漕粮负担与治河负担、多如牛毛的苛捐杂税和劳役负担。漕运站成为官场庇护制的焦点，漕运系统官员成为庞大的利益集团。海运是绕开内陆重重中间人的唯一方式，但围绕海运的辩论都因触碰这一集团利益而不了了之。①

---

① 参见费正清、刘广京编：《剑桥中国晚清史（1800—1911 年）》（上卷），中国社会科学出版社 2007 年版，第 112—120 页。

为了维持运河畅通，像治理黄河、淮河等大事，在国家战略上退居次要。魏源写道："人知黄河横亘南北，使吴、楚之漕莫能达，而不知运河横亘东西，使山东、河北之水无所归；人知帮费之累，极于本省，而不知运河之累，则及邻封。蓄柜淹田，则病潦；括泉济运，则病旱。"[①] 乾隆在位时，礼部尚书孙嘉淦主张开减河引黄水入大清河入海，这一减免淮北水患的建议由于威胁漕道遭到了乾隆帝拒绝。1826 年夏，洪泽湖水大涨。在这次时间中，高管们关心的是保护运河和洪泽湖大堤，"当事惧堤工不保，遂启五坝过水"。[②] 而道光皇帝关心的则是保证漕粮的运输，对淹没民间田庐并不顾及。

　　对淮北地区而言，运河破坏原有的生态环境、生产环境，极大阻碍地区经济发展。对淮北的商业经济而言，运河影响也是利少弊多。除了运河沿岸的淮安、徐州、济宁这样的城市能得益于商旅往返之外，其他广大腹地实在无法分享其福泽。"归根结蒂，淮北是被传统专制权力牺牲的地区，维持空洞的政治象征与实质性的漕粮供应是国家的最高利益，淮北地区的生态畸变则被视为局部利益。"[③]

　　在运河效应连锁反应之下，当地生态资源进一步恶化，进而形成哑铃形社会结构（多豪强地主和流民贫民）、权力和经济积累的不平等化、尖锐的社会阶级矛盾、落后的生产方式与愚昧的生活观念、妇孺地位的

---

① 魏源：《魏源集》（上册），中华书局 1976 年版，第 406 页。

② 京杭运河江苏省交通厅苏北航务管理处史志编纂委员会编：《京杭运河志（苏北段）》，上海社会科学院出版社 1998 年版，第 645 页。

③ 马俊亚：《被牺牲的"局部"——淮北社会生态变迁研究（1680—1949）》，北京大学出版社 2011 年版，第 118 页。

低下等。淮北地区的人文精神和民风习尚也发生衰变。[①]读书之家减少，难以产生江南式的士绅阶级。尚武之风愈演愈烈，匪患严重。[②]1902 年停止漕运后，漕丁水手大部分沦为黑社会成员和土匪。[③]"华北的土匪活动主要出没于黄河下游：河南东部、山东南部、安徽北部和江苏西北部，特别是在四省交汇之处"——这一区域，恰好就与大运河区域完全重叠。[④]由于贫困，明清之后淮北人向富裕的江南地区迁徙。没有可利用的经济资源、同乡资源或技术资源，只能出卖劳动力。大量淮北地区的苏北人流入上海，从事黄包车夫、澡堂搓澡工、掏粪工等工种，成为近代上海人口中的"江北人"[⑤]。

结合以上视野，我们得以发现淮北地区（包括作者熟悉的苏北地区在内）从明清到当代的衰败与大运河的特殊关系。如果能将历史全景纳入考量，或许可以为小说的文学表达增添一些微妙的层次？至少，百年来运河沿线民众（例如沿线的漕官、兵丁、船民乃至贩夫走卒）的精神状态的摹写，就有了更复杂的面向。

---

① 马俊亚：《被牺牲的"局部"——淮北社会生态变迁研究（1680—1949）》，北京大学出版社 2011 年版，第 362 页。

② 戴厚英对淮北的回忆是："不知道哪里来的那么多的土匪，不是抢劫，就是绑票，差不多天天都有人被绑走"，"晚上常被大人叫起来躲土匪，白天一有空就想睡觉"。参见戴厚英：《流泪的淮河》，安徽文艺出版社 1999 年版，第 24—25 页。

③ 马俊亚：《被牺牲的"局部"——淮北社会生态变迁研究（1680—1949）》，北京大学出版社 2011 年版，第 398 页。

④ ［英］贝思飞：《民国时期的土匪》，徐有威等译，上海人民出版社 2010 年版，第 44、45、45 页。

⑤ 参见［美］韩起澜：《苏北人在上海》，卢明华译，上海古籍出版社 2004 年版。

沿着小说的轨迹，上溯1900—1901年的晚清历史，我们对知识分子精神状态、东西方文明交融场景和大运河整体视野产生新的兴趣。这种小说与社会史的对读实践，也可视为受小说启发而做的"继续北上"。

走笔至此，这些拓展讨论远离了传统"文学"的边界。或许有人担心，倘若将这些思考统统纳入小说文本，那么"文学"与"历史"的区别何在？

然而，"文学"的边界是否应该存在？我们何必固守一种对"文学"的原有理解，将重心放置在所谓"文学""结构"之上？当代作家是否可以重建"文学"与"历史"的关系："文学"是否应在"历史"面前保持足够的自信？"文学"是否可以堂而皇之进入"历史"，并帮助"历史"去抵达时间深处那些无法通过文献感知的人心脉动？

我们将这些诚意的思考，交给《北上》背后这位有诚意的作家。

（原载《中国文学批评》2022年第3期）

谁来为城市署名
——评迟子建的长篇小说《烟火漫卷》

李永东（西南大学）

"谁来署名的早晨""谁来落幕的夜晚"，是迟子建 2020 年出版的长篇小说《烟火漫卷》上部与下部的标题，标题蕴含着神秘的禅机和沉郁的叹息，颇能引发读者探索的兴味。两个标题使用设问的修辞手法，使得小说的人物设置、事件编排、时间标记、空间选择等，皆为设问所牵引，从不同层面进行了回应。由此，整部小说的立意结构可以看作是一个规模庞大的设问句。

"署名"是在特定时间和空间发生的归属、认同事件，指涉具体的主体与对象。"谁来署名的早晨"，"谁来落幕的夜晚"，包含重重疑问。这里的"谁"指向何主体？"署名"涉及的对象是什么？主体以何种方式"落幕"？《烟火漫卷》的上部和下部分别以哈尔滨的早晨、夜晚景象来开启叙事，但小说却是以春夏秋冬四季来安排篇章结构（上部 1—4 章写的是春天的哈尔滨，5—8 章为夏天；下部 1—4 章为秋天，5—8 章为冬天）。以小的时间单位（早晨、夜晚）引导、统摄大的时间结构（春、夏、秋、冬），其意何在？标题中的"早晨"与"夜晚"，显然不仅仅指昼夜循环中的自然时间段落，那么，"早晨"与"夜晚"是指个体命运的时间节点，还是指城市历史和生命代际的接续传递？当我们咬文嚼字地追问这些语词时，也就意味着试图探究作者的创作初衷和小说的深层表意机制。无疑，参透上部和下部标题的内涵，是解读这部小说的关键点。

2020年初迟子建写完《烟火漫卷》后，曾到父亲的坟前诉说："我完成了一部关于哈尔滨的长篇小说。"① 这表明书写哈尔滨是她的一个夙愿。在这之前，迟子建在小说《伪满洲国》《黄鸡白酒》《起舞》《白雪乌鸦》《晚安玫瑰》中，就已把笔触伸向哈尔滨这座城市。不过，这些小说绘制的是哈尔滨城的片段历史和局部地图。直到创作《烟火漫卷》，迟子建才以几代人的际遇呈现哈尔滨城的完整历史，哈尔滨才以"强悍的主题风貌"，在小说中得到了"独立呈现"②，因此有学者认为"哈尔滨是《烟火漫卷》真正的中心"③。《烟火漫卷》把哈尔滨前生今世的沧桑历史作为人与城的身份建构背景，牵连起哈尔滨人的身世之谜和命运变数。小说可以看作是哈尔滨的城市传记，是迟子建对哈尔滨的历史文化、身世之谜和身份体认的一次大规模发问和作答。

一、谁的哈尔滨

近几年，创作界掀起了一股为城市立传的热潮。叶兆言的《南京传》（2019年）、邱华栋的《北京传》（2020年）、叶曙明的《广州传》（2020年），分别以非虚构的方式为南京、北京和广州立传。近十年出版的冯骥

---

① 迟子建：《烟火漫卷》，人民文学出版社2020年版，第308页。
② 同上书，第303页。
③ 王尧、牛煜：《烟火漫卷处的城与人》，《当代作家评论》2021年第1期。

才的《单筒望远镜》、葛亮的《朱雀》、王雨的《开埠》、肖克凡的《天津大码头》、小白的《租界》等长篇小说,亦体现出作家构设城市历史面影的热情。与上述作品书写的城市有所不同,哈尔滨是19世纪末才出现的一座城市,它的建城史只有120余年。而且,"哈尔滨"这一名称本身就疑窦重重。这就决定了为哈尔滨立传需要另辟蹊径。

时间之流中的哈尔滨,是被各个族群和军政势力不断重新定义的一座城市,因而,名分问题是为哈尔滨立传时的本源性命题。"哈尔滨"这个地名,"于汉义绝无讲解"①,其来源和含义众说纷纭、莫衷一是。有说哈尔滨在满语中意为"晒网场"或"打渔泡",这源于中东铁路修筑之前,松花江畔不过少数渔家,萧瑟寒村;有说哈尔滨乃满语"扁状的岛屿"之意,属于因地形而命名;有说哈尔滨是女真语"阿勒锦"之音转,意为"荣誉、名誉、声誉";有说哈尔滨乃蒙语"平地"之意,蒙人以此地"草甸平坦,遥望如哈喇,蒙语因称为哈喇滨";有说哈尔滨是俄语"大坟墓"的音译,暗含"俄国人命名时业已蓄意永占此地,死后亦埋于此地之意味";有说"哈尔滨"一词最早源于东突厥语,意为"天鹅"。②"哈尔滨"的命名,不仅涉及的族群和所赋的意义存在争议,甚至它的名称表述在各种历史文献中也不一致,有哈尔滨、哈尔宾、哈拉宾、哈儿芬、哈勒费延等多种书写方式。"哈尔滨"的命名和赋意,是曾栖居、占领、侨寓、流亡此地的各个族群,对自身历史与土地关系的宣示,也就是各自对"谁的哈尔滨"这一问题的回应,内含文化人类学、民族政治和精神归属等

<hr />

① 辽左散人:《滨江尘嚣录》,中国青年出版社2012年版,第3页。
② 石方:《哈尔滨地名含义新诠——从"模糊史学"的视域看》,《黑龙江社会科学》2014年第1期。

多重意义的语词争夺。为这样一座城市立传,从"署名"切入是富有历史意味的一种叙事选择。

"谁的哈尔滨",即城市的名分和署名问题,具体表现为城与人的归属关系。"城市经常以换喻的方式现身,比如体现为人群。我们通过人群看见城市。"①选择什么样的人群,就会看到什么样的城市。满人、蒙人、俄国人、日本人、犹太人等族群,似乎都有资格讲述自身的哈尔滨故事,可以推测,他们由此"看见"的近代哈尔滨形象肯定有所区别。对之,迟子建显然有所考量,《烟火漫卷》所选择的人群,有着种族混杂、身世神秘的特性。小说重点讲述的人群,或借以看见哈尔滨的那些人物,并不是普遍的、随处可见的都市人,而是帝国扩张、中外杂居、反法西斯战争等历史背景下产生的特殊人群及其后裔。最典型的就是于大卫,"像于大卫这样的混血儿,在哈尔滨并不少见。"②小说所选择的人群,诠释了哈尔滨名称多源、种族混杂的历史,人群的构成状况隐喻了哈尔滨的城市性质与历史变迁。在哈尔滨城的沧桑历史中,各族群忽聚忽散,命运起落无常,不同族群通过经济交往、政治角逐、殖民控制、男女婚恋、遗孤收养等形式,形成了交错混杂的社会关系和家世源流。

《烟火漫卷》主要人物的身份设置,体现出族群的多样性和交混关系。被革命知识分子刘鼎初收养的刘建国,是日本遗孤,其亲生父母为日本开拓团成员和关东军随军护士。于大卫是混血儿,父亲于民生是中国人,母亲谢普莲娜是犹太人。谢普莲娜经历了两次跨国、跨种族的婚

---

① [美]理查德·利罕:《文学中的城市:知识与文化的历史》,吴子枫译,上海人民出版社2009年版,第10页。

② 迟子建:《烟火漫卷》,人民文学出版社2020年版,第38页。

姻，两任丈夫分别为俄裔工程师伊格纳维奇和乐器修理师于民生。谢普莲娜一生牵连的种族、婚姻关系，叠加为她的复杂署名方式。她墓碑上的名字是她自己创造的，为俄文、波兰文、汉语拼音的混合，有她的家族姓氏的波兰文字母，有伊格纳维奇名字的俄文缩写，还有于民生的姓氏拼音。这就是谢普莲娜留给于大卫的家族血脉和精神遗产。于大卫遗传了家族的"洋人"身体特征："肤色白皙，有一张棱角分明的脸，深陷的眼窝，灰蓝的眼珠，高而直的鼻梁"，一头"五线谱似的浪漫卷发"。[①] 他的儿子铜锤（翁子安）部分地遗传了这一种族特征——翁子安"鼻子挺直，发丝波痕似的微卷，面部凹凸有致，轮廓分明，气质不俗"。[②] 混血儿于大卫把自己看作犹太后裔，刘建国疯狂殴打他时，他绝望地喊叫："他妈的今晚犹太后人，让日本后人打了！"[③] 卢木头也是混血儿，他父亲是蒙古人，幼年时就教他骑马射箭，卢木头和黄娥给儿子取名为杂拌儿，或许是对他蒙汉混杂身份的承认吧。黄娥母子、雀鹰以及卢木头的遗物，由河流森林密布的七码头闯入哈尔滨，可以看作蒙人或满人与哈尔滨历史关系的现代镜像，只是哈尔滨已不是蒙人的草甸或满人的"晒网场"，主客位置早已颠倒，雀鹰最终死在了现代城市的塑胶跑道上。

哈尔滨人的族群更替与混杂身份，是近代历史留给哈尔滨的遗产。在 19 世纪末中东铁路修筑之前，哈尔滨乃"一片荒凉野场"，"松花江畔，不过少许渔家，历历可数"。[④]1898 年，沙俄在中国东北开始修筑中东

---

① 迟子建：《烟火漫卷》，人民文学出版社 2020 年版，第 38 页。

② 同上书，第 10 页。

③ 同上书，第 248 页。

④ 辽左散人：《滨江尘嚣录》，中国青年出版社 2012 年版，第 3—4 页。

铁路，哈尔滨这座城市由此诞生。在中东铁路建成后，各国侨民纷纷来到哈尔滨，犹太人也把哈尔滨当作流亡之地。掌控哈尔滨的族群几易其手，城市控制权先后历经中俄共管、日本侵占、苏联红军进驻的过程，直到共产党解放哈尔滨，哈尔滨城才完全置于中国的控制之下。在近代哈尔滨的外侨人口中，占数量优势的为俄罗斯人和日本人，其次就要算犹太人和波兰人了。迟子建对哈尔滨的历史状况有过细致的了解，[①]所以，《烟火漫卷》把刘建国的出身设置为日本遗孤，把于大卫祖辈的身份设置为来自波兰的犹太人，把谢普莲娜第一任丈夫的身份设置为到哈尔滨修筑中东铁路的俄裔工程师，把杂拌儿设置为蒙古族的后裔。由于聚焦于族群身份和个人家世，小说对殖民、抗战、反帝等城市历史重大事件的书写，便从民族国家的宏大书写模式中逃逸出来，转化为家世背景、个人身份、血脉亲情的生活叙事，由此，哈尔滨的历史叙事与"烟火漫卷"的当下日常生活书写，毫无违和感地交融在一起。

在文化底色上，哈尔滨这座城市毫无疑问是充满异国情调的，尤其带有开拓者俄罗斯人的鲜明烙印。哈尔滨在 20 世纪 20 年代就被誉为"东方圣彼得堡"，后又有"东方莫斯科"的称号。以至于流亡诗人阿尔谢尼·涅斯梅洛夫以殖民者的姿态，直截了当地把俄罗斯人看作哈尔滨的建城者和命名者："工程师。大门敞开。/ 军用水壶。卡宾枪。/ '在这里建立俄罗斯的城市，/ 我们称它为——哈尔滨。'"[②]然而，对于哈尔滨的俄罗斯人、日本人或犹太人的后裔来说，祖辈创造的繁华和犯下的罪

---

① 迟子建：《珍珠（后记）》，载《白雪乌鸦》，人民文学出版社 2010 年版，第 258 页。

② ［俄］阿尔谢尼·涅斯梅洛夫：《关于哈尔滨的诗》，载汪剑钊编译：《二十世纪俄罗斯流亡诗选》，河北教育出版社 2004 年版，第 122—123 页。

　　　　　　　　　　当代文学的演进与经验

恶，都留在了历史中，留在了城市无言的老建筑中，以及他们的隐秘家世和艺术趣味中。他们的身份需要借助历史遗留物去体味、寻找。

《烟火漫卷》为主要人物赋予的混杂身份，可以看作哈尔滨这座城市的"署名"方式。正是这种混杂的身份，决定了人群打量哈尔滨的眼光和自我体认的敏感面向，决定了他们与哈尔滨关系维持或修复的方式。

二、人与城：在早晨被重新"署名"

近年的城市传记书写，"多处于一种试图勾连当下与历史的姿态"[①]，以记忆和想象来表明人与城的相互认同和接纳。这种认同和接纳既包括人群对现实之城的归属之感，也衍生出对历史之城的认知接纳，由此形成"我之城"与"城之我"的相互确认，即人与城的相互署名。也就是说，城市署名需要在历史与现实两个时间维度展开。哈尔滨的族群混杂状况，更多指向人与城的历史署名关系；而新时期的乡下人进城风潮，则引发了城里人与城外人的"彼此寻找"，并将带来新一轮的城市署名事件。

《烟火漫卷》上部的标题"谁来署名的早晨"之所以用"署名"来修饰"早晨"，是因为重要的"署名"变更事件，都发生在早晨。在凌晨三四点的哈尔滨火车站，刘建国丢失了于大卫和谢楚薇夫妇的幼子铜锤（翁子安），偷走孩子的是翁子安的舅舅。翁子安每次犯病后，总让刘建国开着"爱心护送"车在凌晨四点接他出院，因为他养母夭折的孩子是

[①] 张滢莹：《城市传记：在来路中，辨识和寻找未来的方向》，《文学报》2020 年 12 月 31 日。

凌晨四点出生，小名"四点"，疯癫养母也一直把翁子安当作"四点"，翁子安自己却毫不知情。四十年后，从刘建国的讲述和舅舅的坦白中，翁子安才知道他就是那个被偷来的铜锤。凌晨四点，成了一个神秘荒诞的时刻，充满了黑色幽默。四十多年前的凌晨，刘建国在哈尔滨丢失了铜锤，铜锤离开了哈尔滨，刘建国也被知青恋人抛弃。四十年后，翁子安多次来到哈尔滨，租刘建国的"爱心护送"车，却是以病人的身份，而执着寻找铜锤的刘建国却不知眼前的翁子安就是铜锤。四十多年前的一个早晨，铜锤的真实身份被隐瞒，他被重新署名为翁子安，接替了"四点"在这个世界上的占位。铜锤被署名为翁子安，给相关的所有人造成了伤害，"他们的青春，哪个不滴着泪呢"。[1] 舅舅偷了铜锤，不得不自己毁容、搬家、辞职，以防事情败露。翁子安自小生活在无父的体验中，面对的是疯癫失忆的养母，并自感遗传了她的病，年纪轻轻就在公安岗位办了病退，不敢恋爱，不敢结婚。刘建国的一生耗在了寻找铜锤上，在寻找中老去。祖母谢普莲娜因铜锤未找到，精神失去寄托，带着遗憾离世。于大卫和谢楚薇夫妇在失子的痛楚中变得心灰意冷，关系冷淡，同时又对不知身在何处的铜锤寄予虚幻的冀望，聊以填充生命的虚空。

在早晨，哈尔滨失去了铜锤，铜锤被外乡人"署名"为翁子安，哈尔滨的生活失去了颜色和活力。在早晨，外乡人杂拌儿的到来，让哈尔滨的生活重新焕发生机，哈尔滨人产生了给杂拌儿"署名"的激情。两个小孩一去一来，相隔四十年，但引发的署名事件，带来了哈尔滨生活的脱序、失衡和重建。

---

[1] 迟子建：《烟火漫卷》，人民文学出版社 2020 年版，第 290—291 页。

因杂拌儿引发的重新署名事件，也发生在早晨。早晨，黄娥在七码头把卢木头的尸体推下了鹰谷，杂拌儿没有了父亲，黄娥决定到哈尔滨替杂拌儿找一个养父。刘建国在凌晨发现受伤的雀鹰，把它送给黄娥养护；早晨，黄娥在江边捡到卢木头的布帽；早晨，黄娥发现粘在未干塑胶跑道上死去的雀鹰。雀鹰、古铜色带帽檐的布帽，是卢木头的身体和精神遗物，不断召唤着黄娥、杂拌儿母子返回七码头。早晨的这些事件，实际上构成了乡村的七码头与城市的哈尔滨对杂拌儿署名权的争夺。黄娥带着杂拌儿来到哈尔滨，让刘建国兄妹、于大卫夫妇产生了"署名"的热望，他们想收养杂拌儿。刘骄华慷慨为黄娥母子提供落脚处，是想二哥刘建国能给黄娥、杂拌儿母子"署名"——让黄娥成为二哥的妻子，杂拌儿成为二哥的养子。哈尔滨人因失去铜锤所造成的生命缺憾，由杂拌儿的到来得到了弥补。杂拌儿来家里住，于大卫、谢楚薇感受到了久违的家的生气，生活突然有了颜色，哈尔滨的早晨也显得多么美好啊，"他们已多年没有一起欣赏哈尔滨的早晨了。在失去铜锤的岁月，似乎所有的早晨都是苍白的"。[1]有着乡野性格的黄娥母子改变了哈尔滨的早晨，但他们最终离开哈尔滨，回到七码头。当哈尔滨人想为杂拌儿署名时，翁子安已认祖归宗，到犹太人公墓祭拜了自己的祖母谢普莲娜，并拜谒了一位犹太建筑师的墓，算是确认了自己的族群身份和血脉署名。"翁子安从犹太公墓出来时，眼睛亮了，气色也好看了。"[2]他从此不会再犯病了，他也因此敢于追求爱情了。正是署名的篡改和身份的恢复，牵动着哈尔滨这座城市的悲喜离合，导致人生的晦暗无常或存在感的复苏。如

---

① 迟子建：《烟火漫卷》，人民文学出版社 2020 年版，第 94 页。
② 同上书，第 121 页。

谁来为城市署名

果说于大卫是活在祖辈署名的哈尔滨历史光影中，失去铜锤的他和谢楚薇在这座城市没有未来，那么，乡下人黄娥母子来到哈尔滨，则给这座暮气之城输入了新鲜的活力，让于大卫、谢楚薇有了兴致欣赏哈尔滨的早晨，重建与哈尔滨的身份认同机制。

《烟火漫卷》在组织哈尔滨人群的个人身世和家庭关系时，主要人物有一个明显的特点，就是拟制血亲多于自然血亲。收养是一种非自然的家庭伦理关系的署名方式，是亲子关系的特殊情形，而在迟子建的哈尔滨书写中却成了一种常态。铜锤被偷走后，被疯癫的养母误认为是亲生儿子，她以自己的姓作为铜锤的姓，给其取名为翁子安；刘鼎初与刘建国为收养关系，他收养这个日本遗孤时，为其所拟的姓名，冠上的是自己的姓——刘，名字则是把孤儿出生的 1949 年转化为新中国的创始含义——建国，由此这位日本开拓团成员和随军护士的儿子，被隐藏了罪恶的出身，融入新中国的哈尔滨城和刘鼎初的革命知识分子家庭。黄娥带着杂拌儿进入哈尔滨，让杂拌儿叫刘建国为爸爸，希望刘建国领养杂拌儿，理由很简单，杂拌儿缺父亲，刘建国缺儿子。不料半路杀出个谢楚薇，她也想收养杂拌儿做儿子。"她已把他当成了私有财产，杂拌儿一回榆樱院，她就格外焦虑，一遍遍打电话催他早回。她还去咨询律师，打算跟黄娥摊牌，把杂拌儿的抚养权，尽早争取过来。"[1] 家庭血脉延续过程中的养子现象，以及婚姻的残缺、家庭的重组状况，正如哈尔滨这座城市的发展历史，它是不稳定的，起源尴尬，血脉不正，身世复杂。

在早晨的署名事件中，被重新署名的铜锤、杂拌儿都是孩童，日本

---

① 迟子建：《烟火漫卷》，人民文学出版社 2020 年版，第 236 页。

遗孤被收养并被取名为刘建国也是在年幼时期。由此，我们对"谁来署名的早晨"中的"早晨"就有了多重理解："早晨"既是指昼夜循环中的自然时间段落，也是指个体生命的年少时光，还隐喻了早期哈尔滨身份更改、种族混杂的历史。三个被重新署名的孩童，刘建国（日本遗孤）、铜锤（中外混血儿）、杂拌儿（蒙汉混血儿）虽然是三代人，却共同诠释了哈尔滨身份的形成历史和混杂状况。这是一份沉重的城市身份遗产，需要一代代的哈尔滨人去承受、转化。

人与城的身份混杂，容易招致对自我和他人身份的怀疑。苏联方面怀疑从哈尔滨回来的伊格纳维奇勾结日本人；于民生对谢普莲娜要去见前夫伊格纳维奇的双胞胎弟弟心生疑虑；于大卫一直怀疑铜锤是否他亲生，怀疑刘建国因铜锤是犹太后裔而故意遗弃他；刘建国、刘骄华怀疑黄娥的真实身份；刘建国得知自己的身世后，突然对镜中的自己感到陌生，因为他活了大半辈子，"竟然连自己是谁都不知道"[1]。身份的混杂、不确定感以及引发的怀疑，除了源于"署名"的更改，还表现为人物的冒名现象。黄娥送杂拌儿进城却打着寻夫的幌子，刘建国冒用朋友的名义向武鸣忏悔，大秦与小米冒充夫妻租住在榆樱院，等等。更改署名、冒名造成了身份标签与真实本体的剥离，自我存在感被撕裂，体验到了人生的荒诞与无常。哈尔滨城与哈尔滨人迷失在身份之中，承受着身份之苦，迫切地需要正本清源，在寻找中归返被无常历史或命运玩笑所掩藏的原初身份。

"谁来署名的早晨"，既是《烟火漫卷》对哈尔滨城市身份的发问，也

---

[1] 迟子建：《烟火漫卷》，人民文学出版社 2020 年版，第 267 页。

是对哈尔滨人的身份发问。可以说，小说中的人事纠葛、身份体认、精神的黑洞、内心世界的滔天巨浪、生活热望的点燃与死灭，几乎都是由署名而引发的。男女恋情需要署名、身世需要署名、亲子关系需要署名、家族的遗物需要署名、犯下的罪恶需要署名。由偶然、家世、原罪、情欲、认同需要等因素造成的署名状况，使得身份成了他们的人生之根、悲喜之源和生命之累。

三、寻找与在夜晚落幕的戴罪之身

更改、冒用的署名，会掩盖哈尔滨城、哈尔滨人的来处，所以需要通过寻找、揭秘来确认。如刘建国的日本遗孤身份，翁子安即丢失的铜锤，卢木头的"失踪"，刘鼎初受迫害的原因，都是为城市或岁月所掩藏的秘密，需要不断探寻，哈尔滨也在寻找与揭秘中拼凑出多重城市人格。"署名"涉及"我是谁""我从哪里来"的本原问题。更改或恢复"署名"，会使既有的家世血脉、身份认同、伦理关系显得虚妄，个人心理的平衡将被打破，面临自我的重新定位和往后余生的重新处置。可以说，"寻找"和"署名"是《烟火漫卷》的哈尔滨城市传记书写的结构性因素，"寻找"是叙事动力、情节主线，"署名"揭示了城市和个人的身份状况，是对寻找的最后交代。

阅读《烟火漫卷》，很容易形成一种初始认知：这是一部关于寻找的小说。寻找什么呢？最显在的情节便是找人。刘建国寻找被他丢失的铜锤（翁子安），黄娥带着儿子杂拌儿到哈尔滨寻找失踪的卢木头。寻子与寻父事件维系着主要人物的关系，"找人，已然成为他们生活的重心，成为连接他们的纽带"①。但是，小说对寻找的书写，并未停留在"寻人"的表层含义，而是获得了更深层的寓意。偶然犯下的罪孽和血脉遗传的生命标记，让哈尔滨的卑微人生陷入了漫长的身份寻找之旅，在寻找中，发现个人历史与发现城市历史交融在一起。

寻找家族和城市的历史，构成了小说的另一种寻找。谢普莲娜在古玩市场找到了遗失的金笺扇面山水画，"谢普莲娜高价买回这幅父亲珍爱的扇面画，如今它传到于大卫手中，挂在他松花江畔房子的墙上，正对着窗外的松花江"。②于大卫寻找、拍摄哈尔滨的老建筑，在历史遗留中追溯、怀念外侨祖辈的时光和趣味。刘建国在旧货市场找到父亲刘鼎初生前最后的一部译著《二十世纪俄苏短篇小说选》，他好像见到了久别的亲人，激动万分，赶紧买下。这部译著家里仅存一本，母亲去世后，它被大哥拿去做纪念，大哥病重时，又传给了妹妹刘骄华。于今刘建国也有了一部父亲的译著，他如同获得了传家的信物。晚年的刘光复耗尽自己的积蓄，到处查阅资料，想要拍摄了一部东北工业发展历史的纪录片，他其实也在寻找属于自己的哈尔滨历史。这些旧物，是记录他们个人、家族和城市历史的"文件"，寻找、观看"文件"的过程，也是不断确认文化身份和温习自我与城市的历史关系的过程。刘建国在得知自己的日本遗孤身份后，曾去图书馆查找文献资料，"想知道父母是谁，来自哪儿，他们叫什么？"③但这注定是徒劳的，想要厘清千头万绪的开拓团中每个成员的下落，比找铜锤还难。翁子安跟踪过于大卫夫妇，"想知道自己这

① 迟子建：《烟火漫卷》，人民文学出版社 2020 年版，第 33 页。
② 同上书，第 46 页。
③ 同上书，第 267 页。

道泉，是从怎样的山岭间流淌出来的"。① 所有这些寻找，都指向生命的来处和自我的确证，是对人与城的身份追问。寻找，一方面表明了哈尔滨历史身份的疑窦重重、模棱两可，身份需要通过寻找来确认；另一方面表达了城与人既无来处亦无传承的惶恐，惶恐需要通过署名来消除。这座在文化上、认同上既缺乏明确父亲又缺乏可信子嗣的城市，正挣扎在寻父与寻子的旅途中，这是中华巴洛克风格城市的宿命。

寻找的结果，构成了不同的人生落幕。而"落幕"是在"夜晚"。在小说中，夜晚是一个充满罪恶、痛楚的时刻，或是疗伤、修复的时刻。将近夜晚时分，刘建国在湖边猥亵了小男孩武鸣，这一罪孽多年以来像一块石头压在他心头；在夜晚，于大卫在哭喊声中，道出了刘建国的日本遗孤身份，进一步把刘建国推向了罪感和绝望的深渊；在黑夜，舅舅偷走铜锤的真相，被一点点揭示出来；在黑夜，于大卫赶到兴凯湖边的小镇，用手机给刘建国播放充满人生苦难意味的《伏尔加船夫曲》；黄娥与刘文生的一次见面，半夜把丈夫卢木头气死了，黄娥自此以戴罪之身离开七码头来到哈尔滨。小说的下部之所以取名为"谁来落幕的夜晚"，一是因为罪恶发生在夜晚，二是因为人物的戴罪之身或身份重负在夜晚有了交代。翁子安、刘建国的身世之谜揭开了，翁子安从遗传病的心理阴影下解脱了，刘建国则选择赎罪终老；黄娥回到了七码头卢木头小馆，这里才是她和杂拌儿的精神原乡；于大卫在得知铜锤找到的消息后，萌生出新的人生遗憾。寻找的故事尘埃落定，但回首已是百年身。小说为哈尔滨人在偏远的矿区、湖边、码头安排了落幕的场景，在灿烂的烟花

---

① 迟子建：《烟火漫卷》，人民文学出版社 2020 年版，第 291—292 页。

中，在劈柴燃烧的声音中，在袅袅炊烟中，刘建国、翁子安、于大卫、黄娥母子的故事在黑夜落幕了。

结　　语

谁来为城市署名，这是迟子建的哈尔滨传记的运思方式。哈尔滨城的起源、身份、历史和文化，决定了《烟火漫卷》立足于"署名"来构思哈尔滨的城市传记。

谁来为哈尔滨署名，这里的"谁"包括混杂族群（人）、城市历史（时间）、建筑景观（空间）。他们（它们）都拥有为哈尔滨署名的权力，因而，哈尔滨的城市形象是三者关系叠加的产物。迟子建的哈尔滨书写，就是从对这三者的"署名"进行发问开始的。小说以迟暮老人为叙事中心，采取代际传递的史述策略，串联起哈尔滨的百年历史和署名状况。哈尔滨的城市历史打上了多个族群和内外势力的烙印，其身份署名多次更改。人物身份的隐秘、混杂和冒用，给人物带来了"署名"的困扰和创伤。人与城的署名状况相互印证，构成了互文关系，人与城都陷入了身份寻找的宿命。寻找与署名构成了哈尔滨叙事的动力和主线，呈现了哈尔滨人的生命样态。他们背负着族群、家世的历史重负，无处可逃，生命耗在了寻找来处和归宿的旅途中，直到人生在夜晚落幕。人与城的关系投影到建筑景观上，则是榆樱院的中华巴洛克风格，它构成了老哈尔滨的文化隐喻——中外冲突融合。而进入哈尔滨的外乡人，则开启了城市与乡村"彼此寻找"的文化碰撞和生命交流。外乡人（黄娥）绘制的哈尔滨地图，已没有了老哈尔滨人／城市怀旧者的历史重负，在空间趣味、关注焦点上明显不同，更加具有日常、生活、实用、本土的特性。外乡人的到来，在空间占有、文化传承、男女婚恋等方面，与老哈尔滨人构成了角逐的关系，开启了哈尔滨的新一轮署名——城乡冲突融合。

（节选，原载《文学评论》2021 年第 5 期）

"浑沌"之德

——《秦岭记》的世界、观念和笔法

杨　辉（陕西师范大学）

中国多山，昆仑为山祖，寄居着天上之神。玉皇，王母，太上，祝融，风姨雷伯，以及百兽精怪，万花仙子，诸神充满了，每到春夏秋冬的初日，都要到海里去沐浴。时海动七天。经过的路为大地之脊，那就是秦岭。

——《秦岭记·一》

待到也能"仰观象于玄表，俯察式于群形"，他越来越强烈地感觉到他头顶上时不时嗖嗖有凉气如同烟囱冒烟，又如同门缝里钻风。他似乎理解了这个世界永远在变化着，人与万物沉浮于生长之门。似乎理解了流动中必有定的东西，大河流过，逝者如斯，而孔子在岸。……似乎理解了与神的沟通联系方式就是自己的风格。……似乎理解了秦岭的庞大，雍容，过去是秦岭，现在是秦岭，将来还是秦岭……

——《秦岭记·五十五》

《秦岭记》(主体内容)先述秦岭的神话源起,次以老僧进入秦岭腹地,动念修建庙宇起笔,最后以仓颉造字旧地后生立水之奇思异想结尾,或非随便,乃有大义存焉。未有神话传说之前,秦岭自在,却浑沌着,如大雾弥漫,可称"封山",远近没了差别,万物似乎瞬间遁去,茫然不可得见。此或为"浑沌"未凿前"世界"之基本面目,一如尚在源初状态的人之精神接纳天地消息所开之天地人神鬼畜物象杂然并陈的浑然之境①。"文字"的创制,便如凿云破雾,谓之"开山"。一切形体轮廓渐次清晰,也便有了天地上下古今的分野。首篇老僧与黑顺入山,即开深入秦岭故事路径之一种:佛与道与人事与天地与自然与鸟兽与山石与树木,等等,皆浑沌和神秘着,似乎触手可及,进入其中了,却仍觉瞻之在前,忽焉在后,其义理章法全无规矩,教自家所习之观念悉皆失效,浑不知如何读解如何言说。神矣怪矣,恍兮惚兮,阴阳交替自然运化天地规矩周行万物无处不在,要去理解了,却如捕风,如捉影,如抽刀断水,用力甚勤却一无所获,遂生类乎不知伊于胡底之叹。此或为贾平凹用心之一,为意趣、笔法之紧要处:"《山本》是长篇小说,《秦岭记》篇幅短,十多万字,不可说成小说,散文还觉不宜。写时浑然不觉,只意识到这如水一样,水分离不了,水终究是水,把水写出来,别人用斗去盛可以是方的,用盆去盛也可以是圆的。"② 而在另一处,贾平凹以"识"作为所见文本"方""圆"分际的根源。"小说写什么都是自传,评论何尝不也这样吗?自己有多大的容器就盛多大的水,自己的容器是方是圆,盛的水

---

① 对此境及其意义之详细描述,可参见陈少明:《梦觉之间:〈庄子〉思辨录》,生活·读书·新知三联书店 2021 年版,第 119 页。

② 贾平凹:《秦岭记》,人民文学出版社 2022 年版,第 265 页。

也就是方是圆。容器可不可以就是识呢?"① 此处所谓之作为"容器"之"识",约略近乎西哲所论之"前理解"或"先验认知图式"。认知图式既已确定,则所见自然为其可见与能见,自然,其间还包含着"盲见"与"不见"②。个人格局、气象、境界之提升,就此即可解作"识见"之扩展和自我调适。文化观念之返本开新,文本境界的独特开显,要义皆与此同。自我开拓之路径无他,乃需在观念和表达方式上多做工夫。

工夫如何去做?且看最后一个故事中立水的经验。"立水的脑子里像煮沸的滚水,咕咕嘟嘟,那些时宜的或不时宜的全都冒泡和蒸发热气,有了各种色彩,各种声音,无数的翅膀。一切都在似乎着似乎着。"而他后来写起了文章,遂"自信而又刻苦地要在仓颉创造的文字中写出最好的句子,但一次又一次的于大钟响过的寂静里,他似乎理解了自己的理解只是似乎。他于是坐在秦岭的启山上,望着远远近近如海涛一样的秦岭,成了一棵若木,一块石头,直到大钟再来一次轰鸣"。③ 将这个立水解作贾平凹关于自家写作者形象的自我刻画,应不属过度阐释。立水所在之山名曰"启山",如《古炉》中"中山"一般,定然也有些来历。启者,启蒙也,开启也。如《淮南子·本经训》所载:"昔者仓颉作书,而

---

① 贾平凹:《说杨辉》,《南方文坛》2022 年第 2 期。对贾平凹所论之"识"的意义的进一步说明,可参见季进:《刹那的众生相——贾平凹〈暂坐〉读札》,《中国当代文学研究》2021 年第 4 期。

② 破除先验认知图式以开启新的理解路径,例证几乎随处可见。当然,以"彼"破"此",极易坠入二元对立之思维窠臼,故构建更具包容性和概括力的多元融通的视野,分外紧要。如可参见李军:《沈从文四张画的阐释问题——兼论王德威的"见"与"不见"》,《文艺研究》2013 年第 1 期。此文刊出后未见王德威有回应文章,但对此文细加辨析,可知"见"可以是"不见","不见"亦可能是"见"。

③ 贾平凹:《秦岭记》,人民文学出版社 2022 年版,第 203 页。

天雨粟，鬼夜哭。"可不就有开启精神和世界之可能的寓意。① 而立水为现代人，所读哲学、文学、艺术文本皆承载现代观念，思想意识自然不难为其所化（拘）。然而他终究有些慧根，不曾教"意识"全然压抑和遮蔽"无意识"所见之象。他的精神向横无际涯之外部世界敞开，能见天地、人神、鬼畜，知晓与"神"的交流以及自我"风格"创生之意义。② 此"我"与"物"的感通思维所开之境，类乎诗性的创造性直觉："诗性认识是精神和意向性的"，"它本身并不带有严格意义上的巫术的影响"，"诗性认识指的是这样一种入侵：事物通过情感和情感方面的连接进入靠近灵魂中心的精神前意识之夜；诗性直觉就是借这种入侵产生的"。尤其重要的是，"在诗性认识的最同一、最纯粹和最基本的要求上考虑，它是通过意象——或不是通过朝向理性思想状态的概念，而是通过仍浸泡在意象中的概念——表达自身"。③ 或因译笔的原因，马利坦此说略显繁复，但其所论述之关键词却与前述立水之精神体验足相交通。可拈出巫术、前意识（非理性）、意象三种做进一步阐发。此三者虽有次第与进阶之分，

---

① 对此问题的详细申论，可参见张隆溪：《从中西文学艺术看人与自然之关系》，《文艺研究》2020 年第 8 期。

② 论及陈彦的写作，贾平凹有如下说法，可作参照："发现了别人没有发现的东西，看到了别人没有看到的东西，也就是说找到了'神'。他又是如何与'神'联系、沟通和交流的？这就是他的风格，这就是他的叙述方式。"此处所论或嫌"玄奥"，但是理解贾平凹文学观念的重要进路（《他用别具一格的叙事把生命写得饱满——在"陈彦文学创作全国学术研讨会"高端论坛上的讲话》，《商洛学院学报》2021 年第 5 期）。若再参之以贾平凹对自家观念层级的自我阐释，则其用心约略可见。此观念较为系统地呈现在《关于"山水三层次说"的认识》一文中。对其意义的进一步分析，可参见拙文《文章气类古犹今——当代文学的"古典境界"发微》，《南方文坛》2022 年第 2 期。

③ ［法］雅克·马利坦：《艺术与诗中的创造性直觉》，刘有元、罗选民等译，生活·读书·新知三联书店 1991 年版，第 180 页。

却共同指向民族精神诸象并存、多元共在、圆融无碍之阔大境界。

《秦岭记》分主体故事、外编一、外编二三部分。外编一为贾平凹发表于《浮躁》后，《废都》前的一组类如古人笔记的短篇作品；外编二则收入贾平凹十余年前书写秦岭之若干散文（其中亦不乏小说笔法，将之解作小说也无不可）。三部分间之互文和意义共生，姑且按下不表，单看作为主体内容的五十五个故事。这五十五个故事，仍如《太白山记》，均为短章，却不似前者每一篇皆有个类如一般"故事"的内核，作作品根本的发动。《太白山记》意在以"实"写"虚"——"固执地把意念的心理的东西用很实的情节写出来"。① 故而其中意象纷呈，如天女散花，初读或觉虚然茫然，难觅津逮，细思则其观念其用心约略可见。每一则故事，即便表象荒诞不经，故事离奇古怪，内核或落脚处，几乎全在实在界之物事人事，将之"反解"，读作写实作品，自然也无不可。太白山亦属秦岭，《太白山记》所记，自属秦岭万千面向之一。但此番《秦岭记》中的故事，五十五篇大多互不相涉，几无前后照应或足以简单相互发明处。似乎还如《老生》甚或《山海经》笔法一般，一山一水一人一事从容写去，这山水人事自然汇成秦岭山川地貌风土人情概略图。然而即便依故事所述次第形貌将图形绘出，所见所得也不过书中所开启之世界内容之一二，其间极多内容或如那被称作冥界之花的水晶兰一般，甫一见人，便幽然遁去，不复得见，似有得而实无得，其形其神皆渺然忽然。何以言之？

以首章为例，先看书中"实相"：一曰山势，如昆仑、秦岭、白乌山、

---

① 贾平凹：《秦岭记》，人民文学出版社 2022 年版，第 266 页。

竺岳；二曰流水，如倒流河；三曰人事，如老僧、黑顺去竺岳石窟修行（守护）、圆寂（死亡）；四曰鸟兽虫鱼，如净水雉、花斑豹；五曰物象，如野菜、蘑菇、毛栗子、稻皮子、瓷瓶……如以老僧与黑顺行状为中心，去理解故事义理，似乎可得一二，却不足以统贯全文。其间尚有较多未尽之意，如老僧坐化得以不朽，或因多年修行功德圆满所致。黑顺既有守护和尚之功，亦有悬壶济世之德，缘何肉身不能长久？听和尚说净水雉之德行，黑顺发愿梦中做净水雉。其时和尚去看脚旁藤杖，那藤杖化作蛇形，不是和尚眼花，便是物的变异之"象"，或在隐喻心动之念与现实的错落。还有那山祖昆仑之上所居之玉皇，王母，太上，祝融，风姨雷伯，百兽精怪，万花仙子，则又该当何解？和尚、黑顺是又不是故事的中心，在其下有山石草木虫鱼鸟兽，其上则有风云雷电神祇浩渺无涯之天①。不知天地人神鬼畜等交互参照，互动共生所开之复杂境况，便不能知这一则故事的言外之意韵外之致。人在天地之间，所见所得并不单一。以山形地貌物色论，可知书中第五十二个故事中所述之民国时期县长麻天池所著之《秦岭草木记》，为理解世界（秦岭）层级之一种。以人事为核心，亦可得切近"秦岭"之法门。贾平凹《古炉》《老生》《山本》，甚或其四十余年所作之千余万字的小说，居多可归入此类——此又为一层。如不在现代以降之观念中感应天地消息，不拘泥于实境或实在界，

---

① 人在天地之间及其所见所开之象，可以古典思维说明之。"当人们在认识天地万物、世界宇宙时，总是将人体自身纳入其中，参与践履，正如《易·系辞》所说：'近取诸身'，人体自身在宇宙天地间是'仰以观于天文，俯以察于地理'。这样，'天'即在人体自身的上前方，'地'即在人体自身的下后方；同样，人体自身在天地宇宙自然间生活，习惯面对南面太阳，引申开来：'吾以南面而君天下'。"参见刘康德：《"浑沌"三性——庄子"浑沌"说》，《清华大学学报（哲学社会科学版）》2014年第2期。

则可知梦境繁复多变，内容复杂离奇，且不能一概视为荒谬而轻易放过。第七个故事中的那个乡里干部白又文，于山间村落梦中所见奇矣怪矣，仿佛侵入他人之梦，见常人之所未见，得常人不得之趣，遂知晓了梦境亦属生活之一种，生命因之丰富而充实。姑且不论弗洛伊德将"梦"所呈示之义理与艺术创造精神对照理解所开启之方法论洞见，仅以惯常阅读之实感经验解之，亦不难知晓读他人书，亦是"复返"或"重启"他人之"梦"。《秦岭记》五十五篇，解作贾平凹记"梦"（感通之象）之作，似乎也无不可。

　　然不独梦境呈示之"象"教人惊叹，那些或被认作"痴傻"的神奇人物，亦能洞悉他人未知之象。钟鸣所住之草花山顶虽曰闭塞，但他出过山，见识过人所创制之科技及其在改变生活形态时的伟力，但他仍有若干奇思妙想，比如乘云气上天，比如无需辛苦劳作，便可得享便利。还有经公母山五十里，进二郎峡，再走出青牛湾所见之老城中复姓呼延的孩子。他稍稍读过一些书，却似乎并未习得理解世界的一般法则，而有着太多的奇思异想。"一会儿怀疑天上真有天狗，把月亮吃残了一半，一会见门洞旁的杨树一直在晃着树叶，又担心那树叶会晕？"[①]后来老城中有了前来寻找历史遗存的文化人，他们好奇于傻子的诸多奇思，以为其思颇具"诗性"，乃是可以与"神"沟通的人物。还有那些在"阴""阳"两界自如来去的人物所见所思，更如《聊斋志异》所开之世界一般神奇。这一类意象之创生，还如马利坦所论，乃是与更为久远的思想传统内里相通。"诗人的思想（至少其潜意识思想）多少有点与原始人的思想活动

---

① 贾平凹：《秦岭记》，人民文学出版社 2022 年版，第 95 页。

"浑沌"之德　　　　　　　　　　　　　　　235

相似"，也多少与"广泛意义上的巫术相似"。①秦岭山深如海，万物蕴藏其间，亦有万千消息。有村庄人物皆会巫术，可以治病，可以通神，人在这观念所持存开显之世界中，也活得安稳悠然。他们为天地万物封神，天有天神，雨有雨神，风有风神，雷有雷神，其他如山是神，水是神，树木花草虫鱼亦无不有神。天生万物，物各有主，阴阳易变，四时交替，乾坤定位，上下四方，往古来今。人之所知远逊于未知，人之所能远少于未能。"天布五行，以运万物，阴阳会通，玄冥幽微，自有才高识妙者能探其理致。"②照此目光看去，则秦岭浩瀚，横无际涯，论时间可以古今同一，那些个人物和他们的生活故事，非古非今，亦古亦今，身在现代，精神气象却堪称高古，所思所见所行所想，也远非"现代观念"所可简单涵盖；论空间则渺无端崖，看他于虚拟秦岭的宏阔背景上一山一水从容写去，但此"背景"犹如如来掌心，人物故事无论如何生长如何漫溢，皆不出其所划定之基本范围。或亦可曰此秦岭并非自然地理意义上之"秦岭"，而是充满精神与文化韵致的重要意象，为华夏文明象征之一种。一如秦岭山势形胜可见可绘，然山间清风山顶流云神秘消息却了无规矩。故此亦一是非，彼亦一是非，此亦彼也，彼亦此也。虚则实之，实则虚之，真者假之，假者真之，如是，如是而已。

无那诸般规矩、法则限制，其所敞开之世界，也便"古""今"、"阴""阳"、"理性"与"非理性"、"意识"与"潜意识"、"梦境"与"现实"诸种"彰蔽"悉皆除去，朗现活泼无碍之自然天机。这其中五十五个故

---

① ［法］雅克·马利坦：《艺术与诗中的创造性直觉》，刘有元、罗选民等译，生活·读书·新知三联书店1991年版，第181页。

② 贾平凹：《我们的小说还有多少中国或东方的意韵》，《当代》2020年第5期。

事，皆以秦岭为背景书写人事物事，虽偶然言及秦岭之神话起源，却不是在做秦岭神话记，就中人物故事居多集中于二十世纪初中期迄今，约略也有些"原型"本事可循。如他写康世铭1999年前往高坝乡采风，偶见民国时县长麻天池所作《秦岭草木记》一册。那《秦岭草木记》意趣、笔法颇类晋人嵇含所撰之《南方草木状》，叙述秦岭草木若干，笔法疏淡，颇有韵致，将之单独列出作笔记读，也无不可。麻天池不独记述草木状貌，还用心体会地理风脉，于人情、风土等等，亦别有所见。如他说："山中可以封树封石封泉为××侯，××公，××君，凡封号后，祷无不应。"这是在说秦岭中类乎巫术的神秘。"读懂了树，就理解某个地方的生命气理。"此为对事物与地域风情关系之独特理解。"菟丝子会依附，有人亦是。"这又是以"物"喻人，或以人比"物"，显然别有所指，也未必不是出自现实利害的感慨。麻天池所生活的时段，与康世铭相去未远，但康世铭读完其书，虽感慨系之，也有心凭吊其遗踪，却觉得其所记所感最佳的去处，是县里的档案馆。二者观念之分野，亦可解作《秦岭记》一书所敞开之世界与目下流行之文化观念可能的参差处。还有那个刘广美，生在石门关左近的二马山，人有才干，四十岁便成巨富，也是个孝子，谋划着在老家前马山造一所宅子安顿妻儿老小。那宅子修建时真真是劳心费力，物料、做工皆称精细，也不惜物力人力。修成的宅院雕梁画栋，好不壮观，为了气脉长久，还在地基四角埋上十补药丸。县长为其送匾，上书"积厚流光"，悬于正堂上，一时风光无两。然天意难问，命运不测，刘广美后来死于非命，其妻也未得善终。倒是那宅院至今仍在，说明"谁非过客，花是主人"的意思。数十年时移世易，物非人亦非，如《应物兄》借若干人物古今思虑，遂感慨如今的中国人，不是汉代人，也与唐代、宋元甚至明清人相去甚远，"孔夫子站在你面前，你也不认识"，但由先秦、两汉、唐宋以迄晚清，民族文化经验及其所呈示之"象"却未必全然消隐。它们在亦不在——在，是指其尚存于文化的"集体无意识"中；不在，则是说此种无意识包蕴之象并非人人能知。如柏拉图所论，须得有些"神赐的迷狂"的工夫（机缘），才能得窥"灵魂的马车"上之所见——此为"秘索思"及其所开显之精神可能。在中国古典精神世界中，类乎"神赐的迷狂"之境的，差不多可认作是"巫术"的"天""人"感应。

古典思想史中所论之"巫史传统"及其所敞开之世界，要义即在此处。当是时也，"人与神、人世与神界、人的事功与神的业绩常直接相连、休戚相关和浑然一体"。[1] 此即"事死者如事生"之谓。这一种传统虽在二十世纪初观念之现代性之变中渐次消隐，却并非全然失却现实效力。在秦岭腹地，那些至今仍生活于天地、风云、雷电，万物消长、自然运化中的普通人物，居多仍可体会类乎"巫史传统"时的世界感觉。比如第三十六个故事中阳关洼村人，因不知要为临终之际的老人开"天窗"，老人虽已油尽灯枯，却迟迟不能"咽气"。有此经验，做木工的年佰"知道了大门之上檩条之下的长窗叫天窗，天窗是神鬼通道，更是人的灵魂出口。再为他人盖房，无论是歇山式的、硬山式的，悬山式的，一定一定都要有天窗"。[2] 有了这番了悟，在写 20 世纪二三十年代秦岭历史人事之变的《山本》中，现实龙蛇起陆、天翻地覆，普通人如浪花如树叶，被历史之涛涛洪流挟裹着向一时未知的方向奔涌而去。个人的生死纠葛、爱恨情仇皆不能自主，历史当然有向前的逻辑在，但为历史挟裹

---

① 李泽厚：《说巫史传统》，上海译文出版社 2012 年版，第 8 页。
② 贾平凹：《秦岭记》，人民文学出版社 2022 年版，第 128 页。

的人物于生离死别之际巨大的哀痛却并未消退。因之一部《山本》，写"山之本来"，作者却时刻不忘为笔下世界中的人物打开"天窗"，教灵魂有个安顿处。[①] 他让深具民间智慧的陈先生絮絮叨叨说人之在世需要依从的道理，也是在安妥生逢乱世的人躁动不安的灵魂。死者长已矣，生者且珍惜。如何珍惜眼前所有，明了"向死而生"的道理，或是第三十二个故事的旨趣。那是发生在源于太白湫的亮马河的故事。那亮马河颇有些来历，乃是传说中上古魑魅魍魉魆魈魃曾居之地，他们兴风作浪，弄得天怒人怨。遂有太上老君以七块石头镇压的说法。此七块石头化为七座山：为双耳山，为焦山，为东隆山，为茅山，为凉山，为苦泉山和两塌山。魑魅魍魉则骨骼破碎，血液漫浸，土地为之变色，骨骼化为料浆石。这方圆百十里高寒贫瘠，生存极度困难，但人自有纾解之道。他们差不多"还会巫术"，"巫术驱动着他们对天对地对命运认同和遵循了"，也便"活得安静"。而对生死，他们也有自家的理解，因之也有很多阴歌师，既能抚慰亡魂，亦可安顿生者，不拘三皇五帝，管他夏商春秋，阴歌师皆能信手拈来，且合辙押韵。但他们唱得最多，也流传最广的是如下一段：

> 人活一世有什么好，说一声死了就死了，亲戚朋友都不知道。亲戚朋友知道了，亡人正过奈何桥。奈何桥三尺宽来万丈高，中间有着泡泡钉，两边抹了油椒膏，小风吹来摇摇摆，大风来了摆摆摇。有福的亡人过得去，无福的人儿掉下桥。[②]

---

① 此境可与阿来《云中记》相参看。参见岳雯：《安魂——读阿来长篇小说〈云中记〉》，《中国当代文学研究》2019年第2期。
② 贾平凹：《秦岭记》，人民文学出版社2022年版，第117页。

那唱声凄苦悲凉，教闻者无不动容。其虽借神奇想象从容叙述，却不能被简单视为荒诞，观者如于其中做些参证的工夫，便不难意会其间义理之于俗世人生的启发义。如《红楼梦》写宝玉先天自具的慧根灵性，乃是于尘世醒觉的基本条件。"慧根灵性是人超悟的先天条件，然而人必须有一番意识活动，所谓悟才可以在生命中实践。"因之曹雪芹造设"太虚幻境"，教宝玉借梦境游历其间，有此番识见做根底，方能于"虚""实"照应中醒觉和彻悟。故此，"这一种人类自我嘲弄、自我掊击，便是太虚幻境神话所设定的大义微言"①，也深具自觉觉他的意义。观者身在其外，却同样身在其中，于崖岸之上，看大水走泥，有如发逝者如斯之叹的孔子；在超然的"天眼"中，看秦岭山深如海，云舒云卷，莫有规矩，殊乏章法，义理却自在其中，一如沈从文于"事功"和"有情"的分际之中的自我安顿。②历史固然宏伟，自然也堪称博大，但其间生活着的，居多却是"有情"众生，他们日日劳作，也各有其艰难和不得已处，当然也自具生命自身的尊严和意义，各自领受如沈从文所言之上天派定的"命运"，也分外需要源于生活世界具体性的身心安顿。那些散居在秦岭各处，或耕作，或经商，或凭借一时世事的勃兴而谋得生计，却也因自然或人事的突变而无所适从的普通人触目皆是。真可谓其兴也倏忽，其败也无形。一处煤窑，甚至山中偶见的名医，便可以教一方经济瞬间兴起，但其败落，几乎也是一夜之间。不仅人事不足依凭，连那河流也了无定

---

① 乐蘅军：《从荒谬到超越：论古典小说中神话情节的基本意涵》，载《古典小说散论》，台湾大学出版中心2021年版，第274页。
② 参见张新颖：《沈从文与二十世纪中国》，《当代作家评论》2012年第6期。

规。因河而兴起旅游，上游常有船只下行，带来种种山货，也让沿河上下生活皆有着落，孰料河水突然断流，浪花渴死成沙。那些为河水磋磨的山石皆滚圆呈蛋形。沿河的热闹转瞬不复得见，繁华转成陈迹，徒留一些无心也无力走出的老人，于暖阳中端坐河中圆石上回忆已然逝去的景象。还有那不甘心安于既定的生活状态，要以人力改造环境的特出人物，他们的强力意志广矣大矣，立志要让河流改道，让土地再生，自然似乎在人力的创造中形成新的秩序，但一场突如其来的暴雨山洪，将人事努力的成果全然抹去，一切返归原始，秩序再度还原。日月千年不易，山河百代如常，惟人事代谢，往来古今，逝去的已然逝去，居多仿佛从未存在过，教人如何不感慨系之①。

于此"古"与"今"、"传统"与"现代"交织互动中，普通人的身心安妥似乎分外紧要。因秦岭超迈之气所结，山中也就有了世事洞明的特别人物，人将之呼为神仙。神仙所居之地为戴帽山。戴帽山临近椅子坪，自丹泉寨往东二十里亦可至。那神仙 119 岁，眼光亮堂，满口白牙，更奇的是既智且慧。山上山下人有事没事，爱与神仙说话。神仙所说也并不玄奥，皆是人世应对的智慧。比如有人问如何养生，神仙教他在被给定的环境中摄取物资以养生尽命，不去向外求索。有人抱怨子女不孝，神仙教他明白人皆如此，所谓"眼往高处瞅，爱是向下移"。神仙还教人破"传种接代"的执念，将之解作虚妄。他还教做村长的不要有私心，教有嫉妒心的人心态平和，并为人解说种种欲念缘何而生，又如何发动甚至左右着人的行为，还有怎样窥破世情人情，明白人之本来面目……最后

---

① 面对亘古不易的自然法则，及其与人事的对照，贾平凹曾感慨良多。参见贾平凹：《山本·后记》，人民文学出版社 2018 年版。

他还谈到死亡，死生皆是大事，人皆不能自决，但需学会从容应对。以树为譬喻，"树叶子几时落那是树决定的。叶子正绿着，硬拽扯着下来，叶子痛苦，而叶子不论是夏天或是冬天，它发黄变红，就自然落，也是快乐地落"。①神仙所说，并不迂阔，全是人之在世所需面对的庸常现实种种际遇所开之困厄，明白了世事人情之"常"与"变"，也就知晓了自家应对的法门，心态自然平和。将神仙所说与其前后故事照应着看，或能明了这一部《秦岭记》运思用笔的落脚处——人生于天地间，仰观象于天，俯察法于地，观鸟兽之文与地之宜，向外明了自然规矩、人事运行之道，向内则调适自家应时应世的智慧。天道之运，周环无穷，古有之事，今亦再有；古今人情物理，相通远甚于相异；甚或"阳世"与"阴间""仙境"，义理也极多相通之处。写古事、仙事、阴阳两界、鸟兽虫鱼，奇矣怪矣，用心却全在当下，发人深省也启迪人思。如六朝志怪盛行，不独"使古代以至于当代的许多神话故事得到首次有系统的收集与整理"，亦是人类意识所能呈示之"象"不至于湮没，而借文字得以留存。虽是"张皇鬼神，称道灵异"，却实在展现"人类心灵的运作"，足以"映照出每个时代的心态与精神，甚至人性深处某些原始的意念与欲望"。②何况在具体的历史情境中，神话所述并不虚妄，"传统的知识分子可以安心立命在较高的哲学思考上，但对于更多的社会群众而言，神话是他们存在的支持力量，由孩童的依赖到青年的惊悸，中年的忧患，以至最后的灵床，他们的生命往往是扎根在这种平衡上而得以活续绵延"。③也因此，即便在

---

① 贾平凹：《秦岭记》，人民文学出版社 2022 年版，第 177 页。

② 郭玉雯：《聊斋志异的梦幻世界》，台湾学生书局 1985 年版，第 6 页。

③ 同上书，第 4 页。

"绝地天通"之后，在观念的现代性之变后，如是理解生活世界已被视为鄙陋，然而在广阔的民间世界，总有若干特出人物能感通天地消息，明了真际玄机，由他们讲说的世事，也便自然包含着古今、阴阳、死生等人为疆界悉皆破除的阔大境界。他们或如那个在世的"神仙"，或如奇思妙想不绝的"痴傻"人，或也如《古炉》《山本》中所述的，有"渔樵"意象之喻的善人和陈先生。世事解衣磅礴，他独燕处超然，且以其感通的独异之象，为现实中人开启另一番精神的可能。

如《聊斋志异》四百余个故事可呈示蒲松龄颇为整一之世界观念一般，《秦岭记》中五十五个故事亦能绘出作者精神的星图。其间有总论，有分论；有实写，有虚写；有正言，有反说；有寓言、重言、卮言；有反言若正，正言若反；有声东击西，左右互搏。有故事其义不能自《秦岭记》中见出，须得与《古炉》《老生》《山本》，甚或《秦腔》《浮躁》对照着看。还如再扩而大之，将贾平凹20世纪70年代初迄今四十余年作品不分题材，不论文体，全作一部看，则《秦岭记》与其他作品之意义参照或如"太虚幻境"呈示之象与大观园和大观园之外的世界及观者身在其中的世界之映衬关系。如《浮躁》如《秦腔》如《带灯》中虚言之事，《秦岭记》皆实言之；如《太白山记》较为明确之世道人心，人情人性之观念指涉，《秦岭记》皆作癫头和尚及空空道人貌似漫漶不经之言道之；如外编二所述"我"之实感实见，《秦岭记》皆大实大虚，大无大有，如云如雾如水泻地言之……故而其章法、格局、气象、境界皆与他作不同，若干短制，汇成江河湖海；意象纷呈，遂成万千气象。以其所师法之传统论，或近乎《山海经》《搜神记》《穆天子传》及《南方草木记》所持存开显之路向，就中尤以《聊斋志异》最具参照意义。

　　"披萝带荔，三闾氏感而为骚；牛鬼蛇神，长爪郎吟而成癖。"身世坎坷、命运多舛却负不世之才的蒲松龄以《聊斋志异》的写作，意图既将自家书写归入屈原、韩非、李贺等等历史人物及其所开显之传统中，又以"异史氏曰"认同司马迁"以纂记史事来寄托怀抱"①。一部《聊斋志异》，凡四百九十四篇，遂浑成"历代神话故事"，其间"他界"（冥界、仙界、妖界）传奇，足以使后之来者"掌握到中国神话传统中某些基本精神观念"，并借此深入"中国民族的内心世界，观察其心灵活动"。②"文学作品以文字追随真实，将人类所有的活动转化为某种约定俗成的代码，这种转化也可以说是一种创造，文学作品创造另一象征世界以指陈真实的世界。"而就其表现而言，"既是文字的有意义连接，在字与字、词与词、句与句、段与段之间，就会显出千万种的选择性，包含情感、思想、价值等取向的选择性，千万种的选择性即无意于一种创造力，经过无数的选择后，同样的砖瓦即可堆砌出千万种不同姿态的建筑来"，因为文学作品的"每一姿态即一种创造力的表现，纵使是写实或报道的文字，其结构或修辞也必然得通过某种心灵的运作"。③这一番道理看似简略，欲落实证验于个人具体的写作行为，却可谓难矣哉。须得有些层层破除的工夫，先破"古""今"，"理性"与"非理性"，"仙境""人间世"种种人为造设之区隔，故有多元浑成之境的敞开——此为《秦岭记》读法之一种。仅此仍然不足，还得于语言上做些工夫，破除既定言语及其所持存彰显

---

①　郭玉雯：《聊斋志异的梦幻世界》，台湾学生书局 1985 年版，第 11 页。
②　同上书，第 1 页。
③　同上书，第 173 页。

之观念模式①。其理如汪曾祺所论，"语言不只是一种形式，一种手段，应该提到内容的高度来认识"，"世界上没有没有语言的思想，也没有没有思想的语言"，甚或进而言之，"语言是小说的本体，不是附加的，可有可无的"，"写小说就是写语言"。②贾平凹无疑对此心领神会。尤其富有意味的是，汪曾祺晚年曾动念写一部《聊斋新义》，以当代人之观念和笔法，"重述"蒲松龄的故事。此一部作品虽因各种原因未克完成，但自其写下的数篇作品中，约略可窥其用心所在。③依此，亦可得读解贾平凹《秦岭记》之又一法门。

末篇所述仓颉造字一事，故而十分紧要。无需细论既有之"语言"如何既敞开也限制了世界的面相，观念的古今分野，更属文本世界敞开之前提。如今看来，中国小说古今之变最为鲜明的特征之一，即是作为神秘体验之表征的超验之物的消隐。目下作品虽不乏神奇事件与人物的叙述，然而在惯常的观念中，若不被视为"迷信"而归入另册，便是视而不见。天地宇宙为人所敞开之"象"，"绝地天通"尤其是《周易》创生之后曾有一变；至五四中国文化的"现代转型"后，则又有一变。后者所宗法之西方现代主义文学和文化观念，既非西方文化之全部面貌，亦远不能洞悉中国古典传统思想精深幽微之处。故而现代以降之叙事虚构作品，所开之世界远较《红楼梦》前之世界狭窄。《老生》而后，贾平凹一再

---

① 此间义理，亦可参照海德格尔"追问"语言之诗性的思路。参见［德］海德格尔：《语言》，载《在通向语言的途中》，孙周兴译，商务印书馆2004年版。

② 转引自郜元宝：《汉语的被忽略与汪曾祺的抗议》，载《汉语别史》，复旦大学出版社2018年版，第313页。

③ 可参见翟业军：《孤愤，还是有所思？——论汪曾祺从〈聊斋志异〉中翻出的"新义"》，《文艺研究》2020年第9期。

论及接续《山海经》所呈示的"传统"，用心或在此处。"《山海经》是揭开中华民族集体无意识的一个关键"，"想要知道本真的中国人其实是什么样的，那么就得阅读《山海经》。《山海经》好比一个民族之梦，蕴藏着这个民族的秘密，蕴藏着这个民族的灵魂"。然千载以下，因观念层级之不同，欲明了《山海经》所蕴含之民族精神，还需做些"返本开新"的工夫。

神话所持存开显之世界要义无他，那是天、地、人、神、鬼、畜等等既灵且异之诸象浑然杂处之境①。如前所述，欲开此境，还得在语言文字上做些工夫。"《秦岭记》分五十五章，每一章都没有题目，不是不起，而是不愿起。但所写的秦岭山山水水，人人事事，未敢懈怠、敷衍、轻佻和油滑顺溜，努力写好中国文字的每一个句子。"此为贾平凹《秦岭记》后记所言。"努力写好中国文字的每一个句子"还被作为题记置于卷首。它在昭示和强化一种观念——"返归"精神整全的"浑沌"之象，既需观念的自我突破，亦需话语的自然调适，其间最为紧要者，乃是语言文字的返归。返归至鸿蒙未开之时，返归至绝地天通之前，返归至未有诸般分别心的万象融通之境。此境即如"秦岭"，近看物象事象清晰可见，远观则一切虚然茫然，无不浑沌着，不能知也不可解。大无大有，大实大虚，万物自然运化，万有包罗其间。自更为阔大之视野观之，秦岭作为中华文化之重要"意象"，还蕴含着更为复杂的精神意蕴。它是"一条龙脉，

---

① 如是多元浑成之精神世界，现代人或觉陈旧、迂阔甚至于视其为"迷信"而大加攻伐，殊不知此境之于现代世界之精神意义，亦属西方现代哲人思考并勉力"重构"的世界之一种。海德格尔后期思想中，对此即有深入思考。可参见关子尹：《徘徊于天人之际：海德格尔的哲学思路》，联经出版事业股份有限公司2021年版。杨儒宾在其为此书所作序言中，亦述及海德格尔对"语言、天地人神的四重性"的说法，近乎中国古典思想"三才共构的太初之人的基源存在论的主张"，可一并参看。

横亘在那里，提携了黄河长江，统领着北方南方"。它是"中国最伟大的一座山"。然而《秦岭记》主体内容五十五篇，外编一、二近三十篇，甚至包括贾平凹1970年代初迄今之全部作品所呈之"象"，也不过是茫茫"秦岭"之一种。如一棵树一朵云一缕风而已。未有人事之前，秦岭便自在着。它就在那里，历经千万亿年寒暑，也看惯人事起落成败，但秦岭无言。它是"神的存在？中国的象征？是星位才能分野？是海的另一种形态？""它太顶天立地，势立四方，浑沌，磅礴，伟大丰富了，不可理解，没人能够把握。秦岭最好的形容词就是秦岭。"故而这一部《秦岭记》，作者便任性自在，从容写去，不拘章法，文体的归属也不去管他——"小说"未必适用，"散文"还觉不宜。"写时浑然不觉，只意识到这如水一样，水分离不了，水终究是水，把水写出来，别人用斗去盛可以是方的，用盆去盛可以是圆的。"但其所敞开之境，却是不拘方圆，一片浑沌。其章法亦如泰山出云，莫有规矩，得风行水上，自然成文之趣。也正因不拘格套，随物赋形，《秦岭记》五十五篇，各有其貌，各显其形，浑然茫然，共同呈现着秦岭博大浩渺之境。

为杂乱无章之"事物"赋形，教其秩序井然，为古今中西思想努力之重要方向。"所有幻想与神话，在文学中所触及的，只有人与自然两大主题。人如何在浑沌茫昧中识知到宇宙间秩序的运作，并依此建立起人类的文明，似乎是原始神话所注意的中心。"故而神话之意义，皆可以"浑沌中秩序的建构"[1]说明之。在西方为由"秘索思"到"逻各斯"的观念的结构性转换[2]；在中国思想史中，则以"巫术"的理性化，或曰"绝地天通"

----

[1] 龚鹏程：《中国小说史论》，台湾学生书局2003年版，第117页。

[2] 参见陈中梅：《"投杆也未迟"——论秘索思》，《外国文学评论》1998年第2期。

后之世界开显为鹄的①。二者虽无精神交通，运思与用心，却可以互鉴。然如研治西学者重启"秘索思"及其所开显之世界，以补"逻各斯"思维之弊②，重启"绝地天通"前之世界想象，亦属文化返本开新之重要路径。因是之故，《秦岭记》不拘古今，无论中西，"阴""阳"交汇，"天""人"相应，"物"（动、植物）"我"共在之圆融会通之境，乃文化观念总体性面向之一种，为由简单之"有序"（后世人为造设之各层级秩序）到"浑沌"（诸种观念、意象多元浑成之境）的表征，包含文化精神返归之阔大境界。

多元浑成之境，在中国古典思想中，以庄子所论最启人思。此种境界，庄书名之曰——浑沌。且看《应帝王》中所述：

> 南海之帝为儵，北海之帝为忽，中央之帝为浑沌。儵与忽时相与遇于浑沌之地，浑沌待之甚善。儵与忽谋报浑沌之德，曰："人皆有七窍以视听食息。此（浑沌）独无有，尝试凿之。"日凿一窍，七日而浑沌死。③

此为寓言，有意在言外之处，亦涵文思转换之意④。而作为思想史中

<hr />

① 参见李泽厚：《说巫史传统》，上海译文出版社 2012 年版。
② 对此问题，论证最为详尽深入者，首推陈中梅。陈中梅系列文章，对"秘索思"之思想史意涵，有极为透辟的说明。可参见陈中梅：《论秘索思——关于提出研究西方文学与文化的"M-L 模式"的几点说明》，载《柏拉图诗学和艺术思想研究》（修订版），商务印书馆 2016 年版。
③ 转引自刘康德：《"浑沌"三性——庄子"浑沌"说》，《清华大学学报（哲学社会科学版）》2014 年第 2 期。
④ 参见张柠：《庄子"浑沌"寓言故事解析——兼及文与思之关系》，《小说评论》2021 年第 2 期。

之重要命题,更含"我"与"世界"理解与阐释之根本问题。即如论者所言,庄子"浑沌"三义之一,为去"我",不为我见我闻我思所拘。倏与忽凿破浑沌,貌似"主体"开显,实则为"弱化人的自我主体",或曰"去主体性"。"因为当人们认识到'浑沌即吾'、'天地即吾'时,我(吾)又有何必要'人定胜天'?胜负本来是彼此、你我之间的事",如今彼此不分、你我融合,"你又胜在何处,我又负在何时?"①《秦岭记》中人物,凡不知自然运化之常理常道,而妄作者,似乎皆不能长久。五十五篇故事,所蕴含之观念路径也并不单一,如何一层一级不断破除"我执"与"拘泥",开出向上之境,或为贾平凹写作此书之用心处。照此,亦可解《秦岭记》之境界、志趣、笔意与章法,其在文字上的用心,亦隐然可见。然须格外说明的是,文中所论之"有序""浑沌"之辩,用意非在无视甚或摒弃文字创制后所开显之理解世界之观念种种,而是以近乎胡塞尔所论之现象学还原的工夫,复返未为诸种观念彰蔽之世界的源初状态。此源初之境或曰浑沌,或曰天地鸿蒙未开,为古镜未磨时可照破天地,已磨后便黑漆漆地一无所见之寓意所托。目下学术界多谈文化之"返本""开新",如何复返?"本"又在何处?乃是无从规避之核心命题。复返明清是一种;回归唐宋是一种;师法秦汉是一种;思入先秦亦是一种。《秦岭记》由"有序"到"浑沌",不独蕴含文化精神返归古典路径之重要一种,亦有对民族语言文字及其表现力和可能性之多样探索,在在说明"思"与"言"不可截然二分。合之则双美,分之则两伤。于固有"容器"(识、章法、语言)切近未可限量之世界,真如以"有涯"随"无涯",岌岌殆乎哉!故而

---

① 刘康德:《"浑沌"三性——庄子"浑沌"说》,《清华大学学报(哲学社会科学版)》2014年第2期。

"秦岭"所呈示之象可以映衬"世界"可以无限言说之基本状态,"常言,凡成大事以识为主,以才为辅。秦岭实在是难以识的,面对秦岭而有所谓识得者,最后都沦为笑柄。有好多朋友总要疑惑我怎么还在写,还能写,是有才华和勤奋,其实道家认为'神满不思睡,气满不思食,精满不思淫'。我的写作欲亢盛,正是自己对于秦岭仍在云里雾里,把可说的东西还没弄清楚,把不可说的东西也没表达出来"。[①] 如此,则《秦岭记》不过属言说秦岭之一种,后之来者仍有可进一步发挥之处。而其所呈示之多元浑同之境,及其之于中国文化重要一脉创造性转换的复杂意涵,亦可在更为阔大的视野中进行更具时代和现实意义的阐发。其意义朗现处,亦是观念脱胎换骨时。文化观念返本开新之意义,以此最为紧要。

(原载《中国当代文学研究》2022 年第 4 期)

---

① 贾平凹:《秦岭记》,人民文学出版社 2022 年版,第 267 页。

非虚构写作抵达真实的三度进阶

——以赵瑜《寻找巴金的黛莉》为例

李明德（西北师范大学）

  赵瑜是当代报告文学代表性作家之一。其作品以敏锐的观察视角、独到的思考方式以及批判现实社会的勇气而著称，使其成为中国报告文学界的标志性人物，甚至在学界一度引发对"赵瑜现象"的讨论。赵瑜报告文学创作始自 20 世纪 80 年代，代表作品有 80 年代创作的《中国的要害》《强国梦》等，90 年代创作的《马家军调查》等，以及新世纪以来的《革命百里洲》和《牺牲者——太行文革之战》等，作品形式多样，题材涉猎广泛，尤其在对社会现实的批判反思上颇有洞见。2009 年，赵瑜发表了非虚构作品《寻找巴金的黛莉》，以巴金的七封信为线索，牵引出一名现代女性的坎坷命运。《寻找巴金的黛莉》是一篇异质性的报告文学，可视为其走向非虚构写作的转型之作，也是报告文学在新世纪进行文体探索的重要成果。在作品中，赵瑜秉持其一贯的独立思考视角，以三度进阶达成非虚构写作对真实的讲述。这对报告文学在新时代如何再现曾经的辉煌、新兴的非虚构写作如何获得长足的可持续性发展，提供了不无裨益的参照和借鉴。

一、寻找黛莉：以零度虚构"立照"

《寻找巴金的黛莉》的第一层，是作者以零度虚构"立照"，强调对虚构的警惕与规避，追求与现实世界读者的共在，以科学实证锚定事实，以与客观外指的符实度为判定标准，进而实现作品对外部世界有所指涉的实然之真。

（一）事物间性：共在性、空间化的浸入式写作姿态

新世纪文学中非虚构写作的勃兴，重建文学与现实的紧密联系是其重要支点，这与 20 世纪末"纯文学"过度的脱实入虚而导致虚构魅力的弱化有关。从文化思潮来讲，这与世纪之交出现的"'回到物本身'的思潮"[①] 不无关系。非虚构写作的民主化倾向，在某种意义上讲，就是"回归事物"思潮中法国著名人类学家拉图尔所倡导的"通向物的民主"[②] 观点的写作实践。非虚构写作中这些实然之真的"物"较少具有通常文学作品中的意象化品质。非虚构写作对"物"的发现，是因为"它们强化了人际间的关系，在个体和集体意义上参与了人的身份的构建，并且记录它们的变化"。[③] 而这种"无物即无民主"[④] 的事物间性视野对生活世界的充分敞开，才使它们以混沌原初甚至有点粗陋的本真状态进入文学作品。非虚构写作强调共在性、空间化的"浸入式"写作姿态，即"我们就

---

① ［波兰］爱娃·多曼斯卡:《过去的物质性存在》, 杨晓慧译,《江海学刊》2010 年第 6 期。

② 同上。

③ 同上。

④ 同上。

要去追踪在切近中存在的东西"①。海德格尔曾在《艺术作品的本源》中将人们对"物"的流行看法归结为三种：其一是作为存在的物；其二是作为主体可感知的形式；其三是有用性的物，即物的功能性。②海德格尔对此持否定的意见，它认为物的本质并不在物本身的质料和形式，而在于物为我们打开了重新审视世界的窗口，将围绕物的各种关系与意义敞开在人的眼前。在《寻找巴金的黛莉》中，以贯穿全书的七封信为媒介展开的是关于过去的一串幻影，它本身的内容并不重要，重要的是因为信（以及书中其他的物件）的存在，一段围绕它的故事和意义被开启。而这段鲜为人知的故事，仿佛带有着过往时代的轨迹，触动了读者内心的极度柔软之处。

（二）以科学实证锚定事实

非虚构作品同虚构作品最突出的不同之处，在于非虚构写作所使用的材料无论巨细都是可证可考的，这种可证可考是非虚构作品实证性的集中体现。例如在《寻找巴金的黛莉》中，赵瑜写作时最为倚重的物证——巴金的七封信，都会在书中以图文互嵌的方式出现，不仅信件的内容清晰可辨，而且岁月为其附上的陈旧感，也让读者在阅读时有了更为感性的体验。这种直接展示材料的方式，无疑是在营建一种历史的在场感、严肃感，并给作品所记录的深刻与苦难赋予最为强烈的批判指向。为了提升实物的真实性，赵瑜在呈现图片的同时还对其给予了详尽的表

---

① ［德］马丁·海德格尔:《演讲与论文集》，孙周兴译，生活·读书·新知三联书店2005年版，第173页。

② ［德］马丁·海德格尔:《林中路》，孙周兴译，上海译文出版社1997年版，第14—15页。

述。例如，"这七封书信都是年轻巴金用钢笔书写的真迹，应该没有发表过。收信人地址前后一致，都是'山西太原坡子街二十号'，收信人名均为'赵黛莉女士'。七只实寄封俱在，其中两封保留着民国时期邮票数枚，上面分别印有孙中山和蒋介石的头像"。[①]其对历史严肃性的敬意和写作时的求真态度，由此可见一斑。赵瑜对物证真实的重视，不仅反映了他一贯严肃的写作态度，还折射出其对写作对象的尊重，在这细腻的描述中潜藏着的，是作者对珍贵材料的呵护以及对由微小物证所映射出的大历史下平凡人生的珍视。

（三）实然之真：以符实度为判定标准

虚构文学语言层面具有极强的内指性，力图完成的是在自己的区隔空间内部实现文本自足并能够做到自圆其说，因此并不依赖于对外部世界有所指涉。而非虚构文学则与之不同，在语言使用上带有强烈的外指倾向，并且以与外指现实世界的符实度为真实性的判定标准。根据符号学的标出理论，叙述是中项，"真"是正项，"虚"是异项。在赵瑜非虚构写作三度进阶中的第一阶段，正项为真相的实然之真，异项为虚构，对虚构表现为高度警惕与极力规避，力图让自己的所思所写与社会真实保持高度一致。赵瑜在实际的写作中严格秉持这一要旨，这种态度在其作品中随处可见。例如赵瑜在《寻找巴金的黛莉》的自序中提道："当时，面对着巴金先生早年写给山西少女的七封老书信，我无法平静待之，反复追索不舍。得信后，展开考证落实，'探索发现'这位女性。前前后后竟用了两年多功夫。故事波澜起伏，值得一记。"[②]《寻找巴金的黛莉》篇

---

① 赵瑜:《寻找巴金的黛莉》,海天出版社 2016 年版,第 4 页。
② 同上书,第 1 页。

幅不长，但功夫不浅，赵瑜重视体验胜过言辞，重视观察胜过想象，由此折射出的正是赵瑜踏实严谨的写作态度和对真实史实的敬畏。柳青说"文学是愚人的事业"，对赵瑜来说，正是他"愚人"般地寻找材料踏实写作，才能创作出这部朴实而又极具深度的非虚构作品。

二、寻绎巴金：以轻度虚构"立象"

《寻找巴金的黛莉》真实性追求的第二层次，是以轻度虚构"立象"，对虚构进行适度援引，强调与话语世界隐含读者的共鸣，以选择放大复活事实，以可信度为判定标准，在可信的基础上，通过对材料的组合来唤起读者的共鸣。

（一）文本间性：强调与话语世界隐含读者的共鸣

尽管《寻找巴金的黛莉》浸润了作者很多主观性的思考和亲身经历的实证考察，但仍旧不能就此忽视作品本身所显现出的明显的文本间性特征，即在《寻找巴金的黛莉》中能够感受众多已然先在的文本对作品生产所产生的一系列影响。这包括《寻找巴金的黛莉》中对巴金写给黛莉女士的七封信的原文引用，也包括众多研究者对巴金以及对与七封信写作同一时期的巴金的思想研究和作品研究。对这些典故、物证和研究的有机拼贴构成了《寻找巴金的黛莉》的前文本。在《寻找巴金的黛莉》创作之前，就对其起到了指引和借鉴的作用。然而，这种层面上的前文本固然能够吸引到与之相关的读者的注意，但终究范围有限，仅能覆盖到与之直接相关的读者群。更高层面的前文本还意指有关文本创生的全部文化语境压力，是"文本组成无法避免的所有文化文本组成的网络"①。具体到《寻找巴金的黛莉》中，所谓"全部的文化语境压力"来自人们对巴金的固有认知，源自某种对文化的自觉尊重，因此秉持着"为了热爱和审视着巴金的人们，也为我所从事的文学工作，尽些心责"②，作者是带着近乎虔诚的心境在寻找和演绎巴金的博爱与伟大。

（二）以推测想象复活人物

与以上帝视角宏观呈现事件来龙去脉的全知全能叙述不同，《寻找巴金的黛莉》虽重在纪实，但绝非完全是对史实的简单罗列。作者赵瑜似乎天生就知晓如何从看似风平浪静的故事里发掘出有声有色的情节以及耐人寻味的精神旨趣。赵瑜从太原古董商处以充满奇幻色彩的方式购买到七封巴金的旧信，是巴金在 1936 年到 1937 年之间写给山西太原的一位名叫"黛莉"的女读者的回信。70 多年过去了，究竟黛莉是谁？信中时常出现的坡子街 20 号又是哪里？整个寻找的过程充满了侦探破案般的悬疑曲折，每一个新线索的发现都让读者与作者一起兴奋起来。赵瑜无疑是有着小说家风格的非虚构写作者，他善于在作品中归纳、整理和推演，能够把握住吸引人心的细节，善于设置悬念以强化情节的复杂性。而与情节离奇同样精彩的，是赵瑜对人物的历史还原，这种合理的主观推断，往往能够凸显出人物的个性特征。例如对巴金的一段评述："从信中可见，巴金先生十分尊敬这位黛莉，而不是怜悯与安抚。如是巴金才会由衷地倾诉：'倘使我能够在你面前絮絮地向你解说时，那么我会

---

① 赵毅衡：《论"伴随文本"——扩展"文本间性"的一种方式》，《文艺理论研究》2010年第 2 期。

② 赵瑜：《寻找巴金的黛莉》，海天出版社 2016 年版，第 5 页。

有许多许多的话对你说。但是这怎么能够呢？我很怀念你！'唔，一位生命显赫的当红作家，能向一名普通读者如此真诚地敞开心扉——在我等看来极其不易，而巴金先生以其经久不渝的大爱，就这么做到了。"[①] 故事渐渐明朗，事实逐步还原，而故事中人物的高大、对理想信念的执着亦愈发明晰。

（三）可然之真：以可信度为判定标准

同样根据符号学的标出理论，叙述是中项，"真"是正项，"虚"是异项。在此第二度进阶上，正项为可然之真，异项为虚假，对虚构表现为适度援引，但有严格的叙事伦理限度，即不能运用创造想象，必须以立足真凭实据的推测性的还原性的再造想象为主。为保证作品的可读性，提升作品的层次性和厚重感，赵瑜在《寻找巴金的黛莉》中，在确保真实的前提下，对各种资料的援引也更加丰富了作品的主旨内涵。例如，为显示巴金在激烈的斗争中依旧能保持冷静，并以此来凸显巴金内心的深沉时展示了七封信中的第三封信。赵瑜根据落笔处的日期，推测出写信的时间应该是 1936 年 8 月，并认为 1936 年 8 月正是上海"一个阵线，两个口号"的斗争，在斗争中巴金被重重责难，其内心应该是极度沉郁的。通过这样一个背景的渲染再来审视巴金在第三封信中对黛莉的回复，其言辞没有半点焦躁反倒愈显沉稳："我一天里还是为着杂事忙，也写一点文章。"甚至其中还有对他人的关切："有空能告诉我一点你的生活情形么？"[②] 一个在激流漩涡中保持清醒、坚定信念的巴金形象顿时变得鲜活起来。

---

①　赵瑜：《寻找巴金的黛莉》，海天出版社 2016 年版，第 58 页。
②　同上书，第 30 页。

三、寻索信仰：以悬置虚构"立心"

《寻找巴金的黛莉》真实性的第三个层次，是以悬置虚构来"立心"，表现为对虚构的扬弃与超越，强调意义世界共识的达成，以人性光辉洞穿事实，以道义感为判定标准。进而完成作品从实到虚的意义升腾以及脱虚入实的事实找寻，并在这一来一回间完成作品对现实、对人性的追问与反思。

（一）主体间性：强调意义世界共识的达成

文学作品从来都不单纯是作家个人的主观想象，而是立足现实的意义升腾，是作家以主体身份参与到社会实践中，与其他参与主体相互交往所形成的产物。因此，对于一个可资利用的文学素材，如何发挥出其独有的文学价值不仅取决于材料本身的价值导向，也决定于作家的时代氛围和地域背景。换言之，一部优秀的文学作品往往是作家与世态众生之间的主体间性成果。这种主体间性的理论基础，在于胡塞尔所揭示的，所有的主体都不是孤立的存在，而是主体与其他主体相互作用的结果。胡塞尔认为，"我就是在我自身内，在我的先验还原了的纯粹意识生活中，与其他人一道，在可以说不是我个人综合构成的，而是对我来说陌生的、交互主体经验的意义上来经验这个世界的"。[1]非虚构写作是文学创作的重要方式之一，也遵循着主体间性的创作思路。在《寻找巴金的黛莉》中，尽管作者立足的材料是巴金所写的七封真实的信件，但对

---

① ［德］胡塞尔：《胡塞尔选集》（下卷），倪梁康选编，上海三联书店1997年版，第878页。

七封信件的阐释却明显带有着个人风格。赵瑜围绕材料所展开的拼贴、讨论和阐述无一不体现出这种风格。而更为重要的是，这七封原本带有私人性质的通信物件，在赵瑜的参与下，超越了个人通信的价值而成为巴金写给后世全部读者的信，有了超越个人性的共识达成意义。

（二）以人性光辉洞穿事实

非虚构文学当然不能只满足于讲述事实，讲述事实的目的，是找寻到洞穿事实的人性光辉。在《寻找巴金的黛莉》中，这抹光辉集中表现为巴金和黛莉身上坚持如初的使命与初心，以及那股永不屈服的追索信仰的力量。《寻找巴金的黛莉》以信为媒，以巴金和黛莉的人格魅力为核心，生动地表现了那个时代伟大的信仰在有志青年身上所发挥出的力量，每一封信的背后，又有充沛的革命热情、真挚友情和博大胸怀的灌注。作品立足人性，将巴金的形象回归到普通人，力图让读者感触到一个拥有真实情感的巴金和黛莉。例如，在得知黛莉被《砂丁》所感动时，巴金却感到惴惴不安，在信他说："我不该拿那惨痛的图画来伤害你的孩子的心灵。"[1]面对像黛莉这样的读者对他的崇敬，巴金又回信说："不要'崇敬我'，我是一个极平凡的人，而且我也幼稚，甚至有不少孩子气。"[2]而在面对家国使命时，巴金又显示出他发自内心的义不容辞："在不久的将来，就会轮着每个中国人都必须为一个大的战斗来牺牲他的一切。"[3]《寻找巴金的黛莉》以书信为介质，不仅还原出巴金的情感和信仰，还让这些情感和信仰的力量可知可感，让高大的信仰变得亲切鲜活。

---

[1] 赵瑜：《寻找巴金的黛莉》，海天出版社 2016 年版，第 7 页。
[2] 同上书，第 8 页。
[3] 同上书，第 56 页。

（三）应然之真：以道义感为判定标准

同样根据符号学的标出理论，叙述是中项，"真"是正项，"虚"是异项。在此第三度进阶上，正项为应然之真，异项为虚伪，即真诚的失却。梁鸿曾说："不局限于物理真实本身，而试图去呈现真实里面更细微、更深远的东西，并寻找一种叙事模式，最终结构出关于事物本身的不同意义和空间，这是非虚构文学的核心。"[1]在《寻找巴金的黛莉》中，这种"真实里面更细微、更深远的东西"，这种"不同意义和空间"在随着故事的推进中渐次清晰，包括写作对象对自由的向往和追求，也包括作者本人的真诚态度与深度反思。而这成为判定《寻找巴金的黛莉》这一非虚构作品价值的关键，因为这一标准超越了对物理真实的苛求而更注重作品对应然之真的挖掘。作品以巴金和黛莉的通信以及作者寻访黛莉的过程为线索，展示出一个去掉历史高光照耀的巴金形象以及黛莉这一抛弃大家族安稳生活、追求信仰并在此过程中饱受折磨与痛苦的坚毅青年形象。此举重新确定了二人在特定的历史时空中的位置与角色，从中我们似乎能够感知到他们的命运沉浮，并由此触碰到那个风云激荡的时代。因此，《寻找巴金的黛莉》看似是在寻找七封信原本的主人，但实际上却是在找寻的过程中不断反思。这种反思不仅有对革命、抗战等一系列现实的反思，更有对巴金、黛莉等人的人性光辉的发掘。这是一本重新呼唤理想信念的书，尤其在日渐浮躁的今天，在缺少人文关怀的今天，作者试图借这本书，用历史的光芒照射当下并企及重塑我们的时代精神。

在《寻找巴金的黛莉》这部篇幅不长但很显厚重的作品中，赵瑜不

---

① 梁鸿：《非虚构的真实》，《人民日报》2014年10月14日。

仅将对现实的描摹和思考在自己的文字中呈现出来，还对巴金崇高的信仰和牺牲精神以及被巴金所感染的更具普遍性的黛莉的生存状况予以真切观照。在这里，生活世界被当做一个整体被生动地诠释出来，既有人生中不堪回首的沉重苦难和累累挫折，也有信仰寻索中的轻盈超脱与诗意自由。

空间构境与诗意延展

——评翟永明的长诗《随黄公望游富春山》

孙晓娅（首都师范大学）

当真实的世界变成影像时，影像就变为真实的存在：我们已经进入"读图时代"，这是 21 世纪无可逃避的时代语境。"读图时代"里，更迭迅速的新媒介改变了人们的生活模式与创作观念，作为社会观者的人们与影像达成了共谋，成为观赏者、消费者，并开始流连于各种虚拟的空间场域。精神生活与日常生活极端贫乏、日益物化或碎片化的现代社会中的个体，在景观和影像中发现并找到自己的一切欢乐和需要。当"综合景观"演变为覆盖 21 世纪的地图时，地理学的距离，乃至因时间而产生的距离也消失了，社会重新生产出作为景观分离的内在距离———一种美学、社会学、心理学的距离。当下，这一现象已经成为主导性的、全球化的文化景观。人类进入"读图时代"是科技进步的表现，印刷业繁荣发展，文化教育高度普及，报纸、杂志等平面媒体数量激增，网络、电影、电视中的图像、视频等无以计数。作为视觉文化的图片离不开语言文字，两者的配合除了互补之外，在某种程度上也构成文本的互文效果，营构了独属于 21 世纪的"新视像"。21 世纪的"新视像"以视觉文化为主导，尤为重要的是在图文之间又衍生出新的文本与思想，这构成了现代与后现代视觉文化的重要景观。

诚然，在中国图文互相参照的"读图"传统从未断裂。图配文的格式古已有之，诸如古代"绣像本"小说，诗歌与图像的互相说明有为人熟知的题画诗，其中"气韵"是连接古典诗与画的关键元素。中国传统文化重"气韵"，诗之"气韵"精神传承千载，不待详述。传统的绘画技艺熔铸笔墨精髓，人物画、花鸟画、山水画，题材各异，却在绘画过程中同样氤氲着作家的"气韵"精神，构建着中国古典文化的二维诗学。在古代，"读图"，是一个静观默思的过程，文人赏画可究天人之际，最终精骛八极。现代社会也曾以"图"彰显政权合法性，板报、张贴画不断强化人们的革命思想、建设意识。到今天，目之所及，人类正在遭遇前所未有的视觉冲击与负担。"读图时代"里传统文化（尤其是以文学话语为主导的传统文化）面临巨大的冲击和挑战，"读图时代"文学的位置在哪里？如何评价"读图时代"的文化困境？如何将传统与现代、图像与文字、诗与思融汇起来？面对这些困惑，翟永明的长诗《随黄公望游富春山》①从空间构境与诗意延展两个维度，为新诗写作提供了可资借鉴的经验。

一、画卷铺展出移动的影像与景观

为创作长诗《随黄公望游富春山》，翟永明断断续续写了4年，其灵

---

① 翟永明长诗《随黄公望游富春山》2015年11月由中信出版社出版。由李陀作序（《序言》），商伟作跋（《二十一世纪富春山居行——读翟永明〈随黄公望游富春山〉》）。长诗共30节，诗中含有翟永明做的大量注释，构成极具特色的附文本。本文所引该诗皆出自此版本，不另注。

感与素材源自一幅印刷精美的《富春山居图》长卷。诗人选取长卷的出发点，通过想象虚拟建构一个可以游走的影像与景观：长卷的绘画方式逼肖电影镜头，可以推拉平移，展示画面所及的自然风景。[①] 长达30节的长诗中，诗人以磅礴之势跨越古今，出入于现实与画卷内外，以个人真实的和想象的行旅为主线，串联起当代生活中形形色色的画面，以时空交错、游移动态的视点，构成了古代与现代重叠交融的景观。

首先，画轴具有空间延展性，它打开了多重机会，诗人在铺展开的画卷中得以游移自身，从现实走进画面，在他人的形式经验和情感经验中汲取资源，发现和再现自己。然而翟永明没有停滞于此，在这趟穿越古今的行旅背后，她既注入了怀古之幽思，也融入了对人类在当代社会生存状态的思考。诗人在表现古代时空的同时，也将自己当下的心情呈现出来，以思想和情绪的变化完成时空的转换。

其次，《富春山居图》长卷营造了一个场域，突破了诗人精神视野和写作维度的拘围。作为一个场域的画卷，它完成了长诗中人物视角的自由转换——观画人时而描绘画中的景物，时而入画跟随黄公望漫游山水，时而回到当下叩问，时而归位为诗人创作诗文……在多重景观流转中，诗人在黄公望的画中找到多维性格和视野的自己。画卷当中的富春山渗透了很多超文本信息，它调动起积淀在人们记忆中的一系列有关古代和现代的图像信息和文本再生力，这个场域赋予长诗特殊的格局和力量，融汇了中国传统文学、当代文化的元素，以及诗人个体的诗思情绪。这组长诗由此而显得与众不同。

---

① 限量版的《随黄公望游富春山》采用复古经折装，展开书卷，仿佛与古人观看长卷画作一样，封面与函套皆采用蚕丝纸张制作。

为了更好地呈现长诗的空间形式美学,《随黄公望游富春山》被二次创造改编为视觉作品——诗剧,并由导演陈思安、编剧周瓒在诗剧中加入了说唱、评书、舞蹈等多种艺术形式。长诗的跨界实验很好地传播了诗歌文本,也进行了一次颇具形式意味的探索,调动了诗歌文本自身的空间扩展维度,将空间与时间、虚构与在场、诗歌与历史、画卷与图像多元融汇于当下社会的场域之中。

二、现实景观的围困与审视

在当代语境中,《随黄公望游富春山》是诗人对自我、现实、历史、社会、诗歌、图像等多维景观的审视。翟永明以《富春山居图》为前文本,跟随黄公望的脚步,在"读图时代"的语境中作出了一个"如何读图"的选择:她游刃有余地穿行在墨迹之中、山水之间,却嗅到这是"太平盛世"中的可疑之举,见松林山涧,渔夫炊烟,也见低头刷屏,雾霾笼天,她不惮于古人的高大,更不惧怕"现代"的危机,在古今游走之中对比。"读图时代"的现实显示出一种无形的重量,它迫使诗人在涉足墨迹山水时不断返身回顾。诗人努力逃脱现实对人的束缚,却终归无法逃避现实的围困。

"一三五〇年,手卷即电影",长诗开篇即提到两种不同的图像载体——手卷、电影。电影拍摄手法与古代赏画方式竟如出一辙,视线—镜头二者的运动轨迹如此相似;不同的是,现代影像技术将真实之物虚拟、投射为荧幕之物。在后现代的视域下考察图像的变化生长可发现,消费文化、传播媒介的革新开启了一个"读图时代"。詹姆逊认为,现实转化为影像是后现代主义的特征之一。① 可视化作为后现代的表征，趋向感官对图像或信息的直接获取，忽略复杂化的思维过程以及深刻性、思辨性，力求捕捉色彩赋予的感官快感。

如果将"读图"引申为一种视觉文化，那么通过考察德波笔下"景观社会"的经典表述，我们会发现它不是简单的现象指涉，也不直接等同于"形象"，而是一个与权力、商品、消费文化息息相关的意指。"景观"呈现出与消费相连的循环怪圈，这也是现代人的困境之一。翟永明对这样的现实有切身体会，她将目光收束到自己身上，并感到有时身体与意识不在同一个空间，如是折射出一种现代的困境，以及试图回到过去寻找灵性却碰壁折返的无奈。这是一组现实情景，"坐在人工湖边，意识却远遁""近处仿真效果/远处景观林立"——园林仿古，房地产开发商以人工风景为噱头兜售楼盘。诗句背后的文化含义显著，消费者购买的不过是一个被房地产开发商编织的对"自然"模拟的符号。翟永明在诗作中寄寓了深刻的反讽与自省。

诗歌终归不是写实录，诗人开始在"读图"的过程中游目骋怀，不断变换视角，以尽览世间万象。翟永明并没有刻意与现实保持一种预设的关系，她深知诗人无法超离现实并会因此通向孤独。在长诗中，她以女性立场为本位，以游戏笔法诙谐地戏拟现实，让古代的月亮照耀今天的图像，她试图找到一些合适的角度记录一段历史。视角游移似乎掩盖了翟永明的女性立场，但"工业题材""穿 E.T. 衣""着金属装""走太空步"这一类带有未来科技感的事物，几乎是新闻里的主流题材，无不渗透着

---

① 见［美］弗雷德里克·詹姆逊：《后现代主义与消费社会》，载《文化转向》，胡亚敏等译，中国社会科学出版社 2000 年版，第 20 页。

男权话语。诗人仍以女性之眼观看时代，以此突破图像符号的围困，自醒于世。四字短语和连续的诘问似乎形成短促的呼救，又似是诗人静坐一隅的自问自答——吸引人眼球的不过是"奇观""伤员"——"读图时代"里的信息爆炸之景象却引出一连串荒唐。面对图像的迅速繁殖，作为一个"拥有多重生命"的"时间穿行者"，如何突破图像的围拢，获得欣赏一幅淡雅萧疏的长卷的宁静与耐心？翟永明以"女性气质"的语言勾勒出以观赏者姿态出现的自我。她以沉静之心对画作表示了极大的尊重，以求接近画作。中国画不以宗教为旨，但古人赏画仍是怀抱"有距离"的虔诚之心，"读图时代"则消弭了距离及主体对艺术的敬畏感。在第 25 节诗人写道："时代宠儿　和风吹动她的黑发 / 被上万支灯管照得通体雪亮 / 悬崖般屹立着来历不明的建筑 / 航站楼？大王冠？ / 眼前绝对是绝世好画"，诗人对这个情景的叙述仿佛摄像般定格。把这座建筑视作景观，观者可以从大厦的无数入口进入这幅"绝世好画"。主体强烈的介入冲动消弭了人与景观的距离。同时，景观在这里被引申到人的生存状态，诗人在思考，女性是否仍未摆脱成为景观的"被看"命运？女性立场只是翟永明反观"读图时代"的视角之一。她只身进入历史之举就意味着通向孤独，她不断折返回现实更感到了无限的沉重，她的性别身份、醒世者身份、现代人身份等都隐含着对现实问题的思考，在试图超越历史的冲动中起到了节制作用。翟永明也因置身无法逃离的现实语境感到空旷。

"读图时代"的现实并未使诗人陷入一种无法自拔的绝望，相反，她以一贯的喜剧精神戏拟了当代"读图"行为。寻访黄公望故居之事被记录在注释之中就是一例。注释中大段描述性文字构成对事件的铺叙以及细节的捕捉，它们虽是对诗句的注解，却让人联想到"读图时代"里文字退化为图画的注解这一事实。诗人用分行诗句构成"图形诗"，造成视觉冲击。

第28节，诗人致敬安伯托·艾柯的"仿讽体"诗歌《误读》，展现了其天马行空的想象力。正如艾柯所言："模仿体（parody），如同其他诙谐文体的作品一样，跟时空密切相关。"[①]艾柯通过"仿讽"解构了经典，也解构了时空距离。但他的插科打诨不是与大众文化合流，而是致力于反讽这种行为本身。诗人致敬的，正是艾柯在这种文化语境中看似洒脱不羁却深沉痛苦的精神路向。实验性的笔法迎合了"读图时代"对新鲜感的渴求，翟永明因此也参与一场"狂欢"，这是她在"读图时代"里一个孩子气的游戏，此翟永明不同于置身"人工湖边"发出一声叹息的彼翟永明。"形式游戏"的加入平衡了时代语境的沉重不安，使诗歌形成了巨大的张力。"落叶萧萧　我亦萧条／剩山将老　我亦将老"，达到"齐物"高度的她开始施展"语言炼金术"（兰波语）来展现自己对时代、历史、艺术、现实的思索。她时刻警惕着"读图时代"的蛊惑，一方面不断审视自我与集体无意识；另一方面，她的戏拟又在控制之中，为的是与另一个时代形成对照。置身画中，她深感"在"而"不属于"那个清逸飞扬的过去，然而她并不以激愤之笔批判现实，她在古今穿梭的轻盈步履中移步换景，以古典美学的神韵，以及轻快的诗句，平衡时代的沉重感。这不是绝望的反抗，而是轻灵的救赎——用她的话说就是"纸上行走是有氧呼吸"。在纸上行走，既是"随黄公望游富春山"，也是忠实于写作本身。

---

① ［意大利］安伯托·艾柯：《误读》，吴燕莛译，新星出版社2009年版，第3页。

三、逃逸中诗意地栖居

长诗《随黄公望游富春山》、同名诗剧、《富春山居图》长卷，三者以不同形式表现诗意，书写着艺术家对世界的理解。在线性历史观之下考察文学的发展，急遽变化的新媒体时代改变着文学的书写方式，这正是"一时代有一时代之文学"。[①]然而，正如翟永明所言：当代人"他们都不读诗……但他们要阐释一首诗"，其悖论在于：永恒的艺术形式与瞬息万变的当代文化看似可以相融，它们对生命与真实的思索实则深度不同，当代文化是否可以穿透现代的迷雾归入对生命的终极思考抑或形而上的场域？翟永明极富洞察力地表示，对当代诗与当代艺术的理解，与对当代现实和现代性死结联系在一起，诗人开始向古老的艺术与生命投去观照。上溯几个世纪，古代中国也可被视作一个"读图时代"，文人以作画为志趣，有时一画就是三年五年；作画与赏画构成了他们生活的一部分，成为提升审美品位、到达虚静境界的关键途径。同时，中国作为一个诗歌的国度，自宋代起文人画的出现标志着诗与画的完美融合。[②]苏轼评论王维的诗画之作"味摩诘之诗，诗中有画；观摩诘之画，画中有诗"。在中国传统绘画艺术中，诗与画随着对自然的发现而走到一起，诗歌与绘画同质，绘画虽以自然为摹本，但不求形似而求神似，笔势与墨色均

---

① 1917年胡适发表《历史的文学观念论》一文申述文学进化观念，历史的文学观念的集中概括即"一时代有一时代之文学"。见胡适：《历史的文学观念论》，《新青年》1917年第3卷第3号。

② 见徐复观：《中国画与诗的融合——东海大学建校十周年纪念学术讲演讲演稿》，载《中国艺术精神》，华东师范大学出版社2001年版，第289—293页。

点染着文人的意脉情韵。"画中有诗"中的"诗"除了题画诗这一实指之外，也指广义的诗意、诗味。在自然中汲取天地万物的灵气，以滋养自我生命的繁茂生长，中国文人在山水画中力图达到"天人合一"的境界，从而无限接近心中的"道"。古代文人画追求神似的审美取向与当代"读图时代"充满着仿真与拟像之景形成了对比，以古观今，汲汲营营的当代品格需要注入流动的气韵。翟永明通过进入这个前文本探讨了中国传统的诗学命题——诗与画的关系。《富春山居图》为黄公望晚年隐居浙西一带时所作，是一幅典型的文人画，可谓"画中有诗"。翟永明的长诗《随黄公望游富春山》以《富春山居图》为题材，从字面意义上来讲本就是"诗中有画"，而诗歌写作手法借鉴了绘画技法，与《富春山居图》形成互文，更是将画真正融入了诗中。

诗人欲寻找正在失去或者从未被发掘的东西——主体如何实现勾连古今的伟大构想？这是一个文学的元命题。翟永明为了实现融汇古今的理想，以互文手法消弭了长诗文本与《富春山居图》二者身处不同时空的局限与表现方式差异的界限，古代的"读画"与今天的"读图时代"也因此彼此观照。显然，如果将文字视为一种图画，那么文字与绘画这两种艺术形式本身就形成了一组互文，古老的象形文字发展为今天的汉字，优美地在纸上行走，以文学文本为载体，能够生发出无限的意义；同样，绘画以深深浅浅的着墨点染出诗人胸臆。汉字构成的《随黄公望游富春山》诗文本，与黄公望笔下奇谲的自然山水画，之所以能在两个时代遥相呼应，是因为艺术的不朽与共通性构成巨大的张力，正如诗中所言"这就是艺术如此微妙的等边关系"。

翟永明启用了长诗这一形式，长卷与长诗形成了互文，写诗如同作画，吞吐大气象，一诗一画因此跨越古今形成了篇制上的呼应。诗人在长诗中可以伴随视角的移动从容往来于古今而不受制于篇幅，长诗也使诗人能够在玄想与日常之间游走，长诗具有足够庞大的容量来容纳思考。而诗人面对长诗总会遇到这样一个问题：如何依靠精密的结构搭建起一个框架来承载思想的不断外延，将长诗营构成一个整体？黄公望打破了山水画在宋代形成的重理法、守规矩的桎梏，追求"山水之法在乎随机应变"，他认为作画"大概与写字一般，以熟为妙"，因此被誉为"元四家"之首。他的山水画，重视变化，画作浓淡有致，山峰错落，江岸绵延，留白处散发着智者的神性之思，笔法变化莫测，意境却浑然一体。由此，黄公望的山水画不拘泥于传统绘画技巧，他将书法、诗歌等艺术形式的特点引入绘画当中，画作因此具有强烈的"写意性"。[①] 长诗《随黄公望游富春山》也汲取了黄公望的创作理念和绘画技法，可谓"众体皆备"，二者在变化的笔法上也形成互文。翟永明的这首长诗文本具有一种"笔法游戏"的特点，以变化多端的技巧在诗歌形式上营构了一种错综复杂的结构关系，以语言实验的方式证明了长诗在当代的存在意义。

黄公望作画以笔墨显意，不同于画工的精雕细琢，他笔下的山水苍茫庄重、灵秀天成，全靠笔墨运思，他的笔墨多有出人意料之变，将干笔、湿笔熔于一炉。翟永明的写作与黄公望的绘画理念形成了呼应。诗人恣情泼墨却不失仪式感，长诗中的语言狂欢恰似画卷的笔墨潇洒。诗歌在传统东方哲学、古典意象和当代词汇切换中形成张力场，形成蒙太

---

① 转引自胡光华：《黄公望与元代山水画之变》，《荣宝斋》2005 年第 2 期。

奇效果。

从词汇方面考察，一方面，极富古典意味的意象入诗，氤氲出缥缈的意境，名山大川、渔樵飞鸟尽收眼底，徜徉其中不就是自在于心的逍遥游吗？另一方面，通过在场事物再现日常经验的时代书写，现代汉语诗歌因此被激发出活力与历史感。四字一句的结构占据着长诗的极大篇幅。诗歌是中国最古老的文学形式，从《弹歌》到四言体诗的发展反映了古人对自然、宇宙、人本身的不断探索，自上古歌谣以来，直至《诗经》《楚辞》，再到曹操、陶渊明，四言体诗整齐却富有变化，优美而不失含蓄，形成了流动的审美效果。翟永明则认为四字一句犹如用典，"这种句式是中国文言结构的特殊固定短语，我觉得与中国方块字结构有关，每一个单音节字蕴含了最大的信息量"。无论是四言体诗还是用典，都讲求语言的凝练与含蓄性。自新文化运动"文白之辩"以来，"我手写我口"的语言文字观将文言视为仇敌。现代性语境下，文言是否已经失去了生命力？抑或在今人的追踪之下能再焕发出生机？翟永明的语言实验显然试图回答这些问题。黄公望作画"因心造境，游戏于万物之表"，[①]翟永明深谙"游戏"三昧，第23节通过"读图"的视线变化巧妙地再现了黄公望的构图技法。黄公望《写山水诀》论山有三远："从下相连不断谓之平远，从近隔开相对谓之阔远，从山外远景谓之高远。"[②]由右及左，长卷的首段运用阔远法，"首先：山被推远／前景是村屋／脚下有小径"，远山近岸相隔遥望，诗人也勾勒出寻常的江南山水景色。紧接着，长卷

---

① 转引自胡光华：《黄公望与元代山水画之变》，《荣宝斋》2005 年第 2 期。
② 转引自王世襄：《中国画论研究》（上卷），生活·读书·新知三联书店 2013 年版，第130 页。

第二段运用高远法，诗人的视线也随即变换，"目光摇过三分之二的位置／时空交叠出夹岸奇山"，高峰突然耸起，几乎冲破画卷。诗人"登山"的过程，其实也是吞吐浩然之气的过程，"时序流转　气也在全身循环／朝代兴亡　士不在山水中徜徉"，诗人的历史之思、兴亡之叹，在"登山"也即"读图"的过程中阐发。最后，"下山：脚下之路变平直"。诗人分别用"阔远法""高远法""平远法"来再现自己观赏的过程，同时，这一节长短变化不一的诗句也如同起伏的峰峦，连通着黄公望"尽峦峰波澜之变"的绘画境界。除此之外，翟永明还将其他语言实验熔于一炉，实现了古今文化资源的相互滋养、生发：诗歌第30节，她自拟古诗形式以"对应古典绘画中丰富的题款"；第18节，她将风水提示语"打碎、重组、整理成'类诗'的模样"；第24节，她戏仿"嵌名诗"。她也直接引用诗文来抒写内心情致，颇有"六经注我"之风范。她借诗歌形式的实验回答了新诗合法性问题，"写一首新诗犹如谱曲"，不同于古诗"建筑"般的凝固美、庄严美，新诗形式不拘一格，现代人经验的复杂性已经超出了古诗的容纳范畴，现代语场中曲折的主体经验必须依靠新诗变化多样的形式来书写表达。

　　诗人将时间单位转化为长度单位，提示读者"时空穿梭"的有限性，正如詹姆逊所言，"后现代"的特点之一是以空间定义取代时间定义。[①]翟永明虽对"读图时代"深感疑惧，但她关怀的却是当下，即如何将生生不息的古典诗意转化为现代生存中滋养生灵的甘露。翟永明"读"的是画作，黄公望"读"的则是真山水。"我上上下下，领会隐喻"，"隐喻"

---

① 胡亚敏：《译者前言》，载［美］弗雷德里克·詹姆逊：《文化转向》，胡亚敏等译，中国社会科学出版社2000年版，第5页。

是诗歌的一般表现技巧，以"隐喻"来实现诗歌讲求的模糊性、暗示性；"隐喻"在绘画里则表现为画家"趋重神逸""写心中之逸气"[1]，即以笔墨"隐喻"寄情山水的情愫。翟永明将"读图"体验与诗歌写作技巧联系起来，在这里竟是那么相得益彰。

不难看出，翟永明选择这幅画作为"前文本"，不仅是对这幅画作及其作者的致敬，也是对中国传统文人精神的致敬。入主中原后元代统治者重视武功，文人地位一落千丈，黄公望愤然将自己"抛"出世俗，晚年归隐山林，由此参禅悟道，却也能在山涧峡谷中物我两忘，寂寂之中及至虚静。"随黄公望"，即追随黄公望的隐士之心，大隐隐于市，心灵得以诗意栖居。

四、时空·虚实间的诗性

长诗的最后"压紧""满满""偷偷""载"等词语给人无从解脱的沉重感，试图通往"无限""永恒"的做法是可疑的，因此诗人从画作中跳脱出来，她说："江山并不多娇，人心多娇"。她发现存在这样一种复杂现象，"一个问题　让我身重如山/另一个问题　让我神清若羽"，"我"无法作出判断，只能交由一个无名主体——谁说"如此作结"。回到纯粹的自然山水在现代也许是一个伪命题，然而每个时代有每个时代的"诗意"。因此，翟永明在这首长诗中来往于古今之间，给读者带来时空穿梭感的目的不在于对某个特定时代背景的定格或找寻，她也并不悲叹今非昔比，

---

[1] 郑昶：《中国画学全史》，岳麓书社 2010 年版，第 267 页。

她选取"富春山"这个有待考据的地点，就是为了在虚与实之间寻求一种平衡，这种平衡的状态就是诗意的状态。

在长诗的注释中，诗人指出之所以选择《富春山居图》，一方面是长卷本身的艺术魅力，另一方面是因为"太多画作之外的因素附加在这幅画身上：艺术的、命运的、经济的、政治的"。因为这幅画本身承载了很多画作之外的东西，因此，翟永明不用太多说明就能直接取用画外之意，借以阐释对一些问题的理解。笔者认为，这首诗中包含着对这些命题思考过后的集中表达。首先，翟永明的诗歌渗透着她对当代艺术的关注。从本质上讲，诗歌也是一种空间艺术，与建筑不同的是，诗歌营构的是专属于心灵的诗性空间。翟永明本身对女性艺术也投注了极大热情，她力图掀开遮蔽在女性艺术之上而使它们长久地显示出独立特质之物。然而，翟永明对当代艺术的态度并不乐观，她认为"后现代艺术的真相是应该让我们看见一个无限自由的状态"，然而艺术却"被功名利禄所捆缚"。[1] 如何为当代艺术注射镇静剂？黄公望作此画用时三四载，名利于他可谓浮云，他寄情山水之间，他的"无为"接近道家禅宗美学。翟永明作此长诗，背后承续了她对当代艺术精神的热忱观照。其次，"命运比它的创作者更有力"，翟永明关注这幅画的命运，从而引申至对人的命运的形而上的思考，"它完全拒绝随风飘逝／拒绝成为我的一部分／拒绝／像生命一样结束／像人／本质上／无法选择生死"。画作可以绝处逢生，那么，人如何身处天地之间岿然不动？人"无法选择生死"，与画作相比，"人生如流水线流转　你我只是来一个扔一个的废品"。画作铮铮铁骨如

---

① 翟永明、周瓒：《词语与激情共舞——答周瓒问》，载翟永明：《完成之后又怎样》，北京大学出版社2014年版，第172页。

同狂士，而诗人却陷入一个悖论，一方面渴求一颗永远狂狷之心，可以冲破桎梏抵达自由之国度，然而深知生而为人从来无法选择生死，人只能随遇而安，在无常的命运中涤荡飘摇。诗人由质感坚硬的激情叩问沉淀为对存在命题的思索，步入耳顺之年的翟永明窥破了生死的奥秘。

翟永明的长诗《随黄公望游富春山》与《行间距》在遥望之中构成了承续、对接，积极地回溯、寻找自己，与过去的自己对话。她早期的诗歌作品，那些充斥着"黑色""死亡""性别"等字眼的诗句从胸中汹涌喷出，充满了青春的激情，也消耗着诗人的体力与智性。经历了沉淀，翟永明意识到了只有"细微的张力、宁静的语言、不拘一格的形式和题材"①，才能经得住时间的检验，诗人突破对性别文化的审视，诗学构想向日常生活和宏阔的社会、历史、现实的河岸延伸。翟永明的抱负也在于此，她观看世界的视角绝不固定在一个方位，不断变化的题材与表达方式承载着她从未中断的人文情怀。在诗集《行间距》中，她的视线延伸至汶川地震（《胡惠姗自述》《坟茔里的儿童》《八个女孩》《上书房、下书房》）、毒奶粉（《儿童的点滴之歌》）、歌手自杀（《和雪乱成》）等现实事件，这些具有新闻写实性品格的诗歌也是翟永明诗歌实验的一种方式。自朦胧诗以来，当代诗歌抵抗庞然大物以求回到诗歌本身，诗歌与现实的关系在诗人的辩驳声中依旧无定论。然而现实入诗的传统自古有之，以杜甫诗为例，诗歌对现实的观照使诗歌放射出"史"的光辉，却也不磨损诗歌的品质。翟永明诗歌的"写实性"不是对现实赤裸裸的呈现，而是经过缪斯之手洗涤过后的诗意沉淀。另一方面，《行间距》中也有这样的诗

---

① 翟永明：《面向心灵的写作》，载《完成之后又怎样》，北京大学出版社 2014 年版，第 39 页。

篇:《前朝遗信》(组诗)、《枯山水》、《冲天鹤》、《新桃花扇》(组诗)、《黄帝的采纳笔记》、《宽窄韵》。传统文化、传统文人精神品格和古典文学一直是翟永明关注的对象，从80年代的《我策马扬鞭》以具有古典意蕴的"雕花马鞍""宽阔邸宅""牛皮缰绳"构成的古典意蕴，到90年代的《时间美人之歌》通过与赵飞燕、虞姬和杨玉环三个古代女性的对谈洞悉人性，再到新世纪以来的《鱼玄机赋》为女诗人一辩，传统在诗人笔下构成非单一性的诗学价值。诗人绝非简单地致敬传统，她或为历史人物翻案，或以传统省视当代生活，传统成为她抒发现代感受的一个切入点。她对传统文化的关注和对古典文学技巧的化用，使她"所关注的问题和诗歌意识"与"语言、形式、诗歌品质达成默契"，"使写作始终保持鲜活而不使自己和别人厌倦"，从而"克服写作中时时冒出来的无聊感"。[1] 翟永明的诗歌在当代语境中通过与传统对话加深了自身的思想厚度，传统资源的介入平衡了略显沉重的现代经验，诗歌因此获得了轻灵的美感。在接受方面考察，一方面，中国读者的阅读经验根植于中国源远流长的传统诗学，因此翟永明散发古典意蕴的诗歌能够激发读者的认同感；另一方面，诗歌不断变化的能指又造成了语言的异质性，造成了符合诗学意义的陌生感。

结　语

《随黄公望游富春山》是翟永明诗学理想的延伸和升华，是她诗歌

---

[1]　翟永明、周瓒:《词语与激情共舞——答周瓒问》，载翟永明:《完成之后又怎样》，北京大学出版社2014年版，第169页。

实验的一次喷薄式展示，更是新世纪诗歌在空间美学方面的一次写作突破。在宏阔文化构想与现实考量中，它隐匿着翟永明对诗歌写作空间诗性的一次实践。诗人摆脱了捆缚创作向度的现实经验和既有成绩，她在古人的画卷中寻到视觉的灵感，立意在文字中完成空间的构境，由此，她反对"词语的僭越"，不停滞于对"本质的话语"[①]的追求，而是将词语放置在多维度的空间之中，这种"面对词语本身"的姿态使她置身于一个"四方的、极少主义的房间"[②]，而"极少主义"同样被应用于水墨山水，画家处处留白却彰显天地有大美而不言的品格，这是中国古典绘画中的空间构境的诗意。翟永明从中敏锐地领悟到如何在诗歌创作中抵达空间构境的神韵，扩展文本表达的场域和自由度，从而抵达敞开着的文学空间。

（原载《当代作家评论》2023 年第 2 期）

---

① ［法］莫里斯·布朗肖：《文学空间》，顾嘉琛译，商务印书馆 2003 年版，第 19 页。
② 翟永明：《面对词语本身》，载《完成之后又怎样》，北京大学出版社 2014 年版，第 43 页。

从幻灭到静穆

——穆旦诗歌的最后绝唱

孙良好（温州大学）、杨成前（南京大学）

1975 年，沉寂十七年之久的穆旦重新拿起了诗之笔，这是他的生命在历经无数波折之后的迸发，至 1976 年抵达其创作的第二次高峰。现实的一次又一次磨难让诗人在虚无深渊中挣扎太久，此际已然洞察了存在的虚无本质，不再有早年初涉虚无时的强烈反弹，不再竭力质问存在的意义和价值，也不再有试图勘破存在本质、探求超越路径的意图。"受难者"的姿态依然鲜明，却不再像 20 世纪 40 年代那样熬煮般痛苦，而是平添了一份理性、恬静与坦然。穆旦将其视为一种归宿般的必经之路，进而在幻灭的旅途中静穆地承受其中的痛苦并低吟"智慧之歌"。

一、幻灭："险途"与"终点"

穆旦晚期诗歌中经常出现走上人生险途和抵达虚无终点的诗歌主题意象，作于 1975 年的《妖女的歌》① 就以隐喻的表现手法幽微地传达"险

---

① 穆旦:《妖女的歌》，载《穆旦诗文集》（1），人民文学出版社 2018 年版，第 309 页。

途"与"终点"的主旨:因为"一个妖女在山后向我们歌唱","我们"就"攀登高山""翻越险峻"去追寻她,并倾尽所有地献出"自由、安宁、财富","终至'丧失'变成了我们的幸福"。当"我们"变得一无所有,人间最美好的"爱情和梦想在荆棘中"闪烁时,"妖女的歌已在山后沉寂"。在这里,"妖女"有无穷的"魅惑",也深具"危险"的意味。诗人以"妖女的歌"为题即隐含了深长的意味:一方面,"妖女"可以说是特定时代语境的象征,是鼓舞他投笔从戎的 20 世纪 40 年代,也是敦促他毅然回国的 20 世纪 50 年代,穆旦面对大时代的召唤所作出的两次选择使他历尽磨难、九死一生,使他不断陷入生命的虚无状态并淹没其中作困苦的心灵搏斗;另一方面,"妖女"也可以说是抽象的社会理想、历史文明乃至超然的命运力量,历尽半生艰辛的穆旦深刻地体味了个体存在始终被操纵的不幸,不自觉地走上险途,到头来却发现遗失了所有珍贵的事物。类似主旨的诗歌这一时期还有不少:《苍蝇》[①] 中"是一种幻觉,理想 / 把你吸引到这里",而终点却是"承受猛烈的拍击";《理想》[②] 中"理想是个迷宫,按照它的逻辑 / 你越走越达不到目的地"。这样的主题意象也曾出现在穆旦早期的诗歌创作之中:如《童年》[③] 中"一条蔷薇花路伸向无尽远,/ 色彩缤纷,珍异的浓香扑散",诱惑着"奔程的旅人""贪婪地抚摸这毒恶的花朵",但"他终于像一匹老迈的战马,/ 披戴无数的伤痕,木然嘶鸣";《蛇的诱惑》[④] 则直接借用了圣经创世纪的故事,伊甸园中的人受

---

① 穆旦:《苍蝇》,载《穆旦诗文集》(1),人民文学出版社 2018 年版,第 310—311 页。
② 穆旦:《理想》,同上书,第 323 页。
③ 穆旦:《童年》,同上书,第 20—21 页。
④ 穆旦:《蛇的诱惑》,同上书,第 23—27 页。

　　　　　　　　　　　　　　当代文学的演进与经验

到了蛇的诱惑吃了禁果，从而走上了被放逐的漫漫长途。这种前后期的遥相呼应说明这种主题意象与穆旦一直以来的生命体验息息相关。联系穆旦当时的境遇——随着"文革"进入尾声，社会政治局势开始好转，穆旦终于可以逐步恢复创作，但历经磨难的诗人已年近花甲。面对如烟往事，饱经沧桑的诗人不免有幻灭之感，满腔的热情和长期的压抑化为依旧沉默的诗篇，无奈地抒发对人生险途彻悟般的虚无慨叹。

与人生险途和虚无终点相伴随，穆旦晚期诗歌经常出现"坟"的意象:《停电之后》① 中的"小小的蜡烛"经过一夜的燃烧，"不但耗尽了油，/ 而且残流的泪挂在两旁"，诗人满怀感激"默念这可敬的小小坟场";《冥想》② 中诗人在冥想自己"奔波、劳作、冒险"的生命之旅之后，"突然面对着坟墓"。"坟"的主题意象与穆旦面对人生险途与临近终点的幻灭之感让我们不禁想起鲁迅《写在〈坟〉后面》③ 中的认知:"我只很确切地知道一个终点，就是: 坟。"他们对于以"坟"为代表的"终点"体认如出一辙，但面对着作为终点的"坟"的态度却又不尽相同: 鲁迅自觉认同了"坟"的终点，并声称"虽然明知道过去已经过去，神魂是无法追蹑的，但总不能那么决绝"，"至于不远的踏成平地，那是不想管，也无从管了"，而"和光阴一同早逝去"，即早日到达"坟"的终点，也是鲁迅"所十分甘愿的"，于是，面对着虚无的"终点"，鲁迅化身为不接受布施只顾在野地里跄踉行走的过客、在无法战胜的"无物之阵"中仍毅然举起投

① 穆旦:《停电之后》，载《穆旦诗文集》(1)，人民文学出版社 2018 年版，第 346—347 页。
② 穆旦:《冥想》，同上书，第 327—328 页。
③ 鲁迅:《写在〈坟〉后面》，载《鲁迅全集》(第 1 卷)，人民文学出版社 2005 年版，第 284—287 页。

从幻灭到静穆

枪的战士；穆旦面对着"坟"则更多的是出于一种自身生命的体认，是饱经沧桑历尽磨难后对虚无的切身体验，是在虚无中沉溺挣扎许久后无奈的省察。这种不同源于穆旦与鲁迅面对个人与民族国家之间冲突时的主体性差异：鲁迅很早就看清个人与民族国家之间的冲突和人之存在的虚无，他明白在无垠的社会历史时间面前个人是极为有限的，因此他"自觉地选择了以社会制度的现代性诉求压抑个人的现代性诉求的道路，认同了牺牲自我以换取社会进步的悲剧命运""这种悲剧性的命运，反而使鲁迅的自我牺牲获得了一种悲壮的崇高感，生命因此而在自我否定中获得了意义"。[1]换言之，鲁迅的清醒使他能自觉地以"历史中间物"的姿态面向虚无作绝望的抗战。不同于鲁迅的清醒，穆旦早年具有充沛的浪漫主义和理想主义精神，因此只有在亲涉虚无、挣扎良久后才切实意识到在社会历史文明或者说在更宏大抽象的超然力量面前个人存在之渺小有限和被操纵的不幸命运。当他回望自己所走过的人生险途，觉察到其间的缥缈和歧误时，生命的"终点"已经迫近，幻灭的感觉如影随形。

除了因时代遭际所体验的人生险途之外，1976年1月19日晚骑车摔伤的这一现实事件也加剧了穆旦的幻灭之感。在此之前，尽管他历尽磨难、年近花甲，但仍能保持着坚韧乐观的心态。1972年在给友人的信中仍不乏自信："我今年已经五十五岁了，头发白了，老相十足……但这只是外观，内心还是那个我，似乎还和年轻时一样，只是外界不同

---

[1] 段从学：《跋涉在荒野中的灵魂——穆旦与鲁迅之比较兼及新文学的现代性问题》，《鲁迅研究月刊》2006年第6期。

了。"①1973 年他将译作《唐璜》送去邮局，满怀希望地等待可以出版的消息。特别是 1975 年，他在信中勉励后辈："我相信每一个人在一生中总有几次好的转机，你们必也如是，暂且'相依为命'，不要灰色。"②这一年他还在鲁迅杂文集《热风》的扉页上题写"有一份热，发一分光"，自己则一边翻译英美现代诗，一边对普希金诗歌进行了重译和修订，同时还思考着"新诗与传统诗的结合之路"。③由此可见，不管在个人精神、人际交往还是社会期冀方面，1976 年之前的穆旦仍怀揣着不灭的理想和良好的心态。摔伤之后的穆旦心态明显有所改变，一种暮年岁已至、行将就木的幻灭感诉诸笔端：1 月 25 日在致董言声的信中写道："这三天躺床就酸疼，辗转不能眠。特别有人生就暮之感。"④3 月 31 日，在给孙志鸣的信中写道，因腿伤"整天昏昏沉沉"，"很爱陶潜的人生无常之叹"。⑤易彬在《穆旦评传》中如此评述诗人这一阶段的书信："再往后，穆旦书信之中更大面积地出现了一种忧伤、恐惧的情绪，死之将至、人生虚无、生命幻灭的感叹。"⑥

值得追问的是，在跌宕起伏的半生中，穆旦以他的坚韧挺过了诸多磨难，为何会在 1975 年这个长夜即将过去、生活开始逐渐恢复正常的时间点，面对未知的死亡而惶恐不安、意志有所衰退呢？或许这正是由于

---

① 穆旦:《穆旦致杨苡的信 1972 年 11 月 27 日》, 载《穆旦诗文集》(2), 人民文学出版社 2018 年版, 第 166—167 页。

② 穆旦:《穆旦致刘承祺、孙志鸣的信 1975 年 10 月 9 日》, 同上书, 第 260 页。

③ 李方:《穆旦(查良铮)年谱》, 同上书, 附录二。

④ 穆旦:《穆旦致董言声的信 1976 年 1 月 25 日》, 同上书, 第 191 页。

⑤ 穆旦:《穆旦致孙志鸣的信 1976 年 3 月 31 日》, 同上书, 第 264 页。

⑥ 易彬:《穆旦评传》, 南京大学出版社 2012 年版, 第 525 页。

年岁迟暮和黎明将至两个时间交集所致。与20世纪40年代战争中的"死亡体验"不同，战争中的"死亡体验"来自不可抗的外部世界，而且那时正当青春的穆旦被高扬着浪漫主义和理想主义精神的生命本体鼓舞着，再加上抗日战争的正义性和神圣感使他自觉认同了以牺牲自我来获取伟大生命意义的价值观。诚如段从学所言，"他有着青年人所持有的自然人性观，相信自己的生命是纯洁的，有着本然的意义和价值"，因此他愿意"毫不足惜地与黑暗或丑恶一同死去"①。正因如此，战争中的"死亡体验"没有给穆旦带来幻灭，反而使他在逼近虚无的心灵搏斗中得到了历练升华。1976年的穆旦，其"死亡意识"则源于他自身身体的病痛，此时的诗人已在残酷的人世之海中历尽坎坷，年轻时候的浪漫主义和理想主义情怀渐渐远去。就在他终于迎来曙光初现的时刻，身体的病痛让他不得不正视老之将至的事实。此时的"死亡意识"不再是战争时期死亡临界点的体验，更多的是作为一个老之将至的普通人面对未知死亡的惶恐与焦虑，这种面对死亡形而上学的主动思考不可避免地会带来幻灭之感。

那么是否可以说穆旦晚期的诗歌中尽是由于死亡意识而导致的幻灭与凄凉呢？穆旦的晚年是否就如易彬认为的那样，是所谓的"悲观的终结"②呢？仔细研读穆旦晚期诗歌，我们可以发现，除了不时呈现的消极情绪之外，沉郁之中仍不乏希望，看似无声的抗争中隐约闪烁着一种静穆之美。

---

① 段从学：《跋涉在荒野中的灵魂——穆旦与鲁迅之比较兼及新文学的现代性问题》，《鲁迅研究月刊》2006年第6期。
② 易彬：《悲观的终结——一种对诗人穆旦晚年的理解》，《书屋》2002年第3期。

二、静穆：旷野上的"智慧之树"

　　尽管幻灭之感在穆旦晚期诗歌中不时流露，指向虚无终点的主题意象频频出现，但沉思冥想获得的静穆之美不可忽视。一生命运多舛的穆旦，在九死一生的战争中冲出重围，在四面楚歌的时代重压下坚韧生活，历经数十年的磨砺终于走到曙光初现的 1976 年，又怎么会因为年岁和病痛而彻底丧失希望呢？据穆旦的妻子周与良回忆，"四人帮"打倒后，他高兴地对她说"希望不久又能写诗了"，还说"相信手中的这支笔，还会重新恢复青春"。① 虽然他热切的希望并未获得妻子的首肯，但考察目前可以看到的写于 1976 年的 20 多首诗作，这一年无疑是他继 1940 年之后的又一个创作高峰，"静穆"的风格涵括了其精神生命中最后的诸多思索，可视为其生命的最后绝唱。

　　"静穆"首先表现在这一时期诗歌语言的形式与表达上。穆旦早期的诗歌语言追求含混多义、奇崛惊异的表达效果，如郑敏所说："它扭曲，多节，内涵几乎要突破文字，满载到几乎超载。"② 这一方面是由于穆旦早年受西方现代派的影响较大，从奥登、艾略特等现代主义诗人那里汲取的诗歌语言呈现出抽象艰涩的哲理化倾向；另一方面，年轻的穆旦对现代情绪体验有着敏锐而深刻的感触。随着他经历和视域的不断丰

---

① 周与良：《永恒的思念》，载李怡、易彬：《穆旦研究资料》（上），知识产权出版社 2013 年版，第 39 页。
② 郑敏：《回顾中国现代主义新诗的发展并谈当代先锋派新诗创作》，《国际诗坛》1989 年第 8 期。

富和扩大，他感受到的痛苦压抑情绪体验也在不断增强，含混多义、奇崛惊异的诗歌语言正好可以充分地承载并开掘出现代体验的丰富意味。穆旦晚期的诗歌语言明显趋于直白流畅，早期对奇崛惊异的语词搭配和表达效果的追求在晚期归于平和自然；同时，早期不拘一格、灵活多变的句法结构和可有可无的诗歌韵律在晚期也趋向于整饬均齐和严谨法度。这些转化首先是穆旦精神生命的蜕变，年少时激扬青春的浪漫主义和理想主义情怀在历经沧桑后已然褪去，取而代之的是对世事清醒的彻悟与平和的接受，精神生命的蜕变自然会反映在诗歌创作中；其次是由于穆旦晚期常年从事诗歌翻译的影响所致，他翻译的对象主要是拜伦和普希金，拜伦作品中的"明晰纯朴和民主性"以及形象的"富于现实的具体性"①，普希金作品的温柔、质朴、简洁，都成为其晚年诗学资源的主要来源，这必然会对其诗歌创作产生自觉或不自觉的影响；再次与读者的接受水平有关，20 世纪 40 年代各种前沿的西方思潮在中国激荡，尤其是他求学和任教的西南联大师生对现代主义诗歌的接受水平比较高，而 60—70 年代国内思想文化倾向趋于单一，主流意识形态引导民众去接受现实主义，现代主义的审美方式渐渐销声匿迹。面对这种强大的时代主潮，穆旦开始"反思自己对奥登等的模仿太过了。怨自己对人民群众的不了解。相信一个时代有一个时代的诗。他愿多读点当时的年轻朋友反映新生活的作品，由此思考些问题再动笔"。② 是故，穆旦晚期诗歌语言的变化一定程度上是出于他自觉的考虑——从一般的读者接受和长远的诗歌建设考虑，他自觉地淡化早年一度热衷的现代主义姿态，以尽可能

---

① 穆旦：《拜伦抒情诗选·前记》，平明出版社 1955 年版，第 3 页。
② 周良沛：《穆旦漫议》，《文艺理论与批评》2001 年第 1 期。

平易自然的语言进行创作。

值得注意的是，穆旦晚期诗歌语言的转换并没有改变他一直秉持的诗学观念——"诗应该写出'发现底惊异'"①。早年的穆旦以现代主义式扭曲陌生的诗歌语言承载和阐发他在异己性的现代体验重压下极具张力的矛盾和痛苦，晚期趋向于直白流畅与自然醇厚的诗歌语言仍然具有"发现底惊异"的表达效果，例如前述《妖女的歌》②一诗：

> 一个妖女在山后向我们歌唱，
> "谁爱我，快奉献出你的一切。"
> 因此我们就攀登高山去找她，
> 要把已知未知的险峻都翻越。

诗歌开首像是在讲述一个寓言故事，语句之间逻辑衔接自然，几近于用口语贴切地表达，但后半部分看似直接实则反常的语言还是让人感到震动：

> 丧失的越多，她的歌声越婉转，
> 终至"丧失"变成了我们的幸福。

> 我们的脚步留下了一片野火，

---

① 穆旦:《穆旦致郭保卫的信 1976 年 3 月 31 日》，载《穆旦诗文集》(2)，人民文学出版社 2018 年版，第 213 页。

② 穆旦:《妖女的歌》，载《穆旦诗文集》(1)，人民文学出版社 2018 年版，第 309 页。

山下的居民仰望而感到心悸；

那是爱情和梦想在荆棘中的闪烁，

而妖女的歌已在山后沉寂。

《冥想》①—诗的最后表达更是意味深长：

但如今，突然面对着坟墓，

我冷眼向过去稍稍回顾，

只见它曲折灌溉的悲喜

都消失在一片亘古的荒漠，

这才知道我的全部努力

不过完成了普通的生活。

如此平易自然、流畅通脱、亲切明了的语言读来给人一种安静、庄严、肃穆的感觉，但"发现底惊异"丝毫不亚于早期以奇崛的语言和纷繁的现代派技巧取胜的诗歌，是一个成熟的诗人历尽沧桑洗尽铅华后对个体生命在人世间百转千回之后的彻悟。因为"发现底惊异"最重要的还是内容，语言和形式等外在因素所指向的中心仍是来自生活的经验，唯有真诚反映生活中的"痛苦或喜悦"，才能写成"一首有血肉的诗"②。在当代学者型诗人王家新看来："穆旦晚期的诗，更为率性、质朴和悲怆，不像

---

① 穆旦：《冥想》，载《穆旦诗文集》（1），人民文学出版社 2018 年版，第 327—328 页。

② 穆旦：《穆旦致郭保卫的信 1976 年 3 月 31 日》，载《穆旦诗文集》（2），人民文学出版社 2018 年版，第 213 页。

早期那样刻意，它们更真切地触及到一个受难的诗人对人生、岁月和命运的体验。"①

除诗歌语言的形式与表达方式之外，"静穆"还体现在穆旦晚期诗歌的主题意象与情感向度上。在诗歌的主题意象上，晚期的穆旦偏向于对一些人生母题作形而上的总结提炼，如《智慧之歌》《理想》《爱情》《友谊》《冥想》等。虽然这些基于个体生存意义和人之生存处境的母题在穆旦的诗歌写作中一以贯之，但前期诗歌中的情感更为炽热激昂，情绪也更为痛苦扭结，困惑、批判、质疑、呼号、挣扎的姿态随处闪现，而晚期诗歌中痛苦绝望的情绪明显舒缓，对社会历史的质疑、批判力度也有所减弱，强化的是对个体生存普遍价值的追寻，呈现出返璞归真的静穆之美。这种静穆之美体现为理性的通脱与超然和面对生活的热情与希望，同时也隐含了沧桑、苦涩、凄凉之感。郑敏不无感慨地评价穆旦晚期的作品："一个能爱，能恨，能诅咒而又常自责的敏感的心灵在晚期的作品里显得凄凉而驯服了，"②但她又敏锐地指出："穆旦不喜欢平衡。平衡只能是暂时的，否则就意味着静止，停顿。穆旦像不少现代作家，认识到突破平衡的困难和痛苦，但也像现代英雄主义者一样他并不梦想古典式的胜利的光荣，他准备忍受希望和幻灭的循环……"③

事实上，晚年的穆旦一直在"希望和幻灭的循环"中领受着主体在虚无中的压抑和痛苦，只是此时他在虚无的黑暗中沉溺很久，在抵抗虚

---

① 王家新：《翻译作为幸存》，《江汉大学学报（人文科学版）》2009年第6期。
② 郑敏：《诗人与矛盾》，载李怡、易彬：《穆旦研究资料》（上），知识产权出版社2013年版，第363页。
③ 同上。

无的路途上也走得很远，面对虚无已有了足够的适应能力和抵抗能力，因此不再有早年初涉虚无时那样激烈的反弹——痛苦地质问，恐惧地逃避，绝望地祈求上帝，取而代之的是一种"悲剧式的充实，一种宿命般的应验，它包含着一种无言的震惊和顽强的抗争"①。因此，穆旦晚期诗歌中呈现出的静穆之美正是希望、幻灭、抗争所共同交织熔铸而成的——因为诗人对人之有限性和存在虚无的清醒认识，所以有着幻灭与凄凉；因为认清虚无本质后"向死而生"的快意和充实，所以他仍未被驯服，仍怀揣着希望一路抗争着走向虚无的终点。

在《智慧之歌》②中，穆旦的"受难者"姿态依旧，却不再像早期那样熬煮般痛苦，而是更显理性与从容。诗人知道自己"已走到幻想底尽头"，却没有过分感伤悲观的情绪，因为他清醒地认识到存在的虚无本质，而他毕竟拥有过美好的欢喜，这欢喜是爱情、友谊、理想，虽然它们如"灿烂的流星"一般"永远的消逝了"，遗留下来的只有"社会的格局"和"生活的冷风"以及永恒的痛苦，但他并未就此沉沦，而是更加坚韧而坦然地面对现实并审视自我，从痛苦和残酷的现实真相中咀嚼人生的智慧。"智慧之树"是穆旦给自己最后的形象定位，在苦难的土壤中生长却仍能枝繁叶茂，因为它从生活的苦汁中吸取营养。这种超然的豁达和沉郁的理性熔铸成静穆的树的形象。

这种经受"丰富的痛苦"之后的"静穆"在穆旦晚期的诗歌中俯拾皆

---

① 宋炳辉：《新中国的穆旦》，载李怡、易彬：《穆旦研究资料》（下），知识产权出版社2013年版，第648页。

② 穆旦：《智慧之歌》，载《穆旦诗文集》（1），人民文学出版社2018年版，第312—313页。

　　　　　　　　当代文学的演进与经验

是，在《冥想》①中诗人一边发问一边就给出思索的结果。

> 为什么万物之灵的我们，
>
> 遭遇还比不上一棵小树？
>
> 今天你摇摇它，优越的微笑，
>
> 明天就化为根下的泥土。

他深刻地认识到个人极为有限的存在以及人生命运的偶然、短促与荒谬，曾经"奔波、劳作、冒险"如突泉般新鲜的生命，转瞬间却"突然面对着坟墓"，一切的悲喜"都消失在一片亘古的荒漠"。面对如此悲凉虚无的生存境遇，诗人却没有沉溺其中不能自拔，反而更加确认了生命的意义："我的全部的努力／不过完成了普通的生活"。这一方面是对人之存在有限性的体认和对人之存在崇高性、永恒性的否定和消解，是诗人历经一生坎坷得出的残酷结论，是他勇敢正视生命真相的痛楚表达；另一方面，生活尽管平凡普通，却是用尽个体生命的全部努力而得来的，因此闪烁着平凡而伟大的意义，这是对普通生活的体认、接受与肯定，也是对自我生存价值和生命尊严的另一种确认。

在《理智与情感》②中，诗人的理智作为一种劝诫的声音而存在，个体生命在诗中极为渺小而短暂，"一生的奋斗"不过只是"一个小小的距离"，因此奋斗不过徒增了许多不必要的挫折和烦恼，最后总要被时间淘洗"在那永恒的巨流"。尽管诗人对个体生命意义进行深入思考后体悟

---

① 穆旦：《冥想》，载《穆旦诗文集》（1），人民文学出版社2018年版，第327—328页。

② 穆旦：《理智与情感》，同上书，第314页。

了人在时间的历史长河里的有限性和悲剧命运，但他面对这种无法逃避的有限性和虚无命运时，最终的选择却显得坚定无比：

> 即使只是一粒沙
> 也有因果和目的：
> 它的爱憎和神经
> 都要求放出光明。
> 因此它要化成灰，
> 因此它悒郁不宁，
> 固执着自己的轨道
> 把生命耗尽。

在个体生命存在的有限性和悲剧命运面前，诗人意识到凭借着坚韧执著的热情和勇气也能在虚无的路途中获得活着的价值和意义，进而抵抗虚无的生存处境，于是在《听说我老了》①中，诗人写道：

> 人们对我说：你老了，你老了，
> 但谁也没有看见赤裸的我，
> 只有在我深心的旷野中
> 才高唱出真正的自我之歌。

① 穆旦：《听说我老了》，载《穆旦诗文集》（1），人民文学出版社 2018 年版，第 325 页。

　当代文学的演进与经验

它唱着，"时间愚弄不了我，

　　我没有卖给青春，也不卖给老年，

　　我只不过随时序换一换装，

　　参加这场化装舞会的表演。"

这里展现出的是蓬勃热情的生命力量和积极乐观的生命态度：或许人们对"我老了"的判断是一个事实，美好的衣衫已"在岁月里烂掉"，时间只给我留下了一件"破衣衫"，但真正的"我"并没有被时间困于庸常的现实，而是无拘无束地遨游于丰富的精神世界——只有在"深心的旷野里中"，"我"才会高唱出"真正的自我之歌""和大雁在碧空翱翔""和蛟龙在海里翻腾"，在山峦"那辽阔的静穆里做梦"。老之将至的"我"是一位历经沧桑后参悟人生的智者，面对残酷的现实表现出一种难得的豁达与从容。

　　绝笔诗《冬》①可视作穆旦晚年精神生命思索的凝聚，展现出诗人宁静悠远的心境和思绪。寒冷严酷的冬季旷野给了诗人格外冷静的思索空间，这一次思索也不期然地成了他这一生留给世界的最后绝唱。诗歌共有四部分，第一部分为总章，第二三四部分描写的则分别是严酷冬天里自然界、个体生命和世人的生存状态。在诗的第一部分中，诗人以一系列寒冷的意象为全诗奠定了寒冷严酷的基调：又冷又昏黄的下午、枯

---

① 《冬》有两个版本，原版载于《诗刊》1980 年第 2 期。现行版本是穆旦采纳了友人杜运燮"太悲观"的意见修改后的版本。本文的细读采用的是原版的《冬》，因为根据穆旦自己的说法（参考《穆旦致杜运燮的信 1976 年 12 月 29 日》，载《穆旦诗文集》(2)，人民文学出版社 2018 年版，第 177 页）以及学界内相关学者的研究（如邓集田：《穆旦〈冬〉诗的版本问题》，《文艺争鸣》2007 年第 9 期），原版更符合穆旦的创作心境。

草的山坡、死寂的原野、冰冻的小河、被北风吹得沙沙作响的门窗、雪花飘飞的不眠之夜；在每一节的最后，诗人以复沓的叠句形式反复诉说着"人生本来是一个严酷的冬天"的残酷真理。诗的最后一章尤为生动，诗人一改常用的抽象抒情议论的表达方式，以客观叙事的方式描绘了一幅具有情节性的画面——冬季旷野里一群粗犷旅人暂时停留歇脚的场景，以蒙太奇式的手法将视线聚焦于几个特定的画面：带雪的泥脚、粗而短的指头、滚沸的一壶热水、北风中簌簌作响的电线以及一望无际的原野，这些具体、细微的特写镜头给予诗歌电影般的质地，在平实朴素的氛围中透露出一种震撼人心的情感力量。这些粗犷的旅人是人世间寻常的过客，他们在艰苦人生旅途的短暂间隙中乐观愉悦地"吃着，哼着小曲，还谈着／枯燥的原野上枯燥的事物"，虽然窗外的寒风还在肆虐，通往远方的道路仍看不到尽头，严酷的冬天万古如长夜，但短暂的休憩之后，他们从容地掸去生活的尘土"又迎面扑进寒冷的空气"。冬季严酷旷野的广漠背景中，他们是向虚无终点执著行进的旅人，也是无需布施坚韧抵抗绝望的战士。或许，他们会在茫茫白雪的旷野里偶遇一棵碧绿的树，他们坚韧沉默的背影和树木桀骜伫立的树干相互应和，凝结成一幅令人怦然心动的静穆图景，这是穆旦背负着灵魂艰苦跋涉一生最为真切的写照，也是无数个体生命生存境遇的永恒定格。

1975 年至 1976 年，穆旦最后迸发的诗歌创作是他对一生精神生命历程的总结。然而，命运总是那么荒谬而残酷，时代的黎明将至，诗人却溘然长逝。历经一生磨难，时有虚无与幻灭之感，但诗人的抵抗与思索从未停止。

命途多舛的一生使穆旦看透了人生存在的虚无本质，尽管他最终也未能寻到真正超越虚无的路径，但他从未回避虚无的逼视，在虚无的不断折磨中锲而不舍地寻求意义。就此而言，诗人对虚无的抵抗一直存在，希望的火光一直在闪烁。在这个过程中，穆旦的挣扎与抵抗证明了生命存在的价值，让后来人在其最后的诗作中领受拉奥孔般静穆永恒的美感。

在浩浩汤汤的历史长河中，无数渺小的个体生命来过、存在过，最终无声无息地消逝在无尽而永恒的洪流之中，唯有背负灵魂赶路的人可以留下些微的痕迹，或许那跫音极其微弱，却能始终回荡在他行经的空谷，余音袅袅。

（原载《华中学术》2022 年第 4 期）

改革开放四十年：打造"人的文学"经典
——以小说创作为中心

毕光明（海南师范大学）

以 1978 年为时间节点，思想解放运动带来了一场声势浩大的文学变革运动，人的文学复苏。从 80 年代，到 90 年代，再到新世纪，文学经典的涌现成为新文学诞生以来的文学奇观。经典并不是一定要等作品问世达到一定的时间长度才能确认。经典的认定靠文学史的参照系起决定作用。如果一部新问世的文学作品，与已进入文学史的经典相比，在兼容历史内涵、人性深度和艺术创新方面毫不逊色，同时代的文学批评家就完全可以将这部作品视为经典，至少通过对它的推介使其初始经典化。按照这样的经典认证方法，改革开放四十年文学有多部小说作品可以进入经典的行列。这四十年的三个文学发展阶段，小说经典层出，难以从题材角度观，而需要从思潮方面看。

80 年代，文学的真实性（实乃是批判现实主义的文学传统）得到提倡，小说在这种思潮中开始批判"文革"达到顶峰的极左路线，沉痛地反思历史，出现"伤痕文学"和"反思文学"的创作潮流，这类文学打动了国人内心最敏感的地方，激起强烈的共鸣，也引起深邃的思考，因为它的出发点是人的权利和尊严，它是对五四人的文学传统的遥远呼应。"伤

当代文学的演进与经验

痕文学"在艺术上或许不无幼稚，但它几乎是从文学的废墟上崛起，其划时代的意义足以让其中的代表作成为文学史经典①，如刘心武的《班主任》、卢新华的《伤痕》、郑义的《枫》、孔捷生的《在小河那边》等。"反思文学"主要出自历经坎坷的"归来"作家的笔下，历史批判的力度加强，叙事艺术成熟而具有现代性，一些轰动一时的作品在今天看来也具有经典的纯度。代表性的有王蒙的《春之声》《布礼》、高晓声的《李顺大造屋》《陈奂生上城》、方之的《内奸》、陆文夫的《井》《美食家》、冯骥才的《神鞭》、古华的《芙蓉镇》、郑义的《远村》、何士光的《乡场上》、路遥的《在艰苦的日子里》《人生》、杨绛的《洗澡》等。紧接着"反思文学"出现的创作潮流是"改革文学"，蒋子龙的《乔厂长上任记》是开山之作，在同一题材领域的经典地位也难以撼动。改革是 80 年代的主旋律，躁动发生在城市，也波及乡村，文学及时反映中国现代化进程激动人心的一幕。由于从现实中牵动了传统，因而作品的问题意识具有超前性，尽管思想性压倒了艺术性，但仍然具有为时代的变动作证的经典性。进入文学史的小说还有柯云路的《三千万》《新星》、水云宪的《祸起萧墙》、贾平凹的《鸡窝洼人家》《腊月·正月》、张洁的《沉重的翅膀》等。80 年代中期是新时期文学的全盛期，出现"八五新潮"，文学进一步多元化并在世界文学视野的激励下更具有现代性。"八五新潮"主要是现代派热和寻根文学热。现代派热始自 80 年代初，批评理论界有过一场现代派文学论争，它在中国文学界广泛而深入地普及了现代主义、后现代主义文学知识，不妨说当代文学对现代性的追求主要来自现代派文学的冲击。宗

---

① 杨经建在《论"红色经典"的经典性意义和经典化定位》（《广东社会科学》2007 年第 4 期）里将经典分为"文学史经典"和"文学经典"，可参看。

璞的《泥沼中的头颅》和《我是谁》是最早具有典型现代派色彩的作品。至1985年,因刘索拉的《你别无选择》被看作新时期文学中真正的现代派小说,现代派创作再次受到强烈关注。这一时期产生的具有现代派色彩或品质的小说有徐星的《无主题变奏》、陈村的《一天》、残雪的《山上的小屋》《黄泥街》《苍老的浮云》、莫言的《透明的红萝卜》《筑路》《白狗秋千架》《球状闪电》、洪峰的《奔丧》、扎西达娃的《西藏,隐秘岁月》《系在皮绳扣上的魂》等,这些作品比起西方现代派文学虽然更多理性的成分,但都是中国经验的现代性表达,它们为中国文学融入世界文学作了无畏的探索。寻根文学的兴起源于1984年在杭州召开的青年创作会议,随后,韩少功、阿城、李杭育、郑万隆、贾平凹等人,在报刊上公开发表文章,表达对文学寻根的诉求,这个根就是中国文化。回到本土,回到民间,回到民族性,被看作是文学取得世界承认的不二法门。依照文学寻根的思想理论创作出的一批小说,具有经典性的有韩少功的《爸爸爸》《归去来》、阿城的《棋王》《遍地风流》、王安忆的《小鲍庄》、郑义的《老井》、李杭育的《沙灶遗风》《最后一个渔佬儿》、郑万隆的《老棒子酒馆》《异乡异闻三题——〈黄烟〉、〈空山〉、〈野店〉》、李锐的《厚土》、张炜的《古船》、贾平凹的《商州》《浮躁》等。其中《古船》和王蒙的《活动变人形》一样,是80年代最有历史反思性,塑造出了典型形象的重要长篇。"八五新潮"还催生了先锋小说运动。先锋小说与现代派相关联,莫言、残雪可看作先锋小说的前驱。作为改革开放四十年文学最富于探索精神的先锋小说,出现在80年代中期,是西方现代哲学与文学对中国文学界产生了全面影响和深度渗入的结果,传统的现实主义文学理论在先锋运动中变得陈旧,在新时期文学教育里成长起来的新一代作家,以前卫的姿态探索存在的可能性以及与之相关的艺术的可能性，在艺术创新使命的驱使下向文学现代性的腹地挺进。马原的"叙述革命"是先锋派崛起的标志。从以1985年为起点的前期到以1987年为起点的后期，先锋小说为当代文学史留下了一批有着神秘色泽的作品，主要有马原的《冈底斯的诱惑》《西海的无帆船》《虚构》、洪峰的《奔丧》《瀚海》《极地之侧》、格非的《迷舟》《褐色鸟群》、苏童的《妻妾成群》《一九三四年的逃亡》、余华的《四月三日事件》《河边的错误》《现实一种》《难逃劫数》《一九八六年》、孙甘露的《信使之函》《访问梦境》《请女人猜谜》、北村的《逃亡者说》《劫持者说》《聒噪者说》、潘军的《蓝堡的故事》等。80年代中后期突破传统文学观和历史观的创作思潮还有新历史主义小说，代表作是莫言的《红高粱家族》和乔良的《灵旗》。莫言的这部由5部中篇组成的长篇小说，以个体生命为本位，从民间的视角重写了中国现代史，彻底更新了文学与主流意识形态之间的权力关系，是80年代文学的一座奇峰。莫言在80年代表现出来重构现代史和革新小说表现形式的强大艺术想象力和创造力，一直保持到了新世纪。80年代中后期的另一创作潮流是"新写实主义小说"。作为现实主义发展的新阶段，新写实主义摒弃了五四以来文学的社会关怀，而代之以人文关怀，将创作取材的视点下调到了普通人的日常生存状态。在新写实这个文学概念下走进广大读者和评论研究视野的作品很多，堪称经典的有方方的《风景》、池莉的《烦恼人生》、刘震云的《塔铺》《新兵连》《一地鸡毛》、刘恒的《狗日的粮食》《伏羲伏羲》、李晓的《继续操练》、叶兆言的《枣树下的故事》、范小青的《顾氏传人》等。

如果从创作群体来看，80年代的名家杰作主要来自知青作家、复出的作家和女性作家。复出的作家，创作实力及成果在"反思文学"文学里已有体现。由知青作为创作主体的"知青文学"和由女性作家作为创作主体的"女性文学"，都有经典作品留下。知青小说有张承志的《黑骏马》《北方的河》《金牧场》、梁晓声的《这是一片神奇的土地》《今夜有暴风雪》、史铁生的《我遥远的清平湾》、孔捷生的《在小河那边》《大林莽》、叶辛的《蹉跎岁月》、韩少功的《西望茅草地》、王安忆的《本次列车终点》、阿城《棋王》《树王》《孩子王》、李锐的《合坟》、张抗抗的《隐形伴侣》、马原的《错误》《上下都很平坦》、陆天明的《桑那高地的太阳》、朱晓平的《桑树坪纪事》、老鬼的《血色黄昏》等。女性文学有张洁的《爱，是不能忘记的》、王安忆的《小城之恋》《荒山之恋》《锦绣谷之恋》《岗上的世纪》、铁凝的《麦秸垛》《玫瑰门》等。

80年代的小说经典，并非都出自上述创作潮流或作家群体，也有的是作为一种文学类型或现象引起关注并长久为人所讨论。散文化、诗化小说的复活，强化了80年代作家、读者和评论家的文体意识。汪曾祺的《受戒》《大淖记事》、王蒙的《海的梦》、何立伟的《白色鸟》、铁凝的《哦，香雪》，都有比文体革新更丰富的审美内涵。市井风情和风俗文化小说的描写也是80年代多样化写作中的收获，如邓友梅的《烟壶》《那五》、冯骥才的《三寸金莲》、林斤澜的《矮凳桥上的风情》、刘心武的《钟鼓楼》、阿来的《尘埃落定》等。始终坚持现实主义写作的路遥，在80年代后期完成了史诗性长篇《平凡的世界》，成为日后的长销书。80年代的最后一位经典作家是王朔。王朔充满理想主义色彩，他对一切严肃性进行调侃与解构的小说预告了大众文化时代的到来。他的创作，集中在八九十年代之交，风靡一时的有《一半是火焰一半是海水》《顽主》《一点正经没有》《玩的就是心跳》《千万别把我当人》《永失我爱》《我是你爸爸》《动物凶猛》《过把瘾就死》等中长篇小说。

90年代文学以王朔的小说开篇,意味着一个视文学为"宗教"的时代结束。随着市场经济时代的到来,大众文化、商业文化对纯文学造成冲击,文学的雅俗分化加剧,文学更加多样化和个人化。90年代不像80年代那样浪潮更迭,但80年代积累的文学能量在90年代呈现为别样的创造。长篇热推送出了重量级作品,"陕军东征"里陈忠实的《白鹿原》、贾平凹的《废都》,余华剔去先锋色彩的《活着》《许三观卖血记》,张炜的《九月寓言》《家族》,王安忆的《长恨歌》,苏童的《米》《我的帝王生涯》,刘震云的《故乡天下黄花》《故乡相处流传》、莫言的《酒国》《丰乳肥臀》,人的命运在波谲云诡的历史背景上得到了淋漓尽致的描写,作家的历史意识比此前任何时候都富有理性。在这些长篇里,莫言的《丰乳肥臀》达到了20世纪汉语长篇写作的高峰。女性主义写作是90年代的又一重要文学现象,陈染的《私人生活》、林白的《一个人的战争》为私人写作在文学史上留下了鲜明的印记。王小波英年早逝,他对知青的另一种书写的《黄金时代》,"是反抗压制的生命的自由的体现"①,在青年一代读者中产生了深远的影响。

新世纪进入全媒体时代,文学阅读因而在全民的文化生活中占有的分量越来越小,但是文学生产并没有因此而衰减,这得益于社会主义的文学体制保证了作家队伍的稳定和大学文学教育给文学作品准备了一大批专业读者和评论研究工作者,这两部分人使社会主义大国的文学生产

---

① 陈晓明:《改革开放四十年:中国文学的创新之路》,《东吴学术》2018年第5期。

持续地繁荣。在规模效应中，经典的涌现理所当然。在新世纪，50年代、60年代、70年代、80年代的作家在创作中呈现出一定的代际特色，"50后""60后"的作家历史感更强，而"70后""80后"作家更乐于表现当下的生存经验。在文体上，长中短篇都有出色之作。新世纪小说的产量可以说十分惊人，整个"十七年"，长篇小说不到两百部，而新世纪每一年就出版几千部之多。新世纪已过去近二十年，长中短篇加起来的数量可谓浩如烟海，要想从中确认经典是非常困难的事情。所幸中国小说学会自2000年以来，开展小说年度排行榜的评议工作，由来自作协系统和高校系统的小说家和评论家对当年的小说进行跟踪阅读，在次年年初集中评议，评出5部长篇、10部中篇、10部短篇为上榜作品。这一工作已连续进行19年，从未中断，是当代中国文坛上的一个专业性、民间性和学术性的小说排行榜，其目的是对行进中的新世纪小说进行初始经典化，以推动小说的传播与接受和文学史的写作。我们要考察新世纪小说有哪些具有经典的品质，这个排行榜当具有重要的参考价值。从排行榜看，50后作家仍然是新世纪文学的中流砥柱，他们携带着历史的风云，在小说世界里浓墨重彩地书写民族的命运和人性的诡异。莫言、贾平凹、张炜、韩少功、王安忆、铁凝、方方、范小青、刘震云、叶兆言、李锐、阎连科、李佩甫、陈应松、刘醒龙等，都是榜上的常客，其中莫言和贾平凹是创造力最旺盛，也是成就最高的作家。莫言的长篇《檀香刑》《生死疲劳》或向传统致敬改变了书写方式，或从半个世纪的中国乡村闹腾史里悟出了生命的真谛，在世界文学地理上树立起中国小说的醒目标志。他的短篇《月光斩》与鲁迅互文，具有很高的艺术成色，《等待摩西》是他获得诺奖后更为成熟的艺术风格的代表。贾平凹长篇写作的勤奋和艺术上的变化，让他足够评上当代文学的劳动模范。《秦腔》《怀念狼》《带灯》《老生》《极花》《山本》，每一部都给人意外的惊喜。张炜以长篇《丑行或浪漫》等，韩少功以长篇《日夜书》、短篇《第四十三页》《怒目金刚》等，王安忆以长篇《富萍》、中篇《骄傲的皮匠》《向西，向西，向南》，铁凝以长篇《大浴女》《笨花》和《逃跑》《春风夜》等一批短篇，迟子建以《世界上所有的夜晚》《一匹马两个人》等一批中短篇，范小青以长篇《赤脚医生万泉和》和一批反映现代人生存之荒诞的短篇如《我们都在服务区》《谁在我的镜子里》等，刘震云以长篇《一句顶一万句》，叶兆言以中篇《玫瑰岁月》、短篇《写字桌的1971年》等，李锐以长篇《张马丁的第八天》，阎连科以长篇《坚硬如水》《受活》，保持着昔日的艺术水准，在某些方面还有新的突破，如范小青在"50后"作家里对现代人的生存情状观察到了精神层面，发展了小说文体的艺术功能。李佩甫独树一帜，长篇《城的灯》《生命册》等，写出了中原人的命与魂。陈应松关注底层社会问题，以《马嘶岭血案》体现了他的现实主义写作的雄劲风格。刘醒龙走出新现实主义后，新世纪以《圣天门口》《蟠虺》《黄冈秘卷》等长篇刷新了他个人也刷新了湖北作家在当代文坛上的名次。

"60后"作家亦不遑多让。从先锋小说走出来的格非、苏童在新世纪频频出手，已俨然当代小说大家。格非的长篇《人面桃花》预示了他写精致的史诗的可能性。苏童不仅有摘得茅奖桂冠的长篇《黄雀记》，新世纪他在短篇上着力甚多，有《茨菰》《西瓜船》《拾婴记》等显示他的短篇叙事才能。毕飞宇是新世纪才爆红文坛的"60后"小说家，是排行榜上出现最多的作家之一，长中短篇几乎无一不精。长篇有《平原》，中篇有《青衣》《玉米》，短篇有《地球上的王家庄》《大雨如注》《两瓶酒》《虚拟》等，篇篇都让评论家们无法拒绝。李洱是格非的学生，创作别具一格，长篇《花腔》《龙凤呈祥》《应物兄》，让人感觉其势头不可阻挡。麦家善于控制叙事节奏，但能产生强烈的阅读冲击。长篇《解密》、短篇《两位富阳姑娘》是当代小说里不可多得的题材类型。同是江浙作家的艾伟，长篇《爱人有罪》《风和日丽》和短篇《游戏房》和《中篇1或短篇2》在观念与技巧上都具有明显的现代性。红柯是陕西作家里的另类，新疆生活使他的小说带有关中写作少有的浪漫色彩，长篇《西去的骑手》让他一炮走红，可惜英年早逝阻断了他进军茅奖的脚步。移民归来在大学任教的阎真，以《沧浪之水》在官场写作中开辟出了知识分子的自省之路。同样在高校任教的女作家阿袁，创作了一批风格相近的儒林婉讽诗小说，以《郑袖的梨园》《子在川上》为代表。"70后"作家里学院派占了上风，北大毕业的徐则臣和石一枫，表现都不俗。徐则臣的长篇《耶路撒冷》、中篇《跑步穿过中关村》，石一枫的《心灵外史》《世间已无陈金芳》，足以确立他俩著名青年作家的地位。"70后"小说作家已是一个足够庞大的队伍。一些文学大省里都有女作家充当支柱，她们的名字也常见于榜上，如江苏的鲁敏、河南的乔叶和上海的潘向黎。鲁敏的有长、中、短篇《六人晚餐》《奔月》《方向盘》证明其实力，乔叶有长篇《我是真的热爱你》《认罪书》和短篇《取暖》显示其才情，潘向黎有中短篇《白水青菜》《奇迹乘着雪橇来》《永远的谢秋娘》体现其独特的风格。"80后"以张悦然和笛安为代表，她俩都有国外留学的经历，张悦然的《誓鸟》和笛安的《圆寂》都表明"80后"对韩寒、郭敬明那波人的超越。如果就代际论，还有另一种"80后"，即年届八十的老作家还在笔耕，且有作品登上排行榜，如王蒙的中篇《奇葩奇葩处处哀》，徐怀中的长篇《牵风记》。

他俩都是20世纪50年代以创作成名，写作生涯长达大半个世纪，堪称奇迹。

并不是所有的排行榜作家都要以代际论。有些作家哪怕只上榜一两部作品我们都不能忽视其在新世纪小说中的地位，如写《中国一九五七》的尤凤伟，写《麦河》的关仁山，写《小尾巴》的曹文轩，写《少年张冲六章》的杨争光，写《藏獒》的杨志军，写《繁花》的金宇澄，写《黑白》的储福金，写《瓦城上空的麦田》的鬼子，写《篡改的命》的东西，写《我疼》的陈希我，写《所有路的尽头》的弋舟，写《愤怒的小鸟》的余一鸣，写《汤因比奏鸣曲》的宁肯，写《一段被虚构掩盖的家史》的薛忆沩，写《软肋》的王手，写《白豆》的董立勃，写《水乳大地》的范稳，写《归来》的王祥夫，写《果院》的石舒清，写《吉祥如意》的郭文斌，写《命案高悬》的胡学文，写《灵魂课》的朱山坡，写《花被窝》的晓苏，写《枪毙》的刘荣书，写《绿皮车》的南翔，写《女人和狐狸的一个上午》的秦岭，写《双驴记》的王松，写《中年妇女恋爱史》的张楚，写《街上的耳朵》的钟求是，写《七层宝塔》的朱辉，写《大漠祭》的雪漠，写《祭语风中》的次仁罗布，写《摩擦取火》的陈仓。新世纪女作家所占的比例可能大大超过八九十年代。她们都带了作品上榜，如写《生活秀》的池莉，写《万物花开》的林白，写《红色娘子军》的蒋韵，写《歇马庄的两个女人》的孙惠芬，写《手术》的盛可以，写《负一层》的黄咏梅、写《地气》的葛水平，写《淡绿色的月亮》的须一瓜，写《陌生人》的吴玄，写《六月半》的付秀莹，写《彼此》的金仁顺，写《永远的谢秋娘》的潘向黎，写《故障》的周瑄璞，写《锦衣玉食的生活》的方格子，写《听一个未亡人讲述》的裘山山，写《狡猾的父亲》的姚鄂梅，写《松林夜宴图》的孙频，写《长河》的马金莲。排行榜注重推出新人，上述作家有很多都是因为上了中国小说学会的排行榜才引起关注。中国小说学会的排行榜还将海外的新移民小说纳入评审范围，扩大了当代文学的文化版图。影响广泛的有严歌苓的长篇《小姨多鹤》《陆犯焉识》，中篇《谁家有女初长成》，张翎的长篇《劳燕》、中篇《余震》，陈河的长篇《外苏和之战》，张惠雯的短篇《醉意》，陈谦的中篇《特蕾莎的流氓犯》，王瑞芸的中篇《姑父》，曾晓文的短篇《金尘》，二湘的中篇《罂粟，或者加州罂粟》等。新移民作家多半是 20 世纪 80 年代移民海外，既有中国生活经验，又受到西方文化的浸染，在视界融合里的写作给当代中国文学带来了新的文化成分和经验形式。纵观新世纪小说，不少作品在对历史与现实、城市与乡村、文化与人性的自由书写中保持了较高的思想和艺术水准，这是我们对当下文学进行初始经典化的理由和基础。

（节选自《新中国小说 70 年：从一种经典到另一种经典》，
原载《北京教育学院学报》2019 年第 6 期）

中国当代文学报刊的四重"面孔"

张　均（中山大学）

较之"对'新文学'的发生，对现代文学流派的形成起到重要作用"[1]的现代文学报刊，当代文学报刊（1949—1976）声誉明显不如前者。在有些研究者看来，它"由国家所控制、管理、实施监督"[2]，"不可能拥有鲜明的特色"。[3]但实际上，它也不难被证伪。譬如，《天津日报》"文艺周刊"、《收获》就很有"鲜明的特色"。如考虑到"社会主义改造"完成之前的报刊（如《小说》《文艺》等），情况显然更为复杂。不过，从细节上发掘一二"例外"个案不难，最要者是从整体上对报刊在当代文学发生、发展过程中所承担的角色与功能予以讨论。对此，学界关注的主要是其政治功能。这当然是正确的，但也是不完整的——如果政治功能是当代文学报刊的重要"面孔"的话，那么它至少还有三重较少被人注意的"面孔"。

一

对于当代报刊的政治功能，洪子诚、王本朝、吴俊等学者已有充分

---

① 洪子诚：《中国当代文学史》（修订版），北京大学出版社 2007 年版，第 23 页。
② 洪子诚：《问题与方法》，生活·读书·新知三联书店 2002 年版，第 206 页。
③ 洪子诚：《中国当代文学史》（修订版），北京大学出版社 2007 年版，第 22—23 页。

研究，此处不再赘论。那么它的另三重"面孔"又各是何种样态呢？笔者以为，其第二重"面孔"可定位为文化认同生产。文化认同不同于政治认同，后者实质在于生产某种对特定政党的认同与忠诚，文化认同的重心则在生产一种肯定性的文化价值判断。政治认同未必广泛存在于每一种出版物内，文化认同则合理、普遍得多。恰如菲舍尔·科勒克所言："无一社会制度允许充分的艺术自由。每个社会制度都要求作家严守一定的界限。"① 如果我们认为"纯文学"多半属于人为想象的话，那么我们就得承认文化认同是任何社会都会加予文学的"一定的界限"。而当代文学报刊作为有志于社会改进的大众媒介，对此种功能无疑会更持主动姿态。那么，当代文学报刊承担了怎样的文化认同生产职责呢？

这要涉及对"毛泽东时代"的整体理解。"文革"后，知识界对此一时代持有诸多反思，但近年随着问题视野的调整，部分学者的观点逐渐变化。甘阳认为："毛泽东传统所推崇的最核心的基本价值就是'平等'"，"包含着经济、政治各个方面的含义"。② 如果不历史地考察现实（现实中"平等"仅有限地实现）而只就其文化生产而论，可以说，"平等"的确是毛泽东力欲创造的"新文化"的关键词。革命以前，上等、下等阶级之间的结构性失衡是冷冰冰的社会事实，权力阶级对等级秩序的维护与文化阶层在"最基本的人性的艺术"③ 的名义下对秩序的默认则是文化的真实。在此情形下，新政权采取了抑强扶弱的政策，一方面大规

---

① ［德］菲舍尔·科勒克：《文学社会学》，载张英进、于沛编：《现当代西方文艺社会学探索》，海峡文艺出版社 1987 年版，第 38 页。

② 甘阳：《用中国的方式研究中国　用西方的方式研究西方》，《现代中文学刊》2009 年第 5 期。

③ 梁实秋：《文学是有阶级性的吗？》，《新月》1929 年 2 卷 6—7 号。

模抑制、打击旧的精英阶级，另一方面，则力图提高工人、农民等低层民众的经济地位与政治地位。作为理想的价值诉求，"平等"理念的确严重冲击了各式精英孜孜以求的"自由"理念，成为"毛泽东时代"文化认同的核心。

　　显然，文学报刊在平等主义的文化认同生产中承担了至关重要的作用。恰如罗杰·西尔弗斯通所言："媒介有能力调动起神圣的力量，有能力创造出人类学家称为'共同体'的东西。"[①] 当代文学报刊承担了创造平等的文化"共同体"的责任。从1949后报刊实际情形看，它们在此方面还是取得了相当功绩。这表现在它们在组织、编发各种文学故事时有意植入了与"平等"有关的两个生产性概念：一是尊严，二是劳动。其中，尊严指下层阶级作为"人"的地位的初步确立以及由此衍生的主体意识。在此前文化中被忽略或被俳优视之的下层民众，在当代文学报刊中，其"被侮辱被欺凌"的人生获得叙事的尊重，作为新的国家公民，他们还走向了建设的前方。可以说，无论是讲述历史还是重述现实，"尊严政治"都是当代文学报刊的"主导概念"。不过不难料想，缺乏财富和权力，衣衫简陋、谈吐欠缺风姿的农民的尊严和主体感又如何能够赢得读者的内心认可？在这方面，当代报刊亦有其独特创造——它有计划地、普遍地讲述了"劳动"的价值。蔡翔认为："在中国的乡土社会，'劳动'一直被视为个人的一种'美德'。个人通过自己的劳动获得相应的生活资料，不仅受人尊重，而且在根本上维持了费孝通所谓的中国乡土社会的'礼治秩序'"，"（在社会主义文学中）'劳动'作为某种'美德'，或者

---

　　① ［英］罗杰·西尔弗斯通：《电视与日常生活》，陶庆梅译，江苏人民出版社2004年版，第30页。

某种'德性'的显现,不仅被用来重新塑造中国的乡土社会,也被用来改造包括地主阶级在内的乡村农民"。① 这是富有启发意义的论断,不过,在乡土社会"劳动"又是"弱传统"——一个缺乏财富、权力的农民,即便善于劳动也只能居于下层。然而长期劳动、精于劳动又几乎是农民的唯一资本,革命和新政权若真欲激发农民、工人等阶层的尊严感和主体意识,恐怕这还只能是唯一"人口"。所以,尽管劳动从来不是大众喜阅之事,但当年报刊还是响应文艺管理部门的要求,长期、有计划地提倡"劳动",还把"劳动"与个人成长、国家主体塑造巧加叠并,造成了有关"劳动模范"和"新英雄形象"的类型化生产。这种凸显"劳动"价值的故事,在"毛泽东时代"它们确实提供了"象征、神话以及个体借以构建一种共享文化的资源,而通过对这种资源的占有,人们就使自己嵌入文化之中了"。②

二

当代文学报刊的第三重"面孔"比较容易识别。尽管洪子诚认为1949年后"以杂志和报纸副刊为中心的文学流派、文学社团的组织方式结束了",③ 但这并不等于说,当年报刊囿于《讲话》完全没有自己内在的文学观念与审美趣味。相反,这恰恰是报刊最为重要的"面孔"。不

① 蔡翔:《革命/叙述:中国社会主义文学—文化想象(1949—1966)》,北京大学出版社2010年版,第245页。

② [美]道格拉斯·凯尔纳:《媒体文化》,丁宁译,商务印书馆2004年版,第1页。

③ 洪子诚:《问题与方法》,生活·读书·新知三联书店2002年版,第206页。

过在不同报刊个案上，此"面孔"可能会体现为不同成分。但由于启蒙主义研究模式中"'官方'与'民间'，'主流意识形态'与'非主流意识形态'，'国家权力话语'与'个人话语'等'对立项'的概念"带来的"很大的妨碍"，①许多研究者只能、只愿发现两种被他们理解为"二元对立"的文学观念。而纵观当年报刊，至少有四种文学"成分"存在其中。

其一，是"新的人民的文艺"。当时几乎所有报刊都对《讲话》表示拥戴，但真正能落实"新的人民的文艺"的要求的，主要还是机关刊物。《文艺报》等刊物通过"组织"作品与批评实践，在"重要"题材、"正面假像"、阅读趣味与批评标准等方面，形成了"新的人民的文艺"的基本"成规"。不过，即使机关刊物也很少彻彻底底践行这些"成规"。更复杂的是，"新的人民的文艺"实以延安文艺为"样板"，而延安文艺并不等于"老解放区文艺"。这从前新四军作家主编的刊物上可看得分明——《光明日报》"文学评论"双周刊、《文艺》月刊、《文艺月报》等——它们的文艺设想，与延安文人（八路军系统）主编的刊物实在大有区别。如果说"文学评论"双周刊阐释的"新现实主义"与社会主义现实主义或相去未远，那么《文艺》则确确实实有"坚持列宁的文艺原则"、对《讲话》颇有不敬的嫌疑。《文艺月报》更明确反对"普及"方针。尤其是，这几份刊物都对《讲话》大加贬抑的"人性"显示了异常兴趣。《恩情》《兄弟》《柳堡的故事》这些刊载在《文艺》上的小说，都很"不小心"地把革命弄成了传统伦理的对立面。譬如为了革命，母亲间接地杀掉了自己的儿子

---

① 赵园等：《20世纪40—70年代文学研究：问题与方法》，《中国现代文学研究丛刊》2004年第2期。

（《恩情》），为了革命，弟弟直接射杀了自己的兄长（《兄弟》）。面对《白毛女》这种将革命逻辑有效"嫁接"到民间伦理逻辑之上的经典延安文本，《文艺》的"编辑哲学"显然不那么"和谐"。这种种彼此差异、互不"服气"的状态，构成了"新的人民的文艺"内部的多质性。遗憾的是，当执著于"独立精神"的启蒙研究者将该时期文学贬斥为"政治宣传读物"①时，当代报刊文学"面孔"之内"新的人民的文艺"如此之多的"细纹""沟壑"就都被无声地"抹去"了。

其二，是左翼传统（或曰"鲁迅传统"）。当年周扬宣布"毛主席的文艺方向"是新中国唯一文学方向，"除此之外没有第二个方向"，"如果有，那就是错误的方向"②时，他之料想中的"错误的方向"恐怕首指"鲁迅的方向"。事实也的确如此：1949年后，许多"同路人"作家和解放区作家对"鲁迅的方向"难以割舍。何以如此？一方面，因为左翼写作和延安文学都承续了鲁迅对于现秩序的怀疑、破坏的精神，然而新中国成立后，面对这种以"否定性的破坏力量"③为特点的文学传统变得"不合时宜"，作家多难适应。另一方面，革命（左派）胜利并不意味着理想全部变为现实，相反，"革命的第二天"的问题随之出现。恰如雷蒙·阿隆所言："左派形成于对抗当中"，"但是，一旦左派取得了胜利"，"成了反对派或反革命派的右派亦能够毫不困难地指出，左派代表的不是与权

① 陈思和、张新颖：《关于中国当代文学史的几个问题》，《当代作家评论》1999年第6期。
② 周扬：《新的人民的文艺》，《中华全国文学艺术工作者代表大会纪念文集》，新华书店，1950年。
③ ［日］柄谷行人：《日本现代文学的起源》，赵京华译，生活·读书·新知三联书店2003年版，第3页。

力对立的自由或特权者对立的人民，而是一种与另一种权力对立的权力"。① 这两重因素酿出了新的文学"成分"——对革命及其文学的疏离与自我质疑。这又有两类表现。第一，少数"遗存"同人刊物疏离政权合法性论证，并对《讲话》的"政治标准第一"缺乏热情。它对稿件的要求、对作品的分析都侧重于艺术质地。《文艺劳动》《起点》甚至《收获》杂志，也排斥意识形态批评和"善于捕捉风向、呼应权威批评的'读者'"。② 第二，左翼传统在机关刊物内部"复活"。《文艺报》在冯雪峰主编时期发动"新英雄人物讨论"，讽刺无"落后"之累的先进人物为"无本之木"，③《人民文学》也呼应称当时作品中的人物"太'典型'了，'典型'的像死人一样，毫无活人气息"。④ 这些讨论明显质疑"新的人民的文艺"，而努力将左翼"国民性改造"思想熔铸其中。

其三，是自由主义传统。他们掌握、影响的文学报刊因此包含较浓自由主义"成分"，对"新的人民的文艺"屡示"不同意见"。如《文汇报》"笔会"副刊讽刺陈荒煤提倡的"新英雄人物"创造方法为万能"配方"："难道说：这个药方竟是这样神奇、竟适用于一切'新的成长的革命人'？""这种把生活看成是一种静止不动的、僵化的，既无运动，也无千差万别的变化的凝聚物，而且企图把它规定在几条枯干的公式里的做法，无非是形而上学的纯粹抽象概念的游戏罢了。"⑤ 与此相应，《光明

---

① [法]雷蒙·阿隆：《知识分子的鸦片》，吕一民、顾杭译，译林出版社 2005 年版，第 16 页。
② 洪子诚：《中国当代文学史》，北京大学出版社 1999 年版，第 27 页。
③ 李晴：《这是脱离生活的结果》，《文艺报》1952 年第 11、12 期。
④ 丁玲：《要为人民服务得更好》，《人民文学》1952 年第 6 期。
⑤ 吴韦言：《要做具体的工作！》，《文汇报》1957 年 5 月 15 日。

日报》"文艺生活"周刊为"劳动知识分子"争取文学权益，《大公报》《新民报》文艺副刊对《文艺报》颇不"买账"。其中，受费孝通影响的《新观察》杂志，则选择了"忠诚的批评者"的道路。不过，此类批评往往被某些研究者"打包"到"非主流意识形态"之中，而与"同路人"作家甚至解放区作家的批评相混同。其实二者区别颇大。"重返左翼"的文人实皆"革命之子"，并不从政治理念上质疑社会主义，而前自由主义者尽管时时节制自己"从概念上就反对"的情绪。

其四，是"旧文学"传统。严格地讲，1949年前诗、词、曲、赋等就已被"驱逐"到体制之外，但新中国成立后两重因素仍为"旧文学"赢得一席之地。一是"旧文学"本身并未绝灭，一直在知识分子中以私人交游方式存在，二是"旧文学"意外获得巨大权威资源——新的政治领袖多雅好诗词。这为"旧文学"重返公开文坛开辟了渠道。《光明日报》"文艺生活"周刊和《诗刊》不时刊发旧体诗词，"笔会"副刊和《光明日报》"东风"副刊则大规模地发表。这些诗词或许爱国，但其间"遗老"群至的氛围、"盛世遗民"的寂寞、讥时讽世的伤痛，显然与"新的人民的文艺"相去甚远。但这并不意味着报刊会为自己的"旧文学"成分而深自不安。恰恰相反，在"民族传统"名义下，它们还数度主动发起与新诗的论战，为"旧诗"争夺文学史地位和现实文学资源。

上述四种文学"成分"并不能完全概括当代文学报刊第三重"面孔"之下所有的文学观念与审美趣味（如天津《星报》、上海《大报》和《亦报》还另外承载了鸳蝴文学趣味），但它们在同一刊物内交替或混杂的存在表明两点：其一，尽管社会主义传播模式"将排斥其他的或各种有抵牺的观点当做一种政策问题"，^① 但不同文学观念之间的冲突、摩擦和整合，仍是文学报刊逼真而私隐的"故事"；其二，报刊的文化"面孔"相对单纯，其文学"面孔"则复杂、纠结得多。

三

那么，政治功能、文化认同、文学诉求这三重"面孔"是否穷尽了当代文学报刊全部的复杂性呢？如这样想，就可谓不甚了解中国社会。凯尔纳说，"媒体确实操纵了人们，可是人们也操纵和利用了媒体"^②，可谓意味深长。当代文学报刊还有第四重"面孔"——不关政治信仰，不关文化认同，甚至不关审美趣味，而只是或主要是势力争斗的工具。那么，何谓势力（或曰"派系"）呢？对此，苏嘉宏认为：

> 派系是由具有思想上共同基础的成员所组成的非正式团体，其间存在着某种特定关系网络藉以联系领导者与成员彼此，而以权力的取得、维持和扩大为其主要目的。^③

这种非正式的社会力量在中国的存在是漫长而必然的。一方面，在传统中央集权制下，政治权力是一切利益之源，全社会充满了对权力的高度崇拜与竞逐。另一方面，集权制度下的权力高度集中于皇帝或具体

---

① ［英］尼克·史蒂文森：《认识媒介文化》，王文斌译，商务印书馆 2005 年版，第 26 页。
② ［美］道格拉斯·凯尔纳：《媒体文化》，丁宁译，商务印书馆 2004 年版，第 184 页。
③ 苏嘉宏：《派系模式与中共政治研究》，台湾永然文化出版公司 1992 年版，第 21 页。

机构的最高长官私人手中，个人必须通过各种私人关系（"人脉"）才能有效保护自己、发展自己，"如果在仕途上孤立无援，独往独来，毫无背景，毫无依托，就难以在错综复杂的政治斗争中保住权位"，"官运亨通也与他无缘，甚至连性命也难保"。①于是，以同宗、同门、同乡、同年等非正式的血缘和类血缘关系为基础的派系，长期而普遍存在于中国传统社会。新中国成立后，由于单位制度的实行，此种现象不可能被完全铲除。恰如罗斯·特里尔所说："派别斗争在中国就像美国的苹果馅饼那么普遍。"②置身于这样的现实中，文学报刊不可能脱身事外。一方面，在单位体制下，私人不能办刊，刊物成为"奇缺资源"。另一方面，当年文坛存在多种彼此矛盾甚至对抗的文学势力，彼此都将报刊视作势在必得的文学资源。所以，争夺主编权、"操纵和利用"刊物一类行为，就成为当代报刊的"日常经验"。

遗憾的是，今日研究者几乎没有考虑到这重"面孔"。他们总是单纯地将报刊解读为观念（"主流意识形态"或"非主流意识形态"）的载体，而很少意识到报刊同时还处在复杂的权力关系与利益纠葛之中。然而早在1951年，周扬、丁玲就公开批评这一现象了。③只是批评不起作用，刊物"单位化"的体制，人以派分的现实，都必然将刊物导向"派系

---

① 李金河：《论中国封建社会朋党交恃的社会文化渊薮》，《中央社会主义学院学报》2000年第2期。

② ［美］罗斯·特里尔：《江青正传》，张宁等译，世界知识出版社1992年版，第176页。

③ 丁玲批评当时"有些文艺团体存在着非常恶劣的庸俗习气"，"他们不认为文艺事业是集体的事业，除了国家和人民的利益之外，再也不能够有任何其他的利益，而把它庸俗化或视为个人的或小集团的利益"。见丁玲：《为提高我们刊物的思想性、战斗性而斗争——在北京文艺界整风动员大会上的讲话》，《人民日报》1951年12月10日。

主义"泥潭。"操纵和利用"文学报刊的事例在当时实在是司空见惯。裹陷于"周(扬)、丁(玲)之争"中的《文艺报》自不必论,远离官场的"胡风派"掌握的《文汇报》"文学界"周刊其实亦是如此。

不过,"文学评论"双周刊也好,"文学界"副刊也好,"羼杂"势力利益的程度并非最严重的。有些刊物始终泥陷其中不能自拔,甚至无意自拔。前者如《文艺月报》,1953年创刊时就陷于刘雪苇(以彭柏山为幕后支持者)和唐弢(以夏衍为幕后支持者)的"角力"。结果夏衍相继解除了刘雪苇的《文艺月报》编委和上海新文艺出版社社长职务,唐弢则全面"掌握"编辑部,并于1954年利用《文艺月报》发起了对"胡风派"批判(当时周恩来、胡乔木有意淡化"胡风问题")。甚至还为此"利用"作协机构召开批判会议。对此明争暗斗,圈内都看得分明。"你们吵架"即指"胡风派"、"周扬派"之争。懂得这些背景,再看《文艺月报》上的诸多批评文章,如吴颖对亦门《诗与现实》的批评,斯人对冀汸《桥和墙》的批评,以及晓立、刘金、荒草对路翎《洼地上的战役》的批评,那"读法"自会不同——不再被满篇意识形态修辞"迷惑"双眼。

由上可见,当代文学报刊的第四重"面孔"尽管不太为人注意,但它是实实在在的事实。这重"面孔"存在两个特点:其一,它有如传统政治的"幽灵",始终都存在于报刊之内,且越演越烈。其二,它与报刊的另几重"面孔"不仅重叠共存,而且存在负面的互动效应。这主要表现在派系斗争为"取得政治上的优越感和优胜权",[1]往往高调援用意识形态,大幅劣化文学"环境",致使报刊内含的各类文学观念和审美趣味都逐渐

---

[1] 郭英德:《中国古代文人集团与文学风貌》,北京师范大学出版社1998年版,第134页。

屈服于政治,而其"平等主义"文化认同也日渐被抽离生活根基。当代文学报刊每况愈下的现实也与此深有关联。整体言之,报刊在当代文学中的角色与功能非常复杂,虽不能说是"众声喧哗",但"党对所有公共传播的监督在实际上并不能保证传播媒体总是以一个声音讲话"①的判断确是事实。即是说,尽管许多研究者都将当代报刊简单地"压缩"为意识形态载体,但那只是其最易被识别又最易被怀有不愉快记忆的知识分子所"承认"的一重"面孔"。实际上,当代报刊远不是政治意识形态的"一言堂",甚至也不是主流观念/异端观念的"二重奏"。它的确有时只承载一种观念或利益,但更多时候交叠着多重观念成分和利益因素。而这一切,用格雷姆·特纳的话说,又"是产业、制度和国家文化之间复杂的协商过程的产物。"②发生各种报刊上的"协商过程",既是刊物自身经历的或隐或显的"故事",又是"当代文学"自身形成、发展和变异的历程。其间包含传统与现代、通俗与精英、知识分子与大众等等相互博弈的复杂的文学史问题。

---

① [美]詹姆斯·R.汤森、布兰特利·沃马克:《中国政治》,顾速、董方译,江苏人民出版社2003年版,第151页。
② [澳]格雷姆·特纳:《电影作为社会实践》,高红岩译,北京大学出版社2010年版,第194页。

近年小说人物新变之考察

张晓琴（北京师范大学）

 一时代有一时代之文学，一时代有一时代之人物。自鲁迅先生开辟了乡土题材和知识分子题材以来，乡土人物形象和知识分子形象也成为中国现当代文学人物长廊中的两种重要类型。鲁迅因启蒙而写小说，他在《呐喊》自序中说："所以我们的第一要著，是在改变他们的精神，而善于改变精神的是，我那时以为当然要推文艺，于是想提倡文艺运动了。"① 在那篇有名的《我怎么做起小说来》中，鲁迅明确说到"为人生"的文学目标："说到'为什么'做小说罢，我仍抱着十多年前的'启蒙主义'，以为必须是'为人生'，而且要改良这人生。"② 紧随其后的乡土小说流派对鲁迅的继承是显而易见的，他们书写乡土的方式与对自己笔下人物的态度均与鲁迅有很多相似之处。作家们写小说是为了开启鸿蒙改良人生，故其笔下的乡土大多是宗法制下愚昧落后的存在，其中的人物大多是麻木不仁的，没有自我意识，逆来顺受。及至沈从文登上文坛，乡

---

① 鲁迅：《呐喊·自序》，载《鲁迅全集》（第1卷），人民文学出版社2005年版，第439页。

② 鲁迅：《我怎么做起小说来》，载《鲁迅全集》（第4卷），人民文学出版社2005年版，第526页。

土与生活于乡土中的人物又有了诗意的一面。赵树理在现当代文学史中是一个例外，他的理想是做一个"地摊文学家"，他笔下的乡土人物充分体现出农民的真实生存状态与心理。"十七年"期间，乡土在革命文学传统中变为农村，乡土中最重要的是阶级斗争而非其他，乡土中的人物是阶级斗争的主力军。20世纪八九十年代，作家们在乡土人物的塑造上有对五四新文学传统的继承，也逐渐开始表现出一些创化，如陈忠实《白鹿原》中的白嘉轩是个农民，又是农耕文化与儒家文化的代表。新世纪以来，乡土人物形象变得复杂多维，近年来更是呈现出一些新变。知识分子形象在现代文学史上比较复杂，仅鲁迅笔下就有觉醒者、先行者、麻木不仁者等不同类型，其他作家笔下的知识分子也较为多元，如郁达夫笔下的零余者、钱锺书笔下一事无成的知识分子，蒋光慈笔下的革命知识分子等。"十七年文学"中的知识分子形象较为少见，这一时期的知识分子是被改造的对象。林道静等为数不多的知识分子最后都以走上革命而获得新生。新时期到来后，作家小说中的知识分子充满了强烈的自省意识，贾平凹《废都》中的庄之蝶则代表着找不到灵魂归属的一类知识分子。近年来文学中的知识分子形象又出现了一些新变，发出了属于他们自己的声音，照向我们这个时代的现实，思考并探寻着我们这个时代的精神之路。

一

2017年，莫言短篇小说《故乡人事》引起了论者关注，被看作是他获得诺贝尔文学奖之后的"归去来辞"。一方面，这是莫言获奖五年后的小说新作，另一方面则是因为小说中的人物。《故乡人事》的人物中，最具新意的是《地主的眼神》中的孙来雨，这是一个高密东北乡的普通农民青年，但又表现出与众不同的一面。孙来雨的爷爷是高密东北乡有名的地主孙敬贤，这个人与小说中的"我"，也就是那个叫莫言的作家曾经有些历史误会，但是孙来雨对此并不在意。与爷爷相似的是对土地的热爱，他希望"我"能跟县里的领导说说，让他种胶河农场闲置的八百亩土地。在"我"看来，现在的年轻人都往城里挤，各村种地的都是老头妇女，就问他："你怎么这么爱种地啊？"他说："我爷爷就是地主，外号孙半顷嘛。"显然，孙来雨遗传了爷爷孙敬贤爱土地的特点，是当前极少自愿留在土地上耕作的人，不过他种地的方式已经机械化了。他有自己对于幸福的追求，最重要的是，较之祖辈们，他对待任何问题都比较客观，比如，他认为自己的父亲花很多钱办一场类似戏说历史的葬礼，就像对着仇人的坟墓挥舞拳头一样，其实毫无意义。他对获得诺奖的"我"有礼有节。当收割机迎着阳光前行时，他摘下墨镜，递给"我"，说："叔，戴上墨镜。"这让人感觉是朋友之间的一种平等和关心。他希望通过"我"得到闲置的土地，却一样不卑不亢。这与鲁迅《故乡》中恭敬地叫老爷的闰土是有本质不同的。孙来雨是一个清醒的青年，他有对祖辈的审视，也有自审。

　　莫言笔下充满新意的农民形象不单孙来雨，还有更多。比如《斗士》中与阿Q有些相似的弱者武功，他长相不好，老婆也讨不上，几乎一无所有，但谁都不怕，睚眦必报，时时处处想对抗世界报复他人。比如《天下太平》中的村官张二昆，他的优缺点一样明显……这些形象都不再是铁屋子中等待被精英知识分子唤醒的沉睡者，他们有自己的喜怒哀乐、委屈悲愤，有自己的追求。莫言本人就此做过如下阐述："鲁迅先生塑造的农民更多是愚昧、麻木、逆来顺受的。而我所描写的农村农民，和30年代已经有了变化，尤其是跟我同时代的农民身上，不仅仅有逆来顺受，也有抗争的一面，除了有哀愁的一面，也有狂欢的一面。我们这代作家作品里面描写的农民，比鲁迅那个时代的作品里的形象更丰富了。"[①]一方面，百年来时代发生了重大变化，毫无疑问，这带来了人物的变化。一方面，莫言和高密东北乡的民众是站在一起的，就像《生死疲劳》中的西门闹和蓝脸没有离开过他们的土地一样，莫言的文学之根始终没有离开过他的高密东北乡。这块土地之上发生的变化在莫言的创作中得以呈现。

进一步考察近年的小说，就会发现这样的变化不仅仅发生在莫言一个人的创作中，而是呈现在更多作家的作品里。作家们一方面写出了由乡土文明向现代文明转型时期的乡土，同时也塑造出了一批有新变的人物。梁鸿以非虚构的"梁庄"系列登上文坛，首部长篇小说《梁光正的光》同样给读者和论者带来意外之喜，堪称一部当代中国农民的个人心灵史。李敬泽说："从未见过这样的'农民'：他是圣徒，也是阿Q，他是傻瓜，他是梦想家，他是父亲是土地，是最顽劣的孩童是破坏者。""在现代性的农民形象谱系中，这是个'新人'，其意义颇费参详。"[②]李敬泽这段话颇具文学史目光，说他是阿Q，意味着梁鸿对五四新文学传统的继

① 莫言：《我们这代作家写的农民，应该比鲁迅写的更丰富》，中国作家网，http://www.chinawriter.com.cn/n1/2017/1214/c403994-29705483.html?clicktime=1577073843&enterid=1577073843。

② 李敬泽推荐语，载梁鸿：《梁光正的光》，人民文学出版社2017年版，封底。

承。而这个人在现当代文学史中确实是从未出现过的，他的身上体现出农民的新质。小说写出了梁光正这位平凡个体在寻亲中度过的一生。梁光正第一次寻亲是十五岁，主动寻找自己母亲娘家人。寻亲路上的艰难与阻碍很多，但他不以为苦，反以为乐。他年纪大了之后身体也变差了，但更加热衷寻亲，寻近亲，寻远亲，寻恩亲，还寻找年轻时一起生活过的女人。甚至还逼迫儿女们一起寻亲，在荒诞中实现自己的理想，在寻亲路上结束了自己的生命。梁鸿说："毋庸讳言，写这本书，是因为我的父亲。"① 小说中的梁光正并非纪实性的父亲传记，而是一个文学形象。他要干很多农活，却永远穿着雪白如一道光的白衬衫。他也有不讲卫生的一面，比如随地吐痰。这两个细节如此矛盾，却又一点不违和，它们附着在一个当代农民身上。这个人渴望融入时代，由此改变自己的人生和命运，他一次次地规划宏伟蓝图，却一次次遭遇失败。在这一点上，梁光正与此前文学史上的农民形象确有不同，呈现出当代农民的主体性和复杂性，的确是一个"新人"。

说到父亲，不得不提到李浩的长篇小说《镜子里的父亲》。李浩的叙事姿态在"70后"作家中堪称先锋。《镜子里的父亲》通过无数个镜子塑造了一个具象而又具有象征意味和某种不确定性的父亲形象。这个形象包含了作者的历史文化思考，既与现当代文学史上的农民父亲形象不同，也与知识分子父亲形象完全相异。李浩笔下的父亲有巨大的、复杂的背负，他有象征性，象征历史、政治与责任，也象征着生命经验和面对生活的态度，以及生活中无法回避的困境。小说中有两代父亲，即父亲

---

① 梁鸿：《后记：白如暗夜》，载《梁光正的光》，人民文学出版社2017年版，第313页。

和爷爷，他们的人生超出了普通意义上的生存，更倾向于一种时间性和历史性的存在。

乡村女性形象书写的文学意义超出了乡村生活现实本身。乔叶中篇小说《最慢的是活着》中的祖母曾经一时间引起诸多的关注目光。祖母的一生漫长，其间经历了诸多的苦难与挫折，然而她又无比坚韧、包容与顽强。祖母经历的苦难太多，以至于一生活在害怕与不安全感之中。"我"小时候和青春期的叛逆一直指向祖母，但最终与祖母和解。因为"我"终于理解了祖母一生之不易，这种不易是一个平凡个体在大的历史浪潮中的无奈与面对。在祖母的葬礼上，"我"突然发现祖母是我们每一个人的母亲，也是我们自己。揭开人生一些形式的浅表，"我"与祖母没有什么本质不同。这部作品中的祖母已经脱离了乡村生活本身赋予她的特征，而是将乡村女性形象引申到了存在的哲学意义上，思考活着之慢与活着本身。

乡村女干部形象的塑造是近年小说中的一个亮点。较早引起关注的是李洱的《石榴树上结樱桃》，这部作品曾经遭到质疑，原因是小说中的繁花是个村干部，但是精神世界却很丰富，甚至有很小资的一面。当然，从工作的角度看，繁花是个好干部。然而，繁花一心一意为大家谋福利时，却被最信任的人所伤害。显然，李洱看到了当代乡村生活现实的复杂性。随着时间的推移，对繁花和与她相似的乡村女干部的质疑越来越少，因为更多的作家看到了当前农村的变化，也将更多的新人物带入当代文学长廊。贾平凹《带灯》中的带灯与繁花一样，是个乡村女干部。她美丽聪慧，富有诗意。与诸多乡村女性形象不同处在于，带灯读过大学，毕业后分配到樱镇政府工作，在这里，她遭遇了人生的种种挫折，比如婚姻与工作的失败，人性的残酷。带灯喜欢读书，也喜欢在山中漫游，有时就在山坡上睡觉，这种古典气息让人不由想到《红楼梦》中的史湘云醉眠芍药裀。带灯身上又有西方文化精神的滋养，她会说出帕斯卡尔的话：人实在是一株有思想的芦苇。带灯的精神与现实无法统一，她在尽力工作，也有一套工作方法和处世方法，但是现实对她的逼迫越来越强，以至于她的精神开始变得脆弱，还有了夜游的行为。她竭尽全力，却以失败告终，只能以一己之力发出向上的微光。这样一个非典型的乡村女干部形象，恰恰是中国式的，它提供了一份重要的当代中国乡村经验。

在中国社会由乡土文明向现代文明转型的时代背景之下，进城的故事成为这个时代文学的主题之一。早在世纪初，就有许多作家关注这一问题，刘庆邦的中篇小说《到城里去》更是直接以此作为小说名。小说中的宋家银是个乡村女性，身上充满人性的弱点，但她始终没有放弃过自己的梦想，就是到城里去，她为此开始了漫长的奋斗，最终以失败而告终，她得出结论：城市是城里人的，你去城里打工，不管你受多少苦，出多大力，也不管你在城里干多少年，城市也不承认你，不接纳你。要真正到城里去，就要考上大学，有城里户口。于是，她把自己的理想交给了子女。宋家银的理想是乡土文明向现代文明转型时期许多中国农民的理想，他们渴望现代文明，想进入其中而不得，最终走在进城的路上，成为漂泊者。与鲁迅笔下的乡村女性相比，宋家银虽然仍有诸多性格上的缺点与弱点，但她已经告别了麻木不仁的状态，她是清醒的，也希望通过自己的努力过上好的生活，同时，对人对事，她也有同情和反省。这样的乡村复杂女性形象在此前的文学作品中较为少见。

与男作家写乡村女性进城相比较，女作家们写起相似的主题来似乎更加游刃有余。盛可以在《北妹》中也讲述了一个离乡进城的女性钱小红的故事，钱小红的经历是20世纪90年代乡村女性进城经历的一个缩影，她虽然经历各种险象，但依然坚守自己的一颗本心，她正直善良坚韧，具有坚不可摧的生命力。付秀莹借以成名的作品是短篇小说《爱情到处流传》，这部作品与其长篇小说《陌上》都呈现出一种古典抒情传统的美感，当然，她没有忽视当前乡村的现实变化，在抒情中直面现实的乡村。新近出版的《他乡》则以一种女性的自剖精神塑造出了一个由乡村进入城市的女性翟小梨。这个女性从乡村到省会，从省会到北京，经历了命运的沉浮，承受了世俗与人性带来的伤害，但最终实现了个人的精神成长，并收获了成功与安宁。付秀莹认为，"《他乡》仿佛一个巨大的隐喻，关乎急剧变化中的中国，关乎时代巨变中人的命运遭际，关乎生活激流中破碎或者完整的新的中国经验，关乎你，关乎我，也关乎她和他，以及鲁迅先生所说的，无穷的远方，无数的人们。《他乡》，终究与我们这个时代的精神状况有关"。① 付秀莹将翟小梨的人生轨迹置于这个时代的大变动之中，将一个时代的经验融入个体成长，这是这部作品的价值所在。她的这段话中提到鲁迅，毫无疑问，作为"70后"的代表性作家之一，这是对自身与新文学传统关联性的肯定。但是，当我们把翟小梨这个形象与鲁迅笔下的乡村女性进行比较时，就会发现天悬地隔的变化，新一代的女性是清醒的、自省的。

在这个全球化的时代，我们的生活正在经历翻天覆地的变化，越来

---

① 付秀莹：《我们这个时代的精神境遇》，《文艺报》2019年9月4日。

越多的人持续不断地从乡村进入城市，当然也有人坚守着乡村故土，但一生固守在可被称为故乡的地方的人变得越来越少。这样的时代变化中，作家笔下的乡土人物形象也不再是固定的格式化的，更与鲁迅开辟乡土文学时的那些麻木不仁、逆来顺受的诸生不同。近年来的乡村人物形象变得越来越复杂多维，即便他们的身上充斥着人性的永恒弱点，但也是血肉丰盈的，个性鲜明的。他们有时沉默，有时反抗，有时狂欢，无论如何，他们用自己的思想和方式活着，立于当代文学的长廊中，成为一道不可或缺的众生之景。

二

新世纪以来，中国作家面临种种新变，这给他们的创作带来了很大影响。一方面文化市场对传统写作产生挑战，许多杂志和出版社开始面向市场，改变了传统的写作方式，这给很多作家带来危机感的同时也带来新的可能，比如影视文学的创作，或者明显影视化倾向的创作；二是新媒体时代的传媒以一种强势的方式对作家群体产生了影响。作为作家的知识分子不再是单一的精英立场，按照班达、萨义德、葛兰西等人的观点，当前真正的知识分子是极少的，因为我们时代的知识分子与知识本身并无直接关联，而是与精神向度相关。站在这样的一种文化背景下来反观近年来文学中的知识分子形象，会发现他们也在发生着变化。

20世纪90年代，贾平凹的《废都》中，以庄之蝶为首的一群知识分子彻底丧失了精神立场，成为文化废墟上的招不回的游魂。如雷达先生所说："与许多并非不存在的意志坚韧的、信念坚定的献身者和殉道者型的知识分子相比，庄之蝶显得多么羸弱和可怜。""但是，即便如此，庄之蝶的苦闷和颓废，仍不无深意。"① 从中国传统文化精神的视角来审视庄之蝶就会发现，他既无儒家积极进取、勇于承担的精神，亦无道家宁静致远的自然境界。他是一个没有找到精神归宿的人，他的身上传达出知识分子精神的溃败。世纪之初，王家达的《所谓作家》、阎真的《沧浪之水》、张者的《桃李》等小说中均揭示着知识分子的困境，孟繁华认为，这些困境有一个过程，即背叛—出走—死亡，"这一过程很可能是一种巧合，或者是我们的一种'结构'，但它却从一个方面无意识地表达了这个阶层仍然没有解决的'身份'、归宿或精神漂流的问题"。②

　　一个饶有意味的变化是，近年来文学中的知识分子形象虽然仍遭遇着相似的精神困境，但他们越来越倾向于追问精神困境的同时进行自省，由此思考存在的意义，探寻个人命运与家国命运。书写当前社会中知识分子的困境较为彻底的是刘心武的《飘窗》。刘心武在这部作品中彰显出人道主义思想、知识分子自省意识，以及对世俗生活中平凡者的关注与关怀。薛去疾是一个有人文理想的知识分子，他的身上有强烈的五四时期知识分子的启蒙意识和情怀。他每天通过自己家的飘窗观察市井之中的芸芸众生，欣赏时代的"清明上河图"。一个叫庞奇的年轻人的出现让他的生活变得不平静，这个人曾是黑社会麻爷的手下。在薛去疾看来，庞奇是一个沉睡在铁屋子里等待被唤醒的人，于是，他开始了对庞奇的启蒙。这一启蒙过程比较顺利，他给庞奇成功灌输了人文精神，庞奇懂得了尊严、高尚与博爱。然而，有一天，薛去疾为了儿子的事情，

---

① 雷达：《心灵的挣扎——〈废都〉辨析》，《当代作家评论》1993年第6期。

② 孟繁华：《21世纪初长篇小说中的知识分子形象》，《文艺研究》2005年第2期。

出卖了自己的人格，跪在麻爷面前磕头，麻爷让人录了视频给庞奇看，这一事件让庞奇对整个世界无比绝望，一怒之下杀了薛去疾。这是知识分子成功启蒙大众后自身堕落的一场大悲剧，是作为启蒙者的知识分子的颓败。刘心武通过小说完成了一次知识分子的自省。较为相似的是宁肯的《三个三重奏》，这部小说很具现代气息，以复调的形式和冥想哲思的风格呈现出生命之重。"我"是一个自我放逐和阉割的知识分子，身体健康却喜欢坐在轮椅上阅读，其内心病态可窥一斑。"我"对图书馆有一种畸形的迷恋，"我"的理想是居住在图书馆里。"我"喜欢将自己关在书房里，在书架中穿行。小说题记为鲍德里亚《完美的罪行》中的句子，宁肯借鲍德里亚对虚拟取代现实的批判来反思现代人与现实关系的疏离，这也是知识分子对现代文明与新媒体的一种反思。

作家们在通过知识分子形象反思时代与文明的同时，也在关注当代知识分子自身的命运，尤其是对知识分子生存与精神的双重困境进行思考与探索。此类小说的作者往往就在高校任教，或者长期从事高等教育工作，他们大都是学者型作家，对知识分子命运的关注较为深入。阎真的长篇小说《活着之上》深入揭示了当代高校知识分子的生存状况和精神世界。高校的学术制度问题与知识分子的生存之痛都是这部小说的重中之重。"我"是历史学博士，很热爱自己的专业，也有很好的学术潜力，却因为不善钻营而在求学、求职、婚姻、生活等一系列问题上遇到挫折。"我"之所以敬仰曹雪芹是因为他在社会现实面前能坚守人生理想，这样的人格是伟大的。虽然"我"在现实中举步维艰，但还是坚守着知识分子的立场和良知。与"我"形成对比的是蒙天舒，这是一个不学无术但处处顺利，最后走上仕途又时时得意的人。小说将高校知识分子在现实中的困境无情撕开，提出了高校青年知识分子的成长问题：活着本身不是活着的意义，在活着之上有更重要的意义，那是先行者的精神昭示给当代人的意义。王宏图的长篇小说《别了，日耳曼尼亚》是一部"双城记"式的小说。作品以上海和德国北部一座城市为背景，拉开了生活在双城之中的青年知识分子的精神图景。钱重华作为一名中国青年知识分子留学欧洲，小说以他的爱情与留学生活为线索，揭示出不同人生阅历的华人对中国政治、文明、发展各方面的思考。最后，钱重华在两种文明冲撞中实现了自我救赎。这部作品在东西方文明的对比、知识分子人格的反讽及其爱情的书写层面均与钱锺书《围城》有一定的相似性，在当下学者型作家的创作中独树一帜。徐兆寿的《荒原问道》书写了新中国成立以来两代知识分子的命运与心灵，对个体存在的意义与中国文化的命运等问题进行了思考。老一辈知识分子夏好问的问道之路是从广场到民间，再到广场，最后又回到民间，年轻一代知识分子陈十三的问道之路则是从民间到广场、从东方到西方，再回到东方。这两个人的经历可以理解为半个世纪以来中国知识分子问道之路的一种。近年小说书写知识分子的重点转向文化叙事的新方向，知识分子的新形象也在这样的文化叙事中得以确立。

将知识分子形象与中国传统文化因素关联起来是近年小说的又一新变。刘醒龙的《蟠虺》、储福金的《黑白·白之篇》在这方面表现出相似的艺术追求，当然，两部作品的审美气质不同。《蟠虺》写青铜重器曾侯乙尊盘的发掘者和研究者曾本之等人对它的真伪产生了怀疑，小说由此展开叙事，知识分子与社会各色人等在人性的观照下同行。刘醒龙选择青铜重器曾侯乙尊盘作为小说的核心意象是有明确目标的，在他看来，青铜重器是中国传统文化的象征，与这些器物打交道的人，要在心中安放良知，非大德之人和天助之力不可为之。这是对青铜重器隐喻的中国文化精神的理解与表达，也是对楚文化的一种追寻。《蟠虺》因独特的文化意象产生了独特的魅力，在反思现代知识分子良知的同时塑造出了具有文化良知的知识分子，既有精神探索，又充满现实意义。需要指出的是，《蟠虺》中动辄出现的与青铜重器相关的稀有知识、生僻的汉字等，均给普通读者带来了一定的阅读难度。中国的棋文化也是作家们的聚焦点之一，储福金的《黑白·白之篇》，以围棋为线索将四代棋手的"黑白"人生与命运托出。小说由人及史，当代中国大约四十余年的历史尽在其中。四代棋人在不同的时代有着不同的生存处境，不同的文化背景，但是总体看来，他们的棋路与心路竟然在逐步下降，最后一代棋人逃不过追名逐利，作者通过棋文化与知识分子的关联，对现实的另一面发出了慨叹与质问。

"70后"作家的知识分子书写常常溯向历史深处，他们带着建构当代精神史的雄心。徐则臣《耶路撒冷》在复杂浩荡的历史图卷里，聚焦20世纪70年代出生的青年知识分子。小说中的初平阳等"70后"都带着强烈的"到世界去"的渴望。初平阳在报纸上开设专栏，主题是"我们这一代"，即"70后"这一代人。他想到耶路撒冷去，耶路撒冷是一个象征，它与宗教、信仰、精神出路密切相关。事实是，"返回故乡花街"和"到世界去"之间的矛盾与张力成为这一代知识分子难以取舍的抉择。初平阳这个人物身上呈现出试图将宗教和理性哲学结合在一起的特征，他的出现是青年知识分子形象的新变，他们不再是迷茫彷徨的多余人，而是向人类的存在之初与精神之路溯源的跋涉者。葛亮的《北鸢》写动荡时代知识分子的不同选择。小说表面上写几个大家族的故事，实际上关注的是大时代里个体的动与静。《北鸢》中的知识分子的静与动都出自本性，在更深处，他们的动静出于同一源头。某种程度上，知识分子"兼济天下"与"独善其身"同样难。在一个大的动荡时代，作为个体的知识分子能够有所坚持和有所不为，本身就是君子之道，这是牵动国家之鸢的"线"。葛亮以此作向《红楼梦》致敬，运用的是典型的《红楼梦》的写法，"真实的历史悼亡被隐去，满腔心事托付给一派假语村言"。①《北鸢》开头写昭如收养卢文笙，结尾写卢文笙与冯仁桢收养秀芬的遗孤，这两个首尾呼应的细节很重要，意味着《北鸢》想抛开家族与血缘的局限，在传统中寻找知识分子的精神血脉。卢文笙确实与此前文学中那个年代的知识分子不同，他虽然生活在动荡的年代，却"无欲则刚，目无俗物"，更无心政治。这与《红楼梦》中的宝玉多少有些相似，与当代文学中革命时代的勇敢奔赴革命者或徘徊于无地的零余者都不一样，可以看作当代文学知识分子形象中的一个"新人"。

近年书写知识分子的小说中引起争议最大、反响最强、学界关注度最高的当属李洱的《应物兄》。李洱此作写了十三年，上下两部80余万字，以当代知识分子"应物兄"为核心，以济州大学儒学研究院筹备成立和哈佛大学东亚系教授儒学大师程济世"落叶归根"的事为线索，牵出了当代社会的各色人物，尤其是不同行业精神状态各异的知识分子。应物兄是那样的真实，以至于成了当代知识分子的一面精神之镜，许多人在他身上看到了自己的光芒与阴影、希望与失败，故而惊叹之余有愤怒，

---

① 陈思和：《序：此情可待成追忆》，载《北鸢》，人民文学出版社2016年版，第Ⅱ页。

当代文学的演进与经验

这也是部分批评家对其批评的一个重要原因。这一点与 20 世纪 90 年代部分批评家对庄之蝶的批判是非常相似的。然而，应物兄又是那样的象征意味十足，小说开头第一句话就是应物兄问："想好了吗？来还是不来？" [①] 他原本想问的人是谁并不重要，重要的是他的话是说给自己听的。将这句话和小说中的"一代人正在撤离现场"联系起来，就会发现这是李洱的自问，也是一代知识分子的追问。在这个意义上，《应物兄》是生长于 20 世纪 60 年代的知识分子的精神自画像，它是立体多维的。从某种程度上说，面对应物兄就是面对李洱同代的知识分子。小说结尾处，应物兄等了三天，等待一个健康的孩子的出生而不见，后来得知这个新出生的孩子是有问题的，这也是一种象征，意味着知识分子们难有健康的继承人，而应物兄本人则遭遇了致命的车祸。小说中不同代际的知识分子都在思考，应当如何面对知识分子的身份并融入社会，如何履行知识分子的职责并实现理想。《应物兄》中旁征博引的各门类知识也不容忽视，李洱用自己的方式将已有的知识在小说中不动声色地呈现出来，使得这一作品的内部丰厚，产生了很强的互文性，甚至产生多个副文本，充分体现出李洱的野心和才情。

梁漱溟在论述中国文化时说："我相信全部中国文化是一个整体（至少其各部门各方面相连贯）。它为中国人所享用，亦出于中国人之所创造，复转而陶铸了中国人。" [②] 我们时代的人物同样与时代的文化息息相关，他们参与了文化的创造又浸染于其中，被其陶铸。近年小说中的人物新变主要体现在乡土人物形象与知识分子形象两个层面，这种新变充

① 李洱：《应物兄》，人民文学出版社 2018 年版，第 1 页。
② 梁漱溟：《中国文化要义》，上海人民出版社 2011 年版，第 29 页。

近年小说人物新变之考察   333

分体现出当代作家对时代发展的敏锐感知与细致观察，以及对时代中人的生存与精神的勘探与发掘。时代的发展使乡土人物开始了新的追求，他们需要经过努力和调整方能与这个时代的脉搏保持相同节奏。知识分子们虽然内心仍有不适，也未能足够强大，但他们也不再主动放逐自我，而是在努力解决如何融入社会和保持自身角色的问题，虽然他们的道路都依然漫长，但新变已经开始发生。

（原载《艺术评论》2020 年第 7 期）

论新世纪长篇小说"农民进城"叙事的新向度及生成逻辑

雷　鸣(西北大学)

"农民进城"[①]是中国现代化历程中如影随形的现象,亦是中国现当代文学一个贯穿性的叙事母题。对"农民进城"的叙事,现当代小说呈现出繁复的状貌。现代时期,这类经典之作有老舍的《骆驼祥子》、潘漠华的《乡心》、王统照的《山雨》、丁玲的《奔》等。在当代文学阶段,虽然"十七年文学"中的《创业史》《山乡巨变》,还只是零星涉及农民进城的情节描写,但在20世纪80年代以后,由于改革开放与城市化进程加速,"农民进城"变得日益普遍与频繁,出于对这一社会现象的回应,叙述"农民进城"小说日渐增多。举其要者,有高晓声的《陈奂生上城》、路遥的《人生》、贾平凹的《浮躁》等。至21世纪初,底层文学思潮的出现,"农民进城"更是作为此类小说重要的叙事母题。叙述农民工在城市生活状态的小说,呈一时之盛,如尤凤伟的《泥鳅》、陈应松的《太平狗》、刘庆邦的《到城里去》、夏天敏的《接吻长安街》等。因时代之变,各个时期"农民进城"的文学叙述所要表达的主题意蕴自是不同,但综

---

① 本文的"农民进城"具体指在社会原因或者自然因素推动下,为维持生存或谋求发展进城务工的农民。不涵括短暂地进城探亲访友或者通过升学、入仕进城的人。

观近百年来小说之"农民进城"叙事，大体上已经形成几种赫然的写作定式或曰叙事传统：一是对城市与乡村预设道德的差序格局。在这种叙事中，城市总是被赋予道德的负面形象，视为罪恶之源与堕落的所在；而乡村具有天然的道德优越感，是诗意与道德高地。二是展示农民的苦难情境。即这类小说热衷于反复、集中地呈现农民的苦难生活，不厌其烦地演绎农民生活艰辛的悲剧命运。遭遇挫折与饱尝苦难是进城农民生活的全部。三是农民形象固化为"弱者"。基于以苦难为书写的焦点，农民形象清一色地被塑造为被侮辱与被损害者。即便有以恶抗恶者，亦是失败的结局，更甚者，凡是进城女性，这类叙事总会让其沦为城市妓女的命运。四是叙事模式多为"离乡—在城—归乡"的类型架构。这种叙事模式其实是苦难主题的形式化，内在的逻辑理路可概括为：农民由于在乡的贫苦与艰辛，向往城市，进城之后不间断地遭遇苦难与挫折，然后充满痛楚地返回乡村寻求慰藉。对这几种定式的阐释与研究的成果已经繁多，在此不必重复。需要指出的一点是，这些定式标示出共同的写作向度：多从外在的物质层面，书写农民进城寻求生存权利的动力机制，或融入城市遭遇的重重困难。

面对这些叙述定式，新世纪作家建构"农民进城"叙事时，无疑有了类似"前文本"般的遗存与参照。这种"前文本"写作定式，既是新世纪作家的叙事资源，亦是他们必须考虑摆脱的"影响的焦虑"，否则他们只能在旧式"窠臼"中重复写作，再说，有些定式已然失去了依存的社会语境。因此，"农民进城"叙事如何在基于已有旧式之上，拓展新的向度，是新世纪作家必须面对的问题。可喜的是，有些作家敏锐地洞察到城市与乡村的时代之变，亦深入触摸农民的文化心理，感受到农

当代文学的演进与经验

民的演变成长，对城市与乡村作出新的价值判断、新农民形象的塑造，纷纷出现在"农民进城"叙事小说，体现出对前述旧制的转化与超越姿态。

一、形塑新型文化人格的农民

反顾中国现当代文学史，小说对农民形象的塑造已然形成了三种典型的范式：一是以鲁迅及后来受其影响形成的乡土文学流派为代表，在启蒙现代性的视野下，农民乃"老中国的儿女"，是愚昧、麻木、亟待改造的"国民"，如闰土、阿Q、祥林嫂等。二是以沈从文为代表，站在审视城市／现代文明之衰靡，建构理想人性的立场，笔下的农民充满了神性、浪漫色彩，是原始、朴野生命形态的象征，如湘西边地中的各色儿女等。三是以赵树理、柳青、周立波、浩然为代表，在民族国家主流意识形态的主导下，塑造了小二黑、梁生宝、刘雨生、萧长春等一批契合社会主义国家伦理要求的"农村新人"形象。无论前两类的"旧农民"形象，还是第三类"农村新人"形象，都有其各自的深刻与艺术成就之处。毋庸讳言的是，这三类农民形象有着共同的特点，即都存在着把农民抽象化、符号化的叙事之弊，在表现农民自我主体性方面有所匮缺。除此之外，还有一点共性——上述农民形象都是乡土文明的固守者，即便偶尔遭遇城市，对城市文明也是持恐惧、鄙夷的姿态。真正初露端倪而突出农民自我主体性，具有现代新农民形象特质的，是路遥在《人生》中塑造的高加林形象。青年农民高加林，为改变自我命运，展现出个人奋斗精神。高加林在进城之前，表现出对乡村生活的厌憎与城市文明的企慕，这是小说对新时代农民现代理性精神的表现。不过，高加林即便进城之后，对城市文明亦显露某种程度的出自乡村底层的自卑感，这从他在城里人张克南母亲面前所表现出来的极度自尊与易怒，不难窥见；尤其是当他与城市博弈失败时，代表乡村德性与智慧的乡村老汉德顺爷的开导，成了高加林的心灵抚慰剂。这说明，高加林内心深处依然有着对乡土文明的认同与坚守，倚赖的仍是乡村提供的精神资源。

新世纪一些长篇小说塑造的农民形象较之上述类型的农民，呈现为具有多维新质的农民形象。具有现代主体性的新型文化人格，在这一时代的进城农民那里已然萌蘖生长。他们认同城市文明，主动以城市文明重建自我；在城市里具有极强的生存能力，面对城市文明亦不自卑，有自我珍视的平等意识，也有丰富、细腻的精神世界与多元、变化的生活。总之，这些农民不同于那些传统农民，通常在进城之后就激烈地排斥城市文明，将城市"恶魔化"，而他们则认同与尊崇城市的精神价值。如《高兴》中的刘高兴一进城，就把乡土气息的名字"刘哈娃"改成城里人风格的名字"刘高兴"；教训五富到城里后言行举止要按城里规矩；他还努力学习城里人的生活方式，也穿西服、袜子、皮鞋，有空闲吹吹箫，享受生活。他告诫五富："可咱既然来了西安就要认同西安，西安城不像来时想象的那么好，却绝不是你恨的那么不好，不要怨恨，怨恨有什么用呢，而且你怨恨了就更难在西安生活，五富，咱要让西安认同咱，要相信咱能在西安活得好，你就觉得看啥都不一样了。"①《北京时间》中的胡冬是进城卖烧饼的农民，起初怯弱、卑微，经过城市生活的洗礼，他在拆迁

---

① 贾平凹：《高兴》，译林出版社 2012 年版，第 80 页。

公司里干得如鱼得水，积累了财富，并且娶了北京城里的姑娘，儿子随他老婆上了北京的户口，儿子成了地道的北京人。胡冬截然不同于以往小说中一进城就受难的农民形象，正如作者在小说中所发表的议论："这就是胡冬。这个被城里人不屑一顾的乡巴佬，自从进入他所向往的城市之后，很快就找到了感觉。他不仅观念超前，还学会了用现实生活中的新思想，不断地修改自己和调整自己的价值取向。他的精神世界是如此复杂，又是如此单纯。他在这个本来不属于自己的城市中往来穿梭，给人的感觉已经游刃有余，甚至如鱼得水。"[①]《我叫刘跃进》中的刘跃进，一个进城打工，在建筑工地上做饭的厨子，阴差阳错地被卷入了社会三教九流的纷争，他狡黠、智慧地周旋、应对，体现出颇类城市人的"精明"。《吉宽的马车》中的吉宽在不断出入城市人家的装修工地上艰难成长，逐渐进入城市的生活秩序。黑牡丹（《吉宽的马车》）尽管在城市里遭遇过几个男人的欺骗，但她学会了在城市中如何巧妙地利用各种资源生存，坚定地认同城市，喜欢城市。"我这人也是邪了，就是不服输，我就不信没有地方能容下我。城市的最大好处就是它大，谁也管不了谁，谁也不看谁的眼色活。"[②]确然，这些进城农民大异于传统农民，形成了诸多新的特质，恰如施战军所论："进城务工的经历发生了历史性的嬗变，他们不再是傻呆呆的形象，在一个个年轻力壮、年富力强及老于世故的农民工身上，发生着生活、身份和价值观的根本性的改换。他们不可能褪掉与生俱来的乡民本色，但更有揣摩城市的空缺、领悟城市的脾性、把握城市的脉象、融入城市的活法的聪慧头脑，不仅仅是适应力，还

---

① 荆永鸣：《北京时间》，北京十月文艺出版社 2014 年版，第 245 页。
② 孙惠芬：《吉宽的马车》，作家出版社 2007 年版，第 122 页。

会有令人意想不到的创造力。"①

具有现代新质农民形象在小说中的出现，并非作家们凭空臆造，而是新世纪中国农民的生存状态、综合素质、人员构成均发生了历史性变化，这种状况自然引动作家之思，投射于作家笔下。一是中国城市化进程全面、深入地改变着乡村。客观地说，城市与乡村本来是两种不同的生活形态，对大多数"进城"农民而言，遭遇城市文化生态的撞击所带来的眩晕、迷离与痛苦，是不可避免的。"迁移者到达异地都市受到陌生文化环境的冲击，感情产生异常强烈的焦虑反应。"② 但是随着中国现代化进程和城市化步伐的加速，现代思想观念、现代城市中的文明风尚、生活方式涌入乡村，同时大小城镇亦不断增多。这无不都改变着农民原有的经济和社会活动方式，其固有的乡土观念与生活形态必然受到冲击，思想观念日趋多元化、现代化，生活方式亦愈加接近城市化。由此，农民对城市文化生态日益熟悉，而非如从前在乡村隔绝状态下，对城市一无所知的恐慌。二是"进城农民"的人员构成发生了变化。不言自明，一个时期自有一个时期的"进城农民"。新世纪以来，进城农民的构成呈现新的特点，他们受教育的程度、对城市文明接触的深广度，均与老一辈农民大为不同，恰如有研究者指出："改革开放后出生的农民工已经成为农民工的主体，他们的参照系已经不再是父辈，而是城市同龄人；他们在内心比较的更不是自己父辈从事农业生产的时期，而是拥有城市户籍居民身份的劳动者的生产与生活；他们中的绝大多数从来未做过农

---

① 施战军：《"进城"：文学视角的挪移和城市主体的强化》，《扬子江评论》2007年第6期。

② 徐德明：《乡下人的记忆与城市的冲突》，《文艺争鸣》2007年第4期。

民，并在向往着城市生活。"①此种背景的农民进城之后，自是认同城市，渴望拥抱城市文明。

不仅如此，城市实质上是促使人的现代性主体成长的去所。"城市好比社会发展的催化剂，它在居民中传播着新的文化与思想。……它捣毁着'传统主义'的枷锁，促进着个人的发展。……城市化是一种动力，它促进人们更多地'参与'社区生活，因为城市居民有着一种新的姿态、新的开放性，并且不断提出新的问题，他们也就在更大程度上成为'参与者'，从而促进了'精神上的交往'。并且城市生活的需要促使某些现代化特征得到发展，例如城市人口的识字率提高了，因为人们要在城市里自由来去或上下班，都需要阅读时刻表、街上的路标等，所以他们必须识字。"②新世纪中国进城后的农民，其新型文化人格，当然亦会在城市土壤中不断生长。

正是因为中国农民经历着全球化、城市化、市场化、现代媒介化的多番洗礼，他们不可能还静穆地停止如鲁迅笔下闰土那般木讷、愚昧，亦不可能如沈从文湘西边地之民的原始、古朴，他们在思想情感、文化心态、心理人格上，与时代一样经历着深刻演变、成长。在这种情形下，新世纪作家塑造具有更具现代性新质的农民形象，也是敏锐感应时代之变的突出征候。

二、重构"主体间性"的城乡关系

以历史视野看，无论西方还是中国文学只要是以"乡村"与"城市"

---

① 郑功成等：《中国农民工问题与社会保护》（上册），人民出版社2007年版，第2页。
② ［英］安德鲁·韦伯斯特：《发展社会学》，陈一筠译，华夏出版社1987年版，第71—72页。

为主题，似乎形成了一种定型化的写作惯性与思维模式——城乡关系的二元对立与冲突，诚如雷蒙斯·威廉所言："对于乡村，人们形成了这样的观念，认为那是一种自然的生活方式：宁静、纯洁、纯真的美德。对于城市，人们认为那是代表成就的中心：智力、交流、知识。强烈的负面联想也产生了：说起城市，则认为那是吵闹、俗气而又充满野心家的地方；说起乡村，就认为那是落后、愚昧且处处受到限制的地方。"① 由是观之，这种思维模式在中国现当代小说体现为两种情形：一是文明优劣层面上的"城贵乡贱"的等级模式。在这类小说中的人物看来，城市是文明的象征，是现代的、先进的文化或者生活方式的代名词，具有通向"未来"的意义。乡村往往代表着过去、传统，意味着落后甚至愚昧，是需要告别、决绝之地。"城市"与"乡村"之间的关系呈现为直接冲突、互相排斥。这里以 20 世纪 80 年代的小说为例，铁凝《哦，香雪》，写香雪的"在乡望城"，路遥《人生》的高加林以于连式的不择手段想法进城，在乡的刘巧珍无条件地倾慕高加林；还有《平凡的世界》写孙少平的远方梦，"我不到外面闯荡一回，一辈子心平不下来"。② 作家之所以如此叙述这些人物的人生选择，其潜藏的思维模式莫不停驻于此。需要补充一点的是，还有一类小说以乡村文明作为参照来批判都市文明的衰朽，如沈从文的小说，其实这也是此思维模式的"反向"版而已。二是道德层面上的"城恶乡善"的张力模式。在作家笔下，城市在道德上远劣于乡村，它通常是罪恶的渊薮，堕落的染缸；而乡村则具有道德优越感，乃救赎、抚

---

① ［英］雷蒙·威廉斯：《乡村与城市》，韩子满、刘戈、徐珊珊译，商务印书馆 2013 年版，第 1 页。

② 路遥：《平凡的世界》，北京十月文艺出版社 2012 年版，第 91 页。

慰、升华之处所。城市与乡村的关系，在道德上呈现为相悖的两极。具体就"农民进城"叙事而言，作家惯用的套路就是，或者写农民一进城，即不断遭遇来自城市的各种陷阱、困境、隔膜；或者写进城后的农民，经受不住城市的诱惑而失去乡村的淳朴、善良，滑向堕落之渊，人性变得邪恶。老舍《骆驼祥子》完全可视为一个如此道德评价视域下的"农民进城"故事。祥子原本是一个朴素、勤劳的乡村青年，进城之后，由于再三遭遇不幸，沦为了吃喝嫖赌、出卖朋友的街头小混混。"十七年"时期的文学作品一旦讲述进城的故事，无不流露出强烈的道德焦虑，如《霓虹灯下的哨兵》《我们夫妇之间》。新世纪以来，仍然有不少"农民进城"叙事作品循此思维模式，如尤凤伟《泥鳅》、李佩甫《城的灯》、乔叶《我是真的爱你》等，笔者曾在一篇文章中，对这种在道德上"妖魔化"城市的写作趋向，概括出了"逼良为娼型""好人变坏型""绝望自杀型"等三种模式。①

新世纪以来，有不少长篇小说开始省察、突破这种二元对峙城乡关系的书写模式，试图建构理性交往、平等互融、反哺共存的新型"城乡关系"。虽然小说叙述"农民进城"的动力，还是出于对城市文明的向往，但不再把城市与乡土两种文明形式设置为一种对立相悖、互不相容的结构，而是构成一种"主体间性"的关系：两种文明都是对等的文明主体，没有优/劣、先进/落后之分。城市可以反哺乡村；乡村亦可滋养城市。《金山银谷》中没有写城市对乡村的掠夺与挤压，相反，范少山充分利用城市资源，有效促推贫穷乡村的发展。他利用城里的人脉资

---

① 雷鸣：《新世纪乡土小说三大病症》，《文艺评论》2010 年第 6 期。

源，大力发展乡村的现代农业，聘请农业大学教授担任白羊峪的技术顾问，种植有机、绿色的金谷子与金苹果，把这些有机的产品高价卖给城里人；又利用电商平台销售农产品，发展乡村旅游，吸引城里人来白羊峪。范少山所探索的乡村致富之路，最突出的特征就是充分开掘了城市资源，这里，"城乡关系"表现为一种共生共荣的样态。来木城打工的天柱（《无土时代》），因偶然的机缘当上了木城绿化队长。乡村长大的他，迷恋土地与庄稼，利用木城申报全国卫生城市而急需绿地的机会，在草地上都种了麦子，麦子收割后，又种了玉米，还尽可能在各个角落里种上了蔬菜。城市里种满了庄稼，天上满是繁星，荒野的风弥漫全城。此刻的木城富有乡村诗意与田园之风，城市与乡村融为一体。这不同于其他小说，如贾平凹的《土门》、张炜的《九月寓言》、叶炜的《富矿》等，倾向于批判的视角书写城市对乡村的蚕食。赵本夫在这里表述的"城乡关系"如此和谐互融，虽然有些理想化色彩，但亦为我们如何突破二元结构的城乡关系，提供了一种新的思考路径，如埃比尼泽·霍华德所说："事实并不像通常所说的那样只有两种选择——城市生活和乡村生活，而有第三种选择。可以把一切最生动活泼的城市生活的优点和美丽，愉快的乡村环境和谐地组合在一起。这种生活的现实性将是一种'磁铁'，它将产生我们大家梦寐以求的效果——人民自发地从拥挤的城市投入大地母亲的仁慈怀抱，这个生命、快乐、财富和力量的源泉。"①

同时，还有一些小说弃置了对城市的道德厌憎与偏见，以及对乡村

---

① ［英］埃比尼泽·霍华德：《明日的田园城市》，金经元译，北京商务印书馆2000年版，第6页。

赋以道德优势的写作模式。在他们笔下，城市是相较于乡村，更具现代性的生存方式与交往方式的主要场域，而并非劣于乡村的一种"道德洼地"，并非农民一进城遭遇的即是陷阱、尔虞我诈、人与人之间仅有隔膜与锋利。荆永鸣在《北京时间》中写夫妻俩进城开餐馆的经历：找房租房住、找位置开餐厅、女儿从外地转来北京上学。在此过程中，进城开餐馆的夫妻俩并没有遭逢陷阱，遇到的城市人，都是平凡、善良，富有生命温度的好人。夫妻俩与房东方长贵、方悦、邻居海师傅、赵公安、冯老太、李大妈等这些老北京人，有着温暖且富有生活气息的交往。尽管这些皇城中人有着天然的优越感，与他们夫妻也偶有小冲突，但他们都是善良的。小说还有一个意味深长的细节：原来租房时的老邻居，这些老北京人，却因为拆迁安置到了城市边缘区域，他们很少进城了；相反城市外来者却在市中心地带买房了。这里，作者似乎有意颠覆了城市与乡村的关系。曹大屯（《年日如草》）从偏远山沟来到省城济南，尽管也遭遇城市人施加给他的"小坏水"，但更多得到的是城市人给予他的关爱与帮助，让其尽快适应城市生活。先是父亲的同事、地质队的大学生姜大伟，带他熟识济南的大街小巷，具体而实感地领略城市生活的繁华；后来的师傅、师母以老济南人的厚道、实诚，给大屯以家的感觉，引领大屯走入城市生活的深处。可以说，人性的良善与邪恶，道德的高尚与卑劣，其实与这个人是否在城市，还是在乡村无关。孙惠芬对此有深刻理解："实际上，城市的扮演者未必一定就是城市人，那个包二奶的老板也许出生于乡村，只不过在城里奋斗而已。而深受城市伤害的乡下女子，只代表一种时代的普遍可能，并不是我写了包二奶的酒店老板，就意味着我就对立了城市与乡村，就意味着在我眼里，城市就是肮脏的，乡村就是纯朴的。不能这么看。"①显然，在孙惠芬看来，"城恶乡善"这种二元对立的道德评价模式是偏颇的。

事实上，今天再以城乡二元对立的模式很难阐释中国现实，因为当下中国社会分层呈现复杂交织、缠绕不清的样态。在城市化浪潮裹挟之下，有些进城的农民可能在生活物质与精神层面，早已认同与契合城市，并且有的还非常成功，但由于户籍管理制度的藩篱，他的身份还归属于农民之列。同样，早年进城务工农民的第二代或者第三代，户籍身份虽然还是农民，可他们中间不少人是在城市中长大成人的，他们虽然没有城市户籍，却从未经历过乡村生活形态，是城市的新生力量。另外，近些年来，出现的城市精英到农村创业，也突破了以往城乡二元差异的鸿沟。因此，我们必须清楚地认识到，由于中国社会的深刻变化，我们文学中固有的关于城市与乡村二元对立的想象方法，在一定程度上已然失效。

另外，一个所见显明的事实是，改革开放四十多年的城市化历程，一方面不断锻造了乡村人的心智与精神向度，促使现代化的观念深入人心，使得乡村人对城市更容易接受；另一方面，也催生城市中人基于城市困境与生存焦虑，而更加向往、拥抱乡村。近年来，兴起的乡村旅游热，正是此种征候，也从一个侧面表征着当下城乡关系的互动共生状态。

更重要的是，新世纪以来，现实中的城乡关系愈加趋向于协调发展。市场经济的发展，本身即是有效促推城乡各类要素交往互动的力量源。尤其，自新世纪以来，国家在政策上大力导引着工业反哺农业，城乡一

---

① 张赟、孙惠芬：《在城乡之间游动的心灵——孙惠芬访谈》，《小说评论》2007年第2期。

体统筹发展，亦使得新世纪的城乡关系进入新的调谐阶段。

我们当然不能说，新世纪长篇小说的"农民进城"叙事，完全是对新世纪城乡关系发生巨大变化的镜子般的反映；但是新世纪中国社会分层呈现复杂情形，现实中的城乡关系日趋协调，确实构成了其叙事的现实语境与社会场域。由此，新世纪长篇小说之"农民进城"叙述，改写过去文学中的城乡二元对峙的书写模式，是具有强大的现实逻辑的。同时，也正是由于新世纪中国的复杂现实，如果再继续以城乡二元对立书写模式，就显得过于简单粗暴了，会遮蔽现实生活的复杂真相与时代精神。因此，我们必须改变，长期以来形成的二元对立的思维和写作模式的惯性，如丁帆所论："对新世纪的乡土小说家来说，就是要深刻把握市场经济中农民内在心灵变化，不能轻率地以农业文明来批判城市工业文明，或者简单地以现在的城市文明取代乡村文明，这会使我们不得不面对双重的文化压迫。"[1] 对此，关仁山亦有着深刻的认识："仇视城市吗？廉价讴歌乡土吗？展示贫苦困境吗？整合破碎的记忆吗？每一个单项都是片面的，应该理性看待今天乡土的复杂性。"[2]

三、"劳动"主体性的想象再造

当代文学对劳动的叙述，已然形成了两种定势，一是劳动的政治化赋值，即劳动总是被赋予道德、政治、文化的价值，对劳动的态度往往

---

① 丁帆：《中国乡土小说史》，北京大学出版社 2007 年版，第 369 页。
② 孟繁华、关仁山：《现实精神与理想情怀——关仁山访谈录》，《小说评论》2012 年第 3 期。

被转喻为道德品质的优劣，阶级身份的归属，政治立场的表达。如有研究者所说："'劳动'不仅具有社会生产的意义，还参与了社会主义意识形态的建构，成为一种文化的、政治的和审美的话语结构。"① 如"十七年"小说中对劳动的叙述，无不包含着道德价值判断与政治意涵的寄寓。袁天成的老婆"能不够"与女儿袁小俊（《三里湾》）从不愿意参加劳动，袁天成感觉抬不起头来做人。"吃不饱""小腿疼"（《"锻炼锻炼"》）也因不下地劳动，作者给予的是否定性道德评价。《山乡巨变》中的张桂贞后来因为积极参加生产劳动，赢得了乡亲们的理解与尊重。而彼时工业题材小说的劳动叙述，则多涵纳着社会主义乌托邦的远景畅想，以诗意抒情的笔调把劳动神圣化。如草明的《火车头》《乘风破浪》、杜鹏程的《在和平的日子》多以豪迈抒情笔致叙述劳动场景，宣谕劳动乃是实现社会主义远景乌托邦的舟楫，热爱劳动的工人都呈现出"舍我其谁"的主人翁担当意识。至20世纪80年代的乡村改革小说，一味埋首于乡村田间辛勤劳作的农民，则被视为传统、保守生活方式的象征，如贾平凹小说《小月前本》中的才才只知道在地里死受，被目为落后农民，是乡村改革时代之弃儿。《鸡窝洼人家》中的喜欢土里刨食的农民回回亦复如是。在20世纪90年代的工业题材小说中，工厂的老劳动模范，通常被叙述为"悲情"之族：在国企改革浪潮中，他们既失去岗位，又失去过去因劳动所带来的荣耀，却对此境遇表示"奉献"与"理解"。这表征着在领受时代的阵痛时，需要有人"分享艰难"与"自我献祭"的意识形态吁求。如谈歌《大厂》中的老劳模章荣、梁晓声的《钳

---

① 李祖德：《劳动、性别、身体与文化政治——论"十七年"文学的"劳动"叙述及其情感与形式》，《重庆师范大学学报（哲学社会科学版）》2010年第3期。

工王》中的"钳工王"老劳模老姚等。二是劳动的苦难化控诉。暂且不论人们非常熟悉的土改小说中那些常见的诉苦情景描写,通过控诉地主阶级迫使农民过度劳动的"剥削",以激发贫雇农的革命仇恨,从而表达土改的合法性与迫切性。自20世纪90年代开始,在农民工大规模涌入的珠三角地区兴起打工文学,创作主体为打工者自身,多描写流水线上的异化劳动,以及由工伤导致的身体损害、精神摧残。这种书写趋向,概言之,即是祛除劳动浪漫的抒情色彩,而呈现劳动的沉重、艰辛的。如郑小琼的打工诗歌、王十月的打工小说《烦躁不安》《国家订单》《无碑》等。

不难看出,当代文学对劳动的书写,要么是政治化意蕴的包孕,寄寓现代化国家民族想象,或是成为社会主义的道德伦理的检视;要么是叙述劳动的被动强制性以及异化性,对劳动充满怨恨、悲情与苦难诉说。对此,一些新世纪长篇小说在叙述"农民进城"时,显示出与此不同的姿态。一是重塑劳动者的主体性。政治附魅的劳动者,往往出自外部力量(国家或者某种道德拯救力量)的询唤或规训去从事劳动,浸染着出于道德义务的"报恩"色彩,没有发展出自我独立的主体性。不同的是,《高兴》中的刘高兴、五富进城从事拾破烂的劳动,完全出于自我对改善生活境况的追求,对城市的向往,"拾破烂是只要你能舍下脸面,嘴勤腿快,你就比在清风镇种地强十倍,他也就饿不死在人生地不熟的城市里";①他们也不因为拾破烂的劳动而感到自卑,"不,应该是城市需要了我们!试想想,如果没有那些环卫工和我们,西安将会是个什么样子

---

① 贾平凹:《高兴》,译林出版社2012年版,第87页。

呢?"① 申吉宽(《吉宽的马车》)进城打工的动力,完全源自生命个体深处的欲望,恋人许妹娜要嫁给城里的一个小老板,他负气来到城里。在建筑工地劳动时,他忍受不了三哥、四哥在工头面前的奴颜婢膝,决然离开建筑工地另谋出路。天柱(《无土时代》)带领草儿洼农民工组成的绿化队,出于对故乡田园的思念情感,满怀窃喜、充满刺激、尽兴地在木城从事种植劳动——在城市空地上种植各类庄稼。二是劳动个体的财富追求。劳动创造财富,劳动者有追求财富的权利,本是马克思主义经济学的一个常识,但中国当代文学对劳动与财富关系的书写却经历波折,正如前所述,"十七年文学"对劳动书写的路向是,视劳动纯然为社会主义道德的召唤,其目的在于创造集体财富、走共同富裕的道路,如《创业史》中梁生宝,《山乡巨变》中的刘雨生即如是;而想着个人发家致富,尽管亦是通过辛勤劳动,则统统是作品中否定叙述的对象,如文学史上所指的"中间人物",梁三老汉、亭面糊等。20世纪80年代,一些叙述农民进城的小说开始涉及农民对财富追求的意识,如高晓声的《陈奂生上城》中的陈奂生上城卖油绳,赚几个零用钱;但更多的是忧虑农民进城追求财富而引致的道德焦虑,如王润滋的《鲁班的子孙》。至20世纪90年代,有些小说叙述农民进城后的堕落,无源于财富的贪婪占有,如尤凤伟的《泥鳅》中的蔡毅江因为无钱治自己的病,而堕落为黑社会头目。新世纪以来,不少长篇小说叙述进城的农民以自己的劳动,在城市里追逐自己的财富梦想,于他们而言,劳动就是赚取财富,在城市里生存与立足。这里,劳动祛除了曾经文学赋予的政治光环,回归劳动的现代性

---

① 贾平凹:《高兴》,译林出版社2012年版,第17页。

本义。刘高兴、五富(《高兴》)对拾破烂赚钱，充满自得自足之感，"你一天赚得十七八元，你掏什么本了，而且十七八元是实落，是现款，有什么能比看着得来的现款心里实在呢？"① 所以，五富每次把得来的现款亲了又亲。林榕真(《吉宽的马车》)强烈感到选择装修行业的正确性，因为找上门来装修的客户应接不暇，巨大的财富从四面八方向他汹涌而来。范少山想方设法使白羊峪的农产品卖出比普通农产品高出几倍的价格。这些小说重塑了劳动与财富关系，赋予劳动一种现代财富理念与价值认同。

对"进城农民"的劳动书写，之所以发生新世纪的主体性变奏，笔者认为，原因有二：一是文学内部的自我反省。不少小说叙述进城的"农民"，不外乎以下两种情形：其一是受难的卑微，进城农民被苦难环绕，活得卑微、怯懦、委琐。其二是变邪的扭曲，进城之后，农民由于贫穷无路或者经受不住诱惑而堕落，心灵发生畸变。这两类情形，通常是男性农民则变为恶人，而女性则往往沦为妓女。总之，在这类小说中的"进城农民"，是彻底没有精神尊严、活得屈辱与卑微的底层形象。这样一种固化、预设的叙述方式想象农民，毫无疑问存在着偏差，真实的农民自我阶层形象被遮蔽。对此，一些作家对农民有着自己独到的认识，认为不可能再循此轨道惯性写作，如贾平凹所说："我从他(刘高兴，为笔者所注)身上看到中国农民的苦中作乐，安贫乐道的传统美德。他们得不到高兴，但仍高兴着，在肮脏的地方却干净地活着。他们的精神状态对当今物质生活丰厚、精神生活贫乏的城市来说颇有启示。"② 二是作家叙

---

① 贾平凹：《高兴》，译林出版社 2012 年版，第 28 页。
② 卜昌伟：《贾平凹长篇新作写同乡》，《京华时报》2007 年 8 月 28 日。

述立场的嬗变。把进城农民按照上述两种预设叙述方式塑造，其实是长期以来作家的启蒙俯视之视角，颇有"哀其不幸、怒其不争"的拯救者姿态，其实，这是作家们都市心态与阶层优越的潜隐表现。而着力表现农民在城市中通过辛勤劳动开辟属于自己的生存空间，用劳动建构自己的尊严，赋予底层农民以生命意义与自我价值，体现作家试图以平等姿态为农民发声的人道主义立场。如孙惠芬所言："我决定再回到他们心中，回到他们的生活中，管一管他们的心灵和生活，为他们的心灵和生活负负责任。我所说的负责，自然并不是救救他们，我救不了他们，事实上在人的精神苦难面前，谁也救不了谁，能救的，只有自己。"① 这表明孙惠芬试图回到关注农民自身生活状态的写作立场，而非知识分子那种启蒙焦虑的预设立场。

四、余论

"农民进城"是一个纷繁复杂、动态的社会现象，密切关联着国家的现代化进程，城市与乡村的发展程度、国家的体制与人口迁移制度等诸多因素。新世纪以来，随着中国社会现代化进程的提速，城市化发展水平、国家人口管理制度、乡村现实情境与文化形态、农民自身都发生了巨大变迁。新世纪长篇小说的"农民进城"叙事出现诸多新质，恰是这些新的现实因素在文学创作中的映射。但或许因为囿于去表现新变，以摆脱从前这个母题叙事的"影响的焦虑"，或者在新世纪与同类"农民

---

① 孙惠芬：《回到日常》，《北京文学》2003 年第 1 期。

　　　　　　　　当代文学的演进与经验

进城"叙事小说相区隔,这些长篇小说在捕获这些新质变化的同时,存在着诸多局限与遗憾之处:首先,情节设置过于戏剧化、奇观化,如《高兴》中进城农民刘高兴与妓女孟夷纯的爱情,《吉宽的马车》安排林榕真与装修业主宁静的情感纠葛,《我叫刘跃进》围绕"U"盘的种种盘根错节。过多的巧合、奇异的情节安排,使得小说呈露出太多的影视化倾向。其次,作品虽然聚焦于新世纪农民进城的新变,但在文本内部很难寻找到这些新变发生的内在逻辑演变线索,比如刘高兴、刘跃进、吉宽、范少山等新型文化人格成长,小说就缺乏坚实的生活支撑去表现,他们的新型人格似乎是"与生俱来"的素质;还有对城乡关系发生新的变化,亦缺乏表现中国现代化进程中城乡二元结构松动的宏观生活图景,突出个人偶然的运气成分居多,如范少山在面向城市寻求资源时,总是遇到慷慨帮助他的城市好人,天柱想把城市种满庄稼,能碰上与他有同样爱好的城里人,这些城乡关系的新变似乎有突兀设置之嫌。最后,有些作品在价值立场上犹疑与迷茫,即在城市文明与乡村文明之间,显示出暧昧的文化立场。如小说写刘高兴作为进城农民,表现出认同城市文明,热烈拥抱城市文明;讲述天柱甚至试图以乡村文化改造城市,使城市变得更契合人性需求。这表明作品的价值立场放弃了过去惯常的城市批判,但最后分别写到他们又"徒唤奈何"地返归乡村,呈露出乡村守望的文化立场,又隐约见出城市批判的姿态。

(原载《山东社会科学》2021 年第 6 期)

"革命史"的写法

——从《红日》到《晚霞消失的时候》*

丛新强（山东大学）

文学史家程光炜在《为什么要研究七十年代小说》中指出，"小说也是一种史料"①。他进一步以礼平的中篇小说《晚霞消失的时候》②为例，通过遭受"红卫兵"批判的楚轩吾教导即将插队边疆的外孙女南珊"我虽愿你心中有理，却不愿你心中无情"，并以此去原谅伤害者的一番嘱托，说明这个论断的重要意义。"老人在公理荡然无存的紧要时刻，却告知外孙女要站在历史高度原谅并超越这一切，对人和人间怀着'赤子之心'，这样的小说描写所具有的史料价值，恐怕是史无前例的吧。它警示人们，即使在前所未有的黑暗的年代，也有人在默默地坚守道德的底线。"③ 不能不说，《晚霞》的确内在地具有这样的特征。也是在这个意义

---

* 本文系国家社科基金一般项目"20世纪50—70年代的中国文学生活研究"（项目号：20BZW144）、山东大学人文社科重大项目"新中国'红色经典'文学史料整理与研究"（项目号：21RWZD06）的阶段性成果。

① 程光炜：《为什么要研究七十年代小说》，《文艺争鸣》2011年第12期。

② 原载《十月》1981年第1期，收入中国作家协会创研部选编"新时期争鸣作品丛书"之同名本《晚霞消失的时候》，时代文艺出版社1994年版。以下简称《晚霞》。

③ 程光炜：《为什么要研究七十年代小说》，《文艺争鸣》2011年第12期。

　　　　　　　　　　　　当代文学的演进与经验

上，小说的第二章"夏"完全可以独立地作为某种"革命史"的写法来加以阐释。如果以此为基础回溯至建国后五六十年代的革命历史小说创作，尤其是与所谓"红色经典"中的《红日》进行对照的话，不难发现从《红日》到《晚霞》中所存在的独特的文学史线索。

一

在五六十年代的"革命历史小说"创作中，吴强的《红日》被概括为"把真实的战争事件（40 年代内战时的涟水、莱芜、孟良崮战役）、人物（国民党军将领张灵甫）与艺术虚构加以结合"的作品。"故事的展开方式和人物活动的具体描写，主旨在于对'正义之师'的力量源泉的揭示，回答胜利取得的根据——这也是大多数'革命历史小说'所要达到的目的。在表现 40 年代内战的小说中，当时的评论一般认为，比起《保卫延安》来，它在思想艺术上出现重大进展。"[①] 显然，《红日》具有其历史"真实性"的一面，也有其创作"类型化"的一面，更有其价值"重要性"的一面，在"小说也是一种史料"这个意义上完全可以作为代表性文本。

《红日》是以战争布局作为核心线索，整体充盈着那种特别想战斗的激情氛围，弥漫着立即投入战斗的急切情绪。与此同时，还充分揭示出战争环境下的爱情、婚姻、家庭关系及其对应人物为代表的民间伦理意识，也有敌我双方战斗场景和胜负的具体描绘及其民心向背的基础反映。除此之外，更为突出的价值集中落脚于敌我最后决战中的心态变化

---

① 洪子诚：《中国当代文学史》（修订版），北京大学出版社 2007 年版，第 97 页。

及其成败走向。因为解放军的目标是消灭国民党王牌军七十四师，此前的战斗只是铺垫；而七十四师的目标则是坚守孟良崮，彻底消灭解放军的有生力量。所以，七十四师的命运轨迹才是真正的焦点所在，其实也是《红日》这部小说的终极表现。既然如此，七十四师师长张灵甫、参谋长董耀宗自然成为其中的核心人物。而在表现这两个人物的过程中，又穿插一个介入二者之间的中间人物张小甫。

《红日》中的七十四师是蒋介石的特等精锐部队和"天之骄子"，师长张灵甫是蒋介石的心腹大员和"常胜将军"。"他的身材魁梧，生一副大长方脸，嘴巴阔大，肌肤呈着紫檀色。因为没有蓄发，脑袋显得特别大，眼珠发着绿里带黄的颜色，放射着使他的部属不寒而栗的凶光。从他的全身、全相综合起来看，使人觉得他有些蠢笨而又阴险可怕，是一个国民党军队有气派的典型军官。"[1] 不管真实的张灵甫形象如何，这里显然属于胜利者立场的书写。在与参谋长董耀宗的谈话中，更加显示出张灵甫的战略眼光和战术判断。"胡宗南拿了个延安，那有什么味道？空城一座！战争，最重要的是消灭敌人的实力！我们跟共产党打了二十年，不明智之处，就是得城得地的观念太重，不注意扑灭敌人的力量。共产党的战法是实力战，我们也要以实力对付实力，以强大的实力扑灭他们弱小的实力。"[2] 不能不承认，这里抓住了双方的根本问题，所以"师长的气色、风度，就是七十四师的灵魂，就是天下无敌的标志"。[3] 就是这样一位不可谓不卓越的军事将领，却沦落到彻底失败的境地以至

---

① 吴强：《红日》，人民文学出版社 2008 年版，第 385—386 页。

② 同上书，第 387—388 页。

③ 同上书，第 389—390 页。

于命丧孟良崮，原因何在？尽管有其自身性格使然，也更有其根本无法掌控的国民党军队的整体状态所决定。如董耀宗纠正其错误时说的那样："莱芜一战，李仙洲被围，我们中央系统的部队，也有我们七十四师在内，要保全自己，救援不力，使他们陷于毁灭。这番，我们被围，他们桂系的七师、四十八师，会为了救援我们拼死卖命？"①他进一步点明决定战局发展的终极因素："停止彼此勾心斗角、互相倾轧、各怀鬼胎的局面！共产党内部一心一德，我们是离心离德，尔虞我诈！"②从事后来看，这也符合历史的实际。

相对于张灵甫的骄悍自信和坚持到底，董耀宗则洞察时势和寻求出路。他认为人总应该活着，任何时候都应该避免死去，也就为后续的被俘结局做好了准备。他同样异常准确地分析战局："我们这个师，以孟良崮为核心，拉住了敌人的手脚，敌人在我们的四周，敌人的外围又是我们的友军，形势是非常非常好的。问题的关键在于我们的友军，不在我们。"③而恰恰就是友军之间"离心离德，尔虞我诈"，致使战局不可逆转。既然如此，董耀宗对于张灵甫的劝谏也就自然而然甚至完全可以理解。"不是为了辅佐你，我不会在这个时代从事戎马生涯！我已经年近知命，甫公！人生的真谛是活，不是别的，不是死！这是最危险的时候，是死到临头的时候，我冒胆地对你说了这几句话。也许你不以为然，但我是出之肺腑。你用手枪打死我也未尝不可，我的心，真是忠于你的。我有家小，你有妻室儿女，我们不能叫他们悲痛终生！你知道，我不是贪生

① 吴强：《红日》，人民文学出版社 2008 年版，第 477 页。
② 同上书，第 478 页。
③ 同上书，第 388 页。

的人，我知道，你也不是怕死者，但是，我们不应该枉作牺牲！"①这是内心的坦陈，也是最后的机会。事已至此，所谓的牺牲已经没有任何意义。

在张灵甫和董耀宗之间，还有一个重要人物，那就是具有反战精神的营长张小甫。被解放军俘虏后的所见所闻所感所思，更加强化了他的反内战意识。"我认为内战不应该再打下去。八年抗日战争刚刚结束，现在，又打内战！为内战牺牲人命，百姓受苦。我没有死，为打内战而死，不值得。……我担心师长，担心七十四师两万多人！……眼前这一仗，不知又是什么结果！路上，山沟里，麦田里，尽是死尸，有的受了伤没人间，倒在山沟里。战争！我害怕！厌恶！这样的战争有什么意义！对民族有什么好处！我没有别的话说，师长的前途，七十四师的前途，请师长想想，考虑考虑！"②作为50年代战争文学的《红日》，尚具有如此鲜明的战争反思乃至明确的反战思想，实属难能可贵。文学总是有其超越性，在主流意识形态的既有规定中，有意无意地揭示并保存了历史存在的另一面真相。

吴强曾经说过："从史实和生活经验出发，对敌人张灵甫之类，必须真实地表现他们，暴露他们，无情的鞭挞他们。他们是人，是活人，他们有他们的反动的共性，也有他们各自的性格和生活趣味。我警惕着自己：写敌人，切忌写死了，写假了。写死了，使活的敌人等于僵尸，以僵尸为敌，我们算得什么强手。写假了，不可信，引不起人们的憎恨。"③《红日》是较为典型的"革命历史小说"的写法，从上述情节和三个人物

---

① 吴强：《红日》，人民文学出版社2008年版，第480页。

② 同上书，第409页。

③ 吴强：《写作〈红日〉的情况和一些体会》，《人民文学》1960年第1期。

　　　　　　　　　当代文学的演进与经验

的分析中很容易联想起《晚霞》中的那段相近的"革命史"和相关的三个人物黄伯韬、楚轩吾、楚定飞以及衬托辉映的人物李聚兴。

二

礼平的中篇小说《晚霞消失的时候》曾经一度被当作"文革"后期的"手抄本",后来又被证明这种说法"子虚乌有",属于以讹传讹。[①]显然,《晚霞》的价值并非在于"手抄本"与否,而在于文本本身。不用说在其产生的年代反响热烈,就是在今天看来依然弥足珍贵。

《晚霞》以主人公李淮平和南珊的情感历程为主线,分为"春""夏""冬""秋"四个篇章次第展开。在"春"的环节,男女主人公因为读书而相遇,引发出"文明与野蛮永远分不开"这样一个囊括全部人类历史的大题目,彼此留下美好的印象;在"夏"的环节,男女主人公因为红卫兵运动而处于抄家和被抄家、审讯和被审讯的境地,引发出解放战争的历史侧面及其当事人的命运变迁,彼此的茫然失望和内心伤害随即而来;在"冬"的环节,男女主人公因为上山下乡运动而共时于送别的场景,引发出祖孙两代的心灵轨迹和赤子之心,为男主人公的反省、忏悔和女主人公的宽恕、信仰做好了铺垫;在"秋"的环节,男女主人公因为各自的新生而奇遇和重逢,引发出科学、哲学、宗教之间的思辨以及感性与理性、爱情与人生的对话思考,重新回归春天提出的关于文明和野蛮关系的话题。本是收获的季节却是感情的失落,告别往事也就预示

---

① 洪子诚:《〈晚霞消失的时候〉:历史反思的文学方式》,《文艺争鸣》2016年第3期。

着开始未来。显然,《晚霞》问题敏感、内涵丰富、价值多元,产生不同的争论甚至相关的批判也在情理之中。这里主要以第二章"夏"为例,展开前述所谓的"革命史"写作的讨论,尽管不一定是小说的主旨,但以其相对独立性而言完全可以作为一个完整的小说篇章来对待。

《晚霞》第二章"夏"表面是对轰轰烈烈的红卫兵运动的书写,实际却是五六十年代革命历史题材的范围。文本通过红卫兵李淮平抄家审讯国民党投诚军长楚轩吾的方式,以要求后者如实交代历史问题的名义,细致描述解放战争的场景和侧面,尤其是战争环境下的人的命运起伏。无论历史事件还是人物形象,与前述《红日》的"革命史"写作均有异曲同工之处。

在《晚霞》中,楚轩吾的身份是国民党国防部高级专员,后兼任国民党第二十五军代理军长。其父楚元系军阀冯玉祥旧部,在抗战时阵亡;其子楚定飞是国民党下级军官,因劝谏兵团司令停战而被军法处死;其本人在 1948 年淮海战役中主动投诚。作为国防部高级专员,楚轩吾的使命是传达蒋介石的战略意图和作战方针并视察前线防务。为挽救困局,他主动请求并临危兼任代理军长。"战斗的发展在开阔的淮海大平原上是极其猛烈的。我在二次直奉战争中参加过长辛店大战,在抗战中参加过枣庄大会战,可从来没见过像这次这样排山倒海的攻势。解放军的冲锋常常摆开一个极大的扇面,像一阵潮水般地涌上来淹没了我们的层层阵地。"[①] 最后的结果是,司令部掩蔽所也暴露在解放军的机枪射程之内。"这次大战从一开始,双方就投入了几十个军的兵力,而我们在这铁

---

① 中国作家协会创研部选编:《晚霞消失的时候》,时代文艺出版社 1994 年版,第182 页。

锤和铁砧的撞击之中正首当其冲。这种战争的规模是我们从未经历过的。现在,在几千平方米的阵地之内,每一个仓促掘成的战壕和弹坑中都挤满了人和死尸。每一颗炮弹下来,都会飞起一片残肢断臂。在这样的战场上,除了死和降,再也没有其他出路了。"① 很明显,这样的场景和结局,也几乎是《红日》的翻版,尽管出自战败者名义的讲述。面对军团司令黄伯韬的绝望自杀,面对弹痕营长的冒死进言,面对全部战场的悲惨死亡,面对交战双方的疯狂对射,楚轩吾率领最后的一千多幸存者向解放军投降。《红日》中的胜利者立场和《晚霞》中的失败者立场,共同讲述了"革命史"的相似面貌。

《晚霞》中的黄伯韬是第七兵团司令,虽非黄埔系但深受蒋介石的重用,亦可见其作战能力。危难之际,他不愿意楚轩吾陪同自己同归于尽,而劝说他们一行离开战场;他明知残局已定,仍然保持镇静。"这个身经百战的反共宿将,每天用上万人的伤亡作代价,沉着地逼着士兵们死守每一寸阵地,等待着援军。他知道,这块战场上的进退得失,不但关系着他一个人的命运,而且关系着党国的命运。"② 当楚定飞前来冒死劝降之时,黄伯韬依然顽抗到底,按照"临阵畏缩者杀无赦"而对"阵前请降者"、"动摇军心者"坚决执行;当对楚定飞军法从事之后,黄伯韬的反应是两眼发直,神情呆滞,抱头大哭:"该死啊,该死!……我从小把他看大,掌上膝下,何等疼爱!想不到……"③ 可见其并非无情无义之流,而

---

① 中国作家协会创研部选编:《晚霞消失的时候》,时代文艺出版社 1994 年版,第 183 页。

② 同上书,第 182—183 页。

③ 同上书,第 186 页。

实在是战争惨烈之写照，也暗示其"杀身成仁"之决心。他的开枪自杀，或可认为不识时务，其实不识时务者或许更为俊杰。就像《红日》中的张灵甫一样，不管其自身如何，都难以扭转整体战局。就像张灵甫的部队孤军坚守而缺乏增援一样，黄伯韬的部队也是孤军深入而增援不力。不同类型的文本史述中，指向的却是相同状态的历史情境。

如《红日》中的张小甫，《晚霞》中的楚定飞也是在战争中萌生反战意识，进而以死劝谏。他不顾一切地撞在黄伯韬脚下，"司令！仗打到这种地步，不能再叫弟兄们白白送死了！总统无能，不该叫士兵们丧命！黄司令！黄公！几千条性命在你手里，不能再抵抗了！我们投降吧！投降吧！"[1] 当劝谏无效而临死之时，他明确表达的是，"我劝降不是自己畏死，而是认为叫幸存的士兵徒死无益！""既然不容于军法，惟求一死而已"，"望你们以士兵为念"。[2] 其实也正是有了这种自觉，才促使楚轩吾最终走向投诚之路。尽管与张小甫的结局不同，但内在的精神却一致。

在"伤痕文学""反思文学"发展的当口，礼平的《晚霞》将表现的层面聚焦于历史还原和人生哲理。以李淮平为代表的红卫兵们的革命理论及其行动，获得的却是生活的废墟、爱情的废墟和文化的废墟。其中的"革命史"写作不仅与此不矛盾，反而恰恰提供了不同革命形态之间的相互对照，并在无意中相对独立地接续了"革命历史小说"的文学史叙述。

---

[1] 中国作家协会创研部选编：《晚霞消失的时候》，时代文艺出版社1994年版，第184页。

[2] 同上书，第185—186页。

三

其实真正的问题往往发生在革命和战争的"第二天"，而在"当天"所关注的往往是胜利或者失败，但更为关键的是胜利或者失败之后的状况怎样？《晚霞》的主旨显然在追究红卫兵运动和上山下乡运动之后，到底给个人和民族带来了什么，并且如何才能获得新生的力量。但这并不妨碍从"革命史"写作的角度来独立探讨战争之后的问题，也就是楚轩吾率部投诚之后，所谓的"敌我"双方又是怎样去互相面对。

按照历史当事人的"交代"，战败受降的楚轩吾被华东野战军第五纵队的参谋长李聚兴负责接收工作。在楚轩吾印象中，李聚兴令人难忘。"我永远都记得这个道德极高而又修养极深的人。""我与共产党作战二十余年，他却是我见到的第一个共产党人。我至今认为，他是我对共产主义发生认识的启蒙者，他对我后半生道路的影响是无法估量的。因而尽管我已经十八年没有再见到他了，但他的人格我永远难忘。"[1] 正是因为战争之后的关系处理，共产党在国民党心目中的固化形象得以改观，那种妖魔化对方的策略和渠道难以为继。除此之外，所谓的敌我双方还共同巡视整个战场，并就各自的优势和劣势进行开诚布公的交谈。"我方"询问"敌方"的防御意图和兵力部署，当看到被完全摧毁的炮兵阵地时，李聚兴严厉批评："你们在这样近距离作战中使用炮兵盲目射击，完全是一种无效的战术动作。……结果你们的炮兵不但没有摧毁我方任何重要

---

[1] 中国作家协会创研部选编：《晚霞消失的时候》，时代文艺出版社 1994 年版，第 189 页。

的目标,而且成了你们防守的沉重负担。"① 在战事之后,还能客观指出对手的失误,而非居高临下、居功自傲,实属难得;而看到敌方在战斗中仓促构筑的工事系统时却又赞不绝口,因为正是这样的工事布局和火力配备才使得"我方"的穿插手段在整个攻击中始终未能奏效。敌我双方的敞开交谈,彻底改变了"敌方"眼中的"我方"形象,"我马上就在这个农民出身的将军身上看到了非常出色的军事才能。我真想不到一向以骚扰和奔袭为主要作战手段的共产党游击战中,竟能造就这样通晓正规教范的人材。共产党军事指挥员给我的这第一个印象,就与国民党那些胜则争功、败则诿过的将领们形成了鲜明的对照"。② 如此的侧面反映和溢美之词,实则暗含着敌我双方的历史真相。当历史教科书无法表现某些历史内容的时候,文学却以其独特的修辞手段保存了这些内容并将其揭示出来,从而具有了成为"史料"的可能性。

更进一步,在战俘准备解送后方的饯行仪式上,出于职业的共同兴趣,战争双方竟然把简朴的宴会变成了老相识们的军事讨论会。不仅作了更加详尽的战事分析,而且深刻总结了双方胜败的根源,并从民族大义的立场为内战性质进行定位。尤其重要的是,双方似乎已经找到出路并达成共识。"希望你们能在民主阵营中找到真正的出路,并终于跟上历史的潮流。我相信,凡是有爱国心的人都能做到这一点。来,为国家更新,为诸位新生,干杯!"③ "国家更新"和"诸位新生"的目标,就这样自

---

① 中国作家协会创研部选编:《晚霞消失的时候》,时代文艺出版社1994年版,第191页。

② 同上。

③ 同上书,第193页。

然地获得有效结合。在李聚兴这里，"军情如火"和"人情如水"不能搅和。他巧妙借机儿子的出生，战争双方的共同理想得以鲜明表达。楚轩吾的祝愿是"我们的子孙永不征战"，李聚兴的祝愿除了"天下赤子永不厮杀"之外，"但假如四海未平，一旦国家有警，我却愿为我们的子孙共同征战而连尽三杯！"[①]"永不征战"或者"共同征战"，也就再也没有民族内战，无疑构成历史的真正改观。

《晚霞》以"我"正义"审讯"历史当事人、历史当事人坦白"交代"的方式切入那一段好像人所共知的历史，却不经意间提供了一段仿佛不为人知的历史。这种"审讯"和"交代"的关系，无疑强化了相关历史的真实性。"我"不仅重新认识了父亲代表的"我方"，更重新认识了楚轩吾代表的"敌方"，敌我双方的内在精神在"我"这里达到了高度一致。即便后续对于南珊姐弟的另外审讯，其实已经无关紧要，不过是为忏悔的发生增加重力。及至第三章"冬"中的送别场景，无非进一步强化祖孙两代的人性美德和全部人格，并引申出政治道路和国家命运的选择。而这一切的终极，都存在于人类心灵中，"决不能因为自己信奉了什么就投身到将某种意志强加于人的斗争中去"[②]。这是历史的教训，也是人性的隐喻。

《晚霞》中的楚轩吾，被塑造为一个深刻的矛盾体。其"淳厚正直的个人品质"和"罪孽深重的政治历史"的尖锐对立[③]，从最初的无法调和

---

① 中国作家协会创研部选编：《晚霞消失的时候》，时代文艺出版社1994年版，第195页。

② 同上书，第220页。

③ 同上书，第221页。

到后来的界限模糊再到最终的消弭殆尽。这样的发展过程，不仅深刻揭示着人在历史中的命运选择，也同步表征着对既有"革命史"的本质超越。当父亲得知抄家事件发生后，不仅仍然称呼的是"楚军长"，而且更为痛心的是"没有脸面再去见这个人"，因为双方的谈话已经"建立了一种老朋友似的关系"，从历史总结出来的"却并不是仇恨"，因为"他早就不是我们革命的对象了"。①接受投诚者并没有兑现并保障对投诚者的承诺，尽管历史已经再次变化，但人性的伦理底线仍然需要坚守。

　　五六十年代的"革命历史小说"总是关注于革命的"当天"而裹足不前，结局的胜利或者失败是其关心的焦点，尽管最终走向了胜利，以《红日》为代表的"红色经典"文本即是明证，也可以将其视为胜利者立场的史述；而《晚霞》中的"革命史"讲述则开始关注于革命的"第二天"②，结局的胜利或者失败已经不重要，尽管最终走向了胜利，但其焦点则转移至胜利之后怎样继续和继续如何的反映与表现，也可以将其相对视为失败者立场的史述。从《红日》到《晚霞》的"革命史"写作，既有其外在的史料承接性，也有其内在的精神连贯性。其中关于"革命史"的不同写法，既是对前者"革命历史主义"的超越，也为后续"新历史主义"的发生提供了过渡，显示出某种可能的文学史线索。

---

① 中国作家协会创研部选编：《晚霞消失的时候》，时代文艺出版社 1994 年版，第 222—224 页。

② ［美］丹尼尔·贝尔：《资本主义文化矛盾》，赵一凡等译，生活·读书·新知三联书店 1992 年版，第 75 页。

21世纪文学中的小镇青年"新人"形象

胡 哲（辽宁大学）

文学"新人"是文学创作在不同时代背景下产生的具有代表性的新的人物形象，代表着某一时段的社会风尚。中国现代文学自五四以来，现实主义始终是文学创作的主流，塑造"典型环境中的典型人物"也一度被认为是现实主义创作的基本方法：从文学革命时期的知识分子与农民，到革命文学时期的民族资本家，再到抗日解放区的"社会主义新人"，现实主义文学创作始终注重对文学"新人"形象的刻画。20世纪80年代，西方现代主义等多元思潮的大量涌入使对人物形象的塑造逐步让位于对文学形式的探索，现实主义一度湮没于文学的多声部话语中。新世纪以来，现实主义题材文学创作的可能性才逐渐得到更加全面的审视，对文学"新人"形象的开掘和分析再次成为作家们关注的重点。与以往文学作品中"典型人物"的概念有所不同，孟繁华认为当下文学创作中呼唤的文学"新人""不是文学史画廊中具有典型意义的人物，也不是美学意义上的'新人'。而是那些能够表达时代要求、与时代能够构成同构关系的青年人物形象"。[①] 文学"新人"是在新的时代环境不断

---

① 孟繁华：《历史、传统与文学新人物——关于青年文学形象的思考》，《文艺争鸣》2020年第2期。

发展的产物,反映全新时代背景下的青年人物形象成为新世纪文学的写作特色。"小镇青年"作为青年形象的一个分支,不仅存在于以往青年形象的塑造中,并在新世纪以来逐渐成为一种类型化的"景观",成为文学"新人"的重要构成部分;当下对于文学"新人"形象的呼唤,既是"典型人物"在新的时代背景下的接续和发展,也成为新时代条件下文学发展的重大主题。

一

丁帆在《中国乡土小说史》中指出,小城镇"是城市的,更是乡下的;它有现代社会的影子,更是乡土中国的"。① 赵冬梅在《小城故事》中也表示:"小城镇可以说是中国的农业文明、传统文化与西方的工业文明、现代文化相冲突相融合的前哨阵地。"② 城市化是社会发展进程中不可忽视的重要环节,在新文学发展的过程中,不同时空和地域的作家都曾经尝试对小镇和小镇青年进行开掘和描摹,但文本中的"小镇"是相对泛化的,"小镇青年"也未被提炼成一类单独的文学形象,而是被隐没在百年乡土叙事和城市底层叙事之中。

从现代乡土叙事的角度来看,小镇青年形象杂糅于各类乡土底层人物形象之中:以鲁迅为代表的"为人生"一派作家们开启了现代乡土小说之先河,作品中出生于镇上的知识分子形象可以看作"小镇青年"最

---

① 丁帆:《中国乡土小说史》,北京大学出版社 2007 年版,第 190 页。

② 赵冬梅:《小城故事:中国现代文学中的小城小说》,人民文学出版社 2006 年版,第 8 页。

初的萌芽形态。从20世纪20年代鲁迅、叶圣陶、王鲁彦笔下的乡镇青年知识分子，到30年代茅盾、沙汀、萧红笔下城乡过渡地带的青年人物，小镇青年的形象在乡土叙事中得以延续。从城市文学的叙述角度来看，小镇青年形象孕育于城市底层的打工者形象之中：从30年代的海派文学到40年代的国统区文学，文本中刻画了部分旧式乡镇家庭出身却辗转于战乱时代和现代都市的青年形象，揭示出这一时期小镇青年们普遍面临的生存困境。从文学"新人"形象的构建过程来看，新中国成立到新时期到来之前，以梁生宝为代表的农村青年成为社会主义新人形象的代表，但这一时期对青年人物形象的塑造略显生硬，文本中青年人的命运走向和人生选择也稍显单一；80年代以后，随着家庭联产承包责任制的推行，我国的农业发展逐步走向现代化，从《芙蓉镇》中的胡玉音、秦书田，路遥笔下的高家林、孙少平，到《古船》洼狸镇中的隋家两兄弟，小镇青年的命运在这一时期的文本中展现出更多可能。纵观现当代文学的发展历程，文学创作对于小镇青年形象的刻画始终在延续中有所发展；而小镇青年之所以没有形成一种类型化的"景观"，是因为他们作为故乡的"出走者"，城市的"异乡者"，始终面临着身份认同上的困境，并缺乏概念上的界定。

　　新世纪以来的小镇青年形象经历了漫长的演变和发展，已经不同于以往文学作品中的"无名"状态，成为文学"新人"形象的重要组成部分。一方面，小镇青年的崛起成为一种社会现象：从五条人乐队的歌词中展现的小镇青年思想状态，到纪录片对深圳"三和大神"生存相的记录，小镇青年形象引发当下更多人的关注。另一方面，这类青年形象已经成为文本中的"新人"形象类型：新世纪以来，乡镇青年向城市的流动已然成为一种更加普遍的现象，作家们更加关注底层人物的生存和命运——青年们从农村迈入小镇，经由小镇走向城市，成为新世纪以来文学新人形象的重要构成部分。从具体的作品来看，孙惠芬的《歇马山庄》《民工》等创作开始转向对进入城市底层乡镇青年命运的书写；张楚的《野象小姐》《冰碎片》以小城镇作为创作的切口，探寻曾经被忽视的小镇青年的"边缘"人生；此外朱山坡的《蛋镇电影院》、阿乙的《小镇之花》、葛亮的《迷鸦》、魏思孝的《小镇忧郁青年的十八种死法》、林培源的《小镇生活指南》，新世纪以来文学创作中的小镇青年形象大量涌现，越来越多的作家开始将小镇青年作为文本叙述的主体，描摹小镇青年们的人生选择和生命轨迹。

二

新世纪以来文本创作中的小镇青年形象大量涌现并出现群聚效应，迅速成为一种类型化的"景观"，成为"文学新人"形象的重要分支，这一现象的背后有着怎样的原因，从城镇化进程中小镇地位和职能的转变以及作家代际更迭的角度进行考察，我们也许能找到答案。

费孝通在 20 世纪 80 年代对以江苏为代表的小城镇进行调研，并对中国的小城镇做出如下定义："它们都既具有与农村社区相异的特点，又都与周围的农村保持着不可缺少的联系。"[1] 在他看来，"小城镇"已经脱离农村呈现出全新的样态和不断发展壮大的趋势，是中国城市化发展过

---

[1] 费孝通：《论小城镇及其他》，天津人民出版社 1986 年版，第 18 页。

程中不可忽视的现象。90 年代以来，国家小城镇发展战略的提出使得乡镇企业飞速发展，民工潮再次兴起，小镇的发展为农村青年们的外出发展提供了大量的机会，也成为青年们从乡村进入城市的中转站。在社会发展的进程中，小镇的角色也在不断发生变换：据 2019 年发布的《城市蓝皮书：中国城市发展报告 No.12》中的调研结果显示，2018 年我国的城镇化率已经达到 59.58%，我国城镇化进程在持续推进并取得了显著的效果，城乡结构已经发生了巨大的变化，在这一过程中显示出农村向城市过渡和转化的速度大大提升。"小镇"成为城市和乡村以外存在的实体概念，代表着我国城镇化进程中的一种中间样态；城乡二元对立模式逐步瓦解，取而代之的是"城—镇—乡"构成的三元空间结构。

在这样的时代背景之下，文学创作进一步加强了对"小镇"的发掘和探索。刘大先提出，"小镇在中国是一种灌木丛式的存在，而不是一望无际的平坦草原，或高耸入云而底部草木稀疏的乔木林"。[①] 小镇作为正在崛起的现代化产物，成为新的时代变革的象征。当下文学创作中的小镇，既是城市与乡村的接口，又建构起一个相对独立的叙事空间——徐则臣笔下的"花街"、朱山坡笔下的"蛋镇"、薛舒笔下的"刘湾镇"、张楚笔下的"桃源镇"和"清水镇"、鲁敏笔下的"东坝"、路内笔下的"铁井镇"和林培源笔下的"清平镇"，等等，都是作家通过特定区域完成的对小镇生活和风土的记录，他们所描绘的小镇生活，既不同于传统乡村依靠土地而生的劳作结构，又与城市的日新月异相去甚远，使得文学的"小镇"成为区别于城市和乡村的地带。也是在"小镇"异军突起的背景

---

① 刘大先：《文学小镇与灌木丛美学》，《福建文学》2018 年第 2 期。

之下，作家逐渐建构起一个相对独立的叙事空间，在这一空间下，小镇青年逐渐构成当下文学新人形象的一个重要分支，受到更多的关注。威廉·富特·怀特在《街角社会》中提出："社会是由大人物和小人物组成的——中间有人起着在他们之间架设桥梁的作用。"[1] 新世纪以来对于小镇青年形象的书写有别于城市和乡村青年的特质，他们一方面继承了传统镇中青年的质朴，另一方面受新时代条件的影响，增添了对新世界的渴望；他们不同于成长于乡村的青年那般闭塞，也缺少城市青年与生俱来的身份优越感，他们接收到城市先进文化的熏陶，却无法摆脱乡村带来的固化思维模式；他们是矛盾和冲突的结合体，是城乡一体化进程的产物，因此他们拥有着独特的精神气质。在具体的创作中，以张楚、魏思孝等人为代表的北方作家侧重表现北方小镇的落后和社会体制变革过程中小镇青年经历的外部打击和精神上的失落；以路内、阿乙、盛可以、林培源等人为代表的南方作家则侧重表现小镇青年们身居故土的原生影响和精神上的迷惘和彷徨。小镇在城镇化进程中地位和职能的扩大也使这一空间形态在创作中引发了更多的关注，小镇青年作为这一环境中的主要活动者，自然成为文本中主要的描写对象；除此之外，作家代际的更迭也为小镇青年形象的加固和类型化增添了更多依据和实感。

三

当下对小镇和小镇青年进行持续关注的作家数量众多，他们分布在

---

[1] ［美］威廉·富特·怀特：《街角社会：一个意大利人贫民区的社会结构》，黄育馥译，商务印书馆 2017 年版，第 356 页。

不同的地域并拥有截然不同的生长环境，但"小镇"却是他们之中多数人共同的成长起点。这些作家大多属于"70后"和"80后"群体——"70后"作家们刚刚度过青年进入壮年，他们在青少年时期见证了改革开放之下小镇的初呈和发展，生活经历也大多发生在小镇之中，对于小镇生活深有体会；80后作家则正处于青年创作时期，他们同时也是当下文坛创作的主力，在他们的生命历程中，小镇的发展与他们的成长处于相对同步的状态。这些作家虽出生、成长于小镇，多数却在成年后离开小镇，到大城市求学和工作，以寻求更广阔的发展空间。作家们在城市生活中获得了对现代性的体认，逐渐摆脱了原有的生活习惯并形成了现代性的思维，距离感的增加使作家以更加理性的态度审视故土与自己以往的生活经历。"当家乡成为故乡后，意味着家乡已经同他隔离开来，曾经的联系变得愈加稀薄，它慢慢隐退为一个审美的对象。"[1] 对于这批作家来说，离开家乡就意味着"无根"的漂泊。为了克服与故土之间的疏离感，作家们试图在创作中找成长的起点，从记忆深处出发，通过文本寻求自我与故地之间的联系。作家们的多数创作是从自己熟悉的领域开始萌芽的，以徐则臣和薛舒为例：徐则臣出生于江苏东海，少年时成长于花街地带，在《如果大雪封门》《耶路撒冷》等作品中，青年人的命运轨迹无不与花街形成紧密的联系；薛舒出生于上海的小镇，她的创作呈现出地域上的集中，形成颇有特色的"刘湾镇"叙事。成长于小镇的作家通过创作展现出小镇的风土和人情，为小镇的书写丰富了内容和存在之实感，小镇于是成为作家们创作的精神原乡。另一方面，这些作家们的青

---

[1] 刘大先:《故乡与异邦》,《十月》2020年第4期。

春逐渐临近尾声或者已经结束，他们开始用更加成熟的心态来回顾之前的生命历程和精神轨迹，"小镇"蕴含了他们内心深处的乡愁和最真诚的情感，成为他们心灵深处永远的乌托邦，是他们渴望回归和坚守的精神家园，对小镇和小镇青年的刻画使得文学史中一代青年们的精神家园得以延续。以林培源的创作为例，林培源作为80后新晋作家的杰出代表，正处于青年写作阶段，作为同样从小镇"出走"的青年，他对于南方小镇青年的生活状态有着深刻的体会和把握。在对小镇及小镇青年形象进行书写时，林培源与同时代的作家们表现出了类似的焦虑："在城市和乡村之间，我摇摆不定，总是找不到合适的落脚点。在熟悉的故土面前，我是陌生的'异乡人'。我无法融进城市的生活，也无法回到我所生长的故乡。"① 这一代作家正面临着"无根"的精神困境，在具体的创作中，作家试图以自我对于故乡的想象构建起南方小镇青年的生活集，以一种崭新的样态构建起对潮汕青年的立体想象。《小镇生活指南》中林培源对故事的发生背景"清平镇"进行了如下的描述："这座小镇，被包围在一段公路和水稻田之间，房屋棋盘一般，错落有致。"② 小镇位于城市与乡村之间，从石板路到小池塘，从小石桥到水利渠，作家所熟悉的场域在创作中得到了细致地刻画，凸显出潮汕小镇的地域特征；他笔下身处其间的小镇青年们所经历的各种人生样态，也代表着作家对于自我一代人青年不同生活可能的想象和建构。

王国维有云，"凡一代有一代之文学"，同样，一代人也有一代人独特的创作背景和写作方式。正如乡土之于"50后"和"60后"作家的创

---

① 林培源：《乌托邦与异乡人（创作谈）》，《西湖》2013年第11期。
② 林培源：《小镇生活指南》，中信出版社2020年版，第226页。

作意义，随着作家代际的更迭，小镇也将成为更多当下青年作家们内心深处的独代记忆；作家对于小镇青年形象的塑造凝聚着他们对于自我身份的认知和想象。他们对于自己同时代小镇青年的书写，也是对与自己有着相似成长经历却呈现出不同生活轨迹的人物命运的探究。这些作家们凭借其特殊的成长环境和经历，采用代际更迭下独特的叙述视角讲述了坚守于小镇的青年生活中的各种可能，以怀旧感伤的笔调讲述小镇青年的理想主义情怀以及理想破灭后的精神异常；他们对于人物生存方式的揭示以及对生命价值的无意识的追问，使得当下小镇青年的形象更加丰富和立体，同时也完成了文学史中文学"新人"形象的接续和延传。

四

纵观新世纪以来的小镇青年形象建构可以发现，小镇青年的形象塑造经历了从"出走"到"坚守"的蜕变。"小镇青年"作为文学"新人"形象的一种延伸，是城镇化进程和作家代际更迭的产物，为当下现实主义文学创作中人物形象的塑造提供了多元的可能。李壮认为，"在体量巨大且加速更新的时代经验面前，即便是青年本身，也已经被一种'追赶'和'适应'的节奏所裹挟，并且需要根据时代的变化不停调整自我想象和身份认知"。[①] 城镇化进程仍在持续，小镇青年这一群体还在持续扩充和壮大，文学创作中的"小镇青年"形象也处在不断更新的状态。

与以往文学史中刻画的"出走"的青年形象有所不同，当下文本中

---

① 褚云侠、相宜等:《青年形象变革：时空、想象与未完成》,《当代文坛》2019 年第 5 期。

的小镇青年们在经历过大城市的奋斗和打拼后，大部分选择了回归小镇并坚守小镇。魏思孝的《小镇忧郁青年的十八种死法》展示了十八类小镇青年的困境，作品中彰显青年的"废物本色"，表现返乡小镇青年精神世界的空虚和颓靡，以及小镇青年日常生活经历的荒谬；魏思孝认为，小镇青年的最终归属在于乡镇，在于在传统中寻找生活的意义和价值。路内的《少年巴比伦》中路小路在戴城小镇和大都市之间的取舍展现出小镇青年面对未来选择时的迷茫，主人公身上传统与现代的交缠和暧昧导致了他们结局的惨淡。阿乙《小镇之花》中的益红一心渴望离开小镇，却迫于世俗的压力嫁于歹人，放弃远走他乡，留在镇上。作家们对于小镇青年的生活转型已经有所察觉，并在创作中进行了一定的揭示，对部分选择出走的小镇青年们的跌宕命运进行反思。从"出走"到"坚守"，这种转变的背后也体现出城镇化进程的加速以及作家代际更迭后对于自我内心精神家园的坚守。小镇青年们经历了"出走"之后的回归，他们重回故土，重建起自我的精神家园，作家试图在创作中展现出他们对于小镇青年形象的未来走向与人生可能的思考。以《小镇生活指南》为例，作家以小镇为中心刻画了类型迥异的小镇青年形象，镇上的青年们大部分拥有"出走"的经历，但最终多数人选择返回小镇，安守故土：姚美丽少年时期离开清平镇到漳州，经历了几年的奔波后又重回熟悉的小镇生活，为小镇带来新潮和时尚；《拐脚喜》中的庆喜也曾离开清平街外出务工，后返回小镇，一事无成。姚美丽和庆喜的人生经历恰恰相反，前者化经历为阅历，选择与世界和平相处，后者则将欲望化作与世界对抗的资本，最后被生活吞并，二者构成重返小镇青年形象的两个维度。《濒死之夜》中，没有姓名的"他"为了寻找自己想要的生活成为离乡者，因为理想的破灭而重回小镇，他们"像一件穿皱了的衬衫，被生活的熨斗一遍遍地烫平"。① 这些小镇青年们的选择表现出他们内心深处对于"小镇"这一精神家园的不舍与眷恋，但是他们也绝望地发现，历尽辗转，自己依然寻不到生活的出路。文本中还有一类青年，他们成长并生活在小镇，从未离开过这里，如《躺下去就好》中的"棺材仔"庆丰和《秋声赋》中的阿秋……文本刻画了众多失败的小镇青年形象，他们坚守在小镇，成为小镇最坚实的构成部分。虽然选择"坚守"的青年们在总体上仍然呈现空虚迷茫，但他们却为坚守自我精神家园做出了努力和尝试：经历"出走"的小镇青年们面对着小镇与城市之间巨大的发展差异，曾经的"城市梦"逐渐破碎，内心感到失望；未曾经历过"出走"的青年们面对着日复一日的平庸生活，同样看不到自身的出路。从"出走"到"坚守"，文本中小镇青年的选择正逐渐发生着改变，多数作家在勾画这类青年形象时，并没有为他们的命运走向作出最终的预判，这或许正体现出作家对于小镇青年人生走向的持续性思考和探索。

此外，作家们对于小镇青年的不同选择和命运可能性的书写也凸显出当下文学"新人"的"现代性"特质——他们逐渐意识到小镇青年的"留守"实际上面临着二次适应的问题，因此在创作中展露出一种观望的状态，对于小镇青年的未来发展状况并没有给出明确的方向，这也使得小镇青年的形象在当下的文学形象中成为更加辩证性地存在；从"出走"到"坚守"，这批青年作家们共同展示出文学"新人"形象在当下的转变，也提示我们，在现代化进程不断加速的时代背景之下，也许放缓脚步，

---

① 林培源：《小镇生活指南》，中信出版社 2020 年版，第 232 页。

回望过去反思当下，才是更恰当的选择。从这一层面来看，正是小镇青年在城镇化发展进程中对于家园的坚守，才使得人们重视起小镇这一地域形态的发展和存在，激发人们对小镇和小镇青年传统和未来的关注和思考。作家们对小镇青年的"坚守"进行的追问，展现出小镇青年的不同侧影，使得小镇青年的形象得到了多视角的阐释，从而也建构起当下创作中相对立体化的文学"新人"类型。

五

如今，对文学"新人"形象的呼唤成为当下文学创作中的迫切需求，针对这一点，吴俊提出，文学"新人"的特质在于"某种（些）新的人物特质经作家作品的艺术表现而使该人物（形象）成为文学史上的首创或新创"。[①] 城镇化进程中小镇职能的转变和青年作家代际的更选推动小镇青年形象成为一种类型化的景观，小镇青年的选择从以往的"出走"转化为对小镇的坚守，符合当下文学"新人"形象塑造的特质。这批小镇青年是从乡土文学向城市文学过渡过程中的"先行者"，既与传统有所粘连，又展现出现代性的特征。作家笔下"坚守"的青年们表现出对小镇的难以割舍，捍卫他们生存的家园，也就意味着对传统的坚守，作家透过文本试图完成对处于传统与现代冲击夹缝中小镇的构建，并通过小镇青年的人生经历和选择揭示出他们对现代化进程的反思，表现出其文化人格的双重特质。

---

① 吴俊:《新中国文学"新人"创造的文学史期待》,《中国文学批评》2020 年第 3 期。

一方面，小镇青年们选择坚守故地表明了作家对传统之根进行延续的创作诉求。城镇化最终指向的目标是城乡一体化，走出乡土进入城市是中国现代化进程中的必然选择；小镇是中国城市化道路中的一种独特景观，也是小镇青年们身体和灵魂的故乡，它作为城镇化进程中的一种过渡地带和存在形态，最终很有可能面临消失的境遇，作家们书写小镇青年的"坚守"表现出对于文学寻根的继承，其中既有对小镇文化劣根性的批判，又呈现出对优秀传统和精神之根进行探寻和发扬的希冀；既呈现出现代化进程中区域发展的不平衡性，又以深情的姿态呼唤在外游子的回归。以阿乙和魏思孝的创作为例，阿乙的《模范青年》中刻画了两个性格迥异却都渴望离开小镇、扎根城市的青年，最后玩世不恭的艾国柱却在城市中站稳了脚跟，被大家标榜为"模范青年"的周琪源却放弃了自己的梦想，留在了小镇；魏思孝将自我标榜为游手好闲的小镇青年，却在创作中表明他对于故土的留恋和回归的态度。由此可见，故土中仍有值得期待和挖掘的优秀文化和故事，而坚守于小镇的青年们身上展现出的劣根性也是作家想要进一步揭示和批判的对象。当下作家们对于小镇青年形象的刻画展示出他们对于文学寻根进行融合的尝试。

另一方面，当下对坚守故土的小镇青年形象的塑造也表明了作家们对于现代化进程的反思。美国社会学家雷德菲尔德曾经提出 folk-urban continuum（"乡土—城市"的连续统）的概念，指出从传统向现代过渡的必然性，这种转变就意味着原有群体构成部分的逐渐消失以及社会关系的转变；迁移理论也指出，迁移者在迁入新的环境后仍然受到流出地原生环境的影响，在陌生的环境中很难找到自己的定位。虽然小镇青年们的身体曾经进入城市，但他们的思想却与新的时代环境脱节，缺少精神上循序渐进的成长过程，很难受到城市人的认可，因此不可避免地导致了青年们在进入城市之后沦丧为"边缘人"的悲惨命运。而小镇青年的留守却使得小镇这一空间在城市化发展进程中逐步走向常规化，成为一种固定的存在形态，为推动中国社会不断向前发展提供强大的动力。在现代化进程不断推进的当下，出走城市是否是青年改变命运的唯一出路？答案显然是否定的——文本中放缓脚步、坚守于小镇的青年为我们提供了青年发展的另一种可能。

从以上两个角度来看，作家们塑造的小镇青年形象响应了新时代对于文学"新人"形象的召唤，既展现出对小镇精神文化传统的溯源，又表达了对现代化进程中小镇青年形象建构的反思。文本中塑造的坚守小镇的青年属于时代发展进程中的初探者，虽然大多以怀旧感伤的"失败者"姿态出现，却为新世纪以来小镇青年形象的设立增添了更多的层次感。通过对"失败者"的描摹，小镇青年形象逐渐从平面化走向立体化，摆脱了曾经的失语状态；小镇青年自我的身份认同和归属问题也在文本中逐渐明晰。城镇化的进程仍在推进，处于这一代际更迭之下的作家们通过对自身成长经历的"回望"反思时代的进程并打造出"小镇青年"的全新形象，这也是他们介入历史的独特表达方式，不仅为青年形象的树立打下了一个良好的基础，也丰富了文学史中"新人"形象的参照谱系。

阿甘本提出："同时代的人是紧紧保持对自己时代的凝视以感知时代之光芒及其黑暗的人。……同时代人，确切地说，就是能够用笔蘸取当下的晦暗来进行写作的人。"① 青年作家们在当下文学创作中进行的尝

---

① ［意］吉奥乔·阿甘本、王立秋：《何为同时代》，《上海文化》2010年第4期。

试正属于阿甘本所说的同时代写作，他们通过自己的创作为新时代背景下的小镇青年发声，整合出中国城市化进程中以小镇青年为代表的一种全新的生活经验。他们笔下的小镇青年们拒绝成为现代化进程中被耗费的生命群体，试图通过努力掌控自己的命运，成为文学"新人"形象的代表。当下对于小镇青年形象的刻画仍然处于一种尝试阶段，随着时代和社会的发展，这一形象必定会在文本中得到进一步的书写和更全面的展现。"'新人'其实不是'现实中人'，不是文学与现实严丝合缝的对应物，而是精心'提炼'、'拼接'、'塑造'出来的'典型'。"① 当下文学"新人"中的小镇青年是新时代背景中树立起的形象典型。期待作家们在创作中能够以多元的姿态介入当下，捕捉时代的脉搏，进一步完善小镇青年的形象，更大限度地开发和诠释其背后的文学寻根意蕴和现代性反思内涵，使这一类文学"新人"的形象通向更加广阔的未来。

（原载《当代作家评论》2022 年第 5 期）

---

① 金理：《历史中诞生 1980 年代以来中国当代小说中的青年构形》，复旦大学出版社 2013 年版，第 42 页。

西北多民族文学中的中华民族共同体意识研究*

白晓霞（兰州城市学院）

党的十九大报告明确提出：全面贯彻党的民族政策，深化民族团结进步教育，铸牢中华民族共同体意识，加强各民族交往交流交融，促进各民族像石榴籽一样紧紧抱在一起，共同团结奋斗、共同繁荣发展。费孝通先生 1988 年在题为"中华民族的多元一体格局"的演讲中认为，中华民族是在中国几千年历史发展中各民族不断交往、接触和融合中自然形成的、具有"多元一体格局"的事实共同体。"多元一体格局"是中华多民族文化赖以产生、发展、繁荣的重要土壤和宝贵基石。在确立文化自信的新时代，西北多民族文学必须承担新的伟大使命，这就是以文学的鲜活方式"铸牢中华民族共同体意识，建设中华民族共同体"。

只有多学科的深度协作，才能进一步将中华民族共同体意识的内涵和价值做科学的阐释和建构，意义清晰、价值明确才能让观念深入人心、让人心悦诚服，从而在和谐多元的良好氛围中铸牢中华民族共同体意

---

* 本文系 2020 年度国家社会科学基金项目"当代少数民族文学中的中华民族共同体意识研究"（批准号 20BZW185）的阶段性研究成果；2020 年度中国作协少数民族文学签约理论评论项目阶段性成果。

识。纵观近现代以来的西北多民族文学史，五个认同即"对伟大祖国的认同、对中华民族的认同、对中华文化的认同、对中国共产党的认同、对中国特色社会主义道路的认同"，是西北多民族作家在文学创作中始终认真表达的内容，西北多民族作家始终站在人民的立场上，对中华民族共同体意识进行着坚定的文学表达和文化建构，尽管不同的历史时期和不同的文体创作中对中华民族共同体意识有不同的表达方式，但五个认同的坚定初心从未改变。

一、西北多民族文学书写"中华民族共同体意识"的深厚基础

西北地区多民族人民共同聚居、互相团结的历史和现实为"中华民族共同体意识"的文学书写提供了非常坚实深厚的基础。理性分析，这基础中有着历史文化基础，也有着革命历史基础，这是集物质与精神于一体的坚固基础，是动摇不了的事实存在。感性体会，在反抗压迫、获得解放的政治斗争过程中，在互相帮助、共同发展的文化交流过程中，各民族人民之间结下了牢不可破的兄弟情谊，产生了对中国共产党和伟大祖国的坚定认同。正因为如此，西北沃土为"中华民族共同体意识"的文学书写提供了最可宝贵的认同心理与真实素材。

（一）历史文化基础

民族学家谷苞在《西北通史》中指出："西北地区文化的内涵，有三个重要的体系：一是以蒙、藏、哈族为代表的游牧文化（包括先前的匈奴、突厥、回鹘等民族文化），二是以维吾尔族为代表的绿洲农业文化（包括河西走廊地区）；三是以汉族为代表的黄土高原中西部旱作农业文

化（包括西夏和回、东乡、保安、土族等文化）。"①近现代以来，分属于这三个文化体系中的西北多民族区的各民族人民群众共同开发着西北地区，每一个文化体系的范围中都有着多民族人民共同辛勤劳作的身影，很多时候，在村落、牧场等最基层的生活空间内，这种不分民族、相濡以沫的文化情怀越明显。生活在西北多民族地区的人民对自己生活的土壤充满了无尽的热爱，各民族人民在文化上有着各个方面、不同层次的交流和共融，在心理上有着各个角度不同类型的认同与互信，正是在这个意义上，西北多民族地区有着产生"中华民族共同体意识"的良好历史文化土壤，这是西北多民族作家表达和书写"中华民族共同体意识"的天然优势和血脉基因。

以甘肃的河西走廊为例，在这一被费孝通先生称为"民族走廊"的1000多公里的多民族文化地带，自古以来就生活着多个民族，他们和谐共生、交往频繁，在这片地理环境多样的土地上创造了具有多样性特色的文化，作为丝绸之路西段的重要组成部分，河西走廊地区的文化为中华民族多元一体的文化做出过重要的贡献。这条民族长廊上生活着汉族、藏族、蒙古族、裕固族、回族、土族、哈萨克族等民族，民族往来频繁、区域文化特色鲜明，以其丰厚的文化底蕴成为作家写作的天然素材宝库。"河西走廊由于政治、经济、文化上的原因，首先同周围的其他民族发生了多方面的关系，进行诸多方面的长期交流，最终自觉不自觉地变化相互吸收及民族之间的逐渐融合，形成了你中有我，我中有他的一个民族融合规律。"②正因为如此，河西走廊上的民族团结、民

---

① 谷苞主编：《序言》，载《西北通史》（第1卷），兰州大学出版社2005年版，第5页。
② 切排：《河西走廊多民族和平杂居与发展态势研究》，民族出版社2009年版，第18页。

族和谐是一种有着深厚历史基础的文化生态，基于这种良好的基础，近现代以来，河西走廊上的多民族作家的创作呈现出了以下的特点：一、多民族作家以地域为视角取材多民族文化，共同表达对祖国美丽山河的热爱。二、多民族作家共同书写发生在河西走廊上的具有爱国主义性质的历史事件，共同表达维护祖国统一的决心。如对敦煌文化的书写、对凉州会盟的书写、对玄奘故事的书写、对红军长征的书写、对西路军英雄事迹的书写，等等。从宏观的角度去看，这些内容都包含着对祖国的认同、对中华文化的认同、对中国共产党的认同、对民族团结的歌颂、对生态环境的爱护等等，都是中华民族共同体意识的鲜活表现。

（二）革命历史基础

自 1840 年至 1949 年的一部中国近现代史，是一部中华民族遭受资本主义列强侵略和封建主义压迫的灾难深重的历史，也是一部中国各族人民争取中华民族的独立和解放，追求自由和幸福的革命斗争史。[①] 在中国共产党的领导下，各民族人民团结斗争，打倒了帝国主义、摧毁了封建主义，建立了真正属于人民自己的中华人民共和国，从此，各民族人民翻身得解放，当家做主人，真正迎来了属于自己的幸福生活。斗争的过程是爱国主义意识、国家认同意识加强的过程，是各民族经济、文化深度交流互融的过程，这都为各民族人民心理深层形成牢固的中华民族共同体意识提供了重要的基础，同仇敌忾的革命历史斗争生涯为中国各民族人民团结一致、共同守卫中华民族共同体家园提供了坚实的基

---

① 参见中国少数民族革命史编写组：《中国少数民族革命史（1840—1949 年）·前言》，广西民族出版社 2000 年版。

础。以西北地区来说，从鸦片战争开始，西北各民族人民就团结一致，共同反帝反封建，在抗日战争和解放战争时期，西北各民族人民更是为祖国的统一、民族的解放浴血奋战，做出了很大贡献，他们热爱祖国，坚决维护国家主权，始终坚定不移地追求着和平与正义。在西北各民族人民并肩战斗反帝反封建的革命岁月中，由于有着共同斗争的苦难经历、有着一起翻身得解放的幸福体验，西北多民族地区人民产生了坚定的政治信念：即对中国共产党的认同、对社会主义国家的认同。长期以来，由于频繁的交流与共同的奋斗，西北各民族人民之间早已逐渐产生了文化上的互相了解、心理上的互相接近、情感上的互相信任，即对中华民族多元一体的实事及其所孕育的中华民族的文化产生了自觉自愿的认同。正是在这样的综合、复合的基础上，西北各民族人民具备了坚定的中华民族共同体意识，而西北多民族作家作为民族心理文化的代言人和总结者，在新中国成立后，他们积极敏锐地将这些宝贵的精神意识移至纸上、变化为文字，从而让中华民族共同体意识更有清晰的质感，成为可以言说、可以表达、可以阐释的中华各民族人民的共同的心理体验。西北地区的作家在作品中热情讴歌爱国主义精神、热情礼赞民族团结行为、生动塑造典型人物形象、深情叙说温暖生活事项……用各种文体从多种角度以自己的传神之笔对西北多民族地区各人民族人民的中华民族共同体意识进行了庄重的表达和生动的书写。

二、强烈的国家认同意识与西北多民族文学的创作实践

西北地区一向是多民族聚居的地区，在漫长的发展历史中，各民

当代文学的演进与经验

族人民相濡以沫、休戚与共，各类文化事项早已经共融互享。因此，生活在这片热土上的多民族作家早已经自觉从这些融合后的多元文化事项中积极汲取着多民族艺术的营养，书写着具有强烈中华民族共同体意识的文学主题。回顾过去的文学实践，从具体的文体和文本去做细致分析，会发现在西北多民族文学不同的发展时期，"中华民族共同体意识"会呈现出不同的表达方式，但始终有着以国家认同、爱国主义、和平信念、民族团结、生态关怀、人性赞歌等内容为核心的文化主题，这些主题以多元自足的状态各自存在于文本之中，都是西北多民族人民"中华民族共同体意识"的有机组成部分，是由西北多民族地区的发展历史和现状所决定的政治抉择、道德认同、文化选择、心理皈依。西北多民族作家作为民族文化的代言人与总结者，以文学文本的方式生动记录了"中华民族共同体意识"的生成过程、组成要素、展现方式，为我们今天铸牢"中华民族共同体意识"提供了有参考价值的文学文本。

（一）国家认同意识的文本表现

20世纪以来，由于有着共同的斗争史、解放史，西北多民族作家的主体意识即已有着强烈的"五个认同"：即对伟大祖国、中华民族、中华文化、中国共产党、中国特色社会主义的认同。诚如有的学者所说："共同的环境，共同的命运，近似的道路，近似的选择。这正是我们在总结20世纪中华各民族文学发展基本现实之际，最首要和最直接的感触。假如说我们在讨论19世纪以前中华各民族文学相互关系的时候，还需要严谨地检读史料以验证各民族的文学确实存有种种内在关联的话，那么，要让人们接受20世纪各民族的文学之间有着不容否认的联络与沟通这一结论, 则是一件显然要容易得多的事情。"① 在这一强烈主体意识的支配下, 西北多民族作家的作品中也自觉呈现出了"五个认同"意识, 值得注意的是, 由于文学创作的特殊性, 在作家的创作中, 国家认同意识成为一个比较综合集中的表现, 在很多时候囊括和包容了五个认同的内容, 作家以作品的象征方式进行着一种相对综合或复合的表达, "国家"成为他们五个认同的具体承载对象, 是作品中实写的集体存在, 也是情感得以寄托的象征空间。在对由 56 个民族共同组成的"国家"概念的认同和讴歌的路径上, 作家用艺术之笔感性阐释着"中华民族共同体意识", 这一意识概念因此变得清晰有质感, 变得生动亲切有说服力。文学上的自觉表达来自西北多民族作家思想上的深刻认识: "对中国共产党和社会主义制度的认同, 既是中华民族共同体对中国共产党将马克思主义和近代以来中国革命的具体实践相结合、为多民族国家中国指定发展方向的肯定, 同时也是对中国共产党和社会主义制度的肯定, 这是近代以来'亡国灭种'威胁下中华各民族的共同选择, 也是中华民族共同体进一步得以凝聚壮大的有力保障。"②

国家认同意识是一种对伟大祖国的自觉心理归属感, 具有政治认同、身份认同、文化认同的多重含义。50—70 年代, 西北多民族作家自觉强化了国家认识意识, 将自己主动定位于"人民"中的一分子, 旗帜鲜明地唱响了"祖国, 我生命的土壤"(铁依甫江诗句) 这样高昂的爱国主义曲调。

---

① 关纪新主编:《20 世纪中华各民族文学关系研究·绪论》, 民族出版社 2006 年版, 第 3 页。
② 孙懿:《"五个认同"与中华民族共同体意识》,《烟台大学学报》2020 年第 5 期。

1. 50—70 年代：诗歌中的共同体意识

50—70 年代，准确而言就是当代文学史的"十七年"时期，中华民族共同体意识在西北少数民族作家的诗歌创作中有着更为直接的表达。西北多民族作家中的相当一部分人出身贫苦，出于对自身解放的渴望，很多人较早走上了革命的道路，在中国共产党的教育和培养中逐渐成长为热爱社会主义国家的文艺工作者。强烈的国家认同意识是他们写作的政治基石，这使得他们始终高唱着爱国主义的奋进之歌。这种发自内心的国家认同意识，在诗歌中有着非常直接的表现，诗人以充沛的诗情和象征手法表达了对社会主义国家的真挚认同，对翻身得解放的由衷喜悦。于是在诗人的笔下，"党""祖国""社会主义""北京"这些具有鲜明爱国主义色彩的政治语汇高频出现，"春天""黎明""天亮""10 月 1 日"这些具有明显象征意味的时间语汇高频出现。以之为载体，诗人将自己主动定位为伟大祖国的一分子和积极的建设者，言志表情，热情歌颂着中国共产党的领导，热情歌颂着新生的社会主义国家，热情歌颂着党的政策为民族地区带来的巨大变化，充满了由衷的喜悦和敬意。如新疆地区维吾尔族诗人铁依甫江·艾里耶夫的诗歌《祖国，我生命的土壤》《给恋人的一封信——献给伟大的土地改革》等；甘青地区的藏族诗人伊丹才让的诗歌《党啊，我的阿妈》等；甘青地区的东乡族诗人汪玉良的诗歌《我把心灵的歌献给党》《黎明》《春到草原》等。当然，"十七年"时期有一部分作品的艺术性与审美性还有待于进一步分析，但是，作品由内而外直接表现出来的国家认同意识真诚而真实，是人民的共同心声，是高尚的思想存在。这在维吾尔族诗人铁依甫江的诗歌《祖国，我生命的土壤》中作了非常集中的表达："祖国，我生命的土壤，是你养育了我，我生身的母亲,/你的儿子整个身心眷恋着你,犹如灯蛾迷恋光明。/我把党视若灯塔,奉为舵手,是它指引着我生命的航程,/纵马投入她所领导的战斗,就像参加婚礼一样欢欣沸腾。……母亲啊,快把重担驮在我的背上吧,我是来为你备好的一匹马,/我甘愿为你负载驰驱,那怕是驮上一座层峦叠嶂的山岭。"① 全诗其情也真,其心也诚,正如有的学者所分析:"作为各民族作家共同关注的文学主题与时代命题,西部少数民族从'贱奴'到'人'的解放以及'人'的意识的苏醒,构成了新时代人的解放的主要内涵。这一时期西部作家笔下饱满的感恩情结,是一种符合历史真实的民族心理的真实显现……"② 少数民族作家的国家认同意识化作了亲切可触的文本,代表着他所置身的少数民族对中华民族伟大母亲的最深挚的爱:"1950年,一位26岁的哈萨克族青年用他的抒情长诗《从小毡房走向全世界》唱出了中国历史巨变中一个民族的心声……20世纪50年代到60年代初,库尔班·阿里的诗作中歌颂祖国、歌颂民族大团结、歌颂新时代的作品占据主要部分。"③ 青海诗人格桑多杰在50年代即已开始创作洋溢着爱国主义热情的诗歌,有着非常自觉的中华民族共同体意识:"我愿用自己的笔,去歌颂藏族人民的新生活,为开拓青海,振兴中华努力创作。"④

2. 80年代:小说中的共同体意识

新时期以后,西北多民族作家的创作进入自由自足的阶段。80年

---

① 铁依甫江:《祖国,我生命的土壤》,《新疆文学》1962年第10期。
② 丁帆主编:《中国西部现代文学史》,人民文学出版社2004年版,第100—101页。
③ 赵志忠主编:《20世纪中国少数民族文学百家评传》,辽宁民族出版社2007年版,第463页。
④ 冯国寅主编:《青海当代文学50年》,青海人民出版社1999年版,第161页。

代，伴随着全国文坛伤痕文学、反思文学、改革文学、寻根文学、先锋文学等的整体大节奏，西北多民族文学尽管不是完全一致的同频共振，但始终跟随着当代文坛的整体节奏，赤诚表达着对伟大祖国和社会主义制度的真挚认同。

80 年代，西北少数民族作家大多选择了文化叙事加政治叙事的方式，作品中的中华民族共同体意识以一种鲜活多元的方式得到了集体性呈现。如以甘肃为例，甘肃自古以来就是一个多民族聚居的地区，有回、藏、东乡、裕固、保安、蒙古、哈萨克、撒拉等民族，有着良好的少数民族文学创作的生态，新时期甘肃少数民族作家开始以群体性姿态出现："1981 年和 1988 年，甘肃省文联和作协等有关部门曾两次召开全省少数民族文学创作会议，近十年来，甘肃省少数民族作家队伍明显壮大，益希卓玛、尕藏才旦、吴季康、周如镜、道吉坚赞、舍·尤素夫、马布斗、刁桑吉、达吾呆、扎西东珠等越来越多的名字被人们熟悉和喜爱。"[①] 这些作家在安定的环境中获得了学习、工作、发表作品的机会，对祖国有着深深的认同和真挚的热爱，创作中习得性地呈现出了明显的中华民族共同体意识。如益希卓玛 1980 年获得全国优秀短篇小说奖的作品《美与丑》，就是一个比较典型的例子，小说生动讲述了一个发生在甘南草原上的汉藏技术员和劳模合作进行科学试验的故事，表面是改革开放的时代话题，但内里始终有一条热爱祖国、热爱人民、崇尚科学、追求民族团结的中华民族共同体意识的红线，汉族技术员侯刚和藏族劳模松特尔由误解到理解，在共同的社会主义建设劳动中结下了深厚的革命友谊，小说

---

① 季成家主编：《西部风情与多民族色彩——甘肃文学四十年》，红旗出版社 1991 年版，第 326 页。

结尾，冰释前嫌的两个建设者之间的对话可谓卒章显志："'你给了我一个很深的启发，人对美和丑的观念往往会改变。这中间有一个标准，就是人民的利益。……它给人民带来利益的时候，在你眼里就变得奇美无比了。'松特尔深深地赞叹着说：'科学就是美啊！'"[1]另外如青海作家多杰才旦，他1985年出版的长篇小说《又一个早晨》被文学史定位为伤痕文学作品，作品对历经磨难的多民族人民有着真挚的人道主义同情，他笔下的"金银滩大队"其实就是一个很有象征意味的文化意象场域，在这个苦难又充满希望的场域中，多民族人民冲破黑暗、迎来光明，终于又回到了团结友爱、和睦相处的最可贵的本真状态。

90年代至今，西北多民族文学呈现出了较为多元的书写态势，优秀作家大量涌现，优秀作品倍增。与此同时，由于经济的发展、文化的繁荣，各民族人民在通讯和交通上的便利来往等原因，西北多民族文学中的中华民族共同体意识进一步增强，作家们以生花妙笔关注着多元主题：民间的信仰与生命意识、关于大自然的生态保护、草原文化视域中的亲情爱情友情等，尽管主题多元、文体各异，但作家们都以坚定的国家认同意识作为创作的坚实政治内核，表现出生活在西北大地上的多民族人民对祖国母亲的赤子之心，这是中华民族共同体意识的另一种折射。

（二）国家认同意识与作家以人民为中心的文艺观

正是在强烈的国家认同意识的重要规约之下，西北多民族地区作家的以人民为中心的文艺观逐渐形成并走向成熟。这其中一个重要的观察

---

① 中国作家协会编：《新中国成立60周年少数民族文学作品选短篇小说卷》，作家出版社2009年版，第260页。

点是西北多民族地区的民间文化，这些丰富多彩的民间文化是西北多民族作家以人民为中心的文艺观形成的重要基础，是酵母，也是沃土。"文艺的民族化是考察艺术家创作是否成熟的显要标志之一，文艺创作的艺术生命力往往取决于作品民族化的程度，而民族化的形成，一般离不开对民俗的忠实描写。"[①] 作家们逐渐形成了以人民为中心的文艺观，在他们的心中和笔下，"人民"正是多民族人民的集合性名词。

1. 双重身份作家以人民为中心的文艺观的成熟

西北多民族地区有着非常丰富的民间文化遗产。面对这一艺术宝库，一部分作家自觉将自己锻造成民间文化研究者和文学作品创作者，这种双重身份为他们的文学创作带来了伟大坚韧的人民立场，他们深入田野，与老百姓同吃同住同劳动，付出了汗水、建立了感情，之后回归书房，将现实主义的田野成果反哺到自己的文学创作之中。具有双重身份的作家们对祖国的感情真挚而热忱，"为人民写作"成为这批作家终身信奉的原则。西北少数民族作家中的相当一部分都在不同时期程度不同地参加过上述轰轰烈烈的民间文化搜集整理和研究工作。在这样的与民间文化的多元互动过程中，西北多民族作家的知识体系、写作理念都得到了一种特殊的整合与提升，在以强烈的国家认同意识为内核的政治叙事中，作家对文学作品的"人民性"特点有了进一步的思考与把握。这样的研究经历和写作经历形成了一种奇妙的化合作用，使得西北多民族地区作家的文学创作深深地打下了基于民族性内容的人民性特征，作品取材于人民朴实生活着的田野大地，又时常以真诚的力量打动着民间普

---

① 陈勤建：《文艺民俗学导论》，上海文艺出版社1991年版，第7页。

通的老百姓，这样的文本带着土气息与泥滋味，作品是人民的艺术，作家是人民的艺术家，这样的艺术场域带着动态的质感，作家、人民、作品、田野形成了一种水乳交融的和谐关系，带有现实主义魅力的作品是西北多民族人民心理深层的中华民族共同体意识的生动写照，是中华民族共同体意识萌芽、形成、发展等待具体过程的生动展示。正如甘肃的藏族作家伊丹才让在自传中的深情表达："从一九六五年开始，我曾多次到藏族地区——甘南拉卜楞、青海的觉巷、贵德、化隆等地采录民间歌舞，作为创作的素材。我的文学创作就是从记录情歌、酒歌歌词和在民歌调里填词、给舞蹈作品写歌词开始的。……这些歌曲到各地演出，受到观众的欢迎和老一辈音乐家的好评，有的在文艺刊物上发表并灌制了唱片。"[①]

　　一批出生于 20 至 40 年代的西北少数民族作家在这方面有着非常成功的创作实践。他们大多兼具民间文化研究者与作家的双重身份，他们熟悉田野又较为系统地学习了政治理论、文艺理论，在新旧政治环境对比、民间文学与作家文学的关系思考、理论与实践相结合的文化体悟中，他们对祖国、对人民、对社会主义制度有着非常真挚自觉的认同，在创作中表现出更为强烈和更为自觉的中华民族共同体意识。这些作家倾己一生为国歌唱，表达了自己对伟大祖国的真挚情感，留下了许多深具"人民性"特征的优秀作品，如甘肃的作家旦正贡布、益希卓玛、赵之洵、伊丹才让、汪玉良、马自祥、尕藏才旦等；青海的作家多杰才旦；宁夏的作家丁一波、王世兴等。

---

　　① 吴重阳、陶立璠编：《中国少数民族现代作家传略》，青海人民出版社 1982 年版，第 93—94 页。

2. 多民族作家人民性立场中对民间文化资源的再利用

新时期以来，以民间文化为切入点，西北多民族作家经过自觉的文化努力与勤奋探索之后，中华民族共同体意识以"多民族／地域文化圈（区／带）"为载体得到了另外一种形式的鲜活表现。作家们逐渐有了摆脱早期写作者简单的风景、风俗描写的主体愿望，渴望对中华文化版图中的西北文化有更为深刻的由表及里的表达，因此，他们对"多民族／地域文化圈"进行了多种维度的关注。在这样的艺术自觉中，作家对由多民族人民共同创造、传承和享用的地域文化圈（区／带）进行了研究式、聚焦式、分层式的关注，作家们以"乡土""人性""民间"等为焦点，对大量的生活素材重新审视、分析和组织，于是，不同民族的人成为生活在同一文化圈（区／带）中的社会人，他们不因民族身份不同而产生隔阂，因为他们拥有共同的物质文化和精神文化，都是中华民族文化的有机组成部分，所以，彼此有着强烈的认同感。作家大力书写各族人民在同一个生活空间中如何创造、传承和享用共有的"多民族／地域文化圈（区／带）"并因为文化互融而逐渐彼此互懂，并开始亲如一家、团结友爱。在这些小说中，人物的民族特性被弱化，而由集体创造、传承和享用的民间文化所赋予他们的地域文化性格特征则被强化，这是作家以另一种方式对民间文化资源的再利用。

以小说为例，具体表现为对敦煌文化的书写，对黄河中上游多民族文化区的书写，对甘青交界地区"河湟文化圈"的书写，对青藏文化圈的书写，对河西走廊文化带的书写，对宁夏多民族文化区（黄土地、六盘山、西海固等文化元素）的书写，等等。在甘肃、宁夏、青海等省区，都出现了一批优秀的作家，他们的作品选材不同、风采各异，但都有着共同的守望家乡、心系全国的文化特点，作家们都以坚定的爱国之心表达着对中华文化的热情礼赞，对自己所置身的"多民族／地域文化圈（区／带）"与中华民族发展历史与现状的命运相系之感进行了深度的表达与阐释；胸怀祖国，对作为社会主义文化有机组成部分的"多民族／地域文化圈（区／带）"进行了重构与提升。如甘肃的作家邵振国、牛正寰、王家达、柏原、雪漠、张存学、张驰、叶舟、扎西才让、李学辉、徐兆寿等；宁夏的作家查舜、火仲舫、石舒清、郭文斌、马金莲、李进祥、张学东、陈继明、季栋梁、漠月等；青海的作家井石、陈元魁、风马、龙仁青、梅卓、鲍义志等。这些作家来自不同的民族，对西北多民族民间文化圈有着多元的认知、深厚的感情、书写的欲望，他们成功塑造了许多生活于民间文化沃土中的西北各民族的典型人物形象，其上都以不同方式寄寓了各民族热爱祖国、团结互助的中华民族共同体意识。

结　语

1949—1966年西北多民主族地区的文学创作既已有着非常强烈的中华民族共同体意识，以国家认同意识为时代表现。这为新时期以后西北多民族地区文学创作中的中华民族共同体意识书写指引了方向，打下了基础。在不同的阶段，西北多民族地区的作家都以坚定的国家认同意识为创作之灯，时时照亮自己前行的路。时入新时代，以"中华民族共同体意识"为原点或圆心，重新观察考量西北多民族地区的文学创作，会发现，中华民族共同体意识在西北热土上有着坚实的书写基础，并有着继续为爱国主义文学作出伟大贡献的重要潜力。西北多民族文学有着书写中华民族共同体意识的深厚历史文化基础和革命历史基础，坚定的国家认同意识是作家创作的坚实政治内核，直接影响着文本面貌与作家以人民为中心的文艺观，在文本、思想、田野、意识的多维文化空间中，西北多民族文学的中华民族共同体意识既清晰又坚定。在新时代，这些具有正向价值的书写经验都值得仔细梳理并认真传承，作为新时代的文学写作者和研究者，铸牢中华民族共同体意识、建设中华民族共同体是我们的学术使命和文化责任。相信西北多民族作家必将以自己的赤诚之心与深情之笔使上述主题有进一步的深化和升华，从而让文学创作在铸牢中华民族共同体意识的伟大实践中发挥出自己的人文助推作用。

（原载《甘肃高师学报》2022 年第 4 期）

"个人化写作" 精神与诗性想象力的嬗变

——兼论 21 世纪诗歌史的可能

卢 桢（南开大学）

关于 21 世纪诗歌的现状及前景，已成为诗学研究的热点，如果追溯这一话题的源头，那么世纪之交学界围绕"世纪末"和"新世纪"诗歌的一系列讨论颇为值得重视。1997 年 11 月，《文艺报》开辟了"走向 21 世纪的中国诗歌笔谈"，专版论析新诗发展的道路和生长点。评论家们认为诗人需要"以真诚的态度对待生活"，不要"远离人们正常的智力和正常的语言"，在形式上要建设新诗自己的"格律体"和"短小诗型"，在思想上要"走出个人狭小的情感世界"，"回到现实历史进程中来"。[1] 面对同样的主题，吴思敬以"消解深度与重建良知并存，灵性书写与欲望宣泄并存，宏大叙事与日常写作并存"[2] 预言了 21 世纪新诗的发展方向。沈奇也以口语、禅味、本土意识为 21 世纪诗歌赋形，指出这三个关键词能够使"不再热闹却更本色"的诗坛"再造几分生机"。[3] 时过境迁，我们已经追随 21 世纪诗歌走过了二十个年头，再次回望学者们对未来诗歌的

---

① 姚尧摘录：《笔谈：走向 21 世纪的中国诗歌》，《诗刊》1998 年第 6 期。

② 吴思敬：《中国新诗：世纪初的观察》，《文学评论》2005 年第 5 期。

③ 沈奇：《口语、禅味与本土意识——展望 21 世纪中国诗歌》，《作家》1999 年第 3 期。

缅想和期望，其中的一些预判和"前理解"竟切中了21世纪诗歌的本土性、公共性等基本品貌，也和学界对现今诗歌发展的普遍性论断形成汇合。诸如21世纪诗歌共享了1990年代诗学的话语资源和艺术观念，延续了"个人化写作"的精神传统，强化了"及物"的审美趋向，并借助口语化、叙事性、跨文体等多重手段，有效地提升了新诗的美学品位……这些肯定的话语，均切中了21世纪诗歌的核心特质。对于当前诗歌创作的不足，也有学者进行了客观的指认，例如经典诗人始终"难产"、核心观念尚未确立、"及物"与"口语"的泛化等问题，都为21世纪诗歌的史学化添设了阻碍。就"诗歌入史"的话题而言，若要梳理近二十年（特别是近十年）诗歌的特征，为其日后的经典化提供阐释的助力，或可沿着"个人化写作"精神和"诗性想象力"的嬗变展开探讨，以便在现象指认之外，尽可能深入地抵达对事实和文本的价值判断。

一、"个人化写作"中的"非个人化"之声

立足于文化策略上的"个体性"、观照视野上的"日常性"以及内在追求上的"精神性"，当我们考量21世纪新诗的发展势态时，会发现"个人化写作"精神依然潜移默化地发挥着作用。甚至可以说，21世纪诗歌对20世纪90年代诗歌的赓续，正是这一精神的延伸。同时，"个人化写作"精神的内部嬗变，又为21世纪诗歌自身特质的完善蓄积了力量。在90年代的诗学语境中，"个人化写作"（也被称为"个人化诗学"）的运行谱系可以被勾勒为"个体反拨普遍意义上的主流经验——自由发展个体的感受力和想象力——以建构独标一格的精神形象为写作旨向"。顺着这

条道路跟进"个人化写作"在新世纪的衍变，它已从"对抗"宏大话语的写作走向个体与时代更为多元的"对话"进程。从发展方向上看，21世纪诗歌的"个人化写作"从个体出发又不断试图超越其自身，传递出更多"非个人化"的声音，至少在以下三个向度产生汇合效应。

首先体现在写作立场上，诗人们规避着历史话语和既有的写作秩序对诗歌的过度干预，又扬弃了90年代诗歌对社会抒情和宏大叙事的有意遏制。如果说90年代的诗歌始于对运动式的集体主义修辞方式之消解，是以"差异性标志着个人写作的彻底到位"[1]，那么21世纪的诗歌则从"对话性"的层面宣告了"个人化写作"新阶段的到来。那些二元对立色彩分明的写作立场如"知识分子写作"与"民间写作""都市"与"外乡""东方"与"西方""中心"与"边缘"的分野虽未完全消失，但其间的"对抗"色彩已渐消融，反而是"由对抗式写作向对话式写作的转变"[2]在诗歌中得以显扬。曾几何时，专心修缮抽象的心灵空间，勘察与高逸孤绝境界相通的渠道，是作家构筑个人化写作空间的首选路径。他们沉溺于自我的经验世界而疏远现实，或是将现实视为个体的对立存在物，尝试从机械复制时代的"人群"中抽身而出，这些举措固然可以达成对"自我"形象的极致渲染，却也容易落入精神凌空虚蹈的状态，使诗歌失去了与现实的对话机制。

进入新世纪，诗人普遍调整了介入现实的态度，他们不再过于纠结对某种意识模态的定向反拨，抑或刻意剥离自我的社会群体属性，而多以主动的姿态投身时代文化情境，挖掘平凡生活里蕴藏的机锋与诗

---

[1] 陈仲义：《诗写的个人化与相对主义》，《东南学术》1999年第2期。

[2] 杨庆祥：《重启一种"对话式"的诗歌写作》，《诗刊》2015年4月上半月刊。

意。如李轻松的早期写作集中表现瞬时的"暴力之美"，文本中俯拾皆是血腥、崩溃、碎裂等语词，隐含着她与生活的极端对立。而在《一首诗》中，我们能够感受到她的观念变化："一首诗就是一种方法／跟自己和解，再跟世界和解。"诗人期待重新读解生活，从烟火之气中发现诗意。读她的《来杯茶》，抒情者宣称要"收起那些锐器"，"学会喝茶／用清水洗脸"，从这些"平淡的事物"里寻觅亮色。再看汤养宗的《拧紧的水龙头都还在滴水》，诗人自我意识的倾注焦点向物化现实全面敞开："拧紧的水龙头都还在滴水，像谁还有话说／一个字一个字说出来，开头是厨房里洗菜那个／洗脸盆和淋浴器也接着来，我夜里读书／会听到一滴滴冒出的嘀嗒声，就感到／身体正出现新的裂隙……"抒情者截取了生活的小吟述点，他从家居空间的细微"声响"里获得灵感，由"滴答声"引发的身体"裂隙"，昭示着庸常生活对诗人精神的作用力。这种对细节的机敏闪进，可以印证生存的可感性和诗人的主体性，亦使诗歌的"及物"与诗人的"及心"缔结了互喻的联系。

其次是在诗歌观念上，"抒情性"成为诸多诗人运思的焦点。他们加强了对文本"叙事性"成分的控制力度，对类似"放逐抒情"的言论或单向度的"滥情"实现了有效纠偏，一定程度上回归了诗歌的艺术本质。写作者大都调用素朴真诚的情感抚摸物象，他们凝神于对自我形象的观照，语感输出往往平和而沉稳，这种隐显适度的情态表达，构成当前诗歌的一类抒情动向。如大解诗集《个人史》《群峰无序》中的大部分作品，都具有鲜明的抒情性特征。简省的语词、洁净的画面、明澈的情感并置一堂，向世间输送了平和的暖意，散发着谦卑内省的气息，渗透了诗人诚挚阅世后对生命流转与时间消逝的达观承受。如大解这样，诗人仿佛都在追求对抒情作出"减法",他们有意敛聚了自己的情感,尽力将诗意保持在澄明的状态中,以智性要素的汇入加强了对抒情的多维运思。如杜涯从性别层面对女性之"我"的细腻加工,朵渔对生存悖谬与思想困境的展示,陈先发对精神主体的内在紧张和焦虑感的言说,张执浩借助扎实的生活细节呈现"抒情的每个着力点",演奏"个人独特的音色"①等,都体现出他们对诗歌抒情本质的认同与坚守,也使人领略到不同的抒情主体各臻其态的意蕴空间。为了从容舒卷地打造自我的抒情形象,诗人们调动自然适切的语言、潜隐交织的结构、与生活流契合的节奏等技法,试图确立风格辨识度明显的抒情格调,其文本走笔内敛而专注于自我剖析,蓄积着情绪冲击的爆发力,烘托出"情质"与"形质"共生的浑厚气象。

再次是对"痛感"经验的持续打磨。与那些注重营造平和沉静的抒情氛围的诗人不同,一些写作者更愿意将日常生活反复地提纯和沉淀,从中采撷"痛感"的因子,并将彼此殊异的"痛感"雕刻成各自的形象标签。在很多诗人那里,痛感是他们维系与时代联系的精神纽带。如沈苇的诗句:"继续赞美家乡就是一个罪人 / 但我总得赞美一点什么吧 / 那就赞美一下 / 家里仅剩的三棵树: / 一棵苦楝 / 一棵冬青 / 一棵香樟 / 三个披头散发的幸存者 / 三个与我抱头痛哭的病人!"(《继续赞美家乡就是一个罪人》)粗暴扩张的城市化进程破坏了乡村的生态,令"我"与故乡仅存的"三棵树"都失去了家园,其间既含生态忧思,又有文化乡愁,触目惊心的画面与尖锐犀利的语词同构,渲染着离乡者的锥心疼

---

① 林东林、张执浩:《你拿一个热爱生活的人毫无办法——张执浩访谈》,《长江文艺评论》2019年第1期。

痛。随着内心洞察力的加强，还有部分诗人选择另一条抒情渠道，他们并不依靠话语的强度和情绪的力度宣泄疼痛，而是不动声色地面对痛感，让它在安静中悄悄绽放，转化为内心幽秘的力量。某些时候，痛苦本身便是诗人存在的证明。祝立根的《喜白发》中，抒情者为自己长出一根白发而呐喊，这白发"像黑山林间的一丝瀑布"般骄傲，"像我终于在敌人的中间亮出了立场"。白发的生长意味着年华的流逝，本是痛感的表征，但诗人揭示了"痛感"背面的异质性元素，将其视为反抗平庸经验、凸显自我存在的新奇武器，这种思维正蕴含了现代社会的英雄特质，彰显出精神主体的力量感，亦回应了诗歌现场对"难度写作"的召唤，在"超越意识"的层面上企及了"个人化写作"的理想宗旨。通过各类富含差异性的表现手法，尤其是对"痛感"的贴近吟唱，诗人们意在提升诗歌内在的精神元气。对他们而言，"个人化写作"意味着如何采用一种非二元对立的视角，将语言历险与现实生存联结在一起，平衡道德承担和美学愉悦之间的关系，这其中隐含着"对自我的超越"和"与时代的衔接"的双重目标，它同样也是 21 世纪诗学的核心问题之一。

二、诗性想象力的延展

在《先锋诗歌 20 年：想象力方式的转换》一文中，陈超详细阐释了诗歌的"想象力"概念，他指出诗歌"想象力"就是"诗人改造经验记忆表象而创造新形象的能力"，对想象力的探问关系到"诗人对语言、个体生命、灵魂、历史、文化的理解和表达"，它成为我们进入先锋诗歌的主要途径。① 虽然论者梳理展望的是先锋诗歌的历史与未来，但如果把关于"想象力"概念和模式的论断移接至80年代以来新诗的话语场，特别是21世纪以降的诗坛，也依然有着较高的匹配度和适用性。因此，由诗性想象力的维度出发，21世纪诗歌发展了"用具体超越具体"的想象力模式，同时又在"空间"等层面上更新着"历史想象力"的观念，为其提供了新意和亮点。

对于陈超言及的"用具体超越具体"，褊狭的理解往往将它框定在写作技法的范畴，甚至简单地用"还原生活细节"加以认证。实际上，"用具体超越具体"并非引导人们单纯滞留在意象的细节，而是鼓励写作者在叙述的"情境"与"视野"上形成合力，即"诗人的叙述情境是'具体'的，但叙述视野又是足够宽大的"②，这是21世纪诗歌发展的主导趋势。例如，雷平阳的《杀狗的过程》一诗曾引起广泛的讨论。诗歌取材自生活的俗常片段，从事态流的语象群落中，读者亦可窥见现实的具体面貌，而诗人的叙述视野显然没有止步于"呈现"本身，在记录日常情境之外，他将"杀狗"事件引向灌注反思精神的"发现"视野。潜入杀狗者的视界，一只狗的忠诚和它对人类的信任不值一提，诗人挪用"红领巾""红颜色的小旗子"这类曾经隐喻宏大叙事的意象，指代狗脖颈上的伤痕，以此维系"温暖的场景"。浓郁的悖论色彩，也制造了"反喻"的效果，使文本的叙述视野从"杀狗的过程"延展到我们自身的命运。形而下的具体刻画与形而上的思想内省熔铸一体，双向开阔了诗歌的叙述情境

---

① 陈超：《先锋诗歌20年：想象力方式的转换》，《燕山大学学报（哲学社会科学版）》2009年第4期。

② 同上。

与叙述视野，给人以伦理的启迪与震撼，也使这首诗获得了被经典化的可能。

如雷平阳这样，以"具体"的叙述契合日常人的观察视角和想象逻辑，又能从凡俗的事态中选取带有启发效应的细节片段，通过对多重事象的组构抵达意义的深度，成为理想的"日常化"诗学想象力模式。不过，在实际操作的层面，不是所有诗人都具备从容点化生活的能力，一些人过于追求对日常经验的平实化鸣唱，将意义驻留在事态的表层，而忽视了思想性和技艺性的建构，这成为目前写作一类显在的问题。一首好诗既要接地气，保持与时代现场的对接感，另一方面也不应拒绝隐秘、超验等成分的渗入。从艺术角度和想象层面为文本添加"陌生化"的难度，或可使诗意得到更为立体、多元的呈现。

在一部分诗人的理解中，个人化历史想象力并非简单定格个体在当下生活中的斑驳投影，它可以离开那些直接描述或意译的、唤起具体现实背景的题材，走向更为隐秘的私人写作，包括错位的超现实时空、多声部与复调性的对话语境、异质性的思想元素等。他们充分调动自我的想象力，以经验与超验世界的时空组接、错位乃至混合，揭示主体在精神空间中理性与非理性共生的状态。对超验境界的奇崛想象，使"用具体超越具体"被细化为"用超验言说经验"，暗合了个体想象力的创新要旨。例如，小海的《罗网》《空寂》等诗篇中的意象多出自诗人对生活的"远取譬"。他游弋在对故乡、历史与梦境的冥想中，凭借超拔的想象力创造出一个个戏剧化的情境，动态拟现抒情者复杂纠结的心灵状态。还有臧棣的诗歌保留了大量微小的细节（如时间细节、行为细节、语言细节等），而细节之间的逻辑线索，往往显得不那么通透，很难让人直接触及带有确切指向性的象征，或者找准精神的内核，但现实与超现实"混生"的状态、貌似关系断裂的信息碎片、游动与不确定的文本意涵，大概正是诗人对时代文化语境作出的整体性隐喻。在新奇的想象力流动中，诗人们以"超验"抑或"经验"与"超验"混融的态势抵达另一面的心灵真实。即使这种超现实的诗性想象力有可能催发歧义，却也能在某种程度上引领读者看到时代的多重面影。总之，实践者对超验世界的执着掘进，对经验与超验语符的置换、叠加乃至融汇，共同造就了一种饶有意味的艺术秩序和张力空间，也为文本增添了独特的精神质感。

对叙述视野的拓展，对超验世界的营造，均延伸了"用具体超越具体"的想象力方式，而诗人对日常化诗学的广泛采纳与实践，又使"历史想象力"落实在当代人的生活现场，增强了它的骨质硬度。除此之外，诗人们还将个人经验附着于对地域空间的深邃观照，他们不断思索个体的历史意识与生存空间的联系，在"空间"的层面赋予历史想象力以新质，尤其是在"地方性诗学"的维度实现突破。2006年8月，《诗歌月刊》（下半月刊）推出"诗歌地理特大号"专刊，随后，理论家们围绕诗歌写作与地域文化的关系生发出一系列讨论，完善了"诗歌地理学"（也被称为"地方性诗学"）的理论框架。像潘维的江南世界、沈苇的新疆风情、古马的甘肃记忆、张曙光的东北情结、安琪的北京抒写等，引起诗界的广泛瞩目。再如于坚、海男、雷平阳、李森、冯娜等云南诗人，他们怀有一种对原初文化经验的企慕，多从自然中发掘神秘巨大的精神力量，将源自本地区的人文传统和神话传说纳入文本空间，以一种结构性的个人化历史想象力重述地方的风物志。在每位作家的文字背后，都有一张坐标精确的写作地图，如于坚的高原诗学、雷平阳的昭通世界、海男的澜沧江峡谷、李森的腾冲明光河、冯娜的藏区风景……都已建构出意义自足的边地文学世界。值得注意的是，对边地形象的遐想并没有使诗人陷入封闭的自我循环，他们清楚地认识到，"边地"不是与"中心"的对立式存在，而是处于和所谓的文化中心"对话"的过程之中。这种对话意识保证了地方性诗学的内在生命力，也在空间的层面丰富了诗歌的历史想象力方式。从整体性话语到地方性话语，此般诗学内部语境的变化，或许正是未来新诗的普遍生存模态。

三、21 世纪诗歌史的可能

从诗歌史的角度衡量，一个统一的观点是：21 世纪诗歌在传承前代诗学的基础上，已经在诗歌的独立精神和作家的历史想象力层面有所拓展，然而"那些能够改变中国诗歌整体运行轨迹的'转折性'事件尚未发生，或者还未表现出相应的'转折性'"[1]，因此当前诗歌依然处于形象重构的准备期，为新美学的到来积聚着势能。从这类理念出发，很多学者认为目前尚无必要为 21 世纪诗歌作出"史学化"的描述，应该潜心追随诗歌发展的脚步，避免仓促地抛下结论，直到获得足够的时间和审美距离后，才适宜对其进行史学归纳与概说。的确，21 世纪诗坛虽然事件频发、流派林立、声音纷繁，却始终缺乏焦点的诗学主题和恒态文本，也未能汇合成具有引领性的艺术趋向。我们所能做的，也许便是深入 21 世纪诗学与前代诗学的关系内部，抽取一些关键词（如前文言及的"个人

---

① 罗麒：《21 世纪中国诗歌现象研究》，人民出版社 2018 年版，第 336 页。

化写作"和"想象力")观照其流变。虽然"十年一代"的时间划分早已无法准确界定文学史的发展阶段,但以十年为一个周期,对 21 世纪诗歌的两个"十年"进行比较,或可把握运转其中的脉动规律,为未来的诗歌史写作梳理出些许线索。

审视 21 世纪前 20 年诗歌的文化语境,社会同质性的消解使各类文化要素之间产生分裂,失去了相互阐释与支持的根基。在消费时代的物质浪潮中,人们多践行着通俗实用的审美原则,肯定自我的感官体验和物欲的合理性。评论者们往往也将消费语境视为 21 世纪初期诗歌的生成背景。近几年来,在"消费文化语境"之外,"跨媒介语境"和"世界语境"也在诗歌评论中频频登场,实质显现出诗界对新诗生存及发展空间的新知。以跨媒介语境为例,无论诗人还是研究者,都扬弃了将跨媒介等同于互联网文化的简单认识,他们感受到数字技术与媒介融合施与诗歌的机遇,开启了诗歌与其他媒介的拓边和整合。如周瓒、戴潍娜、王炜的诗剧实验,西川的《镜花水月》和翟永明的《随黄公望游富春山》等长诗的戏剧化改编,《我的诗篇》《摇摇晃晃的人间》《他们在岛屿写作》等诗歌纪录片,《路边野餐》《蝴蝶和怀孕的子弹》等诗电影,既拓展了诗歌的传播途径,也缓解诗歌自身的文体压力。当诗歌的审美内蕴(含蓄、朦胧、歧义)与技术媒介的特征(跨界性和未完成性)相互贯通之时,一种超文本性的视听品质便脱颖而出。再观"世界语境",随着跨国旅行条件的日趋完善,几乎所有的诗人都参与真实的世界旅行之中,由地理位移带来的文化迁徙,构成了他们的共性体验。对"世界"时间、空间的亲身体认,使诗人们有机会深入异国的文学语境,从中谋求交流诗学之可能,也使新诗真正实现了多民族、多国度间的对话,这是当下诗歌赖以

　　　　　　　当代文学的演进与经验

生存的文化背景。

多向度的技术通道，丰富了诗人言说现实的手段；跨空间的文化行旅，也赋予他们立体阅读世界的机会。技术空间和地理格局的拓展，使诗人介入现实的情感模态发生了对应的变化。在21世纪的第一个十年中，他们经历了一系列的大型公共事件，锻炼了自身的快速反应能力。大多数诗人都认识到，诗歌的私人性表达必须建立在公共性的基础上，因而持续地对大事件中的人与事施以关怀，将悲悯精神注入当代历史，复苏了诗歌应有的写作伦理。观察近几年涉及公共题材的作品，能够感觉到诗人写作观念的"微调"。比如，很多诗人都不再秉持外在的旁观视角、即站在悲悯者的立场去关怀所谓的"底层"，而是将"个体"自然地置于事态之中，以参与者或共情人的身份为事件作出独立的判断，从而避免了急就章式的"口号化"写作，以及充满"道德正确者"幻觉的精神自恋，使近期诗歌反思现实的能力得以增强。

相较于第一个"十年"，近十年的诗坛还有两条写作路径值得重视：一是向古典"文学／文化"传统的回归，二是"减速"感觉结构的形成。新诗的发生源于对文言诗歌的断裂性反拨和西方现代诗学的观念激发，这种"引发—反应"模式容易使人忽略新诗与古典诗学的根性联系，产生新诗乃是来自西方的认知偏差。事实上，新诗始终汲取着古典诗学的养分，特别是当前重读中华传统文化经典的热潮，加上世界各国对地方性、民族性文化的重视，使诗人切实感受到"只有民族的，才是世界的"。他们发觉"回归传统"乃是通往"世界诗歌"的一条有效途径，因此开始沉实反思并积极转化古典文学精神，从中择取相应的情调与技法，既在"诗言志"的公共层面承袭了古典诗歌对现实的观照，又在比兴手法、古风情境、古典意象等艺术层面润泽了新诗的内部肌理。还有一些操作者对传统情境进行了各类"改造",以实现"古典理想的现代重构"① 抑或"现代生活的古典化重塑"②。翻阅陈先发的《九章》,诗人借助古典的"九章"结构,将格物致知的儒学观念与浓郁的现代感性融合。在"秋兴九章""茅山格物九章""敬亭假托兼怀谢朓九章"等篇章中,抒情者着力阐发了个体对生与死的思索,追慕古代前贤的文化品格。谷禾的长诗《四重奏》以杜甫《旅夜书怀》中的句子"飘飘何所似,天地一沙鸥"开篇,随之按照四季更替顺序展开文本,浇筑起诗歌的话语结构。先哲对漂泊的感叹与今人在时间轮回中的记忆杂糅,于对照中达成经验混融的美感。《江上的杜甫》继续写道:"——你听到了雪,长安的雪/秦州的雪,落上草堂的雪,如千万把刀子/贴着江面飞来,一闪又消失了",作者诗意再造了杜甫的情感与生活,为其形象加添了鲜活的骨血气质。如霍俊明所说,谷禾对古典诗人的抒写,侧重的是"杜甫式的个人记忆能力、语言现实感和诗性正义"③ 与当代生活的对接,他的《旅夜书怀》正以同题诗的形式向杜甫致敬:"剧烈的咳嗽,将我从漆黑中/拎出来,孤零零地,抛入更深的/漆黑。旅馆的静,窗帘遮挡/的月光,汽车发动机的轰鸣/街灯,风,惶惑的废纸。我听见/胸腔里喘息,类似上个世纪/的旧风箱⋯⋯"隐形于文本的"杜甫"不再是"现实主义"的精神象征物,"他"和"我"都面临着如何应对现实、时间、记忆诸类共性的问题,两者走向

---

① 李怡:《中国现代新诗与古典诗歌传统》,西南师范大学出版社 1994 年版,第 227 页。
② 张德明:《新世纪诗歌研究》,暨南大学出版社 2013 年版,第 78 页。
③ 霍俊明:《"杜甫诗传"第三页——关于谷禾的"现实叙事"》,载谷禾:《世界的每一个早晨》,百花文艺出版社 2021 年版,第 6 页。

内在的精神同构，并在孤独的层面上达成共鸣。这类源于传统却又不拘泥于传统的想象方式，契合了当代人的审美风尚，也为诗歌的意义向未来延伸辟得蹊径。

再看"减速"的感觉结构，雷蒙德·威廉斯曾在《漫长的革命》一书中提出"感觉结构"的概念，用以描述社会文化及历史脉络对个人经验的冲击。按照罗岗对这一概念的理解："对生活在城市的人们来说，某种建筑模式、某样交通工具和某些消费方式……正是这些生活细节提供了感觉结构的原始经验成分。"① 在当前的新诗中，诗人一方面关注着消费时代各类琐碎的经验细节，在"心灵—物质"的沟通实践中释放着现代感受力；另一方面，他们意识到时代的主流速度对个体观察力和想象力的限制，因而又在"物质—心灵"的回溯式思考中主动尝试各类"减速"的实验，以便在日益趋同的速度感和时间观念之外，发现更多个人化的异质经验。造访胡弦的《钟表店》，文本透露着现代人在城市社会中的焦虑意识：所有的人都被时间的漩涡裹挟其间，立于世俗时钟的轮盘上，每个人无论是"用秒针赶路"，还是"借助时针的黑 / 在暗中移动"，奔向的都是一个起点漫漶而终点模糊的未来。为此，诗人选择"学一只停摆的钟"，以"减速"的方式回归纯粹的主观经验，在个体的时间中为精神寻觅栖所，保留着与新奇体验相遇的机会。这般寓言化的情境，折射出诗人对自我意义如何生成的探索。当他选择"减速"时，一种专属于个体的感觉结构也确立而生。由内部心灵时间建立起的速度感，能够涤除外部现实的诸多干扰，便于诗人冷静地厘清、组织采撷自现实的一系列

---

① 罗岗：《想象城市的方式》，江苏人民出版社 2006 年版，第 94 页。

经验元素，使他找到联系既往与未来的意义焦点，以便重构内心话语的平衡。

无论回归传统还是调整"速度"，都体现了 21 世纪诗歌"题材、思想的'下沉'和艺术水准、品位的'上升'趋向"①。虽然近二十年的诗歌内部尚不存在显豁的诗学题旨，两个"十年"之间也不具备清晰的艺术界限，但从新世纪之初至今，诗歌流变的动态趋势依然可以把握。随着时间的推进，诗人们大都淡化了世纪之交的文学史焦虑，他们自觉远离了群体造势和"代际"表演，将关注的焦点锁定在文本，不断清理、整合着纷繁的观念，以汉语美感和生命质感的提升为旨归，使诗歌表现出更多向未来"生长"的可能。

---

① 罗振亚:《21 世纪诗歌的"下沉"与"上升"》,《中国文艺评论》2017 年第 4 期。

百年大变局中当代文学的演进与经验

——中国当代文学研究会第 22 届学术年会综述

徐兆寿、陈锦荣（西北师范大学）

2022 年 11 月 12 日至 13 日，中国当代文学研究会第 22 届学术年会暨会员代表大会在兰州召开。本次会议由中国当代文学研究会与西北师范大学主办，西北师范大学传媒学院、西北师范大学文学院、甘肃省当代文学研究会承办。会议共收到参会论文 281 篇，存目 16 篇，作者 318 位。来自中国社会科学院、北京大学、复旦大学、北京师范大学、中国人民大学、武汉大学、南开大学、中山大学、兰州大学、首都师范大学、西北师范大学等全国 200 余所高校和科研院所以及出版传媒单位的 5500 余位专家学者一起，参加、收看了本次学术盛会。

本次学术年会以"百年党史背景下当代文学的演进与经验"为主题，旨在全面探讨在新的时代背景下中国当代文学发展的现状及前景。研讨会开幕式由中国当代文学研究会副会长、西北师范大学教授徐兆寿主持，西北师范大学党委书记张俊宗、中国当代文学研究会会长白烨分别致辞。开幕式上还宣读了第 22 届年会优秀成果获奖名单。

大会上，十余位专家学者分别做了主旨报告。会议另设有 13 个分会场进行分组讨论，所涉及的议题包括：文学如何面对新时代、新经典与新经验、问题与方法：批评反思与学科建构、建党百年视野下的文艺新表达、青年作家的蜕变与青春文学的可能、当代文学与影视传播、丝路文化与西部文学。所论议题兼具深度与广度，既有理论思考，也有现象关注，为中国当代文学的发展提供了许多可供借鉴的经验。

反思与展望：当代文学发展路径探析

经历了 70 年的发生和发展，当代文学日益丰富，同时也更复杂。适时回望和反思当代文学中的问题，可以促进新时代文学的良好发展。围绕这一主题，与会学者们从两个维度分享了自己的思考。一是反思总结当代文学发展的经验，二是探讨当代文学发展的新路径和新方法。

在与会专家看来，如何书写文学史、认识文学史新的演变规律仍是当代文学研究亟待解决的问题。沈阳师范大学的孟繁华教授指出，近年来当代文学的文学史写作逐渐淡化，很大因素是当代文学史的学科本身带来的巨大的困惑。文学事件应仅仅作为文学生产的背景，而不是本体，文学史认识的主要应该是文学作品。当代文学史的历史化和经典化还远远没有完成。由于 70 年中国当代文学的发生和发展，当代文学史越来越丰富，同时也越来越复杂，同时也期待更新的文学史的写作诞生。南京大学的吴俊教授从文体问题出发，阐述了新时期以来网络文学等新文体对文学史周期发展的影响。他认为，以往从文体上区分文学史断代的学术指向，在新时期以来已经在无形中被打破了。两个显著的现象是：一是新时期以来，跨域破界的新文体创制已经成为文学流变大势，一代文学文体的唯一性现象消失了。二是网络写作天生就是新文体的世界，传统纸媒的文体概念和方法完全不能应对网络写作的生态。因此，如果说单一的、主流的文体周期率已经被打破，那么跨文体跨媒介的新文体问题，应该成为文学研究中的时代之问。中国社会科学院的刘大先讨论了历史记忆和文学表述之间关系的理论问题。历史和记忆之间并不构成等价关系。前者是植根于后者的芜杂而丰富的基础。历史是过去的实存。由于时间的不可回溯，它实际上是永远无法纠结真相的，而常常被我们指称的历史，其实只是关于历史的记录、书写、铭刻和承载。从这个意义上来说，文学中的历史其实是"影子"的"影子"。但这并不意味着文学一定比历史低级。两者在某种意义上都不过是对历史的叙述。虽然文学也存在着同样受主导性思想支配的问题，但它却可以在自己所创造的世界中最大限度地保留开放性和多样性，比历史更真实的意义就在于此。

学者们也关注到，中国文学在新时代所面临的挑战，以及当代文学风格的转变。北京大学的陈晓明教授指出，中国当代文学的很多经典作品，以及那种文学情怀、文学理念、文学方法，都是90年代产生的，在21世纪初不断返场到20世纪中去，才能够找到解释21世纪初很多作品的方法和观念。21世纪初中国汉语文学有一种大的爆发，出现了很多厚重的长篇小说，也有一批作家走向成熟，如铁凝、莫言、刘震云、阿来、麦家、张炜等，气象万千，这些作品在很大程度上表现的是20世纪中国历史的一种存在和反思。武汉大学的李遇春教授认为新时代文学对中国当代文学提出了一种挑战。他认为当代文学的历史叙述，作为一种叙事的框架，实际上不可能是固定的。随着不断有新的元素，新的作家作品，新的文学现象出现之后，整个当代文学的秩序必然会发生改变。我们现在提到的新时代文学的概念，和前面提到新中国的文学，包括新时期的文学相比，更多的是不是一种政治性的概念，它和我们的真正的文学创作之间，究竟是一种什么样的关系？这种理论的倡导和文学实践本身之间是否存在一些隔膜或者有些脱节的一些问题，都是值得我们来探讨的。西北师范大学的徐兆寿教授指出，中国文学正在经历又一场革命。他从古今、中西的格局对中国文化的处境作了阐释。由司马迁的《史记·天官书》"夫天运，三十岁一小变，百年中变，五百载大变"出发，认为中国文学正处于新时期以来的三十年，也处于五四以来的百年大变革之中。同时从世界局势来看，东方世界的崛起在逐渐打破西方竭力维持的欧洲中心主义观和世界一元论思想。在此背景下，虽然中国文学存在诸多问题，但是随着中国传统文化的强力抬头，一场文学、历史、哲学乃至各个学科的新的叙事将从此展开。

在反思和总结经验的同时，对于当代文学研究将往何处去的问题，与会专家分别贡献了自己对新路径的思考。复旦大学的郜元宝教授探讨了当代文学多元研究模式的对垒与互补的问题。他指出，经过数十年的努力，当代文学在研究和批评的方法上日趋多元化，这是研究方法走向成熟和自觉的标志，也是文学研究和批评取得实际成绩的方法论的保障。各种方法模式不应该是对垒的，本质上是应该多元互补。但是各种方法并非完全是一种中性的工具，它背后必然是带着不同的文学史和文学本身的观念，因为方法是在历史中形成的，它有历史的痕迹。中国人民大学的杨庆祥教授将"'回到文本'与'理论内生'"作为当代文学研究的一个重要路径。他从余华《兄弟》的重读谈起，指出在当代文学研究中回到文本是最基础的，也是最关键最重要的研究方法之一。只有通过对经典性文本或具有症候性不断的反复的阅读，我们才可能有新的发

　　　　　　　当代文学的演进与经验

现，才可能会推进文学研究的广度和深度。此外，他谈到当代文学研究是一个高度依赖理论的学科，通过大量的对西方理论的引用来进行当代文学的研究的方式，打开了当代文学研究的空间，但是在这个过程中，理论的依赖症，理论征用的过度和内在性的缺乏，成了当代文学研究一个非常重要的问题。中山大学的谢有顺教授论述了文学研究中的个体与整体的问题，他指出面对当代文学取得的成绩，有诸多争议，这也说明当代文学评价之难。所以要学会接受在文学现场里发生的各种意气、火气、情绪、片段、缺漏、不吐不快、攻击一点不及其余等，这是我们身处当代的人必须面对的现实。在如此混杂喧闹的中国当代文学现场里做出清晰的判断，其实并不容易。他强调，当代文学研究中的个体与整体，肯定当代文学也需要勇气，甚至有的时候肯定比否定更需要勇气。首都师范大学的张志忠教授论述了革命历史题材在当下的写作问题。他以徐怀中的《牵风记》、麦家的《人生海海》、张炜的《巨变1949》等作品为例，探讨了从"十七年"的"红色经典"，到20世纪90年代以来的"新历史主义"中，革命历史小说的英雄人物的塑造呈现出的新的特点。从"十七年"时期的《林海雪原》等，到80年代的《亮剑》《历史的天空》，再到当下的《牵风记》《千里江山图》，革命历史写作进入了新的阶段，在后"红色经典"时期构建起新的话语体系。

对当代文学中出现的新理论新方法，学者们针对其中的利弊提出了自己的见解。沈阳师范大学的贺绍俊教授探讨了知识性写作的兴起和利弊。他认为，当下的文学写作中知识性写作占有越来越大的分量。知识性写作是相对于经验性写作而言的，二者有着不一样的文学观作为基石。同时这些知识性写作的作家一方面想从传统文化汲取资源，另一方面必须从西方现代以来的作家作品中获得有效的工具和方法。因此，应该加强现实主义文学与现代主义文学之间的对话，使知识性写作与经验性写作在作家创作中相得益彰。杭州师范大学的洪治纲教授阐释了非虚构写作的多重性。他从作家主体的多重身份、主题表达的多样属性、文本形态的多重属性三个方面探讨了当下的非虚构写作。第一是非虚构作家身份的多样性。他认为许多非虚构作家扮演的不仅仅是一个作家的角色，而是扮演着社会学家、历史学家、人类学家、新闻记者等多种角色。在作家身份多重性的规范和驱动下，非虚构作家的写作在主题上注定是多样的、多重的，很多非虚构作品我们很难从单纯的文学角度去认知。洪治纲教授从碎片化的写作和反自律性的写作两方面，探讨了非虚构写作叙述及文本形态的多重属性。山东大学的黄发有教授提出以史料开掘来拓展和深化当代文学史的研究。他认为这些年在电子检索和数据挖掘方法逐渐普及之后，当代文学史研究领域的学者，可以非常便捷地获得各种信息和电子化资料。但同时，被海量的信息包围的研究者也容易被过度膨胀的信息所干扰，直奔主题的信息检索也很容易遗漏一些重要的信息。同时，在当代文学研究中，诸如手抄本、审稿意见、书信简报、档案、稿费单据等的史料形式，一直没有得到足够的重视。对这些材料的挖掘研究，不仅有利于建立更为丰富而完整的史料库，也可能找到当代文学史研究中曾经缺损的拼图，拓展当代文学研究的广度和深度。陕西师范大学的李继凯教授从丝路学视域审视了当代陆丝文学的研究。他论述了"一带一路"与当代陆丝文学研究的关系，重点回答了曾经辉煌的陆丝文学是否还在延续，是否还存在价值的问题。随着"一带一路"的提出，陆丝文学将迎来新的辉煌。但同时，思路文学研究除了传统的敦

　　　　　　　　　　　　　　当代文学的演进与经验

煌学研究比较充分之外，整体还处于初级阶段，在这样一个阶段，从古今最基本的相关文献资料的搜集整理和研究入手，也不失为一个重要的研究取向。

新任会长、北京师范大学的张清华教授用"传承、守正、团结、拓新"四个词作了大会的总结发言。第一是传承。四十多年来，学会形成了自己久远和珍贵的学术传统，积累了作为群众团体和学术机构的雄厚实力和影响力。学会在过去和现在，都是以学术研究、当代批评与学科建设为己任。所以必须要好好去传承。第二是守正。主要是遵守国家的法律法规，遵守学会的章程制度。要有正确的立场，守好学术规范，守好学者的价值和信念，在正确的轨道上前行。第三是团结。要通过学会的组织，广泛团结全国的同行，为大家的学术研究、专业发展、学术交流提供一个有活力、有温度的平台。第四是拓新。要集思广益，坚持办好现有的品牌活动。同时创新机制，开展多种合作形式，给更多同行搭建学术交流的平台。最后，张清华会长指出，虽然受到疫情的阻隔、条件的限制，但本次会议的规模已经超过了以往任何一次，当代文学研究会再一次扩大了影响。

文学如何面对新时代

在中国当代文学中，如何准确把握时代经验，建立文学与时代之间内在的联系，是文学研究者们始终关注的话题。学者们的发言主要集中在三个方面：其一是网络文学写作和发展的相关问题；其二是探讨在数字人文时代，科技的发展对文学的影响；其三是新世纪以来的小说创作、非虚构写作等问题。

对新世纪以来的文学的关注，充分体现了当代文学对当下社会的关注，以及对文学如何回应时代发展的深入思考。江西师范大学的王龙洋反思了乡土本质化转向之后乡土叙事的危机，以及非虚构写作赋能的可能。黑龙江省社会科学院的金钢、渤海大学的李张建和西北师范大学的陈锦荣均以"铁西三剑客"为代表的东北作家群为对象展开讨论，既关注到他们在后工业时代的书写和言说，也论及了"80后"一代在青春落幕后，建构历史主体性的写作实践的意义和价值。海南师范大学的王建光抓住郭敬明的"小时代"系列小说来研究其"进城"故事。郭敬明的"小时代"系列作品既展现出一种浅薄的、市侩的资本逻辑，但也触及了新世纪青年与城市的某种深层的精神关系，其中暗含着新世纪青年的某种真实的精神走向。

中国网络文学发展至今，逐步完善着其内在的创作机制，并对传统的文学秩序和理论批评造成了一定的冲击。网络文学不仅进入了当代文学史的视野，同时也打破了文学史发展的规律。经历了爆发式的发展和初步沉淀，大部分网络文学呈现出共同的特点：模式化、套路化及商业化倾向。西安建筑科技大学的冯雯关注到"'大女主'题材"类型的网络小说，注重展现女性成长历程中强大的人格魅力，这类小说中女性虽然体现出一定的现代性意识，但依然受传统因素的影响，没有完全反映出当下女性所面临的境遇。北京师范大学的高可认识到"女频美食种田文"这一类型的网络小说所蕴含的民间性。高可认为，这一类型的网络小说所展现的叙述模式，正是作者化用民间故事中"巧女解难题"故事模式的体现。广州珠江职业技术学院的郭静宜探索了网络法医刑侦小说及其影视化的发展。她认为，以身体叙事的视角去理解中国当代网络法医刑侦题材影视作品，不仅仅是理解文本与荧幕里关于身体的结构普及，更重要的是从案件出发，关注背后的警示作用，体会小说与影视作品中真正的人文情怀。

在数字人文时代，科技的发展对人类生活产生了巨大的改变，同时也催生出新的技术和方法，其中许多被应用于文学创作和研究之中。沈阳师范大学的张冬秀借助 Citespace 软件的知识图谱分析，以城市文学为筛选研究对象做定量分析，既可厘清与城市相关文学主题的研究范畴与研究现状，又可把握与城市相关文学研究的发展趋势。利用对软件的主题聚类分析功能，可以明确城市文学研究多以现代性批判为话语资源，更倾向于从宏观层面剖析城市文学的时代特征、文学创作理念等问题。这种"数字人文"的方式，拓宽了文学研究的方法。广东外语外贸大学的罗长青剖析了体验经济时代"剧本杀"这一热点现象的生产、消费流程，他认为，剧本杀兼具文学和游戏的双重属性，折射出体验经济时代文学认知、文学接受、文学生产的嬗变。中国海洋大学的叶炜针对"元宇宙"这一全新的概念，对带有元宇宙特征的文艺作品和理论追根溯源，并做了深入分析。他针对最新的文学演变趋势，结合科技对文艺的介入与改变，从读者接受、虚拟形态、交互性文本，以及纸媒、数媒到虚拟传播等方面阐释了元宇宙文艺理论的基本研究。

新经典与新经验

对于如何理解新世纪以来所诞生的新的经典作品，以及怎样在文学中表达新的生活经验，与会专家分别从"文学史与文学现象研究""现当代文学的经典化""新作研究"三个角度进行了深入的探讨。

在"文学史与文学现象研究"方面，从宏观层面思考文学史的研究范式，以及新的文学现象所存在的问题，是学者们所重点关注的。河南师范大学的赵黎波以"历史化"作为重返 80 年代的关键词，对前人的研究作了整体性的、深层的梳理。"历史化"贯穿"重返八十年代"学术活动始终，形成了一种新的研究范式，推动了当代文学学科的建设。扬州大学的李徽昭通过对李浩新作的分析，在传统与现代、精英与世俗的互动格局中探寻了先锋作家本土化转向的可能。广西河池学院的冰马考察了"女性诗歌"的出处，从可然性和必然性两个角度讨论了"女性诗歌"的命名者为什么是唐晓渡。辽宁大学的胡哲和北京师范大学的聂章军从不同角度关注到"70 后""80 后"作家创作中的小镇青年、文学新人形象。西安建筑科技大学的刘嘉欣对新时代"青年农民"形象的讨论，也同样涉及"新农民""新工人"形象在历史主体重建层面，与"十七年文学"存在的错综复杂的关系。

关于"现当代文学的经典化问题"，诸多学者从不同的角度，对现当代文学中的经典作家作品进行了新的解读。在作家方面，学者们对莫言、贾平凹、阿来等作家用全新的理论和视角作了阐释。江西财经大学的张细珍、兰州大学的周兵都从物的角度对贾平凹的小说进行了解读，张西珍侧重于"物"所蕴含的象征意义，而周兵则更注重于"博物诗学"的视域解读贾平凹的秦岭系列小说。哈尔滨学院的孙胜杰则是从时代的变迁中对贾平凹的新小说进行了分析。陕西师范大学的王西强对莫言《红树林》的叙事策略进行了研究，他从叙事实践出发提出了"潜人格的

　　　　　　当代文学的演进与经验

叙事",试图在"有意味的形式"与"有形式的意味"之间找到新的平衡点。云南民族大学的李骞、昭通市文联的艾自由分别从读者接受和女性书写两个不同角度论述了铁凝小说的艺术魅力。李骞侧重于读者的审美经验对文本的再创造,探讨了名家笔下铁凝小说解读的不同意义;艾自由则对铁凝笔下众多女性怨羡情结下人性拷问和灵魂救赎的多彩人生进行了深度剖析,呈现了铁凝长篇小说的独特艺术魅力。

此外,学者们对许多经典文本进行了再解读。厦门大学的景欣悦阐释了铁凝《哦,香雪》中的现代性悖论与本土化认同。小说中两位女性不同的道路与追求,呈现出历史转折期的复杂性,以及现代性内在的悖论。西安外国语大学的闫哲认为阿来的《格萨尔王》是一种后现代神话的重构。他指出阿来的文学创作始终呈现出一种对于现代性的反思,是返回到传统,追求精神原乡的叙事过程。山东理工大学的张艳梅对张炜的《河湾》进行了重新解读,她认为这部作品是对精神世界的寻找和守护,对充满疑问的历史的追问和质疑,对大众娱乐文化的拒绝和警惕。南京师范大学的徐家贵以"脱轨的风景与九十年代知识分子的主体性困境"为题对史铁生的《我与地坛》作了经典文本的重读,他在主体与他者二元关系的研究基础上提出了自己的观点,认为地坛实际上是一种具有主体性存在的对立物。

具体到"新作研究"方面,与会学者们对新诞生的文学文本做了深入的批评。中南大学的晏杰雄在世界性与本土性之间,探求刘震云《一日三秋》幽默叙事的主体性。他表明,《一日三秋》中集中体现了河南地方的"内在精神",与"乡土中国"书写构成一种孪生关系。西北大学的李斌从内容、文体和思想三个维度讨论了贾平凹的新作《秦岭记》。他认为回归传统创造中国叙事，本身就是一种创新的文学实践，他通过溯源发现《山海经》也是《秦岭记》一个古典性的源头。青岛科技大学的刘耀辉以"狂想与老成，或写实与晚郁"这样一组极富张力的概念来阐发莫言《晚熟的人》所作的新探索。他认为，《晚熟的人》正是莫言"晚期风格的开始"。齐鲁师范学院的丛坤赤指出莫言的《等待摩西》借用了"出埃及记"的圣经故事，采用离去—归来的叙事模式，探讨了救赎的主题。中国社会科学院的陈思以徐则臣的《北上》为切入口，分析了小说如何既在历史之中又在历史之外，提供了可以与历史对话的独特文学经验。衡水学院的李艳敏以付秀莹的《陌上》和《他乡》两部作品来研究女性知识分子进城的自省意识。从《陌上》到《他乡》，付秀莹表达了具有城乡双重身份的当代知识女性在"离乡进城"和"攻城失土"过程中曲折的改命之路和自省意识。河南理工大学的文红霞深入艾伟的新作《镜中》，看到小说中诸多人物既是被残酷命运拷打的普通人，也是自爱自救的勇者。从中发现了轻与重、幻与真的交错，以及梦境书写、镜像隐喻在小说中所具有的深意。西南大学的李永东从署名入手，在身份的混杂、隐瞒、更改和寻找的故事推演中，考察迟子建的《烟火漫卷》如何以问句的方式为哈尔滨立传。

问题与方法：批评反思与学科建构

对当代文学学科的建构与批评实践进行反思也是本次年会的重要议题，学者们对该议题的探讨集中在当代文学批评的理论建构、文学史料及个案研究、少数民族的书写等方面。

面对日趋重要的"当代文学史学化"的学术趋向，与会学者从"文学史料及个案研究"方面进行了探讨与回应。北京师范大学的翟文铖运用文学史料，梳理了重大题材与题材的多样化、文坛对"人民内部矛盾"的态度等问题的来龙去脉。西北师范大学的郭国昌认为朱寨以文化社会学的视角观察文学流脉，撰写出《当代文学思潮》等力作，打破了"当代文学不宜写史"的论断。上海师范大学的董丽敏通过对周克芹《许茂和他的女儿们》的讨论，试图摆脱传统的伤痕—反思模式，努力在"前三十年"和"后四十年"的断裂性与延续性的辩证结构中打开理解作品的新空间。辽宁大学的李佳奇以袁培力的《萧红年谱长编》作为切入点，论述了文学年谱的史料来源与史料价值。

针对当代文学批评的理论建构问题，与会学者们从文学史写作、底层写作、非虚构写作、进程叙事等进行了讨论。湖南大学的章罗生结合自己写作《中国现当代纪实文学史》等著作的实践，提出了以"大文学"观构建文学史的观点。他以作家为主体、以经典为核心构建了别具一格的体系，创造了自己的话语系统。兰州文理学院的叶淑媛认为中西的"文学观念"都是从"大文学"观念到"小文学"观念，提出了当下"文学不能自律"的问题，敏锐地指出当代文学观念正在多向发展的趋势。西北师范大学的李明德对"非虚构"理论与研究现状的讨论，触及非虚构的真实叩问、信仰重建等重要问题，反映了当前"非虚构"研究的前沿状态。西北大学的雷鸣对新世纪长篇小说"农民进城"叙事展开深入分析，认为这类叙事在新型文化人格建构、"主体间性"城乡关系重置、劳动主体性的再造等方面展示了新世纪小说的生存逻辑。兰州大学的钟祖流和西北师范大学的马冬梅将社会学方法与文本细读结合，前者从底层叙事的角度分析了三部代表了共和国最重要时段的史诗性作品,后者以孙少平和刘高兴为例讨论文学作品中农民工形象变迁的因由和意义。

针对少数民族小说及诗歌中的民族记忆、边地风光书写等问题,学者们展开了讨论。成都师范学院的涂鸿通过对少数民族诗人的族群记忆书写的讨论,展示这类诗歌特别的人类学意义和独特的审美价值。西北师范大学的周文艳分析了彝族女作家冯良的近作《西南边》,认为这是一部书写创伤的优秀之作。作家深入观照了现代化进程中西南边地凉山彝人的个体创伤,以及延宕的集体创伤。在作家支离破碎的叙事中,有着深刻的"无法言说之痛"。西北师范大学的赵永辉通过对马金莲小说集《化骨绵掌》的分析,以回族女性文学为研究对象,论述了少数民族边缘的历史如何进入文学史书写和研究的视野。《化骨绵掌》代表了马金莲小说从乡土文化记忆转向都市现实批判的内容创新,反映出作者重建日常生活尊严的努力和对日常生活本体价值的认同。西华大学的蒋林欣考察了近年来中国河流小说创作态势观察,提供了一种聚焦和观察地方的特殊空间场域,并做出了细致界定和分析。四川大学的左存文论述了"泛青海湖地域"作为80年代新诗的地方路径,在以"文化"视角(朦胧诗)和"生活"视角(第三代诗歌)为主流的诗歌史叙述中,其指向的"生命"意识对80年代诗歌的考察有了更为丰富的视角。

当代文学与影视传播

文学是电影的母体,优秀的文学作品是优秀影视剧的良好基础。对于当代电影文学研究而言,它应当是当代文学研究的一个分支。围绕当代文学与影视传播这一主题，学者们的讨论主要从"影视文学的宏观与类型研究"和"当代中外影视剧改编的个案研究"两个方面进行。

关于影视文学的宏观与类型研究，学者们从理论和电影史的角度进行了梳理。江苏师范大学的贾斌武从概念史方法入手，系统考察了作为当代中国核心电影术语的"电影文学"一词的谱系学。东北大学的刘广远分析了新世纪影视剧中英雄形象的消解与重构，认为影视剧中英雄形象的表现、创作、塑造和构建反映了新时代的审美视角和大众选择。西北师范大学的巩周明梳理了网络文学20年影视剧的改编。他认为，反思和批评网络文学存在的过分娱乐性和商业性，是网络文学发展20年时的必要手段。宁夏职业技术学院的连泽睿以产业发展和市场导向为基点，分析了网络文学影视化改编的生态体系建设，探讨网络文学影视剧改编的路径。山东师范大学的乔慧对新时代中国前沿电影理论建构进路进行了研究，她认为对中国传统资源的吸收、传承与创新的种种进路，构成了中国电影理论在新时代重新出发的基础源流和方法意识。西北师范大学的朱怡璇从身体美学与身体意向的视角对武侠小说改编电视剧进行了深度阐释，在论述身体的影像符号、动态美学、新侠剧等方面有相当的理论解释力与学理性发挥。井冈山大学的赵庆超从民国题材电影改编的分类、改编行为中的话语模式、素材变形、东方主义元素等方面入手，将历史现象、文学现象、影视现象融为一炉。西北师范大学的金新辉考察了盗墓类网络小说改编影视作品的症候，认为文化价值的浅薄化、未能赋予历史感等，是导致电影落寞的原因。西北师范大学的梁昕玥揭示了赛博朋克科幻电影的人文主题，那就是物质文明压过精神文明从而导致的文化危机，打破了以往对科学的理想化的想象。

还有多位学者将关注点集中在当代中外影视剧的个案研究上。盐城师范学院的吴学峰以《虾球传》的改编为例，探讨了红色经典的影视叙事最好引入 IP 跨媒介叙事模式，跳出改编迁移原著的思维框架，满足时代需求与人民审美的协同叙事空间。西北师范大学的董彦成从工业美学、文学改编与影游融合三个方面对《刺杀小说家》的改编进行了研究。西安外国语大学的王梦磊主要阐述了文艺社会学视角下的《饮食男女》中体现的时代因素、种族环境和时代环境，进一步认识到东西方文化交流的现状。西北民族大学的孙丁凡对比研究了《人世间》小说和电视剧的异同，认为这部作品吸引青年受众的主要原因是巨大的生活反差。同时他从文学的四大要素（世界、作家、作品、大众）出发，对当代文学作品的影视传播进行了反思。浙江传媒学院的莫英凡将《人世间》归类为"怀旧年代剧"，具体分析了插队知青和兵团知青两条知青记忆的书写路径，并分析其差异与共性，揭示了知青记忆中所蕴含的人文精神和价值导向。西北师范大学的牛鹤轩通过对《小二黑结婚》的电影改编研究，分析了"十七年"时期"问题小说"的电影改编与映射出的时代性。《小二黑结婚》的影视改编极具成果意义地形成了"文本基垫框架——影视服务人民"的"问题小说"改编模式。

兰州大学的张雍对《白毛女》故事演变的电影改编探讨，深入探究了《白毛女》如何产生并成为经典的过程。西北师范大学的刘博梳理了孙悟空形象的影视改编，在不同的历史社会文化语境中，西游记的故事经历了改写与重构。从历史叙事到文学叙事再到影像叙事，孙悟空的形象始终具有独特的艺术魅力。西北师范大学的胡雨薇以《茶馆》《龙须沟》为例，对老舍戏剧作品的影视改编作了研究。西北师范大学的何田

　　　　　　　　　当代文学的演进与经验

田探讨了木兰故事戏曲电影改编背后的规律，并作了追本溯源的戏曲文化本源探析，也为传承发扬中国优秀文化、开拓中国形象的国际传播路径建构系统的思维路径。西北师范大学的张欣认为《白鹿原》的电影改编在艺术上的不成熟根源于对阐释原著深刻内涵理解的偏差，对小说进行改编的艺术空间还存在进一步提升的空间。西北师范大学的王昱茗对《鹿鼎记》的影视改编研究指出，目前学界对于《鹿鼎记》的影视改编研究甚少，且并未将电影与电视剧版本相结合进行研究分析，他通过结合原著小说和影视改编作品的发展，来分析"鹿鼎记"的影视改编历程。西北师范大学王宇坤的"克苏鲁神话电影"研究，指出其自身伴随的对未知文明的恐怖以及相关艺术特色，克苏鲁神话电影也表现出向着科幻电影、恐怖电影、灾难电影等类型发展的明显趋势，揭示出克苏鲁神话电影的艺术发展规律。这些探讨涉及的文学文本和电影文本十分广泛，研究方法多样，学术视野宽广，推动了当代文学与影视的研究和发展。

丝路文化与西部文学

本次会议在西北城市兰州举办，因此学者们对西部文学与文化十分关注。学者们围绕这一主题，从"丝路文化的重新审视"和"西部文学研究"两个方面展开了讨论。

近几年来，"一带一路"的提出为丝路文化的发展注入了新的活力，丝路文化被越来越多的学者所关注。中央民族大学的王倩倩把"丝路文学"视为文学成多民族交融的桥梁，历史上国家文化整合，汉文学对少数整合，共同文学经典的传播等，促进了文化共同体的形成。在共同体视野下，超越地域个性和文化差异重新审视丝绸之路文学经典，为全球化时代"和而不同"的文明理念提供学理依据。兰州城市学院的白晓霞认为，西北多民族文学书写有着深厚历史文化基础和革命历史基础，作品中表现出强烈的"中华民族共同体意识"。作为新时代的文学写作者和研究者，铸牢中华民族共同体意识、传承弘扬文学经验中的中华民族共同体意识当为我们的学术使命和文化责任。

部分与会学者集中讨论了西北作家的创作，这也说明地方文学创作研究与学术会议之间，存在一种良性的互动关系。宁夏大学的丁峰山对甘南地区最具代表性的回族诗人敏彦文的诗歌创作作了整体性的研究。他认为敏彦文的诗集《相知的鸟》真切反映了其于诗中求"道"的创作理念：追寻美、善、爱、正义、理想与信仰。西北师范大学的李生滨、孙强、任智峰、黄静姝、卢馨果等从不同的角度对徐兆寿的创作向度进行了解读。李生滨认为，从"非常"系列到《荒原问道》，再到《鸠摩罗什》，徐兆寿的长篇小说显示出一条不断完善的精神建构、精神追问之路。任智峰以徐兆寿的新作《西行悟道》为中心，考察了其文学创作中三次"转向"与三个"面向"。石河子大学的张凡将作家郁笛放在新疆当代文学的视野中进行考察，明晰郁笛在散文、诗歌的创作实践中逐渐鲜明的"行者"与"歌者"的主体形象。郁笛对现实的积极介入与真实记录，也显现出作家"在场"的创作姿态与书写生活的创作理念。

中国西部是诗歌的高地，因此在这片土地上的诗人都借着本土的创作资源抒发着自己内心的诗情，他们都以一种在地者的姿态书写自己脚下的土地，而研究者则从"地方路径"入手，研究其所蕴含的独特的美学价值。西北师范大学的慕江伟对陈人杰诗歌的西藏书写作了深入分析，

当代文学的演进与经验

陈人杰以质朴的悲悯情怀抚慰藏地的生存状态，又以自觉的虔诚姿态感悟西藏的神山圣水与宗教风俗，从而实现内在的精神建构。温州大学的孙良好以九叶派著名诗人穆旦为研究对象，探讨了穆旦晚期诗歌创作风格的总体流向与转变。山东大学的王顺天将诗人阿信置于甘肃藏区特有的地理环境和自然风貌中，探索其诗歌的神性书写艺术特质。西北师范大学的黄静姝解读了西部诗人胡杨的新边塞诗创作。胡杨的新边塞诗植根于西部大地，展现出诗人个性独具的内心世界和美学追求。诗歌呈现出历史传统与现代诗情交错共存的诗美建构，彰显出恢宏壮阔与亲和自然融合相生的审美特质。西北师范大学的安骞对彭金山的诗歌创作作了整体性的评论。彭金山既是诗人，也是文学评论家。其诗歌创作经历了从"共和国抒情"到朦胧诗以来的个体抒情的转变。西北师范大学的冯树贤考察了新时代以来甘肃青年诗人群体的诗歌创作风貌及艺术诉求。西北师范大学的祁芙泉通过对新时期以来河湟代表性诗人诗歌作品的解读，对河湟诗歌中的抒情特色加以观照，把握当代青海河湟地区诗人诗歌创作的独到之处。这些讨论为我们展示了当代诗歌丰富的地域特色与生存深度。

结　语

本次大会密切关注当代文学的新现象、新挑战，对网络文学、新世纪以来的文学思潮及现象有着密切的追踪和敏锐的洞察，体现了与会学者以文学积极回应时代的热切态度。同时，学者们对作家作品进行了深入的解读，对当代文学学科的建构与批评实践进行了探讨，为文学批评提供了新的思路，展现出学者们对当代文学发展的自觉反思。此外，文学的影视改编与西部文学研究，拓宽了文学的视野和路径，是本次大会的一大特色。新的时代需要新的文学，在百年党史背景下，只有敏锐地洞见社会生活的变化，深入把握历史和时代发展的经验，才能使文学活动与时代发展同步，共建文艺繁荣的新局面。

当代文学的演进与经验

编后记

2022 年 11 月 12 日，中国当代文学研究会第 22 届学术年会暨"百年党史背景下当代文学的演进与经验"学术研讨会以线上线下相结合的方式举行，中国当代文学研究会常务理事，全国 200 余所高校、科研院所和出版传媒单位的 5500 余位专家学者、文学创作者参加了开幕式，近万人参与了线上分会论坛活动。会议前后又举办了 20 多场学术研讨会，每场与会人数过千，共有近 30 万人次参与。截至年底，又有很多人的发言在微信公众号上推出，进一步推广了会议成果，如此连续传播，本次会议的影响得到了进一步扩大。

大会围绕中国当代文学的历史和前瞻、现当代作家创作、百年文学重释、当代文学的影视改编等中国当代文学的重要问题进行了充分的学术讨论和交流，议题涉及理解当下文学艺术的方法、实践以及跨媒介等。根据很多参会者的要求，也征得了学会的同意，本届年会承办单位西北师范大学传媒学院和文学院在提交会议论文的基础上，决定适当补充名家的文章，编纂并出版此系列图书，以飨读者。

会议共收到参会论文 281 篇，存目 16 篇，作者 318 位。传媒学院负责整理出版与影视相关的论文，文学院负责整理出版专门讨论当代文学的论文。根据主题，我们将该套书分为四册。第一册由文学院的孙强、郭国昌、李生滨教授和杨天豪、李晓禺等副教授整理，题为《当代文学的演进和经验》，主要讨论和总结新中国成立以来，当代文学在演进过程中的经验、成果和各种教训。这一册文章较多，有近200篇，从中选出了佳作50多篇。我们原意是将其再分为两册或三册出版，但最终决定删减为一册，可谓优中选优。

本届年会设立了"当代文学与影视传播"这一话题，与传媒学院承担的国家社科基金重大项目"百年中国影视的文学改编文献整理与研究"相一致，与会人员提交的相关论文有70篇左右，约为会议提交论文总量的四分之一。考虑到学院的学科建设、国家社科基金重大项目的实施等原因，学院决定把一年来在学院举办的一些影视界名家的讲座整理成文章，也编辑进来，以此提高论文集的质量。这些文章无法统一归类，最后便分为三册。

事实上，文学与影视的关系百年来始终理不清楚。电影是综合艺术，文学是其中的一个方面。我们都说"剧本乃一剧之本"，剧本成功了，电影也就成功了一半。已故批评家雷达先生曾告诉我，他在20世纪80—90年代写过很多电影方面的评论文章。他说，那时候文学与电影没有分得太清楚，文学批评家本身也多是电影批评家。我上大学时也确实如此，电影是我们当代文学的一门课。大概是自20世纪90年代末以来，由于电影学科的不断壮大，尤其是在2011年学科目录调整后，戏剧与影视学成为一级学科，电影和电影学科取得了突飞猛进的发展。现在是学者们互相不敢跨界，似乎有一道看不见的鸿沟。但是，电影的发展也告诉我们，其一旦与文学脱离关系，剧本的质量就无法保证，整部电影的品质也就大打折扣。这正是新世纪以来，电影一味追求特技、声光电等外部修辞而内部空虚的原因。我们申请的国家社科基金项目"百年中国影视的文学改编文献整理与研究"在实施的这几年，就有意识地想调和或者说重建文学与影视的关系。

在本届年会召开之际，中国高校影视学会副会长、秘书长，中国传媒大学的张国涛教授就曾告诉我，中国高校影视学会是从中国当代文学学会中产生的。前不久，在整理学会历史文献时，他终于找到了1983年中国高校影视学会成立时的一些文献材料，其中有记录显示，那年暑假由电影家协会与当代文学研究会联合举办的一次高校电影课教师培训班，学员证上边盖的是当代文学研究会的公章。据说，通知是由当代文学研究会下发的，可惜找不到这份通知文件了。就是那一次培训班的举办，使中国高校电影学会得以诞生，并由中国电影家协会管理。这也从侧面清晰地说明了文学与影视的关系。

所以，该系列第二册被命名为《文学与影视相遇：当代文学的影视改编策略》，第三册被命名为《"影以载道"：影视艺术的方法与实践》，这两本都是围绕文学与影视的关系而展开的讨论。还有一部分论文则是本届年会中专门研究影视媒介的，我们也特意将其整理并命名为《入场与退场：电影的跨媒介研究》。

因为参会者大多是青年教师，也有部分在读博士，甚至还有硕士，论文质量便有些参差，但考虑到要尽可能全面体现本届年会的成果，且我们传媒学院学科建设的任务很重，国家社科基金重大项目也面临着结项，所以，我们不但尽可能地收集了年会中有关影视方面的论文，还补充了部分名家的讲座内容，作为国家社科基金重大项目"百年中国影视的文学改编文献整理与研究"的阶段性成果。

这一系列本来是请中国当代文学研究会新任会长张清华教授作序的，但他谦虚地说自己对影视研究甚少，怕说不清楚，同时，因为这些整理出版的工作乃出于西北师大传媒学院和文学院学科建设的需要，更多的是学校所为，所以最终决定由我写个小序，把情况说明白。我只好以承办方的名义对此做个说明，但不敢为序，可为编后记。

在此感谢中国当代文学研究会的大力支持，感谢全体与会学者的支持！

西北师范大学　徐兆寿

2023 年 7 月 2 日

2018 年度国家社会科学基金重大招标项目

"百年中国影视的文学改编文献整理与研究"

（项目批准号 18ZDA261）阶段成果之一

图书在版编目(CIP)数据

当代文学的演进与经验/孙强,郭国昌主编. 一上
海:上海人民出版社,2024
(文学与传媒系列丛书)
ISBN 978-7-208-18929-4

Ⅰ.①当⋯　Ⅱ.①孙⋯ ②郭⋯　Ⅲ.①中国文学-当
代文学-文学评论-文集　Ⅳ.①I206.7-53

中国国家版本馆 CIP 数据核字(2024)第 099059 号

责任编辑　陈佳妮
封扉设计　人马艺术设计·储平

文学与传媒系列丛书

当代文学的演进与经验

孙　强　郭国昌 主编

徐兆寿　李生滨　杨天豪　李晓禺 副主编

出　　版　上海人&出版社
　　　　　　(201101　上海市闵行区号景路 159 弄 C 座)
发　　行　上海人民出版社发行中心
印　　刷　上海商务联西印刷有限公司
开　　本　890×1240　1/32
印　　张　14
插　　页　2
字　　数　311,000
版　　次　2024 年 6 月第 1 版
印　　次　2024 年 6 月第 1 次印刷
ISBN 978-7-208-18929-4/Ⅰ·2154
定　　价　72.00 元